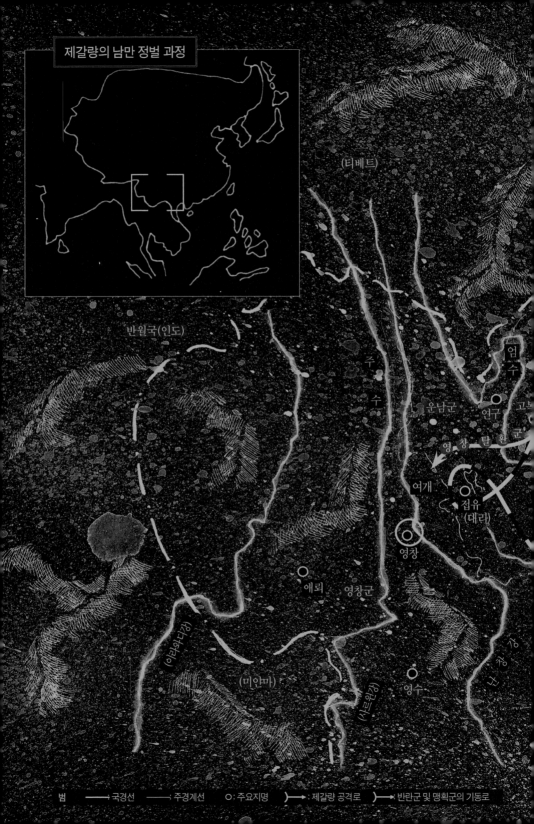

제갈량의 남만 정벌 과정

(티베트)

반월국(인도)

엄수

운남군

연구

고노군

영창

탈환

여개

접유
(대리)

영창

애뢰

영창군

영수

(미얀마)

(이라와디강)

(새트윈강)

(창강)

범   ──국경선   ──주경계선   O:주요지명   〉→제갈량 공격로   〉→반란군 및 맹획군의 기동로

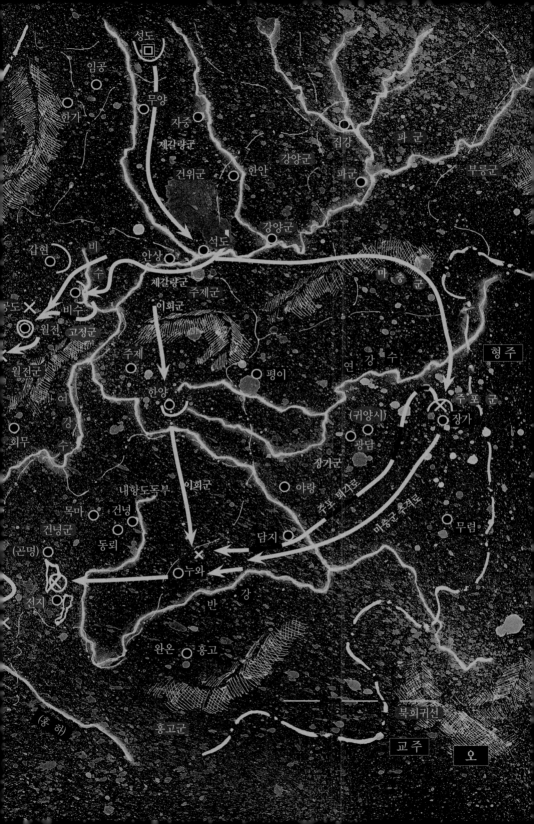

三國志

5

三國志

나관중 지음 · 정비석 옮김

5

공명 · 출사표를 올리다

은행나무

◉ 등장인물

육손陸遜 (183-245년)

오(吳)의 공신. 자는 백언(伯言). 219년에는 여몽을 대신하여 형주에 주둔, 탁월한 전략으로 관우를 무찔러 형주를 오나라의 영토로 삼았다. 이에 유비는 관우의 죽음과 형주를 빼앗긴 일로 손권에게 원한을 품고 221년에 스스로 대군을 이끌고 진격해 왔다. 이때 육손이 이릉에서 유비군을 맞아 싸워 대승했다. 이리하여 244년, 형주에 주재한 채로 정승에 임명되는 등 오의 중신으로 군림하게 되었다.

유선劉禪 (207-271년)

유비의 아들로 촉의 2대 황제. 재위 223-263년. 자는 공사(公嗣). 제갈공명에 이어 장완 · 비위가 보좌하고 있는 동안은 나라가 평안했으나, 그들이 잇달아 죽은 뒤 어리석게도 환관 황호를 신임하여 국정의 부패를 초래했다. 이어서 위나라의 침입을 받아 성도가 함락됨으로써 삼국정립 시대의 종말을 고하게 되었다.

조식曹植 (192-232년)

조조의 셋째 아들. 자는 자건(子建). 형 조비와 태자 계승 문제로 암투를 벌였다. 그러다가 조비가 위의 초대 황제로 즉위하자, 정의 등 그의 측근들은 죽임을 당했고 그도 평생 정치적 위치가 불우하게 되었다. 그의 재주와 인품을 싫어한 조비는 그를 거의 해마다 새 봉지로 옮겨 살도록 강요했다. 엄격한 감시 하에 신병의 위험을 느끼는 나날을 보내던 조식은 마지막 봉지인 진(陳)에서 죽었다.

등지鄧芝

촉한(蜀漢)의 문신. 자는 백묘(伯苗). 유비를 받들어 정무를 담당하고, 그가 죽자 오나라에 수호사절로 가서 대임을 완수했다. 제갈공명의 북정(北征)에 참가하고, 그가 죽은 뒤에는 중직을 역임하며 국정을 맡아보았다.

제갈각諸葛恪 (203-253년)

제갈근의 장남. 자는 원손(元遜). 어려서부터 재주가 많아 오의 손권으로부터 총애를 받았다. 252년, 손권이 병으로 쓰러지자 국정의 전반을 맡았다. 어린 황제 손량이 즉위하자 안으로는 민심을 수습하는 한편, 위나라가 손권의 상중을 기회로 대군을 이끌고 오자 이를 대파했다. 그러나 이듬해인 253년, 중신들의 반대를 무릅쓰고 위를 정벌하기 위해 대군을 일으켰으나 작전의 실패와 병으로 대패하고 결국 손준에게 죽임을 당했다.

조예曹叡 (205?-239년)

위나라의 제2대 황제인 명제(明帝). 자는 원중(元仲). 그는 부화뇌동하는 무리를 물리치고 스스로 정치를 행했다. 즉위 초에 오·촉이 연합하여 공격을 해왔으나 그는 사마의 등 무장을 파견하고 자신도 전투에 직접 출진하여 이를 격퇴했다. 그러나 만년에는 사치에 빠졌고, 그가 죽자 양자로 삼았던 제왕(齊王) 방(芳)을 보좌하던 자들이 내분을 일으켜 결국은 사마씨(司馬氏)가 실권을 쥐게 되었다.

비위費禕 (?-253년)

촉한(蜀漢)의 중신. 자는 문위(文偉). 제갈공명이 출사표를 내고 출정을 떠날 때 내정을 맡길 사람으로 꼽았던 인물이다. 제갈공명이 예상한 대로 그의 능력은 내정 면에서 유감없이 발휘되었고, 제갈공명이 죽은 뒤에는 수성(守城)의 자세를 무너뜨리지 않고 강경파인 강유를 억제하며 촉나라를 잘 지켜나갔다. 그러나 253년, 연회 석상에서 자객에게 암살되고 말았다.

맹달孟達 (?-228년)

촉한(蜀漢)의 장수. 의도 태수였으나, 형주의 관우 군이 궤멸하자 위나라에 항복하여 신성 태수에 임명되었다. 그 후 제1차 위나라 정벌을 계획한 제갈공명으로부터 촉군에 내응하라는 권유를 받고 고민하던 끝에 이에 응했으나 사마의의 급습을 받고 죽었다.

장완蔣琬 (?-245년)

촉한(蜀漢)의 중신. 자는 공염(公琰). 제갈공명이 출전할 때 성도에 머물면서 원정군의 식량 보급에 만전을 기했으며, 234년 제갈공명이 오장원에서 중태에 빠지자 그 후계자로 지명되어 국정의 전반을 맡았다. 그는 제갈공명과 같은 위엄은 갖추지 못했으나, 침착한 집무 태도로 제갈공명이 없는 촉의 동요를 막았다. 그는 피폐된 국력 회복에 진력했으나, 병이 들어 전권을 비위에게 넘겨주고 죽었다.

장포張苞

장비의 아들. 아버지가 죽은 뒤 관우의 아들 관흥과 함께 유비의 총애를 받으며 크고 작은 싸움에서 공을 세웠다. 후에 사마의의 선봉인 곽회를 공격하다가 말에서 떨어져 부상을 입고 그 상처가 도져 병으로 죽었다.

진식陳式

촉한(蜀漢)의 대장. 222년, 이릉의 싸움에서 오반과 함께 수군을 이끌고 장강을 따라 내려가 오나라의 군사와 대치했다. 229년, 제갈공명의 명을 받아 위나라의 세력 하에 있는 무도와 음평을 함락시켰다.

진진陳震

촉한(蜀漢)의 중신. 제갈공명이 신임하는 신하의 하나. 손권이 황제위에 올랐을 때 제갈공명의 뜻을 받들어 위나라에 대한 공동 전선을 펴기 위해 축하사절로 오나라에 다녀왔다.

위연魏延 (?-234년)

유비의 용장. 자는 문장(文長). 유비를 따라 촉에 들어가 장비를 제치고 한중군 태수에 임명되었으며, 제갈공명의 북정(北征) 때는 장안 급습을 진언했으나 받아들여지지 않았다. 제갈공명이 죽은 뒤 부장관인 양의와 병권을 다투던 중 마대에게 죽임을 당한다.

조진曹眞 (?-231년)

조조의 조카. 자는 자단(子丹). 중군대장군이었을 때 조비의 유언을 받고 조예의 후견인이 되었다. 228년, 제갈공명의 침공 때 군대를 이끌고 선전했고, 230년에는 촉을 공격했으나 실패했다. 이듬해 제갈공명이 다시 공격해 오자 이를 막다가 갑작스럽게 병으로 죽었다.

조홍曹洪 (?-232년)

조조의 사촌 동생. 자는 자렴(子廉). 조조가 형양에서 동탁의 부하 서영에게 패했을 때, 부상당한 조조를 자기의 말에 태우고 자신은 걸어서 도망을 쳤다. 관도 싸움에서는 조조가 오소로 출격하고 난 뒤 원소의 장수 장합·고람의 공격을 잘 방어했다.

황승언黃承彦

제갈공명의 장인. 양양의 명사로서 고결하기로 이름이 높았다. 같은 양양의 명사인 채모의 누이와 결혼하여 태어난 딸을 '미인은 아니지만 머리가 비상하다'며 제갈공명에게 출가시켰다.

◉

주방周魴

　오(吳)의 장수. 자는 자어(子魚). 파양 태수로 있었다. 오나라가 위나라에 점거되어 있던 회남을 공략할 때, 손권의 명령으로 위의 장수 조휴를 지략으로 끌어들여 대승을 거두었다.

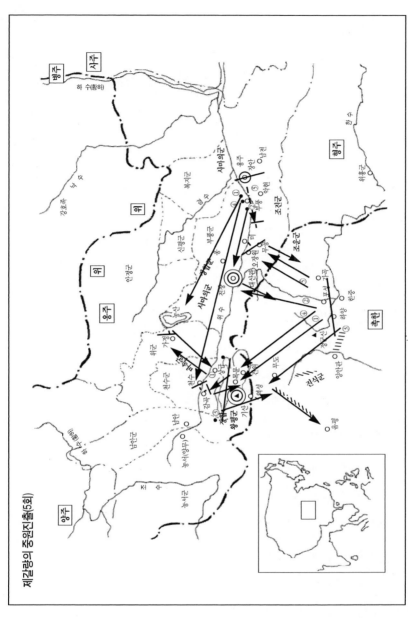

제갈량의 중원진출(5회)

범례 ——·——·: 국경선 ----: 군계 ➡: 촉군 침공로 ⇨: 위군 반격로

:천연 관문 ○: 주요지명 ▲: 주요 산악지

차례

한나라의 멸망

조비는 아비 조조의 뒤를 이어 위왕의 자리에 올랐다. 그러나 지방에
나가 있는 아우들인 임치후(臨淄侯) 조식과 소회후(蘇懷侯) 조웅은 아버지
의 장례식에도 오지 않았을 뿐 아니라, 신왕이 즉위한 뒤에도 아무런 소
식이 없었다.

신왕 조비가 속으로 매우 괘씸하게 여기고 있는데 모사 화흠(華歆)이
계책을 말했다.

"신왕의 제씨(弟氏)들인 조식, 조웅 장군은 선왕 행상 시에도 참례하지
아니하고, 또 신왕 즉위식 때에도 경축을 오지 않았으니, 이는 반드시 이
심(異心)을 품고 있다는 증거입니다. 지금 즉시 사람을 보내 그들을 문죄
하지 않으면 후일에 반드시 큰 화를 입게 되십니다."

조비는 화흠의 말대로 두 아우에게 문죄사(問罪使)를 보냈다.

며칠 만에 조웅에게 갔던 사신이 돌아와 말했다.

"소회후 조웅은 신왕에게 처벌을 받을 것이 두려워 자결을 했사옵니

다."

'웅이가 자결을 해? 흥, 살고 싶지 않아 죽었다면 별 수 없는 일이지.'

조비가 속으로 은근히 기쁘게 생각하는데 조식에게 사자로 갔던 허저가 조식을 체포해 돌아왔다. 조식이 체포되어 왔다는 소리를 듣고 조비의 생모 변씨(卞氏)가 크게 놀라 아들에게 물었다.

"네가 왕위에 오르더니 아우들을 모조리 죽여버릴 작정이냐? 그래서야 우리 집안이 어찌 흥할 수 있겠느냐? 네 아우 식으로 말하자면, 선왕께서도 그 문재(文才)를 특별히 사랑하셨던 아이다. 선왕의 총애를 생각해서도 네 아우를 죽여서는 안 된다."

"어머니의 말씀은 잘 알았나이다. 결코 죽이지 아니할 터이니 염려하지 마십시오."

그러나 변씨가 내전으로 들어가자 모사 화흠이 조비에게 아뢰었다.

"조식을 살려두었다가는 반드시 후환이 따를 터이니 이 기회에 처치해버리셔야 대왕의 기반이 튼튼해질 것입니다."

화흠의 말을 들어보면 역시 조식을 죽여야만 될 것 같아 조비는 아우를 자기 앞으로 불러내었다.

"너는 자식 된 몸으로 선왕의 장례식에도 참석하지 않았으니 그 죄가 하나요, 나의 신왕 즉위식에 경축의 뜻도 표하지 않았으니 그 죄가 둘이다. 너는 참형당해 마땅한 죄를 두 번이나 저질렀으니 어찌 용서를 바랄 수 있겠느냐?"

조비는 어떡하든지 핑계를 대어서라도 조식을 죽일 생각이었다. 그러나 그때 변 부인이 또다시 나타나 신왕에게 불호령을 내렸다.

"너는 어찌 한 핏줄을 타고난 아우들을 죽이지 못해 이다지도 애를 쓰느냐?"

이에 신왕 조비는 마지못해 조식을 안향후(安鄕侯)로 폄(貶)하여 먼 지방으로 보내버렸다.

조비는 천하의 권세를 한 손에 장악한 후로 세상에 두려울 것이 없어 조조 이상으로 헌제를 경미하게 여겼다. 그리하여 한실의 위엄은 조조 때보다도 더욱 땅에 떨어지고 말았다. 천자라는 말은 명색일 뿐이고, 사실상의 천자 행세는 조비가 하고 있었던 것이다.

조비가 천자를 업신여기고 권세를 방약무인하게 휘두른다는 소식이 한중왕 유비의 귀에 들어가지 않을 리 없었다. 유비는 그 소식을 듣고 한탄을 금치 못하며 문무백관을 불러 말했다.

"조비가 신왕이 되더니 천자를 핍박하고 있다 하오. 운장을 죽이고 형주를 빼앗은 손권은 조비와 강화를 맺고 있는 형편이오. 이번 기회에 손권을 쳐서 운장의 원수를 갚고 나아가 조비를 무찌름이 어떨까 하오."

요화가 대답했다.

"운장이 죽음을 당한 주된 원인은 유봉과 맹달이 원병을 보내지 않은 데 있었습니다. 먼저 그들 두 사람을 주살(誅殺)하는 것이 운장의 원한을 푸는 길이 아닐까 하나이다."

"듣고 보니 과연 그 말이 옳구려. 그러면 곧 사람을 보내 그들을 붙잡아오도록 하오."

유비가 명령을 내리자 옆에 있던 공명이 즉석에서 반대하고 나섰다.

"우리가 사람을 보내 그자들을 체포해 오는 것은 지혜롭지 못한 계책입니다. 양이 생각하기로 오히려 유봉의 벼슬을 높여주는 것이 좋은 방법일까 하나이다."

"유봉의 벼슬을 높여주다니요? 어찌 운장을 죽게 만든 유봉의 벼슬을 높여준단 말씀이오?"

유비는 너무도 의외의 말에 크게 놀라 반문했다. 그러자 공명이 대답했다.

"두 사람을 한곳에 두면 늘 뜻이 맞을 것이나 유봉의 벼슬을 높여 다른 곳으로 보내면 두 사람의 사이가 벌어져 나중에는 반드시 서로 죽이려 할 것입니다. 그렇게 되면 우리는 가만히 앉아 애초에 목적한 바를 이룰 수 있을 것입니다."

유비는 그 말을 듣고 무릎을 치며 감탄했다.

"과연 군사의 계책은 신묘하기 그지없구려!"

유비는 그날로 사람을 보내 유봉을 면죽군수(綿竹郡守)에 봉했다. 사자가 첩지(牒紙)를 가지고 유봉에게 가니 벼슬이 높아졌다 하여 크게 기뻐했다. 그러나 맹달의 마음은 매우 불쾌했다.

'유봉의 벼슬을 높여주면서 나를 그대로 두는 것은 치욕이다. 한중왕의 눈 밖에 난 이상, 언제 어떤 처벌을 받을지 모르는 일이 아닌가?'

생각이 거기에 미친 맹달은 조비에게 투항하여 영화를 마음껏 누려볼 결심을 품게 되었다. 맹달은 어느 날 밤, 수하 군사 몇 명을 거느리고 위나라로 달아나 조비를 찾아갔다.

조비가 맹달을 보고 물었다.

"촉장인 그대가 무슨 일로 나를 찾아왔는가?"

"대왕의 성덕을 받들고자 귀순했나이다."

"그대가 유비를 배반하고 나를 찾아온 이유가 무엇인가?"

"유비는 소장이 맥성 싸움 때에 관우에게 원병을 보내지 않은 것을 매우 못마땅하게 생각하여 신을 죽이려 하고 있습니다. 부디 대왕께서 소장을 구명해 주십시오."

그러나 조비는 의심이 많은 사람인지라 맹달의 말을 곧이곧대로 믿지 않았다.

"그대의 뜻은 충분히 알았으니 다시 부를 때까지 물러가 있으라."

맹달은 조비의 영내에 머물며 다시 부를 날만 손꼽아 기다리는 수밖에 없었다.

그로부터 이삼 일 후에 유봉이 오만 군사를 거느리고 양양성 밖에 와 맹달을 내보내라고 호통을 질렀다. 맹달이 조비에게 투항했다는 소식을 들은 유비는 유봉에게 맹달을 살해하라는 영을 내렸던 것이다.

조비는 유봉이 군사를 이끌고 내습했다는 소식을 듣고 맹달을 불러 말했다.

"내 아직까지 그대의 말을 모두 믿지는 못하겠소. 유봉이 오만 군사를 거느리고 그대를 죽이러 양양에 왔다 하오. 그대가 내게 귀순한 것이 진정이라면 지금 곧 양양으로 달려가 유봉을 무찌르고 돌아오오. 그러면 그대를 높이 쓸 것이오."

"소장은 유봉과 친분이 두터우니 싸우지 아니하고도 대왕께 귀순시킬 자신이 있습니다."

"그러면 유봉을 귀순시키도록 하오."

맹달은 그날로 양양으로 달려갔다.

그 당시 양양은 서황, 하후상 등의 장수들이 지키고 있었다. 맹달은 그들과 인사를 나눈 뒤에, 곧 유봉에게 귀순하라는 서신을 보냈다.

유봉은 그 서신을 보고 크게 노했다.

"이 천하의 역적 놈이 나까지 끌어들일 생각이구나?"

유봉은 분개한 나머지 맹달이 보낸 사자의 목을 베어버렸다.

사태가 그쯤 되고 보니 맹달은 싫어도 유봉과 싸울 수밖에 없었다. 맹달이 말을 타고 나오니 유봉이 마주 나오며 큰소리로 외쳤다.

"이 역적 놈아! 네 어찌 하늘이 두려운 줄을 모르느냐?"

맹달이 큰소리로 대꾸했다.

"유봉아 듣거라! 네 어찌 어리석게도 유비의 손에 죽을 줄도 모르고 그에게 충성을 다하려느냐?"

"이 역적 놈아! 더러운 수작일랑 그만하고 어서 내 칼이나 받아라!"

드디어 두 장수는 칼을 번개 치듯 하며 맹렬히 싸우기 시작했다. 십여 합쯤 싸우던 맹달이 힘에 부친 듯 쫓기기 시작했다.

"이놈아, 어딜 도망치느냐!"

유봉은 기세를 올리며 급히 뒤쫓았다. 그러나 십 리쯤 정신없이 쫓아 가다보니 별안간 좌우에서 함성이 울리며 숲속으로부터 복병들이 쏟아 져 나왔다. 서황과 하후상이 이끄는 병사들이었다.

유봉은 크게 당황하여 즉시 말머리를 돌려 도망치기 시작했다. 적의 추격은 맹렬했다. 유봉은 결사적으로 도피하여 본진으로 돌아왔으나 수 많은 부하들을 잃었다.

"성문을 속히 열어라!"

유봉이 성을 향해 급히 달려오며 소리쳤다. 그러나 성문이 열리기는 커녕 아장(亞將) 신담(申耽)이 성루 위에서 껄껄 웃고 나더니 소리쳤다.

"유봉아, 내 말을 듣거라. 나는 이미 위나라에 귀순했으니, 너는 나의 적이로다!"

신담의 말이 끝나기 무섭게 화살이 무수히 쏟아졌다. 가까스로 화살을 피해 달아난 유봉은 대로하여 원수를 갚고 싶었다. 그러나 이제는 그를 따르는 군사조차 없었다.

유봉이 어쩔 수 없이 방릉성(房陵城)으로 쫓겨오니, 그 성루에도 이미 위의 깃발이 올라 있었다. 심복 부하이던 아장 신의(申儀)도 적에게 귀순 하고 만 것이었다. 유봉은 몸을 의탁할 성이 없었다. 그리하여 수하 군사 십여 명과 함께 유비를 찾아왔다. 유봉이 촉을 위해 싸우다가 도망쳐 왔 건만 한중왕 유비는 그를 보자 크게 노했다.

"네 이놈! 싸움에 참패한 놈이 무슨 면목이 있어 나를 만나러 왔느냐? 여봐라, 당장 저놈의 목을 베어라!"

유비의 명령은 추상같았다. 유봉은 어이없게도 유비의 손에 죽고 말았다.

곁에서 보고 있던 이가 유비에게 물었다.

"평소에는 인자하기 비길 데 없으신 대왕께서 유독 유봉에게는 어찌도 그리 가혹하시나이까?"

그러자 유비는 눈물을 흘리며 대답했다.

"유봉이 싸움에 졌기 때문에 죽인 것이 아니오. 내 아우 관우가 그놈 때문에 죽었는데 내 어찌 살려둘 수 있겠소."

유비는 유봉 때문에 관우가 목숨을 잃어 원한이 뼈에 사무쳐 있었다. 그러나 유봉을 죽였음에도 유비의 마음에는 언제나 슬픔이 가득했다.

한편, 조비는 날이 갈수록 천자를 무시하고 마음대로 권세를 휘두르기 시작했다. 그와 때를 같이하여 사방에서는 별의별 소문이 다 떠돌았다. 석읍현(石邑縣)에서는 봉황이 내의(來儀)했다는 소문이 퍼졌고, 임치성(臨淄城)에는 기린이 출현했다는 소문이 떠돌았고, 업군에는 황룡이 나타났다는 소문이 퍼졌다.

조비가 중랑장 이복(李伏)과 태사승(太史丞) 허지(許芝)를 불러 물었다.

"봉황이 나오고 기린이 나타나고 황룡이 보였다니, 그게 무슨 징조라고 보오?"

두 사람이 한결같이 머리를 조아리며 대답했다.

"자고로 봉황, 기린, 황룡은 모두 다 길조를 뜻하는 동물들입니다. 이는 신왕의 성덕을 경하하는 뜻이 분명합니다. 이제 한을 대신하여 위가 천하를 다스릴 때가 왔사옵니다."

조비는 그 대답을 듣고 크게 기뻐했다. 그러나 그는 다시 이렇게 반문했다.

"헌제께서 살아 계신데, 내 어찌 천자가 된단 말이오?"

"천하의 기운이 이미 신왕에게로 돌아섰으니, 한제는 마땅히 천자의 보위를 이양해야 옳을 것입니다."

"글쎄, 그것이 천의(天意)라면 어쩔 수 없는 일이겠지."

조비는 천자가 되고 싶은 기색을 은근히 드러냈다. 아첨배가 조비의 그런 심정을 알고도 그냥 놔둘 리 만무했다.

다음날 화흠, 왕랑, 가후, 유엽, 진군, 허지, 이복 등 조비에게 충성을 다해온 무리들은 대거 궁전으로 헌제를 찾아갔다. 그들은 무엄하게도 헌제에게 이렇게 말했다.

"신왕이 등위한 후 덕화(德化)는 이미 만물에 이르렀나이다. 생각건대 한나라의 복조(福祚)는 이미 끝난 지 오래고, 이제 위의 시대가 온 듯하오니, 폐하께서는 천심을 받아들이시어 대위를 신왕에게 물려주시는 것이 옳을까 하나이다."

헌제는 그 소리를 듣고 눈물을 글썽였다. 그가 눈물을 흘리며 말했다.

"고조께서 이 나라를 창업하시어 세세승통(世世承統)해 오기를 이미 사백여 년에 이르렀는데, 짐이 어찌 대업을 경솔히 물려줄 수 있으리오. 경들은 대의를 존중해 주기 바라오."

그러나 무력한 천자의 애원이 아첨배에게 통할 리 없었다.

화흠이 즉석에서 이복을 바라보며 말했다.

"이 공은 폐하의 말씀을 어떻게 생각하시오?"

이복이 대답했다.

"위왕이 등위하신 이후로 각처에서 기린, 봉황, 황룡이 나타난 것을 보면 이미 천심은 신왕에게 기울어졌나이다."

그러자 이번에는 허지가 헌제에게 아뢰었다.

"자고로 국가의 흥망성쇠는 천지기운으로 결정되는 것이옵니다. 천지기운을 무시하고 대업을 억지로 연장시키려다가는 오히려 큰 화를 입게 되오니 폐하께서는 그 점을 현찰하소서."

그러자 이번에는 왕랑이 거들고 나섰다.

"한나라의 국운이 사백 년에 이르러 이미 쇠한 것이 분명하온데, 폐하께서는 어찌하여 그처럼 소명(昭明)한 사실을 모르시나이까. 천의를 억지로 거역하려다가는 비참한 멸망이 있을 뿐이옵니다."

실로 무엄하고도 살의에 넘친 위협이었다.

천자는 아무 대꾸도 못하고 눈물을 뿌리며 후전(後殿)으로 들어가버렸다. 그러나 한번 결심한 이상 그대로 물러설 아첨배들이 아니었다. 그들은 다음날 아침, 다시 궁전으로 몰려와 후전에 있는 헌제에게 배알을 청했다.

헌제는 아무 대꾸도 하지 못한 채 후원에서 울기만 했다. 헌제의 황후 조비(曹妃)가 천자에게 말했다.

"폐하께서는 중신들이 조례차 입조했다 하는데 어찌하여 그들을 만나주려 하시지 않으시나이까?"

"황후는 모르는 소리일랑 그만하오. 그들은 그대의 오라비 조비의 사주를 받고 짐에게서 천자의 자리를 빼앗으려고 온 것이오."

조비는 그 소리를 듣고 크게 노했다.

"나의 오라비가 난역을 도모하다니 그게 무슨 말씀이옵니까?"

황후의 말이 채 끝나기도 전에 조홍, 조휴 형제가 허리에 칼을 찬 채 거침없이 후전으로 들어섰다.

"폐하께서는 어찌하여 대전으로 납시지 않으시나이까?"

조홍이 눈알을 부라리며 살기등등하게 떠드는 품이 여차하면 칼을 빼들 기색이었다. 헌제는 몸을 와들와들 떨었다.

그러자 황후가 조홍과 조휴를 꾸짖었다.

"선친께서도 위엄이 천하에 떨쳤으되 역적질을 도모하신 일이 없거늘,

어찌하여 너희들은 대의를 저버리고 대역을 저지르려 하느냐! 하늘이 무심치 않다면 너희들에게 반드시 천벌을 내리시리라."

말을 마치기 무섭게 조비가 땅에 쓰러지며 통곡하니 궁녀들이 급히 몰려들어 황후를 전으로 모셔들였다.

헌제는 눈물을 뿌리며 소리 없이 울었다. 그러나 조홍과 조휴의 기세는 여전히 살기가 등등했다.

"여러 말이 필요치 않으니 빨리 옥새를 내놓으소서. 그렇지 않으면 목숨을 보존하기가 어려우시리다."

마침 그때 화흠이 달려 들어오더니 큰소리로 외쳤다.

"폐하께서 충신들의 중의를 무시한다면 궁성이 쑥밭이 되지 않을까 걱정스럽나이다. 저희들은 폐하에게 불충한 것이 아니온데, 어찌하여 사세를 그다지도 모르시나이까?"

헌제는 울화통이 치밀어 올라 큰소리로 외쳤다.

"이놈들아! 그것이 불충이 아니면 무엇이 불충이란 말이냐? 누가 감히 짐을 죽인단 말이냐?"

그러나 화흠은 조금도 굴하지 않고 여전히 독기 서린 어조로 대답했다.

"대세가 이미 위왕에게 기울었는데 누가 누구에게 충성을 한단 말씀이오. 만약 그대로 고집을 부리면 폐하를 시살할 사람이 한두 사람인 줄 아시오?"

헌제는 기가 차서 화흠을 노려보며 후들후들 떨기만 했다. 옆에 있던 조홍과 조휴가 그 광경을 보고 칼을 뽑아 들며 큰소리로 외쳤다.

"부보랑(符寶郞)은 어디 갔느냐?"

"부보랑은 여기 있소!"

부보랑 조필(曹弼)이 소리치며 나타났다.

"부보랑은 듣거라. 네 목숨이 아깝거든 옥새를 빨리 가져오라."

조홍, 조휴가 칼을 번쩍이며 호통을 쳤다. 그러나 부보랑 조필은 눈알을 부라리며 맞받아쳤다.

"옥새는 천자의 물건이거늘 어찌하여 감히 너희들이 찾는단 말이냐?"

조필의 입에서 그 소리가 떨어지기 무섭게 조홍이 칼을 뽑아 들더니 단칼에 베어버렸다. 실로 무엄하고도 잔혹한 일이었다. 사태가 그렇게 되고 보니 헌제는 더 이상 버틸 용기가 나지 않았다.

"짐은 이미 모든 것을 각오했노라. 그러면 옥새와 함께 천하를 위왕에게 내줄 터이니 가엾은 이 목숨이나 보존케 하라!"

헌제는 이제 슬피 울며 구명이나 바랄 수밖에 없었다.

가후가 대답했다.

"위왕은 성덕이 높으니 폐하를 저버리지 않을 것입니다. 폐하는 그리 아시고 빨리 조서를 내려 중심(衆心)을 안정케 하십시오."

"조서는 그대들의 맘대로 쓰도록 하오!"

이리하여 진군(陳群)이 조서를 쓰게 되었는데, 그 내용은 다음과 같았다.

짐이 본디 부덕하고 무력하여 재위 삼십이 년간에 하루도 위난이 그칠 날이 없었다. 이제 위로 천상(天象)을 보고 아래로 민심을 살피니 천수(天數)는 이미 조비에게 기운 지 오래더라. 전왕이 이미 신무(神武)의 공적을 쌓았고, 금왕 또한 명덕(明德)하여 천운과 민심이 아울러 그에게 기울었도다. 요(堯)가 대위를 아들에게 물리지 아니하고 순(舜)에게 물린 것은 국운의 장래를 생각하여 명군(明君)을 택한 길이었도다. 이에 짐은 요의 거룩한 정신에 따라 승상 위왕에게 선위(禪位)하노니 왕은 이를 사양치 말라!

조비는 그 조서를 읽어보고 크게 기뻐했다. 그러나 옆에 있던 사마의가 간했다.

"비록 옥새와 조서가 왔기로 그것을 대번에 받으셔서는 안 되옵니다."

"어찌해서 그렇소?"

"민심을 돌리기 위해서는 적어도 세 번은 사양하신 뒤에 받으셔야 합니다."

조비는 사마의의 말에 따라 옥새와 조서를 헌제에게 돌려보냈다.

그 모양으로 형식적인 사양을 세 번이나 거듭한 끝에 조비는 드디어 천자로 등극했으니, 때는 건안 삼십이년이었다. 이리하여 고조가 한나라를 창업한 지 사백여 년에 한은 멸망하고 국호를 대위(大魏)라고 하는 새로운 국가가 탄생했다. 조비는 제위에 오르자 연호를 황초(黃初) 원년(元年)으로 고치고 천하에 대사령(大赦令)을 내리는 동시에, 조조에게 태조 무황제(武皇帝)라는 시호를 바쳤다.

건국 대업을 이룩하고 나자 화흠이 천자 조비에게 아뢰었다.

"한제를 도성에 그냥 두면 민심이 현혹될 우려가 많으니 산양공(山陽公)이라는 벼슬에 봉하여 멀리 보내버리는 것이 좋을까 하나이다."

조비는 그 말을 옳게 여겨 어제까지 만승 천자였던 헌제를 어전에 꿇어앉게 하고 즉시 산양 땅으로 떠나라는 어명을 내렸다. 그것으로 이제 완전한 조비의 천하가 된 셈이었다. 그런데 어느 날 밤, 축하연락이 벌어지는 자리에서 커다란 불상사가 발생했다.

만조백관이 한자리에 모여 새 황제에게 축하를 올리고 있는데 홀연 검은 구름이 천지를 뒤덮더니 일진괴풍(一陣怪風)이 만물을 휩쓸며 불어 와 대상(臺上)에 휘황하게 켜져 있던 촛불들을 일시에 꺼버렸다. 그 바람에 연회석은 순식간에 암흑천지로 변했다.

바람이 어찌나 괴상하던지 조비는 그 자리에 쓰러져 정신을 잃고 말았다. 모든 신하들이 급히 모여들어 새 황제를 내전으로 모셔 극진히 치료한 덕분에 이내 회복되었다. 그러나 그 괴상한 일을 겪고 난 다음부터 황제의 신기가 얼른 회복되지 않았다.

그 일이 있은 후로 조비는 중신들의 충고를 받아들여 허창을 버리고 낙양으로 도읍을 옮기기로 했다. 낙양이 대위국의 수도가 되는 셈이었다.

장비의 횡사

한나라의 황제였던 헌제는 만승천자의 지위에서 산양공이라는 형편없는 벼슬아치로 전락하여 허창에서 임지로 떠났다. 그러나 그것은 애초부터 헌제를 없애기 위한 술책일 뿐이었다. 헌제는 임지로 가던 도중에 조비가 보낸 자객의 손에 기어코 슬픈 운명을 마치고 말았다.

위국에서 일어난 그러한 환란을 한중왕이 모를 리 없었다. 유비는 너무도 놀라운 사실에 목을 놓아 통곡하며 궁정에 제사상을 배설하고 폐주(廢主)의 죽음을 애도했다.

유비가 헌제의 제사를 지낸 뒤의 일이었다. 공명은 태부(太夫) 허정(許靖), 광록대부(光祿大夫) 초주(譙周) 등을 거느리고 유비에게 아뢰었다.

"천하는 단 하루라도 임금의 자리를 비워둘 수 없나이다. 그런데 헌제가 이미 세상을 떠나서서 한나라에는 황제가 없으니 한실 종친이신 한중왕께서 부득이 제위에 오르셔야 하겠나이다. 이는 신들의 중론이 합치된 바입니다."

유비는 그 소리를 듣고 펄쩍 뛰며 놀랐다.

"제위를 찬탈한 조비를 역적으로 규정한 나에게 경들은 어찌하여 그런 말을 하는 것이오? 그러면 나 역시 조비와 같은 불충한 인간이 되란 말이오?"

"대왕은 한실 종친이 분명한데 어찌 조비와 비길 수 있으오리까? 한나라를 부흥시켜 자손만대에 전하기 위해 대왕께서 제위에 오르시지 않으면 누가 한나라를 계승할 수 있겠나이까?"

"경들은 어찌하여 나에게 그런 불충불효한 말을 들려주는 것이오?"

"아니옵니다. 제통(帝統)을 계승하지 않으면 한나라의 사직은 그대로 멸망하고 말 것입니다. 대왕께서는 어찌하여 그 점을 생각지 않으시나이까?"

"나는 그만한 덕이 없는 사람이니 행여 그런 말은 다시는 말아주오."

유비는 그 한 마디를 남기고 내전으로 들어가 다시는 공명을 만나려 하지 않았다.

며칠이 지난 뒤에 공명은 허정, 초주 등과 함께 유비를 다시 찾아와 간청했다. 그러나 유비는 누가 뭐라거나 그것만은 듣지 않았다. 두 번, 세 번 간곡히 부탁했건만 그때마다 똑같은 대답을 반복할 뿐이었다. 그러자 공명은 그날부터 자리보전하고 누운 채 조정에는 일절 나타나지 않았다.

유비는 십여 일이 넘도록 공명이 보이지 않자 하루는 근시(近侍)를 보고 물었다.

"군사께서 여러 날 보이지 않으니 웬일인가?"

"군사께서는 며칠 전부터 병으로 자리보전하고 누워 계시옵니다."

"무어? 군사가 병중에 계시다고? 그런데도 어찌하여 나에게 진작 알리지 않았느냐?"

유비는 크게 걱정하며 즉시 문병차 친히 공명을 찾았다.

"군사는 어디가 불편해 누워 계시오? 내 이제야 알고 문병을 왔소이다."

공명이 수심이 가득한 목소리로 대답했다.

"신은 근심으로 가슴이 타올라 오래 살 것 같지 않사옵니다."

"무슨 근심이 그리 많아 병이 나셨소이까?"

공명은 탄식하며 대답했다.

"신이 일찍이 초려에서 대왕의 왕방을 받아 세상에 나온 것은 대왕을 모시고 난세를 평정하기 위해서였습니다. 그러한데 대왕께서는 조비가 천자의 제위를 찬탈하고 사직을 멸망케 했음에도 그자를 무찔러 한나라를 부흥시키려 하지 않으시니 이 어찌 천하의 근심이 아니오리까? 대왕께서는 그처럼 명심과 중심(衆心)을 모르시니 이 어찌 소신의 병이 되지 않겠사옵니까?"

"군사의 심정은 나도 이해하고 남음이 있소이다. 그러하시면 그 얘기는 군사의 병이 완쾌하신 뒤에 신중히 의논해 보십시다."

공명은 그 소리를 듣자 자리에서 벌떡 일어나며 등 뒤에 세웠던 병풍을 밀어버렸다. 병풍 뒤에 문무백관이 모두 모여 엎드려 있었다.

어안이 벙벙한 유비 앞에서 공명은 그들에게 이렇게 말하는 것이었다.

"대왕께서는 한실의 제통을 계승하기로 윤허하셨으니 백관들은 빨리 택일하여 대례(大禮)를 베풀도록 하오."

너무도 의외의 수단에 유비는 어찌할 바를 몰랐다.

"경들은 어찌하여 나를 이다지도 괴롭히오?"

"주상께서 이미 윤허하셨으니 신들은 오직 길일을 택하여 대례를 공행(恭行)할 의무가 있을 뿐이옵니다."

유비가 다시는 아무 말도 못하게 공명이 잘라 대답했다.

이리하여 유비는 헌제의 뒤를 이어 천자로 등극하게 되었고, 연호를 장무(章武)로 고쳤다. 그리고 제갈공명을 승상으로 삼고, 허정을 사도(司徒)로 삼아 한나라의 정통성을 계승했다. 유비는 제위에 오르자 만조백관을 거느린 조의(朝議)에서 이렇게 말했다.

"짐이 이제 부덕한 몸으로 제위에 오르니 누구보다도 먼저 생각나는 사람이 운장이오. 짐은 운장과 도원에서 결의할 때 생사를 같이하기로 맹세했건만 불행히도 손권의 손에 모살되었소. 짐은 무엇보다도 먼저 군사를 일으켜 운장의 원수를 갚아야 하겠소."

그러자 조자룡이 즉석에서 간했다.

"폐하, 그것은 옳지 못한 생각인 줄로 아뢰나이다."

"아우의 원수를 갚으려는 것이 어찌 잘못된 일이오?"

"손권은 사사로운 원수이오나, 조비는 한나라의 제위를 찬탈한 만천하의 원수이옵니다. 그러하니 사사로운 원한보다는 공적인 원수를 먼저 갚으셔야 하옵니다."

"생사를 같이하기로 맹세한 아우의 원수를 아니 갚고 어찌 천하의 원수를 갚을 수 있겠소. 짐은 무슨 일이 있어도 손권을 먼저 없애고 나서야 조비를 치겠소."

그러자 이번에는 승상 공명이 공손히 아뢰었다.

"폐하께서 한적 조비를 치시면 대의를 천하에 밝히는 것이 되어 민심이 모두 폐하께 돌아올 것이오나, 만약 사사로운 원수를 갚기에 급급하셔서 손권을 먼저 치시면 어지러운 민심을 무엇으로 수습할 수 있겠나이까? 바라옵건대 손권을 치는 것만은 후일로 미루도록 하소서."

유비는 승상 공명의 간언을 물리치기가 어려워 아무 말도 하지 않고 침묵을 지켰다. 그러나 손권을 쳐서 기어코 관우의 원수를 갚고 싶은 마음은 여전히 간절했다.

그동안에 장비는 어찌하고 있었던가.

멀리서 낭중(閬中)을 지키고 있던 장비는 관우가 손권의 손에 죽었다는 소식을 듣자 주야를 가리지 아니하고 날마다 땅을 치며 대성통곡했다. 식음을 전폐하다시피 하고 열흘, 보름을 계속해 울어도 그의 슬픔은 그칠 줄을 몰랐다. 제아무리 천하장사라도 날마다 슬픔에 잠겨 있어서는 몸이 견디낼 수가 없었다.

부하들은 근심을 하다못해 장비에게 술을 권했다. 장비는 워낙 술을 좋아하는지라 날마다 대취해 오직 관우를 생각하며 눈물로 세월을 보냈다.

"손권아, 어디 두고 보자. 네 목은 기어이 내 손으로 베어 운장 형님의 원수를 갚고야 말 테다."

장비는 만취하여 동녘 하늘을 노려보며 이를 가는 것이 버릇처럼 되었다. 그러한 어느 날 성도에서 사자가 달려왔다. 유비가 제위에 올랐음을 알리며 장비에게는 거기장군(車騎將軍) 서향후(西鄕侯)의 벼슬을 내린다는 기별이 온 것이었다.

장비는 조서를 다 읽고 나자 북방을 향하여 무릎을 꿇고 앉아 큰절을 했다. 그리고 나서 사자에게 물었다.

"운장 형님이 손권에게 살해된 원한이 골수에 맺혔는데도 제위에 오르신 폐하께서는 일언반구의 말씀도 없으시니 어찌된 일이오?"

사자가 대답했다.

"중관들이 조비를 무찌르고 나서 오를 쳐야 한다고 간하여 당분간은 손권을 치지 않을 것 같나이다."

장비가 크게 노하여 말했다.

"그게 무슨 말이오? 우리 삼 형제가 도원에서 결의할 때 생사를 같이하기로 했는데, 이제 원수 갚을 생각을 아니하면 무슨 낯으로 지하의 영령을 대할 수 있겠소? 정말 그렇다면 내가 가서 폐하를 만나 뵙고 직접 여쭤야 하겠소."

장비는 그날로 사자와 함께 성도로 유비를 찾아 떠났다.

장비는 유비를 보자 그의 발밑에 엎드려 통곡하며 아뢰었다.

"폐하는 지난날 도원의 맹세를 잊으셨나이까? 어이하여 운장 형님의 원수를 갚을 생각을 아니하시나이까?"

유비는 울면서 대답했다.

"만조백관이 대세의 완급을 들어 간하기에 경솔히 거사를 하지 못하고 있는 형편이라네."

"남이야 뭐라고 하든 우리는 우리의 신의를 지켜야 할 것이 아니옵니까? 신은 죽는 한이 있어도 형님의 원수를 갚고야 말 것입니다."

유비는 더욱 흐느껴 울며 대답했다.

"짐도 경과 뜻을 같이하니 일단 낭중으로 돌아가 먼저 군사를 일으켜 오를 치도록 하오. 짐도 곧 군사를 일으키겠소."

장비는 유비의 허락을 받아내자 크게 기뻐하며 손권을 치기 위해 그날로 낭중으로 돌아왔다.

낭중으로 돌아온 장비는 예하 부대의 모든 장병들에게 실로 놀라운 명령을 내렸다.

"우리는 운장의 원수를 갚기 위해, 수일 내에 총출동하여 손권을 토벌할 것이다. 모든 군사들은 삼 일 안으로 흰 갑옷을 지어 입도록 하라."

실로 무리하기 짝이 없는 군령이었다. 군사가 일이천 명이라면 삼 일 안에 흰 갑옷을 지어 입을 수 있을 것이다. 그러나 십만 대군이 사흘 안에 흰 갑옷을 지어 입는다는 것은 절대로 불가능한 일이었다. 그 많은 갑옷을 지을 수도 없을 뿐더러 우선 옷감을 마련하기조차도 불가능했다.

"삼군(三軍)이 사흘 안에 흰 옷을 지어 입기는 절대로 불가능한 일이오니 장군께서는 그 점을 깊이 양찰하소서."

장비의 하급 장수인 범강(范疆)과 장달(張達)이 장비 앞에 나와 공손히 말했다. 그러나 장비는 그 소리를 듣고 눈알을 부라리며 외쳤다.

"내 형님의 원수를 갚으려고 출동하는데, 네 어찌 장령을 어기려느냐?"

"삼군의 갑옷을 삼 일 안으로 바꾼다는 것은 사실상 불가능한 일입니다."

장비는 그 말에 더욱 노했다.

"이놈! 네가 뉘 말에 거역을 하느냐! 여봐라, 저 두 놈을 당장 끌어내어 태형에 처하라!"

범강과 장달은 애매하게도 그 자리에서 끌려나와 살이 문드러지고 뼈가 으스러지도록 볼기를 맞았다. 실로 억울하기 짝이 없는 일이었다. 범강은 매를 맞고 나서 한숨을 쉬며 장달에게 말했다.

"오늘은 태형으로 끝났지만 사흘 뒤에는 도저히 목숨이 남아 있지 못할 것 같소. 우리는 이 일을 어찌했으면 좋겠소?"

장달은 한동안 심사묵고에 잠겼다가 가만히 입을 열어 말했다.

"어차피 장비의 손에 죽을 형편이라면 우리가 선수를 쳐서 그를 죽여야 할 것이오."

실로 놀랍기 짝이 없는 제안이었다. 그러나 장비의 손에 죽지 않으려면 그를 죽일 수밖에 없다는 것은 범강도 잘 알고 있었다.

"그 말에는 나도 동감이오. 그러나 우리가 무슨 재주로 장비를 죽일 수 있겠소?"

"관운장이 죽은 이후로 장비는 심사가 비통하여 저녁마다 술에 곤죽이 되어 있소. 장비가 술에 취해 깊이 잠들었을 때 우리 둘이 장중으로 들어가 칼로 찔러 죽이면 될 것이오."

범강은 그 말에 고개를 끄덕였다.

이날 밤 삼경이었다. 범강과 장달은 칼을 품고 장비가 자는 장중으로 들어갔다.

"누구냐!"

수문장이 어둠 속에서 창을 내밀며 큰소리로 외쳤다. 그러나 범강과 장달은 태연하게 대답했다.

"장군께 급히 여쭐 말이 있다!"

수문장은 별다른 의문을 품지 않고 두 장수를 통과시켜주었다. 범강과 장달이 장중으로 들어와보니 역시 장비는 만취하여 무섭게 코를 골고 있었다. 범강과 장달은 일시에 덤벼들어 창으로 장비의 가슴을 찔렀다. 천하의 장수 장비도 가슴을 두 군데나 찔리자 어쩔 수 없었다. 그는 비명을 지르며 일어나려다가 세 번 네 번 연거푸 가슴을 찔리는 바람에 마침내 숨을 거두고 말았다.

이때 장비의 나이는 오십오 세였다. 유비를 주상(主上)으로 받들고 천하를 얻어보려던 그의 커다란 꿈은 예기치 못했던 부하들의 모반으로 어이없게도 중도에서 물거품이 되고 말았다. 범강과 장달은 그 자리에서 장비의 목을 베어들고 오의 손권에게 투항했다.

한편, 유비는 장비와 때를 같이하여 손권을 칠 생각에 대군을 징발하여 오로 향하니 대소관료들이 그를 전송하기 위해 모두 뒤를 따랐다. 공명도 십 리 밖까지 나와 군사를 전송한 후에 성도로 돌아왔으나 심사가 우울하기 짝이 없어 탄식의 말을 쏟았다.

"법정(法正)이 만약 이곳에 있었더라면 이 길을 막았을 것을……."

한편, 유비는 몸소 군사를 이끌고 출정에 올랐으나 밤마다 꿈자리가 좋지 않았다. 신기가 매우 불편한 중에, 하루는 젊은 장수 하나가 바람처럼 말을 달려왔다. 그는 유비를 보기 무섭게 말 위에서 떨어지듯 뛰어내리더니 땅 위에 엎드려 통곡을 쏟았다. 자세히 보니 그 젊은 장수는 장비의 맏아들 장포(張苞)였다.

"아니 네가 웬일이냐?"

유비는 불길한 예감을 느끼며 말에서 뛰어내려 조카를 잡아 일으켰다.

"폐하! 선친께서 범강과 장달에게 배신을 당하여 세상을 떠나셨나이다."

장포는 울면서 비통한 어조로 아뢰었다.

"무어? 장비가 죽었다고?"

유비는 장비의 부음을 듣자 그 자리에서 혼도(昏倒)하고 말았다. 이윽고 신하들이 응급히 치료하여 간신히 깨어나기는 했으나 그의 비통은 말로 다할 길이 없었다.

"우리 세 사람이 도원에서 의를 맺을 때 생사를 같이하자 했거늘 먼저는 운장이 죽더니 이제 장비마저 떠났으니 짐은 이제 무슨 면목으로 생을 누리겠소."

유비는 거의 식음을 전폐하다시피 하고는 날마다 관우, 장비의 죽음을 슬퍼했다.

"폐하께서는 성세(聖歲)가 이미 육순이신데 만승의 몸을 돌보지 않으시고 날마다 애통에만 잠겨 계시면 장차 천하를 누가 다스리오리까?"

신하들이 그렇게 간하자 유비가 하염없이 눈물을 흘리며 대답했다.

"두 아우가 이미 세상을 떠났거늘 이 늙은 몸이 더 살아서 무엇 하오?"

"그것은 실로 심약하신 말씀이옵니다. 두 분 아우를 진정으로 극진히 위하신다면 지금은 부질없이 슬퍼하고 계실 때가 아니옵니다. 이런 때일수록 더욱 힘을 기울여 손권을 멸망시키고 돌아가신 분들의 영령을 위무해 드려야 할 것입니다."

유비는 그 소리를 듣자 크게 깨달은 바 있는 듯 고개를 침통하게 끄덕이며 말했다.

"경의 말씀이 옳소. 손권은 이미 짐과는 불구대천지 원수요. 이제 짐이 나라를 기울여 손권을 멸망시키든지, 불연이면 목숨을 끊든지 택일해야 할 것이오."

유비는 즉석에서 오나라 정벌의 출동령을 내렸다.

공명은 물론 애초부터 반대한 일이었다. 이 시점에서 국력을 쏟아 손권을 치는 것은 크게 불리하기 때문이었다. 그러나 유비의 결심을 꺾을 수가 없음을 깨닫고 홀로 한숨만 쉬고 있을 따름이었다.

복수전

유비가 대군을 거느리고 오나라 정벌의 길에 오르려 하니 장비의 맏아들 장포가 아뢰었다.

"이번 출정에는 소장이 선봉으로 나서게 해주시옵소서."

"오오! 네 뜻이 장하구나. 너를 선봉으로 삼을 테니 부친의 원수를 갚는 데 전력을 다하라."

그러나 뒤에 있던 관우의 아들 관흥이 나서며 말했다.

"저도 선친의 원수를 갚겠사오니 선봉으로 삼아주소서."

관흥의 부탁을 받고 보니, 선봉을 서려는 그의 심정을 알고도 남음이 있었다.

"장포에게 이미 선봉을 허락했으니, 두 장수가 모두 선봉을 설 수는 없지 않느냐?"

관흥은 어쩔 수 없어 장포를 보고 말했다.

"그대는 선봉을 나에게 넘기라!"

"그건 안 된다. 내가 앞장서서 부친의 원수를 갚아야 하겠다."

"손권을 죽여 원수를 갚아야 할 사람은 그대보다도 내가 아니냐? 잔말 말고 선봉은 나에게 맡기라!'

"그건 안 된다."

장포와 관흥이 제각기 선봉을 서려고 말다툼을 하니 유비는 옆에서 보기가 매우 딱했다.

"그러면 너희끼리 옥신각신할 것이 아니라 무예를 다투어 선봉장을 결정하겠다. 백 보 밖에 깃발을 세워 홍심(紅心)을 맞추는 사람을 선봉으로 삼겠노라."

군사들이 명령대로 백 보 밖에 깃발을 세웠다. 장포가 먼저 화살을 쏘는데, 연거푸 쏘아 갈긴 화살 세 대가 모두 다 홍심 한복판에 들어맞았다. 구경하던 사람들이 감탄의 환호성을 올렸다. 그러나 관흥은 조금도 주눅들지 않았다.

"깃발의 홍심을 쏘아 맞추는 것이 뭐 그리 대견스러우랴!'

관흥이 그렇게 중얼거리며 화살을 막 쏘려는데, 문득 머리 위에서 끼루룩 끼루룩 하고 기러기 우는 소리가 들려왔다. 머리를 들어보니 아득히 먼 하늘가에 십여 마리의 기러기가 떼를 지어 날아가고 있었다.

"내 깃발을 쏘는 대신에 저기 날아가는 기러기 떼 가운데 앞에서 세 번째 기러기를 쏘아 떨어뜨리겠다."

관흥이 말을 마치기 무섭게 화살을 쏘아 갈기니 날카로운 시위 소리가 들리며 하늘 높이 날아가던 세 번째 기러기가 갑자기 급전직하로 땅에 떨어지는 것이 아닌가.

"와아! 과연 명사수로구나!'

관람석에서 환호성이 높이 올랐다. 그러자 장포가 크게 노여워하며, 장비의 유물인 장팔사모를 휘두르면서 소리쳤다.

"관흥아, 자신이 있거든 너와 내가 직접 승부를 겨루어보자!"

관흥도 매우 못마땅한 듯이 큰 칼을 비껴들고 말을 달려 나오며 외쳤다.

"너는 무슨 재주가 장하다고 나에게 덤비느냐! 재주를 겨룰 자신이 있거든 한번 덤벼보라!"

사태가 험악해지자 유비도 조카들을 가로막으며 큰소리로 꾸짖었다.

"너희들은 짐 앞에서 어찌 이리 무례한 것이냐?"

장포와 관흥은 그제야 자신들의 경솔함을 깨닫고 제각기 말에서 뛰어내려 땅에 엎드렸다.

"소장이 잘못했으니 엄중히 벌해 주소서."

"아니올시다. 소장이 잘못했사오니 엄중히 벌해 주소서."

"너희들이 성은 비록 다르나 의리로 보아서는 형제나 다름이 없다. 이제 부친의 상을 당한 지 얼마 되지 않았거늘 벌써부터 다투기 시작하니 장차 앞날이 어찌 될 것인지 매우 걱정스럽구나!"

장포와 관흥은 머리를 땅에 조아리며 말했다.

"저희들이 죽을죄를 저질렀나이다. 앞으로 다시는 이런 일이 없도록 하겠나이다."

"너희들 중에 누가 더 나이가 많으냐?"

"제가 관흥보다 한 살이 더 많사옵니다."

"그러면 관흥은 오늘부터 장포를 섬기고, 장포는 관흥을 아우로 여겨 생사고락을 같이하라!"

관흥이 그 말을 듣고 장포에게 머리를 수그려 절하며 말했다.

"형님, 제가 잘못했으니 용서하오."

그러자 장포도 관흥의 손을 붙잡으며 말했다.

"아닐세, 내가 잘못했네."

두 젊은 장수가 손을 굳게 마주 잡고 피차의 잘못을 사죄하니, 유비는 매우 흡족한 얼굴로 고개를 끄덕였다.

그런 일이 있은 지 수일 후에 유비는 오반(吳班)을 선봉장으로 삼고 장포와 관흥을 좌우에 거느리고 불공대천의 원수인 손권 정벌의 장도에 올랐다.

그 무렵 손권의 사정은 어떠했던가.

손권은 촉에서 귀순해 온 범강, 장달로부터 유비의 동태를 전해 듣고는 크게 놀랐다. 손권이 문무백관을 한자리에 모아놓고 물었다.

"현덕이 제위에 올라 정병 칠십만을 몸소 거느리고 쳐들어온다니 어찌했으면 좋겠소?"

모두들 새로운 정보에 겁을 집어먹는 중에 제갈근이 나서며 말했다.

"신이 현덕을 찾아가 촉과 우리가 힘을 합하여 조비를 치도록 설복해 보겠나이다."

"현덕의 마음을 돌리기 위해서는 그게 상책일 것 같소. 그러면 경이 수고해 주기 바라오."

이리하여 제갈근은 무거운 책임을 지고 촉국으로 유비를 찾아나서게 되었다. 그러나 유비는 제갈근을 만나려 하지 않았다.

"짐이 원수의 나라에서 온 사람을 왜 만나야 하오?"

유비가 고집을 부리자 황권이 간했다.

"제갈근은 군사 제갈공명의 친형이옵고, 또 그를 만나 손권의 죄악상을 분명히 알려줄 필요가 있사오니 한번 만나보심이 좋을 것 같나이다. 그가 무슨 용무로 왔는가를 알아보는 것은 결코 해롭지 않을 것입니다."

"그렇다면 제갈근을 들어오라 하오."

제갈근은 배알의 허락을 받고 유비 앞에 나오자 땅에 머리를 조아리며 말했다.

"삼가 아뢰옵니다. 신의 아우 공명은 오래 전부터 폐하를 섬기고 있사옵니다. 그런 까닭에 신은 본시부터 촉과 오의 싸움을 피하도록 노력해왔사옵고, 오후(吳侯)께서도 관 공에게 여러 차례 친교를 요청했던 바 있었사옵니다. 그후 조조가 오후께 사람을 보내어 관 공을 치도록 여러 차례 간청한 일도 있었으나 오후께서는 끝내 거절해 왔습니다. 그러한 오후께서 어찌 관 공을 살해했을 리 있겠사옵니까? 관 공이 세상을 하직하게 된 것은 여몽 때문이옵니다. 관 공과 사이가 나빴던 여몽이 오후께서 알지 못하는 사이에 저지른 일입니다. 오후께서는 나중에야 그 사실을 알고 여몽을 크게 나무라셨습니다. 여몽은 결국 그 일로 인해 세상을 떠났으니, 이제는 관 공의 원수를 갚은 것이나 다름없는 줄로 아뢰옵니다. 그리고 또 한 가지 아뢰올 것은 손 부인께서 항상 폐하를 그리워하시니, 이번에 돌려보내드릴 것입니다. 또한 촉에서 항복한 장수들을 돌려드릴 생각이옵고, 말썽의 근원인 형주 땅도 폐하께 돌려드려 양국의 의를 가일층 돈독히 하고자 하오니 폐하께서는 현명하게 양해해 주십시오."

그러나 유비는 제갈근의 말이 끝나기 무섭게 크게 노하며 꾸짖었다.

"짐의 아우 관운장을 죽이고 나서 그런 잔꾀를 쓴다고 누가 속을 줄 아시오?"

제갈근은 머리를 조아리며 다시 아뢰었다.

"폐하께서는 어찌 대의을 저버리고 소의만 존중하시나이까? 조비는 한실의 황제를 폐하고 스스로 제위에 올랐사옵니다. 폐하께서는 어찌하여 조비를 쳐서 한실을 부흥시킬 생각을 아니하시고, 한낱 사사로운 소의를 위해 오를 치려고 하시나이까? 그것은 폐하께서 조비를 간접적으로 돕는 것으로 한실의 재기를 영원히 막아버리는 처사라 아니할 수 없습니다."

유비는 더욱 노해 말했다.

"입을 닥치오! 형제의 의조차 지키지 못하면서 어찌 대의를 다할 수 있단 말이오. 짐은 그대의 아우인 군사 공명 선생의 낯을 보아 차마 죽이지 않을 터이니 빨리 돌아가 손권에게 짐의 칼을 받으라 하오!"

유비의 태도가 너무도 강경하므로 제갈근은 헛되이 돌아오고 말았다.

손권이 제갈근의 보고를 받고 걱정해 마지않으니 중대부 조자(趙咨)가 말했다.

"만약 조비로 하여금 한중을 엄습하게 하면 현덕이 우리를 공격하지 못할 것입니다. 신이 조비를 찾아가 이해(利害)로써 한중을 치도록 설복해 보겠나이다."

"이제는 그렇게라도 해보는 수밖에는 방법이 없을 것 같구려. 이번 일은 실로 중대하니 실수가 없도록 십분 주의하오!"

손권은 신중을 기하면서 조자를 위에 다녀오도록 명했다.

조자는 위국에 오자 우선 태위 가후를 만나 조비와 대면시켜주기를 부탁했다.

조비는 오에서 표문을 가지고 사람이 왔다는 소리를 듣고 회심의 미소를 지었다.

'손권은 현덕의 세력을 꺾을 수 없으니까 나의 도움을 받으려고 사람을 보내왔구나!'

조비가 조자를 만나 물었다.

"오후(吳侯)의 사람됨이 어떠하오?"

오만불손하기 짝이 없는 질문이었다.

조자가 머리를 조아리며 대답했다.

"오후께서는 총명과 인지와 응략을 겸비하신 영웅이옵니다."

그 소리를 듣고 조비가 껄껄껄 웃었다.

"경은 오후에 대한 칭찬이 너무도 과하구려!"

조자가 다시 말했다.

"신의 칭찬은 결코 과한 것이 아니옵니다. 과거의 사실들이 그 점을 여실히 증명하옵니다."

"과거의 무엇이 증명한단 말이오?"

"오후께서는 일개 졸병에 불과한 노숙을 발탁하여 모사로 삼으셨으니 그것은 총명이옵고, 행진에서 여몽을 골라내어 대장으로 쓰셨으니 그것은 명견이옵고, 우금을 사로잡았으나 죽이지 않았으니 그것은 인자이옵고, 싸우지 아니하고 형주를 돌려받았으니 그것은 지혜이옵고, 삼강(三江)을 근거로 천하를 노려보니 이는 웅대한 기상이 아니고 무엇이겠나이까?"

조자의 대답은 청산유수와 같았다.

"오후의 학식은 어떠하오?"

"오후께서는 그 바쁘신 정무 중에도 손에서 책을 놓으시는 일이 없으니 학식은 말씀드릴 것도 없이 동서고금의 성전에 모두 통효하십니다."

"그러면 짐이 오를 엄습해도 막아낼 자신이 있단 말이오?"

"만약 그런 경우를 당하면 오는 최후의 일병까지 전력을 다해 막아내오리다."

"오에 경과 같은 인재가 몇 명이나 있소?"

"오에는 천하대세에 통달한 인재가 수백 명이 되옵니다. 따라서 신 같은 인간은 감히 인재의 열에 들지도 못하옵니다."

조비는 조자의 대답에 크게 동했다.

"경의 말을 들어보면 손권은 가히 쓸 만한 인재인가 보오. 그러면 짐이 오후를 오왕(吳王)에 봉할 테니 돌아가서 그 뜻을 전하시오."

대부 유엽이 그 소식을 듣고 조비에게 간했다.

"현덕과 손권을 싸우게 하면 우리는 어부지리를 얻어 천하를 평정하기 쉬울 터인데 어찌하여 손권을 두둔하려 하시나이까?"

"그것은 옳지 못한 생각이오. 손권이 스스로 칭신(稱臣)해 오는데 어찌 그의 청을 거절할 수 있겠소."

"손권을 돕는 것은 호랑이를 기르는 것과 같습니다."

"손권을 그다지도 두려워하는 이유를 모르겠소. 쓸 만한 인재를 거두어들이는 것은 짐의 관용이오."

이리하여 조비는 손권을 오왕에 봉하기 위해 형정(邢貞)을 사자로 보냈다.

한편, 손권은 조비가 자신을 오왕에 봉하기로 했다는 소식을 듣고 내심 크게 기뻐했다. 그러나 모사 고옹은 조비의 처사를 매우 못마땅하게 여기며 완강하게 반대하고 나섰다.

"조비 따위가 무엇인데 주공께서는 그런 자의 벼슬을 받으려 하시나이까?"

손권이 고개를 흔들며 대답했다.

"옛날 패공(沛公)도 항우가 주는 벼슬을 받았던 적이 있소. 모든 일은 정세의 변화에 따라 임기응변으로 처리해야 하는 법이오. 현재 정세라면 조비가 주는 벼슬이기로 물리칠 이유가 없을 것이오."

손권은 친히 성문 밖까지 조비의 사신인 형정을 마중 나왔다.

형정은 천자의 칙사라는 오만심에 말에서 내리지도 않고 손권을 맞이했다. 장소가 그 광경을 보고 벼락처럼 호령을 질렀다.

"그대가 아무리 칙사이기로, 상하의 예의도 모르는가? 여기가 어느 안전이라고 감히 마상에서 주공을 영접하는가?"

형정이 벼락같은 호통을 듣고 나서야 벌벌 떨며 말에서 뛰어내렸다. 손권이 형정의 손을 끌어당겨 자기 수레에 태우며 말했다.

"원로에 오시느라고 얼마나 고생스러우셨소. 이제 형 공을 대하게 되니 기쁘기 한량없구려."

손권은 큰일을 도모하기 위해 감정에 사로잡히지 않고 어디까지나 형정의 환심을 사려 애썼다.

한편, 유비는 손권의 화친 제의를 물리치고 즉시 군사를 총동원하여 오를 향해 진군했다. 관우와 장비의 원수를 갚기 위해 여하한 일이 있어도 손권을 섬멸할 결심이었다.

유비가 수십만 대군을 친히 거느리고 수륙 양면으로 쳐들어온다는 정보를 입수한 손권은 아연히 놀랐다. 비록 조비에게서 왕위를 받았으나 군사지원 약속을 받아내지 못했기 때문이었다.

"유비가 총력을 기울여 진군해 온다고 하오. 지금이야말로 우리로서는 국가존망지추(國家存亡之秋)가 아닌가 하오. 이제 우리는 어떤 대책을 쓰면 좋겠는지 의견을 말해 보오."

손권은 급히 문무백관을 소집하여 물었다. 그러나 아무도 대답하는 사람이 없었다. 총력을 기울여 공격해 오는 유비를 막아내기란 사실상 불가능한 일이라고 생각했기 때문이었다.

손권은 말없는 막료들을 바라보며 무심중에 한숨을 쉬었다.

'전에는 내 수하에 지장도 있었고, 모사도 있었지 않은가? 주유가 죽은 후에는 노숙이 있었고, 노숙이 죽은 뒤에는 여몽이 있었다. 이제 여몽마저 죽은 오늘날에는 적의 공격을 받아도 믿고 의논할 막료가 한 사람도 없으니 이 어찌 슬프지 않은가.'

손권은 속으로 그렇게 한탄하며 신하들의 무능을 노골적으로 꾸짖었다.

"왜 모두들 말이 없소? 우리는 아무런 대항도 하지 못하고 이대로 현덕의 손에 망해야 한단 말이오?'

바로 그때였다. 저 멀리 말석에 앉아 있던 어린 장수가 벌떡 일어서더니 늠름하게 말했다.

"주공, 군사 오만만 주시면 소신이 촉군을 막아낼 뿐만 아니라 유비를 사로잡아 오겠나이다."

얼굴을 보니 그는 선친 때부터 충신의 핏줄을 이어오던 손씨 가문의 소년장군 손환(孫桓)이었다.

"오, 소년장군 손환이 아닌가? 그대는 어린 몸으로 무슨 계책이 있어 촉군을 막아내겠단 말인가?"

손권이 감격하여 물었다.

손환이 머리를 조아리며 대답했다.

"소장의 수하에는 이이(李異)와 사정(謝旌)이라는 두 장수가 있나이다. 그들이 만부지용(萬夫之勇)을 가지고 있으니 오만 군사만 주시면 유비를 사로잡아 올 수 있겠나이다."

"진실로 영용(英勇)하기 그지없구나. 그러면 군사 오만을 주되 어린 너만 보낼 수 없으니 호위장군(虎威將軍) 주연(朱然)과 함께 출전하라."

이리하여 소년장군 손환은 군사 오만을 이끌고 촉군을 맞아 싸우게 되었다.

이때 유비의 군사는 위세가 당당하여 진군하는 곳마다 항복하지 않는 곳이 없었다. 유비는 별다른 저항도 겪지 않고, 이미 오의 요충인 의도(宜都)에 이르렀다.

손환은 그 사실을 알고 의도의 전방에 진지를 구축하고 적을 기다렸다. 촉군이 적과 대치하여 전진을 주저하니 유비가 크게 노해 소리쳤다.

"젖비린내 나는 손환이 뭐가 두려워 전진을 주저하는가?"

그러자 관흥이 나서며 말했다.

"신이 나가 손환을 섬멸시키고 오겠나이다."

"오오! 네 용기가 장하구나! 그러면 손환은 네가 섬멸시키도록 하라!"

그 말을 듣고 장포가 말했다.

"관흥이 손환을 섬멸해 버리면 신은 누구와 더불어 싸우겠나이까? 원컨대 신도 같이 나가 싸우게 하소서."

"두 조카가 나란히 나가는 것은 좋으나, 둘이 함께 싸우려면 협조가 필요하니 부디 실수가 없도록 하라."

유비는 두 조카의 심정을 생각해 함께 나가 싸우기를 허락했다.

장포가 선봉으로 달려 나오니 적의 선봉 이이가 마주 나왔다. 두 장수는 삼십여 합을 싸웠다. 그러나 이이는 장포의 상대가 아니었다. 이이가 말머리를 돌려 급히 도망치니 장포가 맹렬히 추격했다. 마침 그때 오의 비장 담웅(譚雄)이 장포에게 활을 쏘아 갈겼다.

장포가 날랜 동작으로 화살을 피했지만 화살은 말의 앞가슴에 정통으로 들이박혔다. 말이 소리를 크게 지르며 두어 번 크게 비틀거리다 땅바닥으로 고꾸라졌다. 이이가 때를 놓치지 않고 다시 덤벼들어 장포의 머리에 도끼를 내리치려는데 홀연 어디선가 화살 하나가 날아와 이이의 이마에 정통으로 꽂혔다.

"아쿠!"

이이는 외마디 비명을 지르며 그 자리에 쓰러졌다.

그 화살은 싸움을 보고 있던 관흥이 장포가 불리해지는 것을 보고 급히 달려 나오며 쏘아 갈긴 것이었다. 관흥이 화살에 고꾸라진 이이의 머리를 베고 다시 장포와 함께 적을 엄습하니 손환의 군사는 크게 패하여 급히 쫓겨 달아났다. 그러나 간단히 항복할 손환이 아니었다. 다음날은 손환 자신이 전선으로 달려 나와 관흥에게 싸움을 청했다.

관흥과 손환이 맞서 싸우기 시작한 지 삼십여 합이 지났을 때였다. 손환이 마침내 힘이 부족한지 뒤로 쫓겨 달아나니 이번에는 사정이 달려 나왔다. 촉군에서는 관홍 대신 장포가 싸움을 가로맡았다. 그리하여 십여 합도 채 못 싸워 사정의 목을 잘라버리니, 한편에서는 관홍이 담웅을 칼로 찔러 죽이고 있었다.

이틀 동안에 오의 대장 세 사람이 모두 죽으니 용감한 손환도 싸우기를 단념하고 손권에게 구원을 청하는 수밖에 없었다.

촉군은 크게 승리했으나 그것으로 만족하지 않았다. 장남(張南), 풍습(馮習) 등의 젊은 장수가 도독 오반(吳班)에게 건의했다.

"오병이 형편없이 패주했으니 이 기회에 적의 영채를 겁탈하여 아예 전멸시켜버립시다."

그러나 오반이 주저하며 말했다.

"적의 육군은 패주했으나 주연(朱然)이 거느리고 있는 수군은 아직도 건재하오. 우리가 무모하게 전진했다가 적에게 후방을 차단당하면 어떡하오?"

"그에 대한 계책은 지극히 쉽습니다. 관홍, 장포 두 장수에게 각각 군사 오천을 주어 후방에 잠복해 있다가 적이 나타나면 무찔러버리게 하면 될 것입니다."

오반은 그 계책을 옳게 여겨 관홍과 장포로 후방을 지키게 하고 나머지 대군은 적의 본진을 엄습하기로 했다.

또다시 촉군과 오군의 싸움이 벌어졌다. 그러나 한쪽은 쫓기는 군사요, 다른 한쪽은 승승장구로 추격하는 군사이니 승부는 자명지사였다. 이미 예측한 대로 주연이 수군을 이끌고 후방을 찔러 왔으나, 그들 역시 관홍, 장포의 불의의 반격을 받아 어이없이 패주하고 말았다.

오군을 무찌른 촉의 위풍은 강동 일대를 크게 진동케 하고도 남았다.

끝없는 원한

유비가 대승을 크게 기뻐하며 관흥, 장포를 칭찬하고 있는데, 문득 근시가 들어오더니 급히 새로운 정세를 알렸다.

"손권이 이번 싸움에 패한 것을 설욕하기 위해 한당을 정장(正將)으로 삼고, 주태를 부장으로 삼아 반장, 능통, 감녕 등과 함께 십만 대군으로 반격을 가해 오는 중이라 하옵니다."

유비는 그 소리를 듣고 더욱 기뻐했다.

"저들이 대거해 온다면 지금이야말로 우리의 원수를 갚을 기회로다! 이번에는 짐이 친히 선봉이 되어 적을 맞이하리라."

유비가 출진 준비를 서두르고 있는데 뜻하지 않은 기별이 왔다.

"노장 황충이 적에게 투항을 한 것 같습니다."

유비는 그 소리를 듣고 껄껄껄 웃었다.

"무슨 당치도 않은 소리들이냐? 짐은 노장 황충의 나이가 너무도 많으니 이번 싸움에는 출전하지 않는 게 좋겠다고 했다. 황 장군이 늙었다는 말이 듣기 억울해 군령도 안 받고 싸움터에 나간 모양이로다. 노장이 혹시라도 실수가 있을까 두려우니 관흥, 장포는 속히 나가 황 장군을 도와드리도록 하라!'

황충을 믿는 유비의 신념은 확고부동했다.

과연 유비의 추측은 옳았다. 황충은 쓸모 잃은 늙은 장수라는 말을 듣기가 억울하여 적을 무찌르기 위해 전선으로 달려 나왔던 것이다. 일선에 있던 모반, 장남, 풍습 등이 노장 황충을 보고 깜짝 놀랐다.

"노장께서는 어찌하여 이곳까지 나오셨나이까?"

"늙은 퇴물 장수라는 말을 듣고 가만히 앉아 있을 수가 없어 적장을 베러 나왔소."

마침 그때, 적이 나타났다는 기별을 들은 황충은 무섭게 말을 달려 전선으로 나갔다. 장남, 풍습 등이 황충을 도우려고 뒤쫓아갔다. 황충은 그들의 응원도 거절하고 단독으로 일선으로 나섰다.

적의 선봉장 반장이 황충을 보자 부장 사적(史蹟)을 내보내어 싸우게 했다. 사적은 황충과 싸우기 시작한 지 삼 합 만에 황충의 칼에 목이 날아갔다. 이번에는 반장이 청룡도를 휘두르며 달려 나왔다. 반장은 관우를 죽인 장수로, 그가 지금 쓰고 있는 청룡도 또한 관우가 애용하던 바로 그 칼이었다. 반장은 십여 합을 싸웠으나, 도저히 황충을 당할 수가 없었다. 그리하여 칼을 질질 끌며 무참히 도주했다.

장포가 달려 나와 황충에게 말했다.

"소장은 성지를 받들고 노장군을 도우러 왔나이다. 이미 대공을 세우셨으니 이제 그만 회영(回營)하소서."

그러나 황충은 말을 듣지 않았다.

"아직도 원수를 제대로 갚지 못했으니 어찌 이대로 돌아갈 수 있겠소."

다음날 싸움은 다시 시작되었다. 이번에는 적의 대장 주태와 한당이 반장, 능통과 함께 총반격을 가해 왔다.

늙은 장수 황충이 적의 맹장들을 맞아 좌충우돌하며 종횡무진 싸우니, 아무도 그를 당해 낼 수 없었다. 오군 장수들이 삼십여 리나 쫓겨가는데, 문득 먼 곳에서 마충(馬忠)이 황충에게 화살을 쏘았다. 시위를 떠난 화살이 황충의 가슴에 정통으로 맞았다. 노장 황충이 그대로 말에서 떨어졌다. 그 순간 관흥이 나는 듯이 달려나가 황충을 일으켜 본진으로 모서왔다.

유비가 부상당한 황충을 보고는 손을 움켜잡으며 말했다.

"노장을 이렇게 만든 죄는 모두 짐에게 있소이다."

황충이 겨우 눈을 뜨고 유비를 바라보았다.

"한낱 무부인 신이 폐하의 과분한 은총을 받아오다가 이제 칠십오 세로 세상을 떠나게 되니 아무런 유한도 없나이다. 바라옵건대 폐하께서는 부디 옥체를 보존하시어 중원을 도모하소서."

그 말이 끝나자 황충은 고요히 숨을 거두었다. 유비는 이미 시체가 되어버린 황충의 손을 붙잡고 목을 놓아 통곡했다.

유비는 노장의 장례를 융숭하게 지내주었다. 황충이 숨을 거두는 바람에 오호대장 중에서 남은 장수는 조자룡과 마초뿐이었다. 관우, 장비, 황충 모두 오의 손에 목숨을 빼앗겼는지라 손권에 대한 그의 원한은 날이 갈수록 골수에 사무쳤다.

유비는 남은 군사를 이끌고 또다시 동오 토벌의 길에 올랐다. 유비가 좌우에 수많은 장수들을 거느리고 전선으로 나오니, 오에서도 대장 한당과 주태가 앞으로 나오며 소리쳤다.

"폐하는 어찌하여 경솔하게도 친히 일선에 나오신 것이오이까? 만약 실수가 있으면 후회한들 소용없을 것이니, 지금 당장 물러가는 것이 좋을까 하오이다."

유비가 대로하여 한당을 꾸짖었다.

"네 이놈! 네 놈들이 짐의 수족을 꺾어놓았으니 짐은 맹세코 너희를 멸망시키리라."

한당이 좌우를 돌아보며 외쳤다.

"뉘 나가서 촉주(蜀主)를 꺾을 자 없느냐!"

그 소리에 부장 하순(夏恂)이 칼을 높이 들며 말을 달려 나왔다. 그를 보고 장포가 장팔사모를 휘두르며 달려나가 싸움을 가로맡았다. 두 장수가 삼 합도 채 안 싸워 하순이 장팔사모에 찔려 죽으니, 주태의 동생 주평(周平)이 달려 나왔다. 그러자 관흥이 달려나가 창칼을 부딪치더니 그 역시 삼 합도 채 싸우지 않고 주평을 단칼에 베어 죽여버렸다. 두 장수가 장포와 관흥의 손에 어이없게 쓰러지는 것을 본 대장 감녕이 대로하여 말을 달려 나왔다. 그러나 감녕 역시 제대로 싸워보지도 못하고 부장들이 쏘아 갈기는 화살에 쓰러졌다. 결국 오군은 크게 동요되어 각기 어지러이 쫓겨 달아나기 시작했다.

유비가 오군을 크게 무찌르고 나서 깨닫고 보니 관흥이 어디로 갔는지 보이지 않았다. 유비는 크게 놀라 소리쳤다.

"장포야, 관흥이 어디로 갔는지 급히 찾아보라!"

그때 관흥은 적진 깊숙이 엄습해 들어가다가 천만 뜻밖에도 부친을 살해한 반장을 만났다. 반장은 관흥을 보자 혼비백산하여 산속으로 깊이 숨어버렸다.

"이놈아! 네가 숨으면 어디로 간단 말이냐!"

관흥은 산속에서 반장을 찾아 헤맸다. 그러나 아무리 산속을 뒤져보아도 반장은 보이지 않고 어느새 날이 저물고 말았다. 관흥이 어쩔 수 없이 포기하고 본진으로 돌아오려는데 산속 오막살이에서 불빛이 빨갛게 비쳐 나오고 있었다.

관흥이 그 집을 찾아들어가니, 주인 노인이 나오며 물었다.

"이 밤중에 이런 후미진 시골까지 찾아오신 분은 누구시나이까?"

"나는 전장에서 싸우던 장수인데, 날이 저물었으니 하룻밤 재워줄 수 없겠소이까?"

노인은 두말 않고 관흥을 집안으로 들였다.

방안으로 들어와보니 바람벽에 화상 하나를 걸어놓았고, 그 앞에 있는 제상(祭床)에는 촛불까지 켜져 있었다. 그런데 주인이 모셔놓고 있는 화상은 다름 아닌 관우의 신상(神像)이었다. 관흥은 부친의 화상을 보자 저도 모르게 그 앞에 엎드려 목을 놓아 울었다.

주인이 크게 놀라며 물었다.

"장군은 무슨 까닭으로 우시나이까?"

"이 어른이 바로 나의 부친이외다."

노인은 그 말을 듣자 관흥의 앞에 엎드리며 절을 올리는 것이었다.

"미처 관 공의 영윤(令胤)임을 몰라 뵈어 송구하나이다."

관흥이 눈물을 거두며 말했다.

"노인은 무슨 연고로 우리 선친의 화상을 모시고, 이렇듯 정중하게 제사를 지내고 있는 것이오?"

"지금 무슨 말씀을 하십니까? 이 지방 사람들은 관 공이 살아 계실 때에 그 어른을 신처럼 받들어 모셨습니다. 그 어른이 돌아가신 지금에는 집집마다 신상을 모셔놓고 제사를 지내고 있나이다. 바라옵건대 하루 속히 오를 평정하시고 관 공의 원한을 풀어주십시오."

그렇게 축원한 주인은 관흥에게 술대접까지 하는 것이었다. 주객이 술잔을 나누며 이야기꽃을 피우고 있는데 문득 밖에서 주인을 찾는 소리가 들렸다.

"게 누구시오?"

"나는 싸움 나왔던 장수인데 길을 잃고 헤매던 중이니, 하룻밤 자고 가게 해주오!"

그는 다름 아닌 반장이었다. 반장은 관흥에게 쫓겨 산중에 숨어 있다가 그제야 잠자리를 찾아 이 집을 방문한 것이었다. 반장이 산속에 숨어 있다가 공교롭게도 관흥이 들어 있는 집을 찾아왔다는 것은 기이하고도 놀라운 일이었다.

관흥은 방안으로 들어오는 장수가 아버지의 원수인 반장임을 알자, 자리에서 벌떡 일어나며 벽력같은 소리를 질렀다.

"이놈, 게 섰거라!"

반장은 무심코 방안으로 들어오다가 관흥이 앉아 있음을 보고, 소스라치게 놀라며 부리나케 밖으로 쫓겨나왔다. 그러나 외나무다리에서 만난 원수를 그대로 놓아보낼 관흥이 아니었다.

"이놈, 네가 어디로 가려고 도망을 치느냐!"

반장은 관흥을 보자 혼비백산하여 문밖으로 달려 나왔다. 그가 뜰 아래로 막 내려오다 보니 어찌 된 일인지 관우가 삼각수염을 휘날리며 어둠 속에 우뚝 서 있는 것이 아닌가. 반장은 어둠 속에 현신한 관우를 보자 까무러칠 듯 놀라며, 저도 모르게 방안으로 되돌아 들어오고 말았다. 그 순간, 관흥의 칼이 번쩍하며 반장의 목은 한칼에 땅에 떨어지고 말았다. 관흥은 즉시 반장의 가슴을 헤치고 심장을 도려내어 아버지의 신상 앞에 피를 뿌리고 제사를 지냈다. 그것으로 선친의 원수를 어느 정도 갚은 셈이었다. 관우가 생전에 애용하던 청룡도도 그가 사랑했던 아들의 손에 돌아오게 되었다.

관흥이 반장의 피를 뿌려 부친의 원수를 갚고 났을 때, 장포가 들이닥쳤다. 장포는 관흥이 원수를 갚은 이야기를 듣고 크게 기뻐하며 곧 본진으로 돌아와 유비에게 아뢰었다. 유비는 새삼스러이 목을 놓아 통곡하며 관흥을 크게 칭찬했다.

동오의 대장 한당과 주태는 반장이 관흥의 손에 죽었다는 소식을 듣고 크게 낙담했다. 오군은 가는 곳마다 촉군에게 참패를 거듭하는 바람에 군사들의 사기가 땅에 떨어졌다.

어느 날 밤, 일찍이 촉나라를 배반하고 동오로 귀순해 온 부사인(傅士人)과 미방(糜芳) 두 사람이 진중을 순시하고 있을 때였다. 어느 병영에서인지 군사들이 우는 소리가 들려왔다. 웬일인가 싶어 밖에서 엿보니 군사들은 서로 손을 마주 잡고 넋두리를 하고 있었다.

"우리는 원래 형주의 군사였는데, 여몽의 꾐에 속은 관운장께서 목숨을 잃으시는 바람에 부득이 동오의 군사가 되었잖은가? 관인후덕(寬仁厚德)한 촉한의 천자께서 친히 대군을 거느리고 친정을 오셨네. 이제 와 새삼스럽게 원망스러운 사람은 부사인과 미방이 아닌가? 우리가 그 두 놈을 죽이고 투항하면 천자께서는 모른 체하지 않을 것이네."

"그것 참 옳은 말일세. 그렇지만 우리가 급히 서두르다가는 오히려 부사인과 미방의 손에 죽기 쉬우니 그놈들을 안심시켜놓고 나서 목을 잘라야 할 것일세."

부사인과 미방은 그 소리를 듣고 모골이 송연해졌다. 그들은 곧 처소로 돌아와 대책을 상의했다.

"군심이 그렇게 돌고 있으니 이제 우리 두 사람은 목숨을 유지하기가 어렵게 되었구려. 대체 이 일을 어찌했으면 좋겠소?"

부사인이 한탄했다.

오랫동안 침묵에 잠겨 있던 미방이 문득 이렇게 말했다.

"지금 천자의 보위에 오른 유현덕이 가장 원한을 품고 있는 사람은 관우를 죽게 만든 마충일 것이오. 우리가 마충을 죽여 그의 수급을 촉한의 천자께 바치는 것이 어떻겠소? 그런 다음 목숨을 부지하기 위해 어쩔 수

없이 동오에 투항했노라고 사정하면 우리를 용서해 줄 것이오."

"하지만 촉한의 천자께서 우리를 용서해 주리라는 것을 무엇으로 보장하오?"

"그 어른은 본시 관후한 성품이니 마충의 수급만 가지고 가면 반드시 용서해 줄 것이오."

이리하여 두 사람은 그날 밤으로 친분이 두터운 마충의 목을 잘라 촉진으로 유비를 찾아왔다.

다음날 아침 부사인과 미방은 유비에게 마충의 수급을 바치고, 땅에 엎드려 울면서 아뢰었다.

"저희들은 반심을 품고 폐하를 배반한 것이 아니오라, 순전히 여몽의 꾐에 속아 투항한 것입니다. 이제 폐하께 마충의 수급을 베어가지고 다시 돌아왔으니 부디 원한을 푸시고 저희들을 용서해 주소서."

그러나 유비의 노여움은 추상같았다.

"그대들이 이제 와서 그런 소리를 하는 것은 짐을 속여 목숨을 부지하려는 것밖에 다른 이유는 없을 터. 너희 같은 배신자들을 살려두었다가 훗날 구천에 갔을 때 무슨 낯으로 운장을 대할 수 있겠느냐!"

말을 마친 유비가 관흥을 돌아보며 명했다.

"지금 곧 영중(營中)에 운장의 영위(靈位)를 모시고 마충, 부사인, 미방의 수급으로 제사를 올리게 하라."

이리하여 관우의 원수는 유감없이 갚았다. 그런데 제사가 끝나자 장포가 유비 앞에 엎드려 방성통곡을 하며 한탄했다.

"백부님의 원수는 이제 모두 갚았사오나 저희 선친의 원수는 언제나 갚겠나이까?"

유비는 눈물을 흘리며 조카를 달랬다.

"반드시 네 부친의 원수도 갚아줄 테니 염려 말아라. 짐이 손권의 목을 잘라 너와 함께 피로 제사를 지내주리라."

장포는 더욱 흐느껴 울기만 할 뿐이었다.

어찌 되었든 유비는 가는 곳마다 위명(威名)떨쳤다. 동오 사람들은 누구나 유비를 두려워하게 되었고, 그의 인후한 덕망을 우러러 받드니 손권의 걱정은 날이 갈수록 태산처럼 높아갔다.

반장, 마충이 죽고 부사인과 미방마저 유비의 손에 죽임을 당하니, 근심에 싸인 손권은 문무백관을 불러 모아놓고 앞날을 상의했다.

그 자리에서 모사 보즐이 말했다.

"현덕이 원수로 생각하는 여몽, 마충, 미방, 부사인 등은 이미 죽었습니다. 이제 남은 사람은 범강과 장달뿐입니다. 범강과 장달을 결박지어 현덕에게 보내고, 연금 중인 손 부인과 형주를 돌려주며 화해를 청하면 일이 무사하게 해결되지 않을까 하나이다."

"현덕이 과연 우리의 제의를 받아들일 것 같소?"

"또한 우리가 보관하고 있는 장비의 수급도 돌려줘야 할 것입니다. 그리고 나서 화해를 청한 뒤에 함께 위를 치자고 하면 현덕은 우리의 말을 아니 들을 수 없을 것입니다."

손권은 나중의 결과야 어찌 되든 간에 우선 그렇게 해보는 수밖에 도리가 없었다. 그리하여 장비의 수급을 나무함에 넣어 비단보로 싸고, 범강과 장달을 꽁꽁 묶은 다음 정병(程秉)으로 하여금 친서를 가지고 유비를 찾아가게 했다. 유비가 대군을 정비하여 동오를 다시 치려는 바로 그때 정병이 당도했다.

"동오에서 장 장군의 수급과 범강, 장달을 결박지어 보내왔나이다."

근시가 아뢰니, 유비는 매우 기뻐했다.

"아, 내 아우의 수급을 보내왔다니 이는 하늘이 나를 돕는 것이로다!"

유비는 곧 장비의 영위를 만들게 하고 장포와 함께 친히 장비의 수급이 들어 있는 나무함의 뚜껑을 열었다. 장비는 죽은 지 이미 오래이건만 그의 얼굴은 아직도 살아 있는 듯 생생했다.

"오, 사랑하는 아우 장비야! 우리 형제가 이런 꼴로 만나게 되었으니 내 너를 만날 면목이 없구나."

유비는 아우의 수급을 정답게 어루만지며 목이 메어지도록 울었다. 비통이 어찌나 절실한지 그 광경을 바라보는 신하들은 누구 하나 눈물을 흘리지 않는 사람이 없었다.

장포가 유비와 함께 한바탕 곡을 하고 나서 장비의 수급을 제단 위에 모셨다. 그리고 나서 범강과 장달을 제단 앞에 끌어내 시퍼런 칼을 뽑아 들었다. 범강과 장달은 얼굴이 사색이 되었으나 세상만사는 인과응보인 것이니 별 도리가 없었다. 장포는 칼을 들어 두 사람의 가슴을 가르고 간을 꺼내어 피를 뿌리고 영전에 절을 올렸다.

유비도 울면서 영전에 배례했음은 말할 것도 없었다. 그러나 유비는 그것으로 만족하지 않았다.

"짐은 그래도 시원치 않으니 오를 송두리째 멸망시키고야 말리라!"

유비가 다시 군사를 일으키려고 하니 옆에 있던 마량이 아뢰었다.

"폐하께서는 이미 원수를 갚으셨나이다. 오나라 대부 정병이 가져온 국서에 의하면 손 부인을 돌려보내고, 형주 또한 우리에게 넘긴다고 하니, 이제는 저들의 청을 들어주시는 것이 좋을까 하나이다."

그 말을 들은 유비가 크게 노하여 말했다.

"손권은 짐과는 불공대천지수(不共戴天之讎)거늘 어찌 그런 자와 더불어 화해의 맹세를 할 수 있다는 말인가? 짐이 원수와 화해한다면 이미 세상을 떠난 두 아우와의 맹세를 저버리는 것과 무엇이 다르겠는가? 짐이 오를 송두리째 멸망시킨 뒤에 위를 도모할 계획이니, 그 일에 대해서는 다시 말을 꺼내지 말라!"

확고히 결심을 굳힌 유비는 큰소리로 외쳤다.

"여봐라! 오의 사신 정병이란 자도 베어버려라!"

그러나 모든 중신들이 한결같이 사신을 죽이는 데 반대했다.

"비록 전시 중이라도 사신만은 정중히 대접하는 것이 국가간의 예의이옵니다. 인후하신 폐하께서 적의 사신을 참하시면 후세의 사람들에게 비웃음을 사게 되옵니다."

유비도 그 말을 옳게 여겨, 정병만은 죽음을 면하고 동오로 돌아갈 수 있었다.

백면서생 대도독

오의 사신 정병은 간신히 죽음을 면하고 돌아와 손권에게 자세한 경과를 보고했다.

"유비는 화친을 도모하기는커녕 한사코 우리 오나라를 멸망시키고야 말겠다고 살기가 등등하옵니다. 그가 오를 멸망시킨 뒤에 위를 쳐서 천하를 통일할 생각이라 하니 우리 또한 각오를 새롭게 해야 할 것이옵니다."

손권은 그 보고를 듣고 몸을 떨었다.

"장차 이 일을 어찌했으면 좋겠소?"

손권이 중관(衆官)에게 물으니 감택이 나서며 말했다.

"큰일을 도모할 수 있는 것도 사람이요, 큰일을 그르칠 수 있는 것 또한 사람이옵니다. 지금 우리 오나라에 하늘을 떠받들 만한 인재가 한 사람 있사온데, 주공은 그를 불러 국사를 논의하심이 좋을까 하나이다."

"지금 우리나라에 어떤 인재가 있다는 말이오?"

"형주를 지키고 있는 육손은 비록 유생의 신분이오나 실로 출중한 인걸이옵니다."

"육손이라고 했소? 그의 지략이 그리 대단하오?"

"육손은 지난날의 주유나 노숙, 여몽에 비해 결코 부족하지 않은 인물입니다. 주공께서 육손을 높이 쓰신다면 촉을 능히 막아내고도 남음이 있을 것입니다."

"오, 그러면 당장 육손을 불러오도록 하라."

손권이 크게 기뻐하니 장소가 즉석에서 반대하고 나섰다.

"육손은 신이 잘 아는 사람으로, 그의 지략으로는 결코 유비를 당할 수 없을 것이니 등용해 봐야 신통한 일이 없을 것입니다."

그 말에 호응하여 고옹이 아뢰었다.

"육손은 신도 잘 아는 사람으로, 아직 나이가 어리고 경망하여 추천할 인물이 못 되옵니다. 그런 인물을 섣불리 등용하셨다가 오히려 후환을 입을 것이 두렵나이다."

이번에는 보즐이 맞장구를 쳤다.

"육손은 고을 하나를 다스릴 인물밖에 못 되옵니다. 그런 사람에게 어찌 대사를 맡길 수 있겠나이까?"

중관들이 한결같이 반대하니, 그를 천거했던 감택이 대로하여 큰소리로 외쳤다.

"만약 육손을 쓰지 않는다면 우리 오나라는 반드시 멸망하게 될 것이오. 국가의 존망이 위급한 이 판국에 그대들은 어찌하여 공을 위해 사를 버리지 못하는 것이오!"

손권은 그 말을 듣고 일대결단을 내리듯 얼굴을 힘 있게 들며 말했다.

"내 이미 육손을 등용하기로 결심했으니 경들은 더 이상 말이 없도록 하오!"

손권은 즉시 형주로 사람을 보내 육손을 불러오도록 일렀다.

육손이 부름을 받고 왔는데, 키가 팔 척이나 되고 얼굴이 옥같이 아름다웠다. 손권이 기꺼이 육손을 맞으며 말했다.

"촉군이 국경까지 침범하여 왔으니, 경은 부디 군마의 총책을 맡아 유비를 막아주기 바라오."

육손이 공손히 대답했다.

"신은 나이도 어리고 재주 또한 부족하여 그런 중책을 감당할 자신이 없사옵니다. 더구나 오의 장수들은 모두들 주공의 고구주신(故舊主臣)들이니, 경력 일천한 신이 통솔하기가 매우 어려울 것이옵니다."

"자고로 군인은 군율에 복종해야 하는 법이오. 내 경을 믿고 대도독에 제수하겠으니 더는 사양 말고 내 뜻을 받아주오."

"만약 문무백관이 신의 명령에 복종하지 않으면 어찌하오리까?"

손권은 허리에 차고 있던 칼을 끌러 육손에게 주며 말했다.

"군령을 어기는 자가 있거든 수하를 막론하고 먼저 이 칼로 참하고 나중에 알려도 좋소."

육손은 감격해 고개를 조아리며 말했다.

"대왕께서 신을 이다지도 믿어주시는데 어찌 배명을 사양할 수 있겠나이까? 다만 대왕께서는 중관들을 한자리에 모아놓으시고 그 자리에서 신에게 벼슬을 내려주소서."

옆에 있던 감택이 손권에게 간했다.

"자고로 중책을 제수할 때에는 반드시 대(臺)를 쌓고 문무백관의 시립하에 제수해야 하옵니다. 그래야만 위령이 서는 법이오니, 대왕께서도 반드시 그러하심이 좋을까 하나이다."

손권은 그 말을 옳게 여겨, 곧 대를 쌓게 하고 길일을 택하여 대명을 제수하기로 했다.

마침내 그날이 왔다. 육손이 단에 올라 대도독 우호군(右護軍) 진서장군(鎭西將軍)의 인수를 배수했다. 그러자 좌우에 시립해 있던 제장들은 속으로 모두 비웃기만 할 뿐이었다. 육손은 그들이 비웃거나 말거나 대명을 배수하고 나자 곧 단에서 내려와 서성, 정봉 등을 호위로 삼아, 그날부터 제로군마(諸路軍馬)를 정비하기 시작했다.

일선에서 그 소식을 전해들은 한당과 주태가 크게 놀라 말했다.

"주상께서 망령을 하셔도 분수가 있지, 육손과 같은 젖비린내 나는 서생을 대도독으로 추대하여 어쩌자는 것인가?"

그들은 육손의 군령이라면 애초부터 들을 생각조차 하지 않았다. 그러나 육손은 대임을 배수하고 나자 모든 장수들을 장중으로 불러들여 말했다.

"나는 주상으로부터 대도독의 배명을 받고 오늘부터 촉군을 상대하게 되었소. 자고로 군은 규율이 엄해야 하는 법이오. 제장들은 부디 군령을 엄수하기 바라오. 만약 군령을 어기는 자가 있으면 수하를 막론하고 준엄하게 처단하겠소."

모든 장수들은 입을 다문 채 들은 척도 하지 않았다. 말할 것도 없이 경멸하는 증거였다.

주태가 자리에서 일어서며 말했다.

"지금 주상의 조카인 손환 장군이 이릉성(夷陵城)에서 고초를 겪고 있나이다. 도독께서 그를 속히 구하여 주상의 마음을 안심시켜드리는 것이 급선무일까 하옵니다."

그러자 육손이 말했다.

"손환 장군을 구하는 것은 그다지 급한 일이 아니오. 촉군을 격파하면 그는 절로 구출될 것이오."

그 소리를 들은 주태는 한당을 마주 보며 비웃기만 했다. 주태는 장중을 나오며 한당에게 이렇게 말했다.

"내가 시험삼아 한마디 해보았더니 육손은 역시 철부지 서생이었소. 그런 지략으로 어찌 촉군을 격파한단 말이오."

"그러게 말이오. 이제 우리 오나라는 꼼짝없이 망하게 되었소."

육손은 물론 주태와 한당의 기색을 모를 리 없었다. 그러나 그는 아무것도 모르는 척하고 다음날 첫 군령을 내렸다.

"모든 군사들은 싸울 생각은 말고, 각자 자기 관성(關城)을 굳게 지키기만 하라!"

군령을 받은 장수들은 한결같이 육손의 무능을 비웃었다.

"대도독이 싸우라고 독려하지는 않고, 기껏 한다는 소리가 관성을 굳게 지키라는 것인가?"

"그야 뻔한 일이 아닌가? 싸워서 이길 자신이 없으니 덮어놓고 지키기만 하라는 것이지. 굳게 지키고 있으면 성을 잃어버리지는 않을 것일세."

장수들은 육손을 비웃으며, 애초부터 그의 장령 따위는 아무도 복종하려 들지 않았다.

다음날 육손은 모든 장수들을 장중으로 불러놓고 나무랐다.

"내 도독의 자격으로 제장들에게 싸우지 말고 성을 굳게 지키기만 하라고 명했거늘, 모두들 군령을 제대로 지키지 않으니 무슨 일이오?"

한당이 일어나 말했다.

"대도독께서는 마땅히 계책으로 적을 무찔러야 할 것이오. 한데 아무런 계책도 없이 무조건 지키기만 하라니 그야말로 앉아서 망하라는 말과 무엇이 다르오? 자고로 싸우지 아니하고 지키기만 해서는 적을 무찌를 수 없는 법이오."

한당의 말에 다른 장수들도 모두 찬성했다.

"한 장군의 말씀이 지당합니다. 군사가 싸우지 아니하고 어찌 승리를 거둘 수 있겠소이까."

방안의 분위기가 자못 험악했다. 모두들 육손을 깔보고 있었던 것이다. 그러나 육손은 조금도 주눅 든 모습을 보이지 않았다. 그는 허리에 차고 있던 칼을 뽑아 들고, 모든 장수들을 한눈에 굽어보며 도도한 목소리로 이렇게 꾸짖었다.

"내가 중임을 맡은 이상 어찌 생각 없는 군령을 내렸겠소. 일언이폐지(一言以蔽之)하고 제장들은 각기 맡은 바 애구(隘口)를 굳게 지키기만 하오. 만약 군령을 어기는 자 있으면 수하를 막론하고 참형에 처하겠소."

모든 장수들은 내심 불평이 가득했으나 어쩔 수 없이 입을 다물었다.

한편, 유비가 거느린 촉군은 칠백여 리에 걸쳐 포진하고 있었는데, 언제든지 오군을 섬멸시킬 수 있을 만큼 사기가 왕성했다. 마침 그때 첩자가 유비에게 보고했다.

"손권은 육손을 총도독으로 삼았나이다. 육손은 모든 장수들에게 명하여 험요지를 지키기만 하고 싸우지는 말라고 했사옵니다."

유비는 좌우를 돌아보며 물었다.

"육손이란 어떤 사람인가?"

옆에 있던 마량이 대답했다.

"육손은 나이가 어리지만 계략이 뛰어난 인물입니다. 전일 형주를 칠 때 그 사람의 머리에서 모든 계략이 나온 것이었나이다."

유비는 그 소리를 듣자 별안간 노기가 충천했다.

"나의 두 아우를 죽게 만든 자가 바로 육손이었단 말인가? 그렇다면 맹세코 그놈을 사로잡아 두 아우의 원한을 갚고야 말겠다."

"육손의 지략은 주유보다도 장하오니, 주공께서는 너무 가벼이 생각지 마시옵소서."

"그 무슨 소리인가? 육십 평생을 풍운 속에서 살아온 짐이 어찌 그런

풋내기 서생 하나를 당해 내지 못한단 말인가? 우리는 때를 놓치지 말고 진군해야 한다."

마침내 유비는 전군에 출동명령을 내렸다.

오군의 선봉장 한당은 촉군의 공격을 받게 되자 곧 육손에게 사람을 보내 그 사실을 알렸다. 육손이 일선으로 급히 달려 나와 한당과 함께 산상에서 적정을 살폈다. 촉군은 이쪽을 향하여 조수처럼 밀려오는데, 그중에 황라(黃羅) 개산(蓋傘)이 보였다.

한당이 그것을 보고 육손에게 말했다.

"황라 개산이 있는 것을 보면 유비가 군사들과 함께 나오고 있는 것이 분명하오. 제가 나가 무찌르면 어떻겠소이까?"

그러나 육손은 머리를 좌우로 흔들었다.

"적의 기세가 대단하니 지금 싸워서는 불리하오. 저들이 아무리 기세가 등등해도 우리가 싸우지 않고 지키기만 하면 반드시 맥이 풀려 수림(樹林) 속에 진을 치게 될 것이오. 우리는 그때를 이용해 기계(奇計)를 써 공격하면 반드시 승리를 거두게 될 것이오."

"……."

한당은 내심 매우 불만이었으나 상관의 명령을 거역하지 못해 잠자코 있었다. 유비의 군사들은 성문 가까이 접근해 와서 갖은 욕을 퍼부으며 싸움을 걸었다. 그러나 오나라 군사들은 좀처럼 반응이 없었다.

유비가 초조해 하니 마량이 아뢰었다.

"육손의 계략에는 깊은 뜻이 숨어 있습니다. 폐하께서는 부디 신중을 기하소서."

"그놈이 겁이 나서 싸우지 않는 것이지, 무슨 계략이 있겠는가? 싸울 때마다 번번이 패했으니 겁이 날 만도 하지 않은가?"

유비는 육손을 어디까지나 어린애 취급하고 있었다. 마침 그때 선봉장

풍습(馮習)이 다가와 아뢰었다.

"날씨가 무더워 군사들이 목이 말라 아우성인데, 물이 없으니 큰 걱정이옵니다."

유비는 잠시 심사묵고에 잠겨 있다가 이렇게 명했다.

"적이 응전하지 않으니 우리도 숫제 군영을 수목 속으로 옮기도록 하오. 시원한 수목 속에서 여름을 보내고 가을철이 되기를 기다렸다가 진병해야겠소."

그 소리를 듣고 옆에 있던 마량이 말했다.

"만약 영채를 옮기는 중에 적이 쳐들어오면 어떡하옵니까?"

"그러기에 전원이 한꺼번에 영채를 옮겨서는 아니 될 것이오. 오반(吳班)을 사령관으로 삼아 노약병 만여 명만 그대로 남아 있게 하오. 짐은 정병 팔천여 명을 거느리고 그 뒤를 지키고 있다가 육손이 쳐오거든 몸소 나가 싸울 작정이오."

유비의 용의주도한 계략에 모두들 감탄해 마지않았다.

"소문에 들건대 제갈 승상이 동천(東川)으로 와서 각처의 요새를 시찰하고 있다 하옵니다. 혹시 위병(魏兵)이 쳐들어올까 염려하여 그 준비에 분망한가 보옵니다. 폐하께서는 영채를 옮기신 것을 도본으로 만들어 제갈 승상에게 보내드리는 것이 좋을까 하나이다."

"짐도 병법을 어느 정도는 터득하고 있는데, 그렇게까지 수고를 끼칠 것은 없지 않겠소?"

"적장 육손이 계략이 출중하니 매사를 튼튼히 해야 할 줄 아옵니다. 폐하께서는 깊이 살펴주시옵소서."

"으음……."

유비는 고개를 끄덕이며 잠시 생각에 잠겨 있다가 문득 고개를 들며 말했다.

"돌다리도 두드려보고 건너라는 속담이 있으니 매사를 튼튼히 하라는 경의 충고는 고맙게 받아들이겠소. 그러면 경이 도본을 떠서 동천으로 달려가 승상에게 보여드리도록 하오. 만약 급히 시정할 점이 있거든 지체 말고 알려주도록 하오."

마량은 명령을 받고 곧 동천으로 떠났다.

한편, 오나라의 한당과 주태는 유비의 군사가 산림 속으로 영채를 옮긴다는 정보를 듣고 크게 기뻐하며 육손에게 보고했다.

"촉군 사십여 채가 모두 산림 속으로 이동하여 군사들은 갈증을 풀며 시원한 숲속에서 피곤을 풀고 있다 하오. 이제는 우리가 기계를 써야 할 때가 왔으니, 지체 말고 공격하도록 하소서."

육손은 그 보고를 받고 크게 기뻐했다. 그리하여 친히 군사를 이끌고 나와 적정을 살피니 촉병은 모두 산림 속으로 이동하고 노약병 만여 명만이 예의 자리를 지키고 있었다.

주태가 육손에게 말했다.

"저따위 군사를 무찌르는 것은 식은 죽 먹기보다도 쉬운 일이니 지금이라도 나가 싸우게 해주오."

그러나 육손은 고개를 가로저으며 채찍을 들어 먼 곳을 가리켰다.

"저 앞산 골짜기에 살기가 엿보이니, 저곳에는 반드시 복병이 있을 것이오. 적이 노약병만을 남겨둔 것은 우리를 꼬여내기 위한 술책이니 함부로 싸워서는 안 되오."

그 소리를 듣고 모든 장수들은 육손의 무능을 또 한번 한탄했다.

다음날 오반은 군사들을 성문 앞에까지 이끌고 와서 오군에게 갖은 욕설을 퍼부으며 싸움을 청했다. 서성과 정봉은 그 꼴을 두고 볼 수가 없어 육손에게 말했다.

"참는 데도 한도가 있는 법인데, 저들을 어찌 그냥 내버려둘 수 있겠소? 더 이상 참다가는 자중이 아니라 굴욕일 것이오."

그러나 육손은 웃으며 대답했다.

"그대들은 손오병서(孫吳兵書)의 묘리를 그리도 모르는가? 무릇 싸움이란 기분이나 혈기로 이길 수 있는 것이 아니오. 적이 욕설을 퍼붓는 것은 우리를 꾀어내기 위한 수단이라는 것을 알아야 하오. 사흘만 더 참으면 무슨 수단을 쓸 터이니 그때까지만 참고 있으시오."

"그동안에 그들이 이동해 버리면 허사가 아니오?"

육손의 대답은 어처구니가 없도록 간단했다.

"나 역시 그들이 이동해 주기를 바라고 있는 것이오."

모든 장수들은 오직 아연할 따름이었다.

그로부터 사흘이 지났다. 육손이 산상에 올라가보니 오반의 군사는 그동안 어딘가로 이동했는지 넓은 벌판에는 적병이 하나도 보이지 않았다. 육손은 회심의 미소를 짓고, 모든 장수들을 산상으로 불렀다. 그런 다음 멀리 보이는 숲을 가리키며 말했다.

"저기 보이는 숲속에 살기가 어려 있는 것을 보니, 잠시 후에 유비가 산속으로부터 나타날 것이오."

육손의 입에서 그 말이 떨어지기 무섭게 과연 산속에서 촉병들이 유비를 앞세우고 위풍당당하게 나타났다. 오병들은 그 광경을 보고 모두 놀랐다.

"내가 적과 싸우지 못하게 한 것은 저런 복병이 있는 것을 간파하고 있기 때문이었소. 복병은 이미 없어졌으니 앞으로 열흘만 더 있으면 우리는 촉군을 무찔러버릴 수 있을 것이오."

모든 장수들이 고개를 갸웃하며 물었다.

"적을 격파하려면 먼저 예기를 꺾어야 하는 줄로 아오. 적은 요새에 진지를 구축하고 오랫동안 휴양을 취해 사기가 왕성해졌는데, 이제 무슨 방

도로 저들을 격파한단 말이오?'

육손이 고개를 흔들며 대답했다.

"그것은 유비라는 인물을 모르고 하는 소리요. 유비는 병법에 능통한 효웅(梟雄)이오. 그러므로 정면으로 싸워서는 이기기 어렵소. 그의 군사는 오랫동안 싸우지 않았기 때문에 지금쯤은 싸우기를 싫어할 것이 분명하오. 그러므로 우리가 저들을 무찌를 때는 바로 지금이오."

모든 장수들은 그제야 육손의 심계묵략(深計默略)을 깨닫고 감탄해 마지않았다.

육손은 촉을 격파할 계략을 세우자 곧 상세한 작전계획을 손권에게 알렸다. 손권은 그 표문을 읽어보고 크게 기뻐했다.

'오나라에 이렇듯 뛰어난 이인(異人)이 있을 줄 그 누가 알았겠는가. 모든 사람들이 육손을 부유(腐儒)에 불과하다고 비난했건만, 나 홀로 그를 믿고 등용한 것은 과연 참으로 잘한 일이었구나!'

손권은 그렇게 생각하며, 그날로 응원군을 급파했다.

육손이 은인자중하며 깊은 계략을 쓰고 있는 줄도 모르고, 유비는 오군을 하루바삐 쳐부술 생각에 급급했다. 수군을 오의 경계선까지 밀고 들어간 유비는 일거에 오군을 격파할 기회만 노리고 있었다.

황권이 그 작전을 보고 유비에게 간했다.

"우리가 수군을 따라 미리 전진해 있으면 적을 추격하기에 용이할 것입니다. 그러나 만약 우리가 불리해 후퇴할 때에는 커다란 어려움이 따를 것입니다. 소장이 전군을 독찰하겠사오니 폐하께서는 후군을 지휘하고 계시옵소서."

그러나 유비는 그 말을 듣지 않았다.

"적은 이미 얼이 빠져 있거늘 무얼 그리 두려워하오."

오군을 깔보고 하는 말이었다.

"폐하, 돌다리도 두드려보고 건너야 하는 법입니다. 폐하께서는 절대로 일선에까지 나가서서는 안 되옵니다."

다른 장수가 또 간했다. 그래도 유비는 막무가내였다.

"짐에 대한 걱정은 말고, 황권 장군은 강북 방면의 군사들을 지휘하오. 조인의 군사들이 불시에 쳐들어올지도 모르니, 우리는 위병(魏兵)도 단단히 경계해야 할 것이오."

유비는 황권에게 조인을 대비하도록 주의를 주고, 자신은 제군을 거느리고 강남을 지휘하기로 했다. 그러한 사실이 위주(魏主) 조비의 귀에 들어가지 않을 리 없었다.

"촉병은 종횡으로 칠백여 리에 걸쳐 수많은 군사를 늘어놓고, 오군과 우리를 좌우로 격파할 계획을 꾸미고 있다 하옵니다."

조비는 그 보고를 받고 즉시 반문했다.

"그들이 둔을 치고 있는 곳이 들인가, 숲속인가?"

"십여 채의 영채가 모두 숲속에 둔을 치고 있사옵니다."

조비는 그 소리를 듣자 소리를 크게 하며 앙천대소를 했다.

"하하하. 현덕이 이제는 멸망할 때가 왔구나!"

군신들이 어리둥절해 하며 물었다.

"폐하께서는 어찌하여 그처럼 웃으시나이까?"

"현덕이 그리도 병법에 무식할 줄은 몰랐구려. 군사를 칠백여 리나 늘어놓고 적을 어떻게 막아낸단 말이오. 더구나 자고로 군대는 좁고 습한 곳에 둔을 치는 것을 대기(大忌)로 삼아왔소. 그런데 현덕은 군사를 칠백여 리에 걸쳐 늘어놓고, 숲속에다 둔을 치고 있소. 그러고서야 어찌 오나라의 육손을 당해 낼 수 있겠소. 두고 보면 알겠지만 이번 싸움에서는 현덕이 크게 패할 것이오."

"그러면 이번 기회에 우리도 현덕을 치면 어떠하겠나이까?"

"현덕은 이미 육손에게 패한 것이나 다름없으니 우리는 손을 쓸 필요조차 없을 것이오. 육손은 이번 싸움에서 승리를 거두게 되면 군사를 그대로 서천(西川)까지 몰아나갈 것이오. 짐은 그때에 군사를 삼로(三路)로 몰아나가 오를 점령하고 천하를 통일하면 될 것이오."

조비의 웅대한 계획에 군신들은 모두 감탄을 금치 못했다.

위주 조비는 그 자리에서 다음과 같은 군령을 내렸다.

"조인은 일군을 거느리고 유수(濡須)로 나가고, 조휴는 일군을 거느리고 동구(洞口)로 나가고, 조진(曹眞)은 일군을 거느리고 남군(南郡)으로 나가되, 모두 다 비밀리에 나가 때를 기다리고 있으라. 그랬다가 오의 군사들이 현덕을 격파하고 서천으로 나가거든 일제히 오군을 무찌르라. 그때에는 짐이 친히 접응하리라."

천하를 통일하려는 조비의 원대한 포부였다.

화공 칠백 리

유비의 부탁으로 제갈공명을 찾아온 마량은 촉군의 진지도본을 내보이며 말했다.

"폐하께서 거느리고 계신 칠십오만의 대군은 지금 강을 끼고 칠백여 리에 걸쳐 적과 대진 중입니다. 폐하께서는 이 도본을 승상께 보내시면서 의견이 있으시거든 알려달라고 말씀하셨습니다."

공명은 진지도본을 받아보더니 대뜸 안색이 변하며 큰소리로 외쳤다.

"누가 폐하께 이런 진지를 펼치라고 했는지 그놈을 당장 참해야 하겠소!"

마량이 깜짝 놀라며 대답했다.

"폐하 스스로 그렇게 포진하셨습니다."

공명은 그 소리를 듣고 땅이 꺼질 듯한 한숨을 쉬며 탄식했다.

"아아, 한조의 운명은 이로써 끝났구나!"

"도대체 어찌 된 일입니까?"

"촉군은 이제 완전 패망을 면하기가 어렵게 되었소. 진지를 숲속에 구축했으니 적이 불로 공격해 오면 어떻게 막아내며, 군사를 칠백여 리에 걸쳐놓았으니 적의 집중공격을 어떻게 방비하며, 강을 끼고 지나치게 전진했으니 패했을 경우 무슨 재주로 물을 거슬러 올라오겠소? 이런 진지로는 패망을 면하기 어렵소. 아아, 슬프도다, 마 장군은 지금 급히 돌아가 나의 의견을 황상에게 전하도록 하오. 일각을 지체 말고 곧 떠나야 하오."

"만약 그동안에 육손에게 패했다면 어찌하오리까?"

"육손은 조비가 배후를 찔러 올까 두려워 끝까지 추격해 오지는 않을 것이오. 그러나 만약 위급해지거든 백제성(白帝城)을 찾아가도록 여쭈오. 내가 이런 경우에 대비해 백제성 어복포(魚腹浦)에 십만의 군사들이 머물 수 있는 진지를 구축해 두었소. 육손이 섣불리 거기까지 추격해 왔다가는 반드시 생포를 당하고 말 것이오."

"소장이 그동안 어복포에 여러 차례 갔지만 군사는 한 명도 못 보았습니다. 그것은 어찌 된 일입니까?"

"장차 두고 보면 알 일이니, 그 이상은 묻지 말고 이 편지를 가지고 어서 빨리 떠나오."

마량은 더 이상 묻지 않고 길을 떠났다.

공명은 마량을 돌려보내고, 그 길로 성도로 달려와 군마를 급히 조달하기 시작했다. 응원부대를 급히 편성하지 않으면 촉은 파멸을 면하기 어려울 것이기 때문이었다.

그 무렵, 오의 육손은 유비를 섬멸시키기 위해 바야흐로 행동을 개시한 상태였다. 육손이 모든 장수를 불러놓고 말했다.

"내 중임을 맡은 이후로 은인자중해 왔으나 이제는 적을 섬멸시킬 때가 왔소. 먼저 강의 남쪽 언덕에 있는 적을 무찔러야 하겠는데 누가 나가 싸우겠소?"

육손의 입에서 그 소리가 떨어지자 한당, 주태, 능통이 앞을 다투어 자원했다.

"소장을 보내주십시오."

"아니, 소장에게 명을 내려주소서."

육손은 장수들을 찬찬히 둘러보다가 말했다.

"순우단(淳于丹)에게 군사 오천을 줄 터인즉, 그대가 나가서 촉의 강남 제사영(第四營)을 빼앗도록 하오."

순우단이 군사 오천을 거느리고 출정의 길에 오르니, 이번에는 서성과 정봉에게 군사 삼천씩을 주면서 말했다.

"그대들은 오 리 후방에서 대기하고 있다가 순우단이 쫓겨오거나 유비가 나타나거든 그들을 격퇴시키오. 그러나 그들이 쫓겨가거든 결코 뒤쫓아가서는 안 되오."

이윽고 촉군과 순우단의 전쟁이 시작되었다. 그러나 순우단은 변변히 싸워보지도 못하고 유비에게 여지없이 패하고 말았다. 하마터면 포로가 될 뻔한 순우단을 서성과 정봉이 구출해 무사히 돌아왔다.

패전하고 돌아온 순우단은 육손에게 머리를 조아리며 말했다.

"장군을 대할 면목이 없나이다. 군율에 의하여 패전의 벌을 내려주소서."

그러나 육손은 조금도 노여워하지 않았다. 그는 오히려 순우단을 위로하면서 말했다.

"이번에 패한 것은 결코 그대의 허물이 아니오. 나는 촉의 허실을 알아보고자 그대에게 시험삼아 기습하게 했던 것이오. 나는 이번 실패로 파촉지계(破蜀之計)를 깨닫게 되었으니, 그것만으로도 우리로서는 큰 소득이었소."

서성이 의아스럽게 여기며 물었다.

"어젯밤과 같은 실패를 거듭한다면 패망이 있을 뿐인데, 어떤 방도로 적을 무찌른다는 말씀이오?"

"나의 계책은 제갈공명 이외에는 아무도 모를 것이오. 천만다행하게도 지금 적진에는 공명이 있지 아니하오. 그것은 하늘이 도운 덕택이라고밖에 볼 수 없소. 공명이 없으니 우리가 승리할 것은 뻔한 일이 아니오?"

육손은 하늘을 우러러보며 통쾌하게 웃고 나서 즉시 모든 장수들을 불러놓고 군령을 내렸다.

"우리는 적을 눈앞에 보면서도 싸우지 아니한 지 오륙 개월이 되었소. 게다가 날이 가문 지도 달포가 되었으니, 이제는 천시(天時)와 지리(地利)와 인화(人和)를 모두 얻은 셈이오. 이제야말로 우리에게 최후의 승리를 위해 싸울 절호의 기회가 온 것이오. 주연은 배에 모초(茅草)를 가득 싣고 수군과 함께 강 위에 진군해 있으오. 그랬다가 내일 오후에 동남풍이 불기 시작하거든 모두들 모초 속에 유황염초(硫黃焰硝)를 집어넣어 불을 지른 다음 적진에 던지시오. 그리고 한당과 주태는 각각 일표군을 거느리고 강북과 강남에 매복해 있다가 적진에서 불이 일어나거든 일시에 총공격을 개시하오. 그리하면 우리는 별로 힘들이지 않고도 현덕을 사로잡게 될 것이오."

육손이 대도독에 취임한 이후에 이렇게도 과감한 군령을 내려보기는 처음이었다. 모든 장수들은 군령을 받은 즉시 임무에 매진했다.

한편, 그때 촉군의 유비도 파오지계(破吳之計)를 세우고 있었다. 하루는 한낮부터 동남풍이 불기 시작하더니 중군 한복판에서 휘날리던 깃대의 중동이 까닭 없이 부러졌다.

유비는 매우 불쾌한 안색으로 곁에 있는 수하들에게 물었다.

"이게 무슨 징조인고?"

옆에 있던 정기(程畿)가 대답했다.

"자고로 깃대가 부러지는 것은 야습이 있을 징조라 일러옵니다. 어쩌면 오군이 오늘밤 야습을 해올지도 모르옵니다."

"어젯밤에 적을 격파해 버렸거늘 저들이 무슨 용기로 또 야습을 해온단 말인가?"

"어젯밤에는 우리의 허실을 알아보기 위한 야습이었을지도 모르옵니다."

바로 그때 강안(江岸)을 지키고 있던 파수병이 달려와 말했다.

"어젯밤부터 적의 병선이 무수히 강 위에 떠 있사온데, 바람이 불어도 도무지 움직이지 않고 있습니다."

유비가 고개를 끄덕였다.

"음, 그 정보는 이미 알고 있다. 그것은 적이 의병지계(疑兵之計)를 쓰고 있는 것에 불과하니라."

마침 그때 두 번째 파수병이 숨 가쁘게 달려와 고했다.

"적의 병선들이 갑자기 동으로 이동하고 있사옵니다."

유비는 그래도 별로 놀라지 않았다.

"그것은 우리를 유인하기 위한 수단일 뿐이다."

이날 해가 지고 어두워갈 무렵, 문득 촉군의 좌측 진영에서 난데없는 불길이 일어났다. 유비는 단순한 실화(失火)려니 생각하고 대수롭게 여기지 않았다. 그러자 이번에는 우측 진영에서 또 불길이 일어났다. 때마침 동남풍이 세게 불어 불길은 점점 더 번져가고 있었다.

"이 바람에 불이 일어나다니? 즉시 달려가 불을 끄라고 일러라."

유비는 관흥과 장포를 각각 좌우 진영으로 보내어 진화작업을 서두르게 했다. 이에 관흥과 장포가 급히 달려갔다. 그러나 불길은 점점 사나워

지더니 초경에 이를 무렵에는 화광이 충천하며 연기가 천지를 뒤덮었다.

유비가 적이 당황해 하는 중에 이번에는 본진에서도 난데없는 불길이 솟구치는 것이었다. 비가 이미 달포나 오지 않아 나무도 불길이 닿으면 화약처럼 타올랐다. 유비가 크게 놀라 군사를 수습하려고 할 때였다. 난데없이 군사들이 들이닥치며 좌충우돌로 촉병들을 살육하기 시작했다.

"앗, 적이다! 폐하께서는 어서 피신하소서!"

군사들은 황망히 유비를 마상으로 끌어올려 달아나게 했다.

유비는 혼비백산하여 가까운 풍습(馮習)의 진영으로 말을 달렸다. 황급히 달아나는 유비의 군복 소매에도 불이 붙을 지경이었다. 풍습의 진영으로 급히 달려와보니, 어느새 오장 서성이 풍습의 군사를 완전히 섬멸시키고 진화작업에 열중하고 있었다.

"폐하, 여기도 위험합니다. 이제는 백제성으로 피신하는 수밖에는 방법이 없겠습니다."

누군가가 유비의 말고삐를 잡아끌며 큰소리로 외쳤다. 유비는 불길을 좌우로 갈라헤치며 정신없이 앞으로 내달렸다.

불길 속을 나는 듯이 달리려니 뒤에서 문득 누군가 외치는 소리가 들려왔다.

"폐하! 소장이 모시고 가겠나이다!"

그제야 돌아다보니, 풍습이 십여 기를 거느리고 쫓아오고 있었다. 그러나 얼마 못 가 유비는 적장 서성의 급한 추격을 받게 되었다. 풍습과 서성 사이에 공방전이 벌어졌다. 그러나 풍습은 십여 합도 채 못 싸우고 그 자리에서 서성의 칼에 쓰러지고 말았다. 유비는 급히 쫓겨 달아났다.

"유비를 사로잡아라!"

서성이 승승장구의 군사를 이끌고 맹렬히 추격해 왔다. 유비가 어쩔 줄을 모르고 정신없이 쫓겨 달아나는데, 이번에는 전방으로부터 적장 정봉이 달려오고 있었다. 유비는 글자 그대로 진퇴유곡이었다. 이제는 꼼짝 못하고 적에게 사로잡히는가 싶어 우왕좌왕하고 있는데, 천만다행하게 도 장포가 일표군을 이끌고 우레같이 달려와 포위망을 뚫고 유비를 구출 해 냈다. 유비는 장포와 함께 산중으로 정신없이 패주했다.

산중에서 문득 일표군이 급히 달려 내려왔다. 또 적병인가 싶어 간담 이 서늘해졌으나, 알고 보니 촉장 부동(傅彤)이었다. 유비는 그제야 안도 의 숨을 내쉬며 마안산(馬鞍山) 꼭대기로 올라갔다. 산 위에서 바라보니 화염은 연연 백여 리에 걸쳐 하늘을 찌를 듯이 휘황했다. 유비는 육손의 원대한 화공계(火攻計)를 그제야 깨닫고 자신도 모르게 탄복했다.

"아아, 육손이야말로 천하에서 가장 무서운 장수였구나."

그러나 모든 것을 깨달은 지금에는 이미 때늦은 후회였다. 유비가 산 상에서 개탄하고 있을 때 적은 이미 산을 완전히 에워싸고 산기슭에 불을 지르고 있었다. 산기슭에서 타오른 불길은 시시각각 산상으로까지 퍼져 올랐다. 군사는 한 명도 없는데 활활 타오르는 불길만이 말없이 유비를 포위해 오고 있는 것이었다.

"아아, 하늘은 이 유비를 화마의 제물이 되게 하려는가?"

바로 그때 불길 속에서 한 장수가 산상으로 뛰어올라왔다. 관흥이었다.

"폐하! 이러고 계실 때가 아니라 한시바삐 불바다를 타고 넘어 백제성 으로 가십시오. 우리가 활로를 열 수 있는 곳은 백제성뿐이옵니다."

관흥이 숨 가쁘게 외치며 유비와 장포를 재촉했다.

일행은 불길이 엷은 곳을 택하여 급히 산을 내달렸다. 관흥과 장포가 앞을 헤치고, 유비가 그 뒤를 따르며, 부동이 후미를 지키며 맹호같이 달 려나갔다. 그들이 산기슭까지 단숨에 내려오니, 이번에는 적의 복병들이 함성을 지르며 공격을 가해 왔다. 그야말로 물 샐 틈 없는 공격태세였다.

유비 일행은 사력을 다해 쫓겼으나, 추격해 오는 적의 기세는 좀처럼 수그러들지 않았다.

"불로 공격해 오는 적은 불로 막아야 한다!"

누군가가 쫓겨가며 급히 외쳤다.

유비는 쫓겨가면서 군사들에게 지시해 옷을 벗어 길 위에 불을 지르라 명했다. 옷에서 타오르기 시작한 불길이 나무에 전파되어, 적의 추격을 주춤거리게 했다. 유비 일행은 그 기회를 이용해 강안으로 달려 내려왔다. 강가에서는 적장 주연이 유비를 기다리고 있었다. 관흥과 장포가 앞으로 달려 나와 죽기로 싸웠으나 어지러이 쏘아 갈기는 적의 화살에 부상만 무수히 당했을 뿐이었다. 유비 일행은 다시 말머리를 돌려 산골짜기로 쫓겨 달아났다.

문득 멀리서부터 함성이 일어났다. 이번에는 육손 자신이 군대를 이끌고 쳐들어온 것이다.

"아아, 짐이 이런 산중에서 죽을 줄 어이 알았겠는가!"

이제는 움치고 뛸 곳조차 없어 유비는 하늘을 우러러 슬피 탄식했다.

바로 그때였다. 맹렬히 추격해 오던 적의 후방으로부터 홀연 천지를 진동하는 함성이 일어나며 적의 대오가 어지럽게 흩어지기 시작했다. 전운(戰雲)이 어지럽게 일어나더니 적병들이 가을바람에 떨어지는 낙엽처럼 연신 쓰러져가고 있었다. 그와 동시에 자욱한 먼지구름 속에서 일표의 군사가 짓쳐들어오더니 유비를 에워싸며 소리쳤다.

"폐하! 상산 조자룡이 여기에 왔나이다! 이제는 안심하소서."

그제야 정신을 차리고 보니, 눈앞에 나타난 장수는 다름 아닌 오호대장 조자룡이었다. 강주(江州)를 지키고 있던 그는 유비를 구하라는 제갈공명의 명령을 받고 바람같이 달려온 것이었다.

육손은 조자룡이 나타났다는 소식을 듣고 즉시 회군령을 내렸다. 그러나 주연은 멋모르고 급히 달려온 조자룡에게 싸움을 걸었다. 주연은 조자룡의 상대가 아니었다. 그는 오륙 합을 싸우다가 조자룡이 후려갈기는 칼에 몸이 두 동강 나고 말았다.

"폐하! 빨리 백제성으로 피하십시오."

"짐은 조 장군 덕택에 살아났건만, 다른 장수들은 모두 어찌 되었을꼬?"

유비는 말을 달려가며 하염없이 눈물을 뿌렸다.

"폐하께서는 아무 걱정 마시고 빨리 백제성으로 피하소서. 소장은 폐하를 백제성으로 모셔놓고, 다시 나가 장졸들을 구하겠나이다."

일행이 백제성에 당도해 인원을 확인해 보니 수많은 생사의 고비를 무사히 넘긴 인마는 겨우 백여 기밖에 되지 않았다.

칠백여 리에 걸쳐 흩어져 있던 촉군은 육손의 화공전술에 말려들어 부대마다 뿔뿔이 분리되어 명령계통이 완전히 파괴되고 말았다. 게다가 노도와 같이 몰려오는 오군의 공격을 받아 많은 부대가 산산조각이 났다. 군사를 이끌고 오나라에 항복한 장수도 한두 사람이 아니었다. 그러나 최후까지 용감하게 싸우다가 죽은 장수도 없지 않았다. 부동이 바로 그런 장수였다.

부동이 불길에 쫓겨오자 오장 정봉이 급히 공격해 오다가 소리쳤다.

"촉군이 여지없이 패하고 이제는 유비도 우리에게 사로잡혔으니 그대는 빨리 항복하여 목숨을 구하라."

부동은 그 소리를 듣고 크게 노하며 정봉을 꾸짖었다.

"한나라의 장수인 내가 어찌 너희 같은 무리에게 항복할 수 있겠느냐!"

부동은 그렇게 외치며 죽기를 각오하고 싸우다가 세궁역진하자 마침내 스스로 가슴을 찌르고 그 자리에서 쓰러졌다.

한편 대장 정기는 부대가 산산조각이 나자 필마단기로 적진에 뛰어들어 닥치는 대로 적을 무찌르다가 최후에는 스스로 목숨을 끊어 무사로서의 절개를 깨끗이 지켰다.

촉군의 선봉장 장남(張南)은 이릉성의 손환을 포위하고 있다가, 유비가 곤경에 빠졌다는 소식을 듣고 구출하기 위해 군사를 급히 이동시켰다. 포위망이 풀린 손환은 배후에서 촉군을 공격하여 장남, 조융(趙融)을 죽이고 말았다.

그밖에 남만에서 응원을 왔던 만왕 사마가(沙摩柯)는 오장 주태와 이십여 합을 싸우다가 장렬하게 전사했다. 두로(杜路)와 유령(劉靈)은 형세가 불리해지자 즉각 오에 항복했다.

손권이 연전연승의 개선보고를 듣고 크게 기뻐한 것은 말할 것도 없었다. 그러나 유비가 여지없이 패배했다는 소식을 듣고 뼈에 사무치게 슬퍼한 여인이 한 사람 있었다. 그 사람은 바로 손권에 의해 강제로 억류당해 있던 손 부인이었다.

손 부인은 유비의 패전 소식을 듣고, 홀로 수레를 타고 강가로 나와 촉군의 진지를 건너다보았다. 그러나 촉군의 진지였던 곳에 촉병은 한 명도 보이지 않고, 불길만이 하늘 높이 치솟고 있었다. 손 부인은 강가에 서서 화광이 충천하는 산줄기를 하염없이 바라보다가 강물 속에 몸을 던져 스스로 목숨을 끊었다.

한편, 연전연승에 의기가 양양해진 육손은 대군을 몸소 이끌고 백제성으로 유비를 추격했다. 오군은 날이 저물어 어복포에 진을 치고 하룻밤을 지내게 되었다. 육손이 말에서 내려 사방을 둘러보니, 저 멀리 산속에서 살기가 뻗어나오고 있었다.

"저 산속에서 살기가 뻗치는 것을 보니, 저곳에 복병이 숨어 있는 게 틀림없다."

육손은 곧 정탐병을 보내 알아보았다. 그러나 정탐병의 회보에 의하면 적병은 한 사람도 없다는 것이었다.

"복병이 없을 리가 있는가? 누가 다시 가보고 오너라."

두 번째의 정탐대가 출동했다. 그러나 그들 역시 똑같은 대답이었다.

"어허, 암만해도 이상하구나! 그러면 오늘밤까지 두고 보자."

밤이 되자 살기는 더욱 분명해졌다.

다음날 아침에 세 번째 정탐대를 보내니, 노련한 정탐병이 현지를 답사하고 돌아와 이렇게 보고했다.

"적병은 한 사람도 없으나 산중에 돌로 구축한 이상한 진지가 있었습니다."

"음! 그렇다면 내가 직접 가보고 오겠다."

육손은 십여 기의 부하를 거느리고 석진(石陣)이 있는 곳으로 가보았다. 여덟 개의 석진이 있었으나 무엇을 의미하는 진지인지 알 길이 없었다.

"여보, 영감! 저 석진은 누가 언제 만든 것이오?"

육손이 지나가는 늙은 어부를 보고 물었다.

"몇 해 전, 제갈공명이라는 사람이 배를 타고 이곳을 지나가다가 많은 군사들을 동원하여 구축해 놓은 것입니다. 그 석진을 쌓아놓은 이후에는 그곳에서 이상한 선풍이 때때로 일어나 아무도 발길을 들여놓지 않고 있지요."

늙은 어부의 대답이었다.

"제갈공명이 저런 장난을 한 모양이니 어디 한번 들어가보자."

육손은 부하들을 거느리고 석진 속으로 들어갔다. 안에 들어가보니 석진이 겹겹이 둘러싸인 데다 사면팔방에 여덟 개의 문이 있었다. 그리고 돌로 깎아 만든 군사들도 여기저기 서 있었다.

"음! 공명이 의병술(疑兵術)을 쓰려고 이런 장난을 했구나!"

대수롭게 여기지 않으면서 밖으로 나가려 하니 지금까지 열려 있던 진문이 별안간 덜커덕 닫혀버렸다. 육손이 깜짝 놀라 다른 쪽 문으로 나가려고 하니, 이번에는 그쪽 문이 닫혀버리면서 반대편 문이 열렸다. 이리저리 출구를 찾으려 아무리 애써보았지만 석진에서 도저히 빠져나갈 수가 없었다.

육손이 크게 당황하여 우왕좌왕하고 있는데, 이번에는 석진 밑에서 파도소리가 들려오며 음풍이 스산스럽게 불기 시작했다.

"큰일이로다. 어둡기 전에 빠져나가야겠는데!"

육손이 마침내 비명을 올리는데, 백발노인 하나가 지팡이를 짚고 나타나더니 육손을 보고 껄껄껄 웃었다.

"노인장은 누구시오?"

"나는 제갈공명의 장인 황승언(黃承彦)의 친구요."

"노인장! 어떡하면 이 석진에서 빠져나갈 수 있겠나이까?"

"저쪽으로 돌고 이리로 돈 다음 저쪽으로 나가시오."

노인은 지팡이를 들어 석진을 이리저리 가리키며 친절히 알려주었다. 육손은 그대로 따라 비로소 석진 밖으로 나올 수 있었다.

육손이 석진을 무사히 벗어나자 백발노인이 말했다.

"내가 팔진(八陣) 속에 빠져 있는 당신을 구해 주더라는 얘기는 행여 아무에게도 하지 마오. 공명의 장인 황옹이 알면 나를 원망할 것이오."

노인은 그 한 마디를 남기고 홀연히 사라졌다. 육손은 그제야 겁이 와락 나서 전군을 이끌고 물러났다.

촉제의 승하

육손은 석진에서 빠져나오기 무섭게 전군을 이끌고 오로 돌아가려 했다. 그러자 다른 장수들이 말했다.

"제갈량의 팔진에 혼이 났다고 해서 천신만고로 얻어놓은 승리마저 버리고 쫓겨갈 이유는 없지 않소이까?"

말할 것이 없이 그 질문에는 육손을 비웃는 뜻도 포함되어 있었다. 그러나 육손은 어디까지나 진실한 태도로 대답했다.

"물론 내가 공명을 두려워하는 것은 사실이오. 그러나 내가 군사들을 철수시키려는 것은 반드시 그 일 때문만은 아니오. 제공은 그 이유를 며칠 후에 알게 될 터이니 두고 보시오."

여러 장수들은 그 말을 일시적인 구실에 불과하다고 생각했다. 그러나 그 말이 한낱 구실이 아니었다는 것은 그로부터 이틀 후에 현실로 드러났다. 육손이 오의 전군을 이끌고 촉을 추격하고 있다는 정보를 전해 들은 위의 조비가 수십만 대군을 이끌고 오를 총공격해 온다는 소식이 날아들었기 때문이다.

육손이 대군을 이끌고 오나라로 급히 돌아오는데, 다시 여기저기서 새로운 정보가 입수되었다.

"위의 대군은 지금 삼로(三路)로 급격히 진군해 오고 있나이다. 조휴는 십만 대군을 이끌고 동구(洞口)로 진격해 오고 있고, 대장 조진은 십만 대군을 이끌고 남군(南郡)으로 진격해 오고 있고, 대장 조인은 파죽지세로 유수(濡須)에 육박해 오고 있는 중입니다."

육손은 그 보고를 받고 껄껄껄 웃으며 호기롭게 말했다.

"과연 나의 예측이 틀림없구나. 내 이제 보기 좋게 위군을 섬멸해 보일 터이니 두고 보아라."

이리하여 위와 오의 풍운은 자못 험악한 형세를 이루게 되었다.

간신히 위기를 모면하고 백제성에 입성한 유비는 매일 슬픔 속에서 하루하루를 소일하며 입버릇처럼 탄식만 쏟아냈다.

"짐이 이제 성도에 돌아간들 공명 이하 여러 장수들을 무슨 면목으로 대하랴!"

한중(漢中)으로 공명을 만나러 갔던 마량이 백제성에 돌아온 것은 마침 그 무렵의 일이었다. 그는 돌아오기 무섭게 유비에게 공명의 말을 전했다.

"군사는 영채의 도본을 보시고 대경실색하시며 전패를 면하기가 어려우리라 말씀하시더이다."

"짐이 워낙 우둔하여 이 꼴이 되었구려. 군사로부터 작전을 지시받았다면 이렇게 되지 않았을 터인데!"

"지금이라도 성도로 돌아가시는 게 어떻겠나이까?"

"이제 무슨 면목으로 성도로 돌아가겠소. 짐은 당분간 여기 눌러 있겠소."

이리하여 백제성을 영안궁(永安宮)으로 개칭하게 되었다.

그 무렵, 촉의 수군대장인 황권이 군사를 이끌고 위에 귀순했다는 불행한 정보가 날아왔다. 여러 장수들이 그 소리를 듣고 유비에게 간했다.

"황권의 처자와 일가친척들을 참형에 처해야 하옵니다."

그러나 유비는 고개를 좌우로 흔들었다.

"짐은 그런 가혹한 짓은 못하오. 황권은 오군에게 포위되어 후퇴할 길이 막힌 까닭에 부득이 위에 투항했을 것이오. 황권이 짐을 배반한 것이 아니라, 짐의 무능이 그렇게 만든 것이오. 황권의 가족을 참형에 처하기보다는 오히려 걱정 없이 살 수 있도록 살림을 도와주오."

유비의 인자하고도 후덕한 처사에 다른 장수들이 눈물을 흘리며 감탄했다.

한편, 조비는 황권이 투항해 오자 크게 기뻐하며 말했다.

"짐은 황 장군을 대장에 봉하여 중하게 쓰겠소."

그러나 황권은 눈물만 지을 뿐, 전혀 기쁜 기색을 보이지 않았다.

조비는 적이 의아스러웠다.

"짐의 말이 못마땅하오? 그대는 어찌하여 눈물만 흘리면서 대답이 없소?"

황권은 머리를 조아리며 말했다.

"패군지장은 목숨을 보존하는 것만으로도 그 이상의 은총이 없다고 생각하옵니다."

"허어, 짐은 아무래도 그 심정을 이해할 수 없소!"

마침 그때 장수 한 사람이 들어오며 조비에게 큰소리로 말했다.

"지금 촉에서 돌아온 정탐꾼의 말에 의하면 황권 장군의 처자와 일가족이 모두 유비의 손에 참형되었다 하옵니다."

조비는 그 보고를 받고 득의의 미소를 지으며 황권에게 말했다.

"그대는 지금 그 얘기를 들었는가? 유비가 그대의 일가친척을 몰살했다. 그래도 유비에게 미련이 있는가?"

그러자 황권이 태연히 대답했다.

"아마 누가 잘못 알고 그런 소리를 했을 것입니다. 우리 황제 폐하께서는 결코 그런 가혹한 처단을 내리실 어른이 아니옵니다."

"……."

조비는 매우 못마땅하여 아무 소리도 하지 않고 황권을 물러가게 했다. 그리고 나서 모사 가후를 불러 삼국지도를 펴 보이며 물었다.

"짐이 천하를 통일하려면 촉나라와 오나라 중 어느 쪽을 먼저 정벌해야 옳겠소?"

가후는 오랫동안 생각에 잠겨 있다가 입을 열었다.

"촉을 도모하기도 어렵고, 오를 도모하기도 어려울 것 같나이다."

"그러면 천하를 통일할 방도가 없다는 말이오?"

조비는 노기를 띠며 반문했다.

"지금 곧 통일하기는 어렵사오나 두 나라의 허를 찌르면 언젠가는 폐하의 소망이 이루어질 날이 있을 것이옵니다."

"지금 우리 군사는 오군의 허를 찔러 삼로로 공격 중인데, 그 결과는 어떻게 되겠소?"

"별로 큰 이득이 없으오리다."

"지난번에는 오를 치라고 권하더니 이제 와 딴소리를 하는구려. 그대의 말에는 일관된 신념이 없는 것이 아니오?"

조비는 가후를 날카롭게 비난했다. 그러자 가후가 침착하게 대답했다.

"지난번 오가 촉에게 참패했을 때에는 오를 먼저 치는 것이 옳았습니다. 그러나 지금은 육손이 촉을 섬멸시켜 사기가 지극히 왕성하옵니다. 지금 싸워봐야 크게 이로울 것이 없다고 아뢴 것은 바로 그 때문이옵니다.”

“쓸데없는 소리 그만하오. 우리 군사는 이미 오의 국경을 넘어 진격해 가고 있소. 짐의 방침은 이미 결정되었소.”

조비는 차제에 오를 정벌해 버릴 생각에 그날로 많은 군사를 거느리고 출정의 길에 올랐다.

이번 싸움에 있어 가장 중요한 지방은 유수성(濡須城)이었다. 유수성만 점령하면 오의 수도 건업(建業)은 함락된 것이나 다름없기 때문이었다. 따라서 조비는 왕쌍과 제갈건에게 오만여 기의 군사를 주어 유수성을 완전히 포위하게 했다.

“유수만 함락시키면 건업은 절로 떨어지게 되니, 전군은 사력을 다해 전공을 크게 세우도록 하라!”

위의 황제 조비는 일선에 나와 군을 독려했다. 위군의 사기는 하늘과 땅을 뒤덮을 듯이 왕성했다. 그러나 명장 육손이 거느린 오군의 사기도 결코 녹록하지 않았다.

유수성을 수비하는 오의 대장은 겨우 이십칠 세의 주환(朱桓)이었다. 그는 비록 나이는 어려도 담량이 크기로 어느 영장에 못지않은 인물이었다. 다만 걱정스러운 점은 적에 비해 병력이 너무도 적은 것이었다. 그런 까닭에 장수들은 주환에게 이렇게 건의했다.

“위의 대군을 막기에 우리의 병력이 너무도 빈약하니 차라리 일단 후퇴했다가 새로운 응원군을 얻어 저들과 상대하는 것이 어떻겠소?”

그러나 주환은 감연히 대답했다.

“위의 대군이 천하를 뒤덮을 듯이 강력한 것만은 사실이오. 그러나 저들은 멀리서 여러 날을 행군해 온 데다 더위에 지쳐 있어 얼마 안 가 군사가 많은 것이 오히려 큰 고통으로 느껴질 것이오. 적은 나쁜 질병과 군량난에 허덕이게 되는 날이 반드시 올 것이오. 그와는 반대로 우리는 군사가 적은 까닭에 식량 걱정이 없을 뿐만 아니라 행군을 아니했기 때문에 체력도 지극히 좋은 편이오. 게다가 우리는 험지(險地)를 접하고 있어 지리적으로도 크게 유리하오. 병법에 의하면 객병과 주병이 싸울 때, 객병 열 사람과 주병 다섯 사람이 싸우면 반드시 주병이 이긴다고 했소. 그런 조건으로 본다면 승산은 우리에게 있소. 다만 걱정스러운 것은 우리의 사기요. 모든 장수들은 필승의 신념으로 나의 지휘를 따라주기 바라오. 그러면 나는 이 싸움을 반드시 이겨 보이리다."

젊은 장수의 불타는 신념에 감동되어 모든 장수들은 최후까지 용감히 싸울 것을 맹세했다.

다음날이었다. 싸움이 시작되자 주환은 적을 가까이 끌어들이기 위해 한동안 대항하는 척하다가 급히 성안으로 쫓겨 들어와버렸다. 위장 상조 (常雕)가 성을 포위하고 싸움을 걸었다. 그러나 오군은 아무리 싸움을 걸어도 응하지 않았다.

"적은 이미 싸울 기력을 완전히 상실했다. 이제는 성을 기어넘어 성안으로 진격하라!'

상조의 군령이 떨어지자 위군 병사들은 성벽을 기어오르기 시작했다. 그때 별안간 성 위에서 일성포향(一聲砲響)이 울리더니 화살이 빗발치듯 쏟아져내렸다. 그와 동시에 사면팔방의 성문이 활짝 열리더니 주환을 선두로 수많은 군사가 뛰쳐나오며 적병을 사정없이 무찔러버렸다. 그 바람에 위군은 전멸에 가깝도록 섬멸되었다. 대장 상조도 주환의 칼에 어이없게 쓰러져 죽었다. 중군 대장 조인이 크게 노하여 응원을 나왔으나, 그 역시 참패에 참패를 거듭하고 패주했다.

그뿐이랴. 남쪽 방면으로 갔던 조진의 군사들은 육손에게 패했고, 동구 방면으로 진격했던 군사도 제갈근의 복병에게 여지없이 깨어졌다는 정보가 날아왔다. 조비는 크게 당황하여 남은 군사를 수습해 낙양으로 퇴군하는 도리밖에 없었다.

백제성 영안궁에서 실의의 나날을 보내고 있던 유비는 이해 사월에 우연히 병을 얻어 눕게 되었다. 그러잖아도 관우, 장비를 잃은 이후로 기쁨을 모르던 그에게 병마까지 덮치게 되자 몸은 한없이 쇠약해졌다. 어느 날 밤, 깊은 잠에서 깨어난 유비는 힘없는 시선으로 주위를 살펴보다 근시에게 물었다.

"지금 밤이 몇 시경이나 되었느냐?"

옆을 지키고 있던 전의와 근시가 촛불을 밝히며 대답했다.

"아, 잠을 깨셨나이까? 지금 삼경쯤 되었나이다."

유비는 맥없이 고개를 끄덕이며 중얼거렸다.

"음, 그럼 내가 꿈을 꾸었던가?"

"폐하께서 무슨 꿈을 꾸셨기에 그러시옵니까?"

"짐이 꿈속에서 관우, 장비를 만나보았소. 두 아우는 저승에 가서 신이 되었노라면서 내가 그리워 나를 데리러 왔노라고 했소!"

하도 흉악한 꿈 이야기에 근시들은 얼굴만 마주 볼 뿐, 아무 대꾸도 못하다가 화제를 엉뚱한 데로 돌렸다.

"폐하께서는 성도로 환궁하셔서 편히 섭생하심이 좋을까 하나이다."

그러나 유비는 눈살을 찌푸리며 고개를 좌우로 흔들었다.

"짐이 이렇게도 비참한 패배를 당하고 이제 무슨 면목으로 성도의 백성들을 대하겠소."

"……."

"아무리 생각해도 짐의 앞날이 먼 것 같지 않소. 짐은 후사를 부탁하고 싶으니, 제갈 승상과 상서령 이엄(李嚴)을 영안궁으로 급히 오시도록 이르오."

불세출의 영웅 유비의 입에서 그런 비장한 말이 나옴을 보고, 근시들은 무언중에 눈시울이 뜨거워졌다.

공명은 그 비명을 받자 태자 유선(劉禪)만을 성도에 남겨둔 채, 나이 어린 유영(劉永), 유리(劉理)를 데리고 상서령 이엄과 함께 영안궁으로 급히 달려왔다. 공명은 너무도 쇠약해진 유비를 보고 엎드려 절하며 소리 없이 울었다.

"승상, 좀더 가까이 오오. 내 눈이 어두워 그리운 승상의 얼굴이 잘 보이지 않는구려."

유비는 수척한 팔을 내밀어 공명의 손을 잡으며 안타까이 말했다.

"폐하, 양이 진작 배알하지 못해 송구하옵나이다."

유비는 용탑에 가까이 온 공명의 손을 어루만지며 말했다.

"짐은 승상을 얻어 제업(帝業)을 성취할까 했소. 한데 승상의 말을 듣지 않고 기어이 출전했다가 이 꼴이 되었구려. 무궁한 한과 끝없는 후회가 병이 되어, 이제 짐은 회생하기 어렵게 되었소. 태자가 아직도 연천하여 세상만물의 철리를 깨우치지 못했으니, 제반사는 승상이 맡아주셔야 하겠소. 승상이 계시기에 짐은 죽어도 눈을 감을 수 있겠소."

그렇게 말하는 유비의 눈에서는 눈물이 하염없이 흘러내렸다.

공명도 흐느껴 울며 말했다.

"폐하께서는 마음을 든든히 잡수시고 용체를 보존하시어 만백성에게 기쁨을 베풀어주소서."

유비는 고개를 흔들며 좌우를 살폈다. 마량의 동생 마속이 옆에 있음을 보자 그를 밖으로 내보내고 공명에게 물었다.

"승상은 마속의 재주를 어찌 보시오?"

"당세의 영용한 젊은이라고 생각합니다."

"짐이 마속을 보니 항상 실행보다는 말이 앞서는 사람이었소. 승상은 차후에라도 그 점을 십분 참작하시어 과히 중용함이 없도록 하오."

그렇게 유비는 후사를 위해 특별한 당부를 잊지 않았다.

그로부터 몇 시간 후에 유비는 명을 내려 모든 신하들을 궐내로 불러들였다. 유비는 그 자리에서 붓을 들어 태자에게 전하는 유조(遺詔)를 쓰고, 다시 공명 이하 군신들에게 말했다.

"짐이 본시 많은 책을 읽지는 못했으나, 인생이란 어떤 것인지는 대략 짐작하고 있소. 새가 죽으려 할 때 그 울음이 애달프고, 사람이 죽으려 할 때 그 말이 또한 착하다 하오. 짐이 경들과 고락을 같이해 온 것은 조적(曹賊)을 없애고 한실을 부흥케 하려 함이었소. 그러나 안타깝게도 이제 중도에 경들과 영원한 이별을 아니할 수 없게 되었소. 그러므로 승상께서는 짐의 유조를 태자에게 전하시고, 제경들과 힘을 합하여 태자를 잘 받들어주오. 짐의 마지막 소원이오."

공명을 비롯하여 모든 신하들이 목이 메어 흐느껴 울며 슬피 말했다.

"폐하는 용체를 보존하소서. 신들은 견마지로를 다하여 지우(知遇)하신 은혜를 갚겠나이다."

"고마운 말씀이오. 짐은 이제 안심하고 죽겠거니와 승상께 한 가지만 더 말씀드리고 싶소이다."

"무슨 말씀이시옵니까?"

"승상! 짐이 죽는 마당에 이제 무엇을 숨기겠소. 태자 선이 아직 나이가 어려 그의 재질을 알 길이 없구려. 태자가 만약 제왕의 그릇이 못 되거든 승상 자신이 보위에 올라 촉의 만백성에게 평화와 복을 내려주기 바라오."

이 얼마나 비장하고 놀라운 유조인가. 공명은 온몸에 땀이 나고 솟아나는 눈물을 가누지 못할 지경이었다. 그는 바닥에 엎드려 울며 말했다.

"폐하께서는 어이하여 신으로 하여금 충정의 절개를 지키지 못하고 역신이 되라 하시나이까? 신은 오직 죽음으로 유업을 보필할 따름이겠나이다."

공명이 말을 마치고 땅바닥에 머리를 짓찧으니 이마에서 피가 흘러내렸다. 유비는 황망히 공명을 일으켜 앉힌 다음, 유영과 유리 형제를 불러놓고 말했다.

"너희 두 형제는 이 아비가 죽은 뒤에는 승상을 부친으로 모셔, 매사를 가르치는 대로 따르도록 하라!"

그리고 나서 유비는 다시 눈물을 흘리며 공명을 바라보았다.

"승상! 이 어린 것들에게 맹세의 큰절을 올리도록 하겠소. 여기 앉아 큰절을 받아주기 바라오."

공명은 두 왕자의 절을 받고 나서 울면서 유비에게 말했다.

"신이 비록 백 번 죽는다 한들 이렇듯 깊은 은덕을 다 갚을 길이 있겠사오리까."

유비는 그제야 안심하고 옆에 있는 조자룡을 돌아보았다.

"그대와는 백전만난(白戰萬難) 중에서 오랫동안 생사고락을 같이해 왔거늘, 이제 부득이 이별을 하게 되었소. 앞으로도 승상을 받들어 부디 만절(晚節)을 빛내주도록 하오."

그러고는 다시 문무백관을 둘러보며 말했다.

"짐이 이미 모든 후사를 승상에게 부탁했으니 경들은 그 점을 새기어 차후로도 태만이 없도록 하오. 경들의 충절과 공로는 지하에서도 잊지 않겠소."

최후의 임종을 알리는 너무도 비장한 말이었다.

유비가 그 말을 마치고 큰 한숨을 내쉬며 숨을 거두니, 만좌의 충신들은 새삼스러이 목을 놓아 통곡했다. 이리하여 당세의 영웅 유비는 광란하는 풍운 속에서 파란만장한 일생을 보내다가 세상을 떠났으니, 때는 장무(章武) 삼년 사월 이십사일이요, 향년 육십사 세였다.

유비는 뜻을 천하에 두고 도원에서 관우, 장비와 더불어 손을 마주 잡고 어지러운 세상을 바로잡고자 했으나, 하늘도 무심하게 천추의 유한을 품은 채 만사를 제갈공명에게 맡기고 다시 돌아오지 못할 영원의 길을 떠나고 만 것이었다.

유비가 세상을 떠나자 공명은 그 비통 중에서도 유해를 모시고 성도로 돌아왔다. 태자 유선은 성 밖에까지 영접을 나와 울면서 선제의 유해를 받았다.

유조(遺詔)를 받든 유선은 북받치는 슬픔을 간신히 가누며 백관 앞에서 스스로 맹세했다.

"선친의 유언을 받들어 지하의 영령들에게 추호도 부끄러움이 없도록 처신하겠나이다."

공명은 만조백관을 한자리에 모아놓고, 그날로 황제 등극의 대식전을 베풀었다.

"나라에 하루도 인군이 없을 수 없으니 오늘로 태자께서 대통을 계승케 해야 하오."

그와 동시에 연호를 건흥(健興) 원년(元年)으로 개칭했다. 이때 신황제의 나이는 겨우 열일곱 살이었다. 그러나 영특한 신황제는 선제의 유조를 받들어 공명의 말은 하나부터 열까지 충실히 따랐다. 그와 동시에 공명을 무경후(武卿侯)로 봉하여 익주목(益州牧)에 제수했다.

이해 팔월에 선제 유비의 대례장(大禮葬)이 있었으니, 때를 같이하여 유비를 소열황제(昭烈皇帝)라 시(諡)하고, 널리 대사령(大赦令)을 내려 선제의 유덕을 높이 찬양했다.

원수와 동맹을 맺다

촉제 유비의 죽음은 만천하에 커다란 영향을 끼쳤다. 조비는 유비가 죽었다는 소식을 듣자 즉시 참모진을 모아놓고 말했다.

"이 기회에 군사를 일으켜 촉을 단숨에 무찔러버려야 하겠소."

그러나 가후가 간했다.

"유비는 죽었으나 제갈량이 신제(新帝)를 돕고 있으니 결코 가볍게 보아서는 안 되옵니다. 천천히 때를 기다리십시오."

그러자 옆에 있던 모사 사마의가 큰소리로 외쳤다.

"공은 언제 다시 이런 좋은 기회가 온다는 말씀이오? 촉을 격파하는 데는 지금이 절호의 기회요."

조비는 그 말에 용기를 얻었다.

"사마중달은 파촉지계를 말해 보오."

사마의가 머리를 조아리며 말했다.

"다섯 갈래로 대군을 일으켜 사면팔방으로 협공해 들어가면 제아무리 제갈량이라도 정신이 뽑혀 도저히 막아내지 못할 것입니다."

"다섯 갈래의 군사란 무엇을 말하는 것이오?"

"요동(遼東) 선비국(鮮卑國)에 사신을 보내 그 나라 국왕인 가비능(軻比能)에게 많은 금백(金帛)을 주어 인심을 산 후 요서(遼西)의 강병 십만으로 서평관(西平關)을 치게 하는 것이 그 일로(一路)요, 남만의 만왕 맹획(猛獲)의 인심을 사서 만병 십만으로 익주(益州)·영창(永昌)으로 쳐들어가게 하는 것이 그 이로(二路)요, 다음은 오의 손권과 강화을 맺어 그로 하여금 십만 군으로 양천(兩川)·부성(涪城)으로 쳐들어가게 하는 것이 그 삼로(三路)요, 맹달에게 사람을 보내 상용(上庸)에서 한중(漢中)으로 쳐들어가게 하는 것이 그 사로(四路)이옵니다. 그런 연후에 대장군 조진으로 대도독을 삼아 십만 군을 출동시켜 양평관(陽平關)으로 쳐들어가 서천(西川)을 취하게 하는 것이 그 오로(五路)입니다. 그와 같이 오로 대군이 사면에서 동시에 쳐들어가면 제아무리 제갈량의 재주가 비상한들 무슨 힘으로 막아내겠나이까?"

사마의는 의기양양하게 열변을 토했다. 신념에 넘치는 원대하고도 치밀한 계획이었다. 만당의 장수들은 사마의의 탁월한 구상에 감탄해 마지않았다. 특히 조비는 거듭 탄복해 마지않으며 최후의 결단을 내렸다.

"중달의 원대한 작전에는 오직 경탄이 있을 뿐이오. 그 계획을 즉시 실천에 옮기기로 합시다."

그리하여 사자들은 조비의 친서를 받들고 사방으로 말을 달려 떠나고, 대도독으로 임명된 조진은 십만 대군을 거느리고 양평관으로 정도의 길에 올랐다.

그 무렵, 조조 시대의 명장들이었던 장요와 서황 같은 장수는 이미 열후(列侯)에 봉해져 기주, 청주, 서주, 합비 같은 요해처의 수령이 되어 있었으므로 싸움에 참가시키지 않고 오로지 젊은 장수들만으로 출병했다.

말하자면 조조 시대에는 일개의 문관에 불과했던 사마중달이 홀연 두각을 나타내면서 새로운 영준(英俊)들을 높이 등용해 세대교체를 이루었던 것이다.

그 무렵, 촉국의 정세는 어떠했던가.

유비가 죽고 나자 모든 정무를 공명이 전담하면서 인심은 더욱 결속되었다. 멸망의 위기에 처해 있던 촉국이 기사회생의 신로를 타개해 나가기 위해서는 오직 합심단결이 있을 뿐이기에 공명은 그점에 각별히 힘써온 것이었다.

그런 중에도 촉국에는 커다란 경사가 하나 있었으니 그것은 새로 즉위한 후주(後主) 유선이 이미 세상을 떠난 장비의 외딸을 황후로 맞아들인 일이었다. 그런데 그 화촉의 성전이 이루어진 지 며칠 뒤, 위의 대군이 오로(五路)로 쳐들어온다는 급보가 날아들었다.

그 놀라운 사실은 공명에게 즉시 보고되었다. 그러나 공명은 그 보고를 받고 나서도 웬일인지 며칠 동안 조정에는 좀처럼 나타나지 않았다. 어린 황제 유선은 크게 불안했다.

"이게 어찌 된 일이오? 즉시 사람을 보내 승상더러 입조하시도록 이르오."

어명을 받고 승상부로 달려갔던 사자가 한나절이나 지나서야 돌아와서 말했다.

"승상께서는 몸이 불편하셔서 자리보전하고 누워 계신 까닭에 오늘은 입조를 못하시겠다는 말씀이셨습니다."

"이 위급한 판국에 승상이 집에 누워만 있으니 이 무슨 불상(不祥)스러운 일인고?"

어린 황제는 더욱 불안해 이번에는 황문시랑(黃門侍郎) 동윤(董允)과 간의대부(諫議大夫) 두경(杜瓊)을 다시 승상부로 파견했다. 두 사람은 즉시 승상부를 방문했지만, 문은 굳게 닫혀 있고 문지기가 출입을 통제하고 있었다.

"우리 두 사람은 지금 황제의 칙명을 받들고 오는 길이오. 천자의 칙명을 받든 우리가 승상부에 출입을 못한다는 게 무슨 소리요?"

두 사람은 문지기를 보고 큰소리로 호령했다. 그러나 문지기는 막무가내로 앞길을 막아섰다.

"승상께서는 수하를 막론하고 출입을 엄금하라는 분부를 내리셨습니다. 꼭 하실 말씀이 있으시거든 제가 전달을 하겠나이다."

"그대가 승상께 말씀을 여쭈어주오. 지금 조비가 대군을 일으켜 오로로 우리를 침범해 오는 까닭에 국가의 운명이 매우 위급하게 되었소. 황제께서는 매우 걱정하시며 승상께 방비책을 써주도록 신신당부를 하셨소."

문지기가 그 말을 듣고 안으로 들어가더니 좀처럼 나오지 않았다.

"승상이 어찌 이럴 수 있단 말이오? 오십만 대군이 한꺼번에 쳐들어온다니까 겁에 질려 실신이라도 한 것인가?"

"그러잖아도 민간에는 벌써부터 그런 소문이 떠돌더이다. 제아무리 제갈공명이기로 맨주먹으로 오십만 대군을 막아낼 수는 없는 일이 아니겠소? 촉국의 운명은 이제 풍전등화나 다름없나 보오."

두 중신이 밖에서 공명의 회보를 기다리며 그런 공론을 하고 있는데, 전갈을 가지고 들어갔던 문지기가 그제야 나와서 말했다.

"승상께서는 내일 아침 일찍 입조하셔서 제경들과 함께 논의할 터인즉 오늘은 그대로 돌아가시라는 말씀이십니다."

두 사람은 어쩔 수 없이 조정으로 돌아와 황제에게 사실대로 품했다.

후주 유선은 내일 아침에는 반드시 신기한 대책을 알려주려니 하고 초조한 중에도 많은 기대를 걸고 있었다.

다음날 아침, 중관들은 일찍부터 조정으로 모여들었다. 그러나 어찌된 일인지 아침 일찍 입궐한다던 공명은 한낮이 지나도 나오지 않았고, 날이 저물어도 끝끝내 나타나지 않았다. 중관들은 하루를 꼬박 기다림 속에서 보내다가 저물녘에 모두 집으로 돌아가며 공명에게 비난을 퍼부었다.

어린 황제의 심려는 더욱 컸다. 그는 다음날 식전에 간의대부 두경을 다시 불러 물었다.

"사태가 매우 위급한데 승상은 입조조차 아니하니 이 일을 장차 어찌했으면 좋겠소?"

두경이 머리를 조아리며 아뢰었다.

"이제는 어쩔 수 없으니 폐하께서 친히 승상을 찾아뵙고, 그 어른의 뜻을 물어보시는 길밖에 없겠나이다."

후주 유선은 즉시 후궁으로 들어와 태후에게 그 사실을 알렸다.

태후가 그 소리를 듣고 크게 놀랐다.

"그 어른이 이 위급한 시기에 무슨 생각으로 선주의 유지를 어기는 거동을 하시는지 알 수 없는 일입니다. 그러면 제가 그 어른을 한번 찾아뵙도록 하겠습니다."

"아니옵니다. 태후께서 행차하시는 것은 너무도 황공하오니, 소자가 다녀오겠나이다."

이리하여 후주는 승상부를 친히 방문하게 되었다. 승상부의 관리들은 황제의 돌연한 방문에 모두 깜짝 놀랐다.

"승상은 지금 어디에 계시냐?"

황제가 어가에서 내려 중문 안으로 들어오며 문지기에게 물었다.

"승상께서는 지금 연못에 가서서 물고기가 노는 것을 구경하고 계시옵니다."

젊은 관리가 얼른 가로맡아 대답하면서, 황제를 안내하려 했다.

"짐이 혼자 찾아갈 터이니, 그대는 따라오지 말라."

황제는 홀로 발걸음을 연못가로 옮겼다.

승상부의 후원에는 수목이 우거진 넓은 연못이 있었다. 공명은 연못가 나무그늘에 홀로 서서, 물속에서 노니는 물고기들을 넋을 잃고 들여다보고 있었다. 물고기 구경에 얼마나 정신이 팔려 있는지, 황제가 바로 등 뒤에 다가와도 거들떠볼 줄 몰랐다.

어린 황제는 공명의 등 뒤에 한동안 머물러 서 있다가 말을 걸었다.

"승상께서는 무슨 구경에 그리 열중해 계시오?"

공명은 그제야 뒤를 돌아다보고는 소스라치게 놀라 땅에 엎드리며 아뢰었다.

"폐하께서 어인 걸음이옵니까? 신이 영접조차 못했으니 죄송 만만이옵나이다."

"승상께서 몸이 불편하시다더니 지금은 좀 어떠시오?"

"황공하옵니다."

"위의 오로 대군이 지금 우리를 쳐온다는데, 대체 이 일을 어찌했으면 좋겠소이까?"

어린 황제는 걱정이 넘쳐 단도직입적으로 물었다.

"신도 그 일은 이미 알고 있사옵니다. 선제께서 승하하실 때 부디 국사에 전념해 달라는 유조가 계셨는데 신이 어찌 그 일을 모르겠습니까."

"하지만 승상께서 조의(朝議)에 불참하시니 짐은 심히 걱정하고 있었소이다."

"황공하옵니다. 신이 승상의 몸으로 아무런 대책도 없이 조의에 참석하는 것은 오히려 참석을 아니하는 것만 못하기에, 그동안 대책을 궁리하느라 부심하고 있었나이다."

"그래, 무슨 신묘한 대책이 서셨소이까?"

"며칠 동안 물고기가 노는 모양을 바라보고 있다가 조금 전에야 겨우 대책이 머리에 떠올랐나이다. 여기 서서 계신 채 말씀드리기 황공하오니 초당으로 올라가시도록 하옵소서."

공명은 어린 황제를 초당으로 모시고 나서 자신 있게 말했다.

"위의 오로 대군을 막아내는 것은 결코 어려운 일이 아닐 듯하옵니다. 다만 한 가지 어려운 점이 있으나, 그 또한 노력만 하면 쉽게 해결할 수 있는 일이옵니다."

"어떤 방법으로 막아내실지 좀더 구체적인 설명을 들려주기 바라오."

"그러면 설명을 여쭙도록 하겠나이다. 첫째, 마초 장군은 본시 서량(西凉) 사람으로 강인(羌人)들 사이에는 신위천장군(神威天將軍)이라고 불릴 만큼 대단한 존경을 받고 있습니다. 따라서 마초로 서평관을 지키게 하면 강군(羌軍)을 막아내기는 그다지 힘들지 않을 것입니다. 둘째, 남만의 맹획이 사군(四郡)을 침범해 오고 있으나, 그자는 본시 의심이 많고 겁이 많은 까닭에 위연 장군으로 그들을 담당하게 하여 익주 산중에서 의병지계를 쓰게 하면 능히 막아낼 수 있사옵니다. 셋째, 상용(上庸)의 맹달이 한중으로 쳐들어오고 있으나, 그자는 본시 우리 편 장수였던 데다 시문에 능숙하고 또 우리의 장수 이엄과는 막역지간이옵니다. 이엄으로 그 방면을 담당하게 하면 맹달은 반드시 옛정을 잊지 못해 칭병(稱病)하고 군사행동을 중지할 것이옵니다. 넷째, 조진이 양평관으로 쳐들어오고 있으나, 그곳은 산세가 험준하여 조자룡으로 애구(隘口)를 지키게 하면 저들이 감히 깨치지 못할 것이옵니다. 그렇게 따지고 보면 적의 오로 대군 중에 사로는 능히 막아낼 수 있습니다. 게다가 만일을 생각해 관흥, 장포에게 각각 이만씩을 주어 불리한 방면을 돕게 하면 조금도 두려울 것이 없사옵니다. 하오나 오직 하나의 문제가 남아 있는데, 그것은 오나라의 동태이옵니

다."

공명이 정연한 이론으로 설명해 나가니 유선은 크게 기뻐하며 물었다.

"승상의 깊은 계책을 들으니 짐은 실로 마음이 든든하오. 그러면 오나라 문제는 어찌 처리할 생각입니까?"

공명은 오의 문제만은 신중을 기하는 듯 눈을 무겁게 감고 한동안 생각에 잠겨 있다가 조용히 눈을 뜨며 설명했다.

"신이 생각건대 동오는 위가 출동령을 내리더라도 경솔하게 군사를 움직일 것 같지는 않사옵니다. 다만 한 가지 염려되는 것은, 만약 다른 네 방면의 전세가 우리에게 불리할 경우, 오는 어부지리를 얻기 위해 반드시 우리를 쳐올 것입니다. 그러나 우리의 방어가 견고하면 손권은 움직이지 않고 방관만 하고 있을 것입니다. 그러므로 우리가 먼저 오에 사람을 보내 손권의 마음을 돌려놓도록 해야 할 것입니다."

"그러면 누구를 오나라에 보내는 것이 좋겠소?"

"신은 지금 그 적임자를 찾지 못해 걱정이옵니다. 그러나 적임자가 반드시 있을 터이오니, 폐하께서는 과히 걱정 마소서."

공명은 일장 설명을 끝내고 어린 황제를 내당으로 모시고 올라와 차를 대접했다.

이윽고 유제가 공명의 배웅을 받으며 승상부를 나섰다. 아까 공명을 찾아올 때에는 황제의 용안에 수심이 가득하더니, 나가는 걸음에 금세 희색이 만면해 있으므로 중관들은 모두 놀라는 한편 매우 기뻐했다. 그러면서도 한결같이 의아스러운 안색으로 어리둥절해 하는 모양이었는데, 오직 한 사람만이 말없이 고개를 끄덕이며 빙그레 웃음을 짓는 것이었다. 자세히 보니 그는 의양(義陽) 신야(新野) 사람 등지(鄧芝)였다. 그는 한나라 사마(司馬)인 등우(鄧禹)의 후손이었다.

공명은 즉시 등지를 불러 명했다.

"그대만은 좀 남아 있다가 나를 만나고 가오."

이윽고 후주가 환궁하자 공명은 등지를 초당으로 데리고 들어와 물었다.

"그대는 아까 내가 폐하를 모시고 대문을 나섰을 때, 무슨 까닭으로 혼자 하늘을 우러러보며 웃고 있었는고?"

"두 분의 안색을 보고 기쁨을 참지 못해 웃었나이다."

등지가 정색을 하며 대답했다.

"안색을 보고 기쁨을 참지 못했다니, 뭐가 그리 기뻤단 말인가?"

"위의 오로 대군을 격파할 계책이 서 있음이 두 분의 얼굴에 뚜렷이 드러나 있었으니, 촉의 신민으로 그처럼 기쁜 일이 어디 있겠나이까?"

"그대는 실로 명석한 두뇌를 지닌 인물이구려."

공명은 등지의 재주가 비상함에 감탄해 마지않으면서 의견을 물었다.

"만약 그대가 이 난국을 타개해 나갈 책임을 맡았다면 어떤 대책을 세우겠는지 한번 말해 보오!"

등지는 서슴지 않고 대답했다.

"저처럼 미천한 인물이 어찌 이 어려운 난국을 타개해 나갈 지략이 있겠습니까. 하오나 제가 만약 책임을 맡았다면 사로(四路)의 군사를 막아낼 방도가 노상 없지는 않습니다. 그러나 오를 막아내는 것만은 쉬운 일이 아닐 것 같습니다."

"오는 어떡하면 막아낼 수 있겠는가?"

"오와는 싸울 생각을 말고, 손권과 강화를 맺어 회유하는 것이 상책일 것입니다."

"과연 옳은 소리이오. 나는 그대와 꼭 같은 생각에서 손권을 설득할 사람을 구하던 중이오. 원컨대 그대가 그 임무를 띠고 오나라에 가서 손권을 설득해 주기 바라오."

공명은 그렇게 말하고 등지를 서원(書院)으로 데리고 들어와 술을 따르며 극진히 대접했다.

등지는 크게 감동되어 감격의 눈물을 흘리며 말했다.

"승상께서 저 같은 사람을 이처럼 알아주시니 목숨을 걸고 임무를 완수하겠나이다."

다음날 등지는 후주 유선의 황명을 받들고 손권을 설득하러 오로 떠났다.

이때, 손권은 육손의 계책에 따라 위와 촉 어느 편에도 가담하지 않고 제삼자의 입장에서 전세의 추이를 면밀히 관망하고 있었다. 그러다 전세가 유리한 편에 가담하여 어부지리를 도모할 계획이었던 것이다.

때마침 위의 사로군이 도처에서 촉군에게 패배를 거듭하고 있다는 정보가 날아들었다. 요동 방면의 강군은 마초에게 격파를 당하고 있고, 남만 대군은 익주 방면에서 위연의 의병지계에 속아 패주했고, 상용 방면의 맹달은 병을 칭탁하고 숫제 기병도 하지 않았고, 양평관으로 진격해 오던 조진의 군사는 조자룡의 역습을 받아 총퇴각했다는 정보였다.

'아아, 짐이 육손 도독의 말대로 이 싸움에 가담하지 아니한 것이 천만다행이었구나!'

손권은 전세의 변화에 내심 크게 놀라며, 속으로 그렇게 생각하고 있었다. 등지가 공명의 부탁을 받고 손권을 찾아온 것은 바로 그때의 일이었다.

모사 장소가 손권에게 말했다.

"촉에서 사신이 온 것은 공명의 계책이 분명합니다."

손권이 대답했다.

"과인도 그 점은 짐작하고 있소. 그러면 등지라는 사람을 어떻게 대우했으면 좋겠소?"

"대우 문제는 그 사람이 어느 정도의 인물인지 주상께서 한번 만나보신 연후에 결정하시는 게 좋을 것 같나이다."

"그 점은 경의 말씀대로 하리다. 그러면 그 인물을 어떤 방법으로 시험해 보면 좋겠소?"

"우선 그 사람의 담력을 시험해 보기 위해서 대전에 커다란 가마솥을 걸고 기름을 펄펄 끓이면서, 그 사람이 무슨 소리를 하든 기름솥에 넣어 죽여버리겠다며 호통을 쳐보십시오. 그때 그 사람이 무슨 대답을 하는지 들어보고 다시 태도를 정하십시오."

손권은 그대로 하기로 약속하고, 가마솥에 기름을 펄펄 끓이며 등지를 불러들이게 했다. 물론 어전은 완전무장한 천여 명의 무사가 삼엄하게 호위하고 있었다.

등지는 대전으로 불려 들어갔다. 그러나 무사들이 삼엄하게 늘어서 있는데도 추호도 겁을 내는 빛을 보이지 않았다.

등지가 대전 앞에 다다르자 손권은 덮어놓고 호통을 쳐댔다.

"이놈! 네 어찌 내 앞에 이르러 절을 하지 않는고?"

그러나 등지는 오만불손하게도 오연히 버티고 선 채 말했다.

"상국의 칙사가 어찌 조그만 나라의 국왕에게 절을 할 수 있으리까?"

그 소리에 손권은 대로했다.

"이 방자스러운 놈아! 과인은 그러잖아도 너를 죽여버리기 위해 기름을 끓이고 있었다. 여봐라! 저놈을 당장 펄펄 끓는 기름솥에 집어넣어라!"

손권의 입에서 그 말이 떨어지기 무섭게 등지는 겁을 내기는커녕 크게 소리 내어 웃으며 호탕하게 말했다.

"하하하, 이제 보니 오나라에는 인물이 하나도 없구나."

손권의 노여움은 불길 같았다.

"이 죽일 놈! 웃기는 왜 웃느냐?"

"오에는 사람다운 사람이 없으니 내 어찌 웃지 않으리오. 내 일찍이 오에는 호걸과 현인들이 무수하다고 들었소. 그런데 나 같은 유생 한 사람 때문에 이리도 겁을 내고 있으니 어찌 가소로운 일이 아니겠소!"

"닥쳐라! 너 따위를 누가 두려워한다는 말이냐?"

"나를 두려워하지 않는다면 무슨 까닭으로 기름솥에 넣어 죽이겠다는 것이오?"

"너는 공명의 사주를 받고 우리와 위국을 이간하러 온 놈이 아니고 무엇이란 말이냐?"

"나는 촉 황제의 어명을 받들어 오를 찾아온 칙사요. 오나라가 한 사람의 칙사를 받아들일 만큼의 아량도 없다면 내 더 이상 무슨 소리가 필요하겠소. 나를 죽이든 살리든 도량대로 하오!"

등지가 그렇게까지 도도하게 나오니 손권은 적이 무안했다.

그리하여 즉석에서 무사와 측근들을 물리고 등지에게 정색을 하며 물었다.

"그대는 무슨 용무로 과인을 찾아왔는지 말해 보오."

"조금 전에 대왕께서 말씀하신 대로 오와 촉이 수교를 맺는 것이 좋을 듯해 찾아왔습니다."

"나는 그대의 의견을 그다지 탐탁하게 생각지 않소. 왜냐하면 유비가 세상을 떠나고 어린 유선이 보위에 올라 나라의 운명이 언제 어떻게 될지 모르는데, 우리가 새삼 수교를 맺을 필요가 어디 있단 말인고?"

그러자 등지는 엷게 비웃는 듯한 미소를 지어 보이며 말했다.

"그게 무슨 말씀이십니까? 우리 주상께오선 나이는 비록 어려도 명세(命世)의 영걸이십니다. 또한 제갈량은 당대의 준걸이 아닙니까? 게다가 촉은 산세가 험준하여 외군이 함부로 침범을 못하는 천애의 요새입니다. 오나라 또한 삼강의 굳건함이 있으니 이제 만약 순치지간(脣齒之間)인 촉과 오가 동생공사의 수교를 맺는다면 위의 공격은 문제도 되지 않을 것입니다. 두고 보십시오. 대왕은 지금 위에 칭신(稱臣)을 하고 계신데, 조비는 머지않아 대왕의 왕자를 인질로 요구할 것입니다. 그때 대왕이 그 요구에 응하지 않으면 조비는 반드시 군사를 일으켜 오를 정벌할 것이며, 그 경우에는 반드시 좋은 조건을 내세우며 촉과 공수동맹을 맺자고 할 것입니다. 그러면 오의 멸망은 불을 보듯 명확한 일이 아니겠습니까?"

손권은 그 소리를 듣자 등골이 오싹했다. 그리하여 고개를 끄덕이며 이번에는 정중한 말로 대답했다.

"내 이제 선생의 참뜻을 알았소. 자, 안으로 들어가 술을 나누면서 흉금을 터놓고 얘기해 봅시다."

손권은 등지의 인품에 감동되어, 그를 안으로 데리고 들어가 잔치를 크게 베풀었다.

술이 거나하게 취하자 손권이 등지에게 말했다.

"선생의 뜻이 바로 나의 뜻이오. 선생은 부디 우리 오나라가 촉국과 수교를 맺도록 노력해 주시오!"

등지가 웃으며 대답했다.

"나를 기름솥에 삶아 죽이려 하신 분도 대왕이셨고, 이제 나를 긴히 쓰시려 하시는 분도 대왕이시니, 내 어찌 신명을 다해 노력하지 않겠습니까!"

손권은 그 대답에 더욱 감동되어 군신들을 돌아보며 한탄했다.

"우리 오나라는 강남 팔십일 주를 가지고 있는 대국이건만, 편벽한 곳에 있는 서촉은 우리보다 훨씬 많은 인걸을 품고 있구나! 만약 이곳에도 등지 같은 인물이 있어 나의 뜻을 공명에게 올바로 전해 줄 수 있다면 얼마나 다행한 일이랴!"

그러자 군신 중에서 손을 들고 일어서며 아뢰는 사람이 있었다.

"신이 촉으로 가서 공명을 만나보겠나이다."

자세히 보니, 그는 중랑장 장온(張溫)이었다.

"오오, 그대는 중책을 능히 다할 수 있겠는가?"

"공명도 사람이니, 신이 어찌 그를 두려워하오리까? 보내주시면 반드시 임무를 다하고 돌아오겠나이다."

"오오! 진실로 기쁜 말씀이오."

이리하여 장온은 등지와 함께 공명을 설복키 위해 촉으로 동행하게 되었다.

후주 유선은 등지를 오에 보내놓고도 그 귀추가 걱정스러워 공명에게 물었다.

"등지가 오나라를 찾아간 일은 어떻게 될 것 같소이까?"

공명이 대답했다.

"등지는 재주가 비상한 인물이오니, 반드시 성공할 것입니다. 그리고 신이 생각하기에 오에서는 등지와 함께 반드시 사신을 보내올 것입니다."

"그러면 그 사람을 어찌 대접했으면 좋겠소?"

"대접을 후하게 할수록 효과가 클 것입니다."

"장차 천하통일 문제는 어찌 될 것 같소이까?"

"우선 촉오동맹을 맺어야 하옵니다. 우리와 오를 비끄러매어 위가 우리를 넘겨다보지 못하도록 만든 다음, 먼저 남만을 평정하고 다음에는 위를 도모한 뒤, 최후로 오를 거꾸러뜨리면 천하는 절로 통일될 것입니다."

"과연 제갈 무후의 도량은 탁월하시구려."

후주는 공명의 원대한 계획을 듣고 매우 흡족해 했다.

그 다음날 등지가 오에서 장온을 데리고 돌아왔다. 후주는 공명의 말대로 문무백관을 한자리에 모아놓고 오의 사신인 장온을 정중하게 맞았다. 장온은 지난날 등지가 손권 앞에서 호담무쌍하게 거동하던 광경을 보았는지라, 자기도 거드름을 피우며 전상(殿上)으로 올라와서야 후주에게 예를 올렸다. 후주는 아무 소리도 하지 않고 주연을 크게 베풀어 장온을 극진히 대접했다.

다음날은 공명이 잔치를 베풀어주며 장온에게 말했다.

"우리의 금상께서는 오왕을 사모하셔서 반드시 촉오동맹을 맺어 위를 무찌르기를 원하고 계시오. 그러니 대부는 돌아가시거든 이 뜻을 아뢰어, 꼭 성취하도록 애써주오."

"염려 마오. 공명이 그처럼 간곡히 부탁하시니, 내 어찌 그 청을 마다하겠소."

장온은 껄껄껄 웃으며 자못 의기양양하게 대답했다.

다음날은 후주가 많은 금백을 선사하니 장온은 점점 콧대가 높아갔다.

장온이 촉국을 떠나기 전날 밤, 공명은 그를 위해 송별연을 열어주었다. 주흥이 한창 무르익어가는데, 난데없는 장한(壯漢) 한 사람이 나타나더니 장온 앞에 털썩 마주 앉으며 방약무인하게 떠들어댔다.

"오에서 오신 장온 선생께서 원로에 오셨다가 내일 떠나가신다니 섭섭하기 짝이 없구려! 자, 나도 술을 한잔 올리고 싶으니, 내 술 한잔만 들어주오!"

장온은 자신의 위엄이 손상되었다고 느끼자 자못 불쾌한 안색으로 공명에게 물었다.

"저 사람은 누구입니까?"

"저 사람은 익주학사(益州學士) 진복(秦宓)이라는 선비입니다."

"아, 학사 나리시군요. 요즘 젊은 학사님들은 공부를 제대로 하시는지요?"

진복은 그 소리를 듣고 정색하며 장온을 나무랐다.

"나더러 젊은 사람이라니 그 무슨 말씀이오? 우리 촉국 사람들은 세 살 때부터 글을 배우기 때문에 스무 살만 되면 누구나 훌륭한 학자가 된다는 것을 모르시는가 보구려?"

장온은 더욱 아니꼬웠다.

"그러면 귀공은 무슨 공부를 하셨소?"

"천문과 지리를 배웠음은 물론이고, 삼교구류(三敎九流), 제자백가(諸子百家)에서 성현경전(聖賢經典)에 이르기까지 배우지 아니한 것이 없습니다."

"허어, 젊은 친구가 허풍이 대단하구려!"

"허풍이라니 그게 무슨 소리요? 오에서는 대체 몇 살이나 먹어야 학사 벼슬을 지내게 되오? 육십이오, 칠십이오? 그렇게 늙어빠져 학사가 되어 가지고서야 국가에 무슨 공헌을 할 수 있겠소?"

장온은 얼굴에 먹칠이나 당한 것처럼 불쾌했다.

"그대가 그렇게도 큰소리를 치니, 내가 한번 시험을 해보고 싶소."

"무엇이든 척척 대답할 테니 물어보오."

"하나 묻겠는데 하늘에는 머리가 있소, 없소?"

"물론 있지요. 하늘에 머리가 없으면 어떡하오."

"머리가 있다면 그 머리는 어느 쪽에 있소?"

"서쪽에 있지요."

"어찌하여 서쪽에 있소?"

"시전(詩傳)에 '서쪽을 돌아본다[西顧]'는 말이 있으니, 그것으로 미루어보건대 머리가 서쪽에 있다는 뜻이 아니오."

말할 것도 없이 그것은 동쪽 나라인 오보다 서쪽 나라인 촉이 높다는 뜻을 암시한 대답이었다.

"그럼 하늘에는 귀가 있소, 없소?"

"물론 하늘은 귀를 가지고 있지요. 옛글에 학이 구고(九皋)에 우니 그 소리가 하늘에서 들린다 하지 않았소. 귀가 없으면 어찌 소리를 들을 수 있겠소."

"그럼 하늘은 발도 가지고 있소?"

"물론 발이 있지요. 옛글에 천보간난(天步艱難)이라는 말이 있지 않소."

"그럼 하늘의 성은 무엇이오?"

"물론 유씨지요. 우리의 천자께서 유씨인데, 댁은 그것도 모르고 계셨소?"

진복이 기재 활발하게 받아넘기는 바람에, 장온은 화도 동하고 무안스럽기도 했다. 그래서 이렇게 반박해 보았다.

"그래도 해가 동쪽에서 솟는다는 사실만은 알고 있겠지?"

그 말이 떨어지기 무섭게 진복이 대답했다.

"그렇소. 해가 동쪽에서 솟는 것만은 사실이오. 그러나 반드시 서쪽에 와서 빠져버리더이다."

장온은 또 한번 모욕을 당해 얼굴이 붉으락푸르락해졌다.

공명이 재빠르게 그 눈치를 알아채고, 진복을 넌지시 나무랐다.

"이 어른은 천하를 다스리는 분인데, 그대 같은 젊은이가 어찌 잔재주로 부끄러움을 모르고 입심만 부리는고? 잔재주는 그만 부리고 어서 물러가오!"

공명이 휘갑을 쳐주어 장온은 간신히 체면을 유지할 수 있었다.

장온이 등지를 다시 오로 데리고 돌아가니 마침내 촉오동맹이 성사되었다. 모든 일이 공명의 계획대로 된 것은 새삼스레 말할 것도 없었다.

그 무렵, 위에는 두 가지 커다란 불행이 있었다. 대사마 조인과 모사 가후가 병으로 세상을 떠난 것이었다. 그와 같은 불상사가 겹치는 중에 또 하나의 불쾌한 일이 생겼으니, 그것은 오의 손권이 촉과 공수동맹을 맺었다는 정보였다.

조비는 그 소식을 듣고 크게 노했다.

"손권이란 놈이 나의 은총을 배반하고 유선과 동맹을 맺었구나! 짐은 그런 배은망덕한 놈을 결코 내버려두지 않겠다."

조비는 당장 군사를 일으켜 오와 촉을 한꺼번에 치고 들어갈 기세였다. 시중 신비(辛毗)가 그 소리를 듣고 간했다.

"오로 대군을 일으켜 서쪽을 치려던 계획이 수포로 돌아간 이 마당에 또다시 오를 치려고 서두르면 실패하기 쉽사옵니다. 오를 치려면 적어도 십 년의 준비기간이 필요할 것입니다."

조비는 그 소리를 듣고 또 한번 노했다.

"입 닥치오. 저들이 동맹을 맺은 목적은 우리를 치려는 데 있지 않소? 그러면 우리는 가만히 앉아 있다가 멸망을 당하란 말이오? 어떤 일이 있어도 우리가 선수를 쳐서 싸워야 하오."

조비는 그 즉시로 전군에 출동준비령을 내렸다.

아까부터 말이 없던 모사 사마의가 그제야 입을 열어 말했다.

"오나라는 장강을 의지하고 있기 때문에 수군이 강합니다. 우리 또한 수군이 강해야 하니 먼저 병선 건조에 힘을 기울여야 할 것입니다."

"염려 마오. 우리는 지금 이천여 척의 병선과 백여 척의 함정을 보유하고 있소. 지금도 십여 곳의 조선소에서 배를 만들고 있는 중이오. 더구나 지금 우리가 새로 만들고 있는 용주(龍舟)라는 병선은 길이가 이십여 장이나 되어 이천여 명의 군사를 실을 수 있는데, 그 배도 불원간에 수십 척이 나오게 되어 있소."

이리하여 황초 오년 팔월에 조비는 드디어 오를 치고자 삼천여 척의 병선을 출동시켰다. 스스로 대원수가 된 조비는 조진을 선봉대장으로 삼고 장요, 장합, 문빙, 서황 등의 장수에게 그를 돕게 했다. 그런 다음 허저, 여건 등을 중군호위로 삼고, 조휴를 후군으로 삼고, 유엽과 장제(蔣濟) 등을 참모로 삼았으니, 수륙 군마가 모두 합하여 삼십만이 넘었다. 그리고 조비는 출발에 앞서 사마의를 상서복야(尙書僕射)에 봉하여 모든 국사를 경영하도록 했다.

오의 손권은 조비가 삼십만 대군으로 진격해 온다는 정보를 입수하자 크게 놀랐다. 손권이 즉시 중신들을 한자리에 모아놓고 대책을 문의하니, 모사 고옹이 말했다.

"우리가 이런 변을 당하게 된 것은 모두 촉오동맹을 맺은 결과 때문이니, 촉은 국력을 다해 우리를 도와줄 의무가 있다고 봅니다. 이 사실을 공명에게 급히 알려 장안 방면에서 촉으로 하여금 적을 막아내게 하고, 우리는 남서(南徐)에 둔을 치고 적을 무찔러야 할 것입니다."

그러나 손권은 고옹의 말을 대수롭게 생각하지 않았다.

"사태가 위급하게 되었을 때 형주에서 육손 장군을 불러오도록 합시다. 육손 장군이면 적을 능히 막아낼 수 있을 것이오."

"형주를 누구에게 맡기고 육 장군을 불러옵니까?"

"형주도 중요하지만 당장 발등의 불을 끄고 봐야 할 게 아니오?"

그러자 서성이 앞으로 나서며 큰소리로 말했다.

"대왕 전하! 적을 무찌를 수 있는 사람이 어찌 육손 장군 한 사람뿐이오리까? 원컨대 소장에게 군사를 맡겨주소서. 소장이 조비를 반드시 사로잡아 오겠나이다."

손권은 본시부터 서성을 믿는 터인지라 그의 말에 크게 감동했다.

"오오, 그대가 나서준다면 내 어찌 적을 두려워하리오. 그러면 건업 남서 일대의 군대를 모두 그대에게 맡길 터이니, 기어코 공을 세우기 바라오."

손권은 즉석에서 서성을 도독으로 명했다.

서성은 대임을 맡자 즉시 대군을 강기슭에 배치하고 적이 나타나기를 기다렸다.

"적이 강을 건너올 때를 기다리라. 여하한 경우에도 우리가 강을 건너 가서는 안 된다."

서성은 전군에 그런 명령을 내렸다. 그러나 그 군령에 반대하는 사람 이 있었다. 그는 손권의 조카로 나이 어린 장군 손소(孫韶)였다.

"우리가 강을 건너가서는 안 되다니 그게 무슨 소리요? 우리는 한시바 삐 강을 건너가 회남 지역에서 적을 때려부숴야 하오. 만약 적이 우리 땅 에 상륙한다면 민심이 얼마나 흉흉해지겠소?"

그 소리에 서성은 대로했다.

"강을 건너가 싸우면 우리에게 크게 불리하오. 위의 지휘관들은 모두 백전노장들이오. 그들을 어찌 경솔히 생각할 수 있겠소."

그래도 손소는 복종하지 않았다.

"앉아서 적을 기다린다는 것은 무능한 작전이오. 누가 뭐라든 나는 강 을 건너가야 하겠소."

서성은 참다못해 나중에는 분통을 터뜨렸다.

"군령을 무시하고 군사행동을 맘대로 하겠다니, 너 같은 놈을 어찌 그 냥 둘 수 있겠느냐? 여봐라, 군율에 의하여 저놈을 당장 끌어내어 참형에 처하라!"

추상같은 호령이었다.

군사들이 급히 달려들어 손소를 원문 밖으로 끌어내었다. 도부수들이 손소의 목을 막 베려는데 손권이 그 소식을 듣고 말을 급히 달려왔다.

"내가 도독에게 양해를 구할 테니 형을 멈추라!"

손권은 손소를 구해 놓고 나서, 즉시 서성을 찾아가 말했다.

"손소는 세상을 떠나신 내 형님이 극진히 사랑하던 아이니, 목숨만은 보존케 하시오."

서성은 그 소리를 듣고 머리를 조아리며 말했다.

"소장을 대도독으로 봉하신 어른은 바로 대왕님이십니다. 그런데 군령에 복종하지 않는 자를 처단하지 못하게 하신다면, 소장은 장차 이 중임을 무엇으로 감당할 수 있으오리까? 군기가 확립되지 못하면 신도 임무를 다할 방도가 없겠나이다."

손권은 고개를 끄덕이며 대답했다.

"장군의 말씀을 내가 못 알아들은 것은 아니오. 그러나 내가 이미 살리라는 영을 내렸으니 이번 한 번만은 내 낯을 보아 죽이지 말도록 해주오."

"그러면 이번만은 대왕의 명령에 의하여 살려드리겠나이다. 그러나 금후에 다시 군령을 어기면 그때에는 가차없이 처단할 터이니 대왕께서는 그 점을 헤아려주소서."

"내 어찌 다시 군율을 문란케 하겠소. 그 점은 본인을 불러 내가 잘 타이르도록 하겠소."

손권은 즉시 손소를 불러 명했다.

"도독께서 이번만은 너를 특별히 용서해 주신다니 감사의 큰절을 올려라."

그러나 손소는 즉석에서 머리를 저었다.

"싫습니다. 저는 그처럼 비겁하고 졸렬한 작전에는 복종하지 못하겠나이다. 도독이 적을 두려워하여 싸우기를 회피한다면 망할 것이 뻔한데, 어찌 그런 군령에 복종할 수 있으오리까?"

나이 어린 손소의 고집에는 손권도 골머리가 아팠다.

"네 이놈! 네깐 놈이 무엇이기에 그리도 고집을 피우느냐!"

손권은 손소를 호되게 꾸짖고 나서 이번에는 서성에게 말했다.

"저런 놈을 하나 없애버린다고 나라에 해로울 것이 없을 것 같소. 도독은 저놈을 맘대로 처리하오."

손권은 그 한마디를 남기고 궁으로 돌아가버렸다.

서성은 손권이 그토록 사랑하던 손소를 차마 죽여버리기가 안되어 당분간 근신하고 있으라며 타일러 돌려보냈다. 그런데 바로 그날 밤의 일이었다. 서성이 잠이 들었는데 불침번이 달려오더니 말했다.

"손소 장군이 군사 삼천 명을 거느리고 기어코 적진을 향하여 강을 건너가고야 말았습니다."

서성은 그 보고를 받고 크게 탄식했다. 그러나 수하 군대가 일단 강을 건너갔다는 사실을 알고 난 이상 모른 척하고 그냥 내버려둘 수도 없는 일이었다.

"즉시 정봉 장군을 부르라!"

서성은 정봉을 불러 군사 삼천을 주면서 명했다.

"손소가 어리석게도 병선을 이끌고 강을 건너갔다고 하오. 그대로 내버려두었다가는 전멸을 면치 못할 것이오. 장군이 어서 뒤따라가서 손소를 도와주도록 하오."

바로 그날, 조비가 친히 거느린 위의 대부대 선단이 광릉(廣陵)에 도착했다. 선봉부대인 조진이 대강(大江) 언덕 위에 진을 치고 있었다.

조비가 조진을 불러 물었다.

"강기슭에는 오군이 얼마나 있느냐?"

"강 위에는 말할 것도 없고, 건너편 기슭에도 웬일인지 적의 그림자조차 보이지 않습니다."

"그럴 리가 있는가? 짐이 친히 적진을 돌아보고 오리라."

조비는 몸소 용주(龍舟)를 타고 강으로 나왔다. 용주가 대강으로 전진하는데, 배 위에 용봉일월(龍鳳日月) 오색정기(五色旌旗)가 휘황찬란하여 눈이 부실 지경이었다. 조비가 용상에 단정히 앉아 대강을 두루 살펴보았으나, 역시 적의 그림자는 보이지 않았다.

장제가 조비에게 말했다.

"폐하! 이대로 대강을 건너가 적을 엄습하면 삽시간에 승리를 거둘 수 있을 것 같나이다."

그러나 옆에 있던 유엽이 고개를 저었다.

"자고로 병법이란 허허실실이라고 하는데, 적인들 어찌 방어준비가 없을 수 있으리까? 급히 서두를 것이 아니라 수일간 적의 동정을 살펴보고 나서 행동을 개시해야 할 것입니다."

조비도 그 의견에 찬동했다.

"적이 보이지 않는 것이 도리어 수상하니, 적정을 상세히 파악한 연후에 손을 써야 하오."

밤이었다. 이날 밤에는 달이 유난히 밝았다.

조비가 선상에 나와서 보니, 아군 병선에서는 등불이 수없이 반짝이는데 적진에서는 불빛 하나 보이지 않았다.

조비가 근시에게 물었다.

"적진에서는 어찌하여 불빛 하나 보이지 않는고?"

"아마 폐하의 천병(天兵)이 왔다는 소식을 듣고 모두들 겁에 질려 도망을 쳤나 봅니다."

"하하하! 그럴 수도 있을까?"

밤이 깊어지자 대강에는 안개가 짙게 깔렸다. 눈앞에 있는 사람을 분간하기도 어려울 만큼 짙은 안개였다. 새벽녘이 되어서야 안개가 걷히고 구름이 흩어졌다. 그제야 바라보니, 이게 어찌 된 일일까. 어젯밤까지도 강아지 한 마리 얼씬거리지 않던 강남 일대가 모두 성이요, 성루마다 창검이 아침 햇살에 번쩍거리고 있지 않은가. 어디 그뿐이랴. 성마다 드높이 꽂혀 있는 깃발들이 강바람에 기운차게 펄럭이고 있었다.

탐마가 급히 달려와 조비에게 고했다.

"강남 일대에는 수백 리에 걸쳐 주차(舟車)로 성곽을 이루었는데, 그 모든 것이 하룻밤 사이에 이루어진 일이옵니다."

동오의 도독 서성이 강변의 갈대를 베어 사람처럼 세워놓고 푸른 옷을 입혔던 것이다. 그리고 성과 누도 모두 가짜로 만들어놓은 것이었다. 그러나 그런 실정을 알 턱이 없는 조비는 적의 위세를 보고 크게 탄식했다.

"아아, 강남에 저렇듯 놀라운 장수가 있는 줄은 몰랐구나. 섣불리 덤볐다가는 오히려 우리가 큰코다치게 될 것이다."

조비는 지레 겁을 먹고 회군할 계획으로 뭍으로 올라왔다. 그리하여 군사를 정비하고 있는데, 돌연 전령 한 사람이 말을 급히 달려오더니 놀라운 사실 한 가지를 보고했다.

"촉의 대장 조자룡이 군사를 이끌고 양평관을 나와 우리의 수도 장안으로 쳐들어가고 있나이다."

조비는 그 소리에 대경실색했다.

"이야말로 큰일이구나. 전군은 급히 회군하라!"

조비가 크게 허둥거리며 군사를 이끌고 본국으로 돌아가는데, 설상가상으로 이날 밤 어둠 속에서 난데없이 군사들이 나타나더니 수륙 양면으로 조비의 군사를 배후에서 엄습해 왔다. 가뜩이나 불안에 떨고 있던 수군은 야습을 당하는 바람에 여지없이 패배하고, 육군의 시체는 산을 이루었다. 게다가 위군은 큰 손실을 입었다. 천하명장 장요가 정봉의 화살을 맞고 전사한 것이었다.

조비의 군사를 여지없이 격파한 손권은 크게 기뻐하며, 곧 논공행상을 거행하려 했다. 그러자 오군의 도독인 서성이 말했다.

"이번 싸움에서 공로가 가장 큰 사람은 청년 장수 손소이옵니다. 그는 병기(兵機)를 잘 포착하여 위군을 종횡으로 무찔렀을 뿐만 아니라, 조비를 좌우로 침범하여 정신을 차리지 못하게 했으니, 그의 공로가 가장 크다고 보옵니다."

그러나 손권은 즉석에서 고개를 흔들었다.

"손소의 공로가 아무리 크다 한들 위군을 대강(大江)으로 유인하여 대승을 거두게 만든 도독의 원모(遠謀)에야 어찌 비길 수 있으리오. 역시 군공 제일호는 서성 도독일 것이오."

손권은 서성의 공로를 제일로 삼고, 손소의 공로를 제이로 삼고, 정봉의 공로를 제삼으로 삼고, 그외에도 전공에 따라 상을 후하게 주었다.

공명의 이간책

유비가 세상을 떠나고 제갈공명이 어린 황제를 모시고 오로지 국가부흥에 힘을 기울인 덕택에 촉국은 날이 갈수록 흥성했다. 그렇게 삼 년 동안 산업진흥에 힘을 다하니, 백성들은 배불리 먹고 평화롭게 살아가게 되었고, 민심은 모두 천자를 앙모하게 되어, 성도에서는 밤에 대문을 잠그지 않아도 좋을 만큼 치안이 안정되었다. 게다가 삼 년 동안 풍년이 이어져 촉은 글자 그대로 지상낙원처럼 되었다. 그러나 시대가 난시인 만큼, 그 평화가 언제까지나 지속될 수는 없었다.

건흥 삼년 봄의 일이었다. 익주에서 성도를 향하여 밤낮없이 말을 달리는 보발군이 있었다. 그는 성도에 이르자, 촉주 앞에 엎드려 위급한 사태를 알렸다.

"남만의 왕 맹획이 건녕(建寧) 태수 옹개(雍闓)와 함께 십만 대군을 거느리고 국경을 침범해 왔나이다. 장가군(牂牁郡)과 월전군(越雋郡)은 이미 적의 말발굽에 유린되었고, 영창군(永昌郡)의 태수 왕항(王伉)만이 지금 결사적으로 대항을 하고 있으나 그 역시 언제까지 버틸 수 있을지 매우 위급한 형편입니다."

어린 천자는 그 소식을 듣고 크게 놀라 즉석에서 공명을 불러들여 그 사실을 알렸다. 공명은 응당 올 것이 온 것처럼 조금도 놀라지 않으며 말했다.

"남만이 오래 전부터 우리를 엿보고 있어 맘속으로 항상 걱정을 하고 있었더니 기어코 일을 저질렀나 봅니다. 우리도 언젠가 한번은 그들을 토벌해야 할 형편이니, 차제에 신이 대군을 몸소 거느리고 나가 정벌하고 오겠나이다."

후주의 걱정은 대단했다.

"동쪽에 손권이 있고, 북쪽에 조비가 있어 항상 틈만 노리고 있는 판국에 승상께서 성도를 떠나시면 어찌하겠소?"

공명이 다시 말했다.

"손권은 우리와 공수동맹을 맺었으니 딴마음을 품지는 않을 것입니다. 조비는 손권에게 크게 패했기 때문에 당분간은 우리를 침범할 여력이 없나이다. 게다가 이엄이 국경을 지키고 있어 오의 육손이 침범해 온다손 치더라도 별로 두려울 것이 없나이다. 한중에는 마초가 있으니 걱정할 것이 없으나, 만에 하나라도 무슨 변이 생기거든 관흥과 장포를 부르시면 됩니다. 신은 이 기회에 맹획을 무찔러 국가 백년의 토대를 튼튼히 할 생각이옵니다."

"사정이 그러한데 어찌하겠소. 그러나 승상께서 기후 풍토가 좋지 않은 남만으로 떠나신다니 짐은 매우 걱정되는구려."

후주는 마지못해 응낙하면서도 걱정이 이만저만이 아니었다. 그러자 간의대부(諫議大夫) 왕련(王連)이 간했다.

"국가의 인위를 책임지고 계신 승상께서 어찌 불모의 땅인 남만에까지 친정을 떠나려 하십니까? 승상은 몸소 떠나실 것이 아니라 다른 대장을 시켜 그들을 토벌하게 하소서."

공명은 고개를 좌우로 흔들었다.

"남만의 무리는 무지막지한 자들이므로 반드시 무력만으로 정복하려 해서는 안 되니 왕화(王化)를 시켜야 할 것이오. 그 일은 작은 듯하면서도 큰일이니 아무래도 내가 직접 가야겠소."

왕련은 거듭 말했으나 공명의 결심을 꺾을 수 없었다.

이날 공명은 어전을 물러나오자 즉시 장완(蔣琬)을 참군(參軍)으로 삼고, 조자룡과 위연을 대장으로 삼고, 왕평과 장익을 부장으로 삼아 오십 만 대군을 거느리고 익주로 향했다.

행군을 계속한 지 사흘째 되는 날이었다. 관우의 셋째 아들 관색(關索)이 소리 소문도 없이 군중으로 공명을 찾아왔다. 관우가 전사할 때 행방불명된 이후로 전연 소식이 없었던 관색이 뜻밖에 나타난 것이었다.

공명은 크게 기뻐하며 물었다.

"그대는 전사한 줄 알았거늘 어디 있다가 이제야 나타나는가?"

관색이 절을 올리고는 말했다.

"소장은 형주 싸움에서 중상을 입고 포가장(鮑家莊)에서 치료를 받은 뒤에 선친의 원수를 갚으려고 기회를 엿보고 있다가, 이번에 승상께서 남만을 토벌하신다는 소식을 듣고 달려왔나이다."

"오오! 그대가 살아서 돌아왔으니 매우 기쁘네. 그러면 그대는 남만 토벌의 선봉장이 되어, 돌아가신 선친의 명예에 부끄러움이 없는 전공을 세워주기 바라네."

공명은 관색을 전부(前部) 선봉으로 삼아 다시 행군을 계속했다. 익주는 워낙 기후가 몹시 더운 지방인 데다 산천이 험악하기 짝이 없어 행군의 곤란이란 말로는 이루 다할 수 없는 지경이었다.

한편, 건녕 태수 옹개는 공명이 대군을 이끌고 몸소 진격해 온다는 소리를 듣고 크게 기뻐했다.

"공명이 직접 우리를 공격해 온다니, 이번 기회야말로 우리가 촉군을 격파하여 최후의 승리를 거둘 수 있는 천재일우의 기회이다."

단순하고 우둔하기 짝이 없는 옹개는 남만왕 맹획의 절대적인 지원을 약속받고 월전군의 태수 고정(高定), 장가군의 태수 주포(朱褒) 등과 연합군을 결성하여, 오륙만의 군사를 거느리고 공명을 맞아 나왔다. 고정 군의 선봉대장은 악환(鄂煥)이었다. 악환으로 말하자면 키가 구척이요, 얼굴이 몹시 사납게 생겼으며, 그의 재주라면 오직 방천화극을 기막히게 쓰는 것뿐이었다.

드디어 촉군과 남만군의 싸움이 시작되었다. 위연이 적장 악환을 맞이하여 마상에서 큰소리로 꾸짖었다.

"반적(反賊)은 목숨이 아깝거든 싸울 생각일랑 말고 속히 나와 항복하라!"

악환은 크게 노하여 대답조차 하지 않고, 번개같이 달려나와 위연을 취하려 했다.

위연이 악환을 맞아 싸움을 시작했다. 그러나 십여 합을 싸우다가 위연은 거짓 패한 체 달아나기 시작했다. 힘으로는 당해 낼 재주가 없으므로, 지략으로 무찌를 계획이었던 것이다.

악환은 불을 뿜는 듯한 함성을 지르며 맹호같이 달려왔다. 그러나 십리를 채 못 가, 좌우에 잠복해 있던 장익, 왕평의 군사들이 별안간 벌 떼같이 일어나며 악환에게 공격을 가했다. 위연도 그와 때를 같이하여 되돌아오며 반격을 가한 것은 말할 것도 없었다.

악환은 죽을힘을 다해 방어전을 벌였다. 그러나 제아무리 힘이 장사인 악환도 세 장수가 동서 사방에서 번개 치듯 달려드는 공격을 혼자서 막아닐 재주는 없었다. 악환은 한동안 싸움을 계속하다가 어이없게 사로잡히고 말았다. 악환이 사로잡힌 몸으로 공명 앞에 끌려 나왔다. 공명은 즉석에서 그의 결박을 풀어주고, 술과 안주를 후하게 대접하며 물었다.

"너는 누구의 부장(部長)이냐?"

"나는 고정의 부장이오."

"나는 고정이라는 사람을 잘 알고 있다. 그는 본시 충의지사인데, 한때의 잘못으로 옹개의 속임수에 빠져서 우리에게 칼을 겨누고 있다. 내 이제 너를 놓아줄 터이니, 돌아가거든 고정더러 속히 항복하여, 장래에 대화(大禍)가 없게 하라!"

이미 죽음을 각오하고 있었던 악환은 놓아준다는 말에 크게 감격했다. 그리하여 본진으로 돌아오자 공명의 뜻을 그대로 전하며 그의 덕을 칭찬했다. 고정 역시 감격해 마지않았다.

마침 그때, 옹개가 독전(督戰)을 하기 위해 고정을 찾아와 물었다.

"어제는 악환이 적에게 사로잡혔다가 무사히 돌아왔다는 소리를 들었는데, 그가 어떻게 놓여 돌아왔답디까?"

고정이 대답했다.

"제갈량의 의(義)로써 살려주더랍니다."

"뭐, 어째? 공명이 의로 놓아보내주더라구? 그것은 분명히 우리들에게 이간을 붙이려는 반간지계(反間之計)요. 우리는 그놈의 술책에 넘어가선 아니 될 것이오."

고정은 옹개의 말에 반신반의했다.

마침 그때, 군사가 급히 들어와 고했다.

"촉장이 군사를 이끌고 와서 싸움을 걸고 있나이다."

그 말을 듣고 옹개는 크게 분개하여 몸소 삼만 군을 거느리고 싸움터로 달려나갔다. 그러나 그는 별로 신통하게 싸워보지도 못하고 급히 쫓기는 신세가 되었다. 위연의 공격이 불을 뿜는 듯 맹렬했기 때문이다. 그는 이십여 리나 도망을 치다가 많은 군사를 잃었다.

옹개는 내심 크게 분개했다. 그리하여 이번에는 고정, 주포 등과 다시 힘을 합하여, 또다시 대군을 거느리고 촉군을 무찌르기 위해 출전했다. 그러나 이번에는 아무리 싸움을 걸어도 촉군이 전연 응하지 않았다. 사흘 동안 연거푸 집적거려보아도 촉군은 일절 반응이 없었다.

"흥! 이놈들이 이번에는 단단히 겁을 집어먹은 모양이구나!"

그렇게 생각한 옹개는 대군을 두 패로 나누어 촉진을 본격적으로 공격하기 시작했다. 하지만 그것은 공명의 계략이었다. 공명은 옹개가 전력을 기울여 공격해 올 것을 미리 알고, 모든 군사를 진작부터 요지에 매복시켜두고 기다리게 했던 것이다.

옹개 군이 촉진 속으로 깊숙이 들어오자 위연은 그제야 매복시켰던 군사를 일으켜세워 적에게 총반격을 개시했다. 옹개의 군사들이 크게 당황한 것은 말할 것도 없었다. 옹개의 군사들은 만여 명이나 살상을 당하고 일만여 명은 포로가 되었다.

위연은 공명의 명령에 따라 포로들을 두 패로 나누어, 옹개의 군사와 고정의 군사를 각기 분리 수용했다. 그리고 나서 병사들에게 소문을 널리 퍼뜨리게 했다.

"옹개의 부하는 모조리 죽여버리고, 고정의 부하는 살려 보낸다."

그런 소문이 퍼진 지 며칠 후였다. 공명이 옹개의 부하들이 갇혀 있는 포로수용소에 나타나 시치미를 떼고 물었다.

"너희는 누구의 부하들이냐?"

포로들은 이미 불길한 소문을 들었는지라 제각기 목숨을 보전하기 위해 거짓 대답을 했다.

"고정의 부하입니다."

"고정의 부하가 틀림없느냐?"

"저희 주인은 틀림없는 고정 장군이옵니다."

"음, 그렇다면 죽이지 않고 그냥 돌려보내주겠다. 너희들의 주인인 고정 장군의 충의는 이 공명이 잘 알고 있다."

공명은 그렇게 말하며 포로들을 죄다 돌려보내주었다.

다음날에는 진짜 고정의 부하들이 갇혀 있는 포로수용소를 찾았다. 그들에게도 꼭 같은 말을 물어보니, 그들 역시 고정의 부하임을 이구동성으로 대답했다.

"너희들의 주인 고정은 선량하고 정직하기 짝이 없는 장수이다. 그 사람은 자기 생각으로 우리를 배반한 것이 아니었다. 다만 옹개와 주포에게 속아 우리를 적대시하고 있을 뿐. 그런데 조금 전에 옹개가 밀사를 보내왔는데, 천자께서 용서해 주신다면 고정과 주포의 수급을 베어 오겠다고 했다. 나는 너희들을 죽이지 아니하고 살려 보낼 터이니, 고정이 옹개에게 속아 우리를 배반했다는 사실만은 반드시 알고 있도록 하라!"

그런 다음 포로들을 죄다 돌려보내주었다.

고지식한 군사들은 곧 진지로 돌아오자 고정에게 공명의 말을 전했다. 그리고 저마다 한마디씩 진심어린 충고를 했다.

"주공께서는 옹개를 경계하셔야 합니다."

고정은 적이 의심스러워 비밀리에 사람을 옹개의 진지에 보내 내정을 염탐했다. 옹개의 진지에서는 살아 돌아온 포로들이 공명의 덕을 저마다 찬양하고 있었다.

밀사가 그 사실을 보고 돌아와 고정에게 보고했다.

"옹개의 군사들 중 공명의 인덕을 찬양하지 않는 사람이 없더이다. 그들은 공명을 적이라고 생각하기는커녕 숭배할 성인으로 알고 있었나이다."

그 말을 들은 고정은 더욱 마음이 흔들렸다.

'그러면 옹개가 정말로 공명과 내통하고 있었단 말인가?

고정은 점점 의심쩍어 이번에는 공명의 진지에 첩자를 보냈다. 공명은 첩자가 올 것을 짐작하고 군사를 매복시켜두었다가, 그 첩자를 쉽게 체포했다.

첩자가 공명 앞에 끌려나왔다. 공명은 첩자를 보자 짐짓 기쁜 낯으로 이렇게 말했다.

"아니, 그대는 전일에 옹개의 밀사로 나를 찾아왔던 젊은이가 아닌가? 그후에 나는 약속대로 이행해 줄 것을 고대하고 있는데 아직도 소식이 없는 것은 웬일인가? 지금 곧 돌려보낼 테니 속히 돌아가서 옹개 장군에게 내 뜻을 전하라!'

그렇게 말한 공명은 친서를 써주면서, 부하들을 시켜 경계선까지 무사히 안내해 주도록 했다. 밀사는 속으로 크게 놀라며 무사히 돌아왔다. 그가 고정에게 자초지정을 낱낱이 일러바치고 나서 말했다.

"공명이 나를 옹개의 밀사로 잘못 알고 밀서까지 보내주더이다. 이걸 한번 읽어보십시오."

밀사가 공명의 친서를 내놓았다. 친서의 사연은 대략 다음과 같았다.

고정, 주포의 수급을 가지고 항복해 오겠다던 일은 그후에 어찌 되었소? 만약 옹 장군이 그렇게만 한다면 나는 상을 후하게 내리도록 황제의 윤허까지 받아 놓고 기다리는 중이오. 시일이 지연될수록 불리할 터이니, 속히 실천해 주기 바라오.

그 편지를 읽은 고정은 분개해 마지않으며 곧 부장 악환을 불러 물었다.

"그대는 이 편지의 사연을 어떻게 생각하오?"

악환은 워낙 성미가 급한 장수인지라 편지를 보고 눈알을 부라리며 노했다.

"이처럼 확실한 증거가 있는데 주공은 이제 무엇을 더 의심하십니까? 그래도 그의 마음을 한 번 더 시험해 보실 생각이 있으시거든 주연을 베풀고 옹개를 한번 초대해 보십시오. 만약 그가 그런 간계를 품고 있다면 무슨 핑계를 대든 초대에 응하지 않을 것입니다. 만약 그렇게 되면 그날 밤으로 군사를 이끌고 옹개의 진지로 쳐들어가 몰살을 시켜버려야 합니다."

고정은 악환의 계교를 옳게 여겨, 그날로 잔치를 베풀고 옹개를 초대했다. 그러나 옹개는 바쁘다는 핑계로 고정의 초대를 거절했다. 전일에 촉진에서 석방되어 돌아온 포로들의 말을 듣자 하니 고정이 배신을 꾀하고 있는 것처럼 보였기 때문이다.

고정은 옹개의 반심에 이미 의심할 여지가 없다고 생각을 굳히고 그날 밤 옹개의 진지를 급습했다. 옹개로서는 자다가 벼락을 맞는 격이었다. 게다가 옹개의 군사들은 공명의 인덕에 탄복된 이후로는 사기가 위축되어서 제대로 싸우려들지 않았다. 옹개의 부하들은 자진해 투항을 해왔다. 옹개는 단기필마로 후문으로 달아나다가 악환이 휘두른 칼에 목이 달아나고 말았다.

싸움은 고정의 완승으로 끝이 났다. 고정은 날이 밝기를 기다렸다가 옹개의 수급을 높이 받들고, 많은 군사와 함께 공명에게 투항했다. 공명은 옹개의 수급을 확인하고 나서 좌우의 무사를 돌아다보며 추상같은 군령을 내렸다.

"저놈을 당장 끌어내어 목을 베어라!"

고정은 너무도 뜻밖의 말이어서 소스라치게 놀랐다.

"소장은 승상의 은총에 감격하여 옹개의 수급을 들고 투항해 왔습니다. 한데 소장을 참하라니, 어인 말씀이옵니까?"

공명은 코웃음을 치며 말했다.

"네 이놈! 네가 어찌 나를 속이려고 그런 간계를 쓰느냐?"

"소장이 승상을 속이다니, 그게 무슨 말씀이옵니까?"

"네가 나를 속이고 있다는 증거를 보여주마!"

공명은 문갑 속에서 한 통의 편지를 꺼내 고정에게 주었다.

"이것은 주포의 친필 편지인데, 이것을 한번 읽어보아라!"

고정은 창황 중에 그 편지를 받아 읽었다. 그 필적은 틀림없는 주포의 글씨였다.

"그 편지에 보면, 너와 옹개는 절대로 배반할 수 없는 사이라고 써 있을 것이다. 주포는 일찍부터 나와 내통하고 있는 사이다. 그런데 네가 지금 옹개의 수급을 가지고 왔다니, 그 수급이 진짜라는 것을 어찌 믿을 수 있으며, 너의 투항을 어찌 믿을 수 있겠느냐?"

고정은 그 소리를 듣고 주포에 대해 이를 갈며 분개했다.

"승상, 원컨대 소장의 목숨을 며칠만 살려주소서. 그러면 반드시 주포에게 원수를 갚겠나이다. 제 놈이 배반하고 나서 그 죄를 소장에게 뒤집어씌우니, 그런 놈을 어찌 살려둘 수 있겠나이까?"

"며칠 더 목숨을 연장해 주면 어찌하겠다는 말이냐?"

"소장이 죽을 때 죽더라도 누명만은 벗고 죽겠나이다."

"장수의 마지막 소원이 그러한데 내 어찌 그 소원을 들어주지 않겠는가? 그러면 하고 싶은 대로 해보라!"

공명은 서슴지 않고 고정을 놓아주었다.

그로부터 사흘 후에 고정은 과연 주포의 수급을 가지고 공명을 다시 찾아왔다.

"승상! 약속대로 주포의 수급을 가져왔습니다. 이래도 소장의 진심을 의심하시겠나이까?"

공명은 그 수급의 주인이 주포가 틀림없음을 확인했다.

"하하하!"

"승상께서는 어찌하여 웃으시나이까?"

"하하하! 이 수급은 주포의 것이 틀림없지만, 지난번 옹개의 수급도 틀림이 없었소. 그러나 나는 그대에게 좀더 큰 공을 세우게 하기 위해 그런 수단을 썼던 것뿐이오. 그대는 차후로 천명에 어김없이 복종을 하겠소?"

"승상께서 용서해 주신다면 목숨을 바쳐 견마지로를 다하겠나이다."

공명은 그 맹세를 받고 흔쾌히 웃으며, 고정을 즉석에서 익주 태수로 봉했다.

이리하여 제갈공명은 별로 힘을 들이지 않고 삼로(三路)의 반란군을 평정했다.

남만 대원정

익주를 평정한 공명은 대군을 거느리고 영창성(永昌城)으로 들어갔다. 영창 태수 왕항(王伉)은 본시부터 공명을 숭배하고 있는 사람인지라, 성문을 활짝 열어 반갑게 영접했다.

"승상께서 이 벽지까지 친히 왕림해 주시니 무상의 영광입니다."

공명은 왕항의 손을 정답게 붙잡으며 정중한 영접에 깊이 감사했다.

이윽고 두 사람이 주안을 나누는 자리에서 공명이 왕항에게 물었다.

"내가 보기에 영창 고을은 성곽이 튼튼하고, 백성들의 생활도 매우 윤택하구려. 이는 필시 태수의 밑에 좋은 신하들이 많다는 증거요. 이 고을에는 어떤 현사들이 있소?"

태수 왕항이 공손하게 대답했다.

"영창 고을에는 뛰어난 현사가 한 분 계십니다. 성은 여(呂)씨이고, 이름은 개(凱)라 하는 분입니다."

"나에게 그 사람을 한번 소개해 줄 수 없겠소?"

"곧 불러오도록 하겠습니다."

잠시 후에 여개가 들어와 공명에게 머리를 조아려 인사했다. 공명도 여개를 고사(高士)로 대접하여 예를 갖춘 뒤에 말했다.

"내 이제 만방(蠻方)을 평정코자 하여, 공의 높은 지견(知見)을 한번 듣고 싶소이다."

여개는 지도 한 장을 품안에서 꺼내어, 공명에게 바치며 말했다.

"소생의 우견을 말씀드리기보다는, 승상께서 이 지도를 잘 보아주십시오."

"허어, 이게 무슨 지도요?"

"남방 지세를 그린 지도이옵니다. 소생은 이 지도를 평만지장도(平蠻指掌圖)라고 부르옵니다. 남방 오랑캐들은 본시 배운 것이 없는 데다 만용과 자부심이 강한 까닭에 그들을 귀화시키는 것은 여간 어려운 일이 아닙니다. 무력으로 일단 굴복을 시켰다 하더라도, 군사들을 철수시켜버리면 또다시 배반을 하는 것이 그들입니다."

"음, 그러면 그들을 진심으로 귀화시키려면 어떡해야 하겠소?"

"소생은 진작부터 그 방법을 알아보고자 비밀리에 사람을 파견하여 그들의 생활풍습과 무기, 전법 같은 것을 자세히 조사해 이 지도에 기록해 두었습니다. 승상께서 이 지도와 주서(註書)를 자세히 보시면 반드시 좋은 방책이 떠오르리라고 생각되옵니다."

"음, 공께서 평소에 이런 좋은 연구를 하고 계실 줄은 몰랐소이다."

공명은 크게 감탄하며, 여개를 행군교수(行軍敎授)로 삼는 동시에, 향도관(鄕導官)의 벼슬을 겸직하게 했다.

공명은 여개에게서 많은 정보를 얻자 곧 대군을 거느리고 남만 변방으로 향했다. 많은 군사와 군수품을 실은 수백 대의 마차가 날마다 백여 리씩 끝없는 행군을 계속했다. 더구나 남만은 기후가 무더운 데다 풍토병과 해충이 많아 야영을 할 때에는 세심한 주의가 필요했다.

그로부터 며칠이 지났을 무렵, 천만 뜻밖에도 천자의 사신이 나타났다.

"뭐? 천자의 칙사가 오셨다고?"

공명이 의관을 갖추고 몸소 영접을 나와보니, 칙사로 파견되어 온 사람은 마속이었다. 공명은 마속을 평소부터 잘 알고 있었다. 한데 마속은 칙사로 오면서 웬일인지 하얀 상복을 입고 있었다.

"공은 어찌 상복을 입고 오셨소?"

"군중에 상복을 입고 온 무례를 용서하십시오. 실은 신이 어명을 받고 떠나기 직전에 가형 마량이 세상을 떠나셨기 때문에 상복을 입은 채로 떠나왔나이다."

"공이 받들고 온 천자의 칙명이 무엇인지 어서 말해 보오."

"신이 황명을 받들고 이곳에 오게 된 것은 도성에 긴급한 변고가 생겼기 때문이 아닙니다. 다만 천자께서는 남만 벽지로 원정을 떠나신 승상과 장병에게 위문의 말씀을 전하라고 하셨습니다. 더불어 천자께서는 많은 술과 고기를 보내시면서 승상과 장병들의 노고를 위로하라는 분부를 내리셨습니다."

"황은의 망극은 다할 길이 없소이다."

공명은 천자가 내리신 위문품을 세 번 절하고 받았다.

공명은 그날로 위문품을 모든 장병들에게 골고루 나누어주어, 하룻밤을 즐겁게 지내며 황은을 높이 찬양하게 했다. 공명 자신도 마속과 마주 앉아 술잔을 나누며 앞으로의 계획을 상의했다.

"남만 평정에 대한 공의 고견을 한번 들어보고 싶소이다."

공명의 물음에 마속이 대답했다.

"남만을 토벌하는 것은 그다지 어려울 게 없을지 모르오나, 먼 장래까지 실효를 거두기는 매우 어려운 일이 아닐까 하옵니다."

"실효를 거두기 어려우리라는 것은 무슨 뜻이오?"

"옛날부터 남만 오랑캐들은 힘에 눌리면 그 자리에서는 수그러들지만 이쪽이 돌아서면 즉시 배반하는 나쁜 습성이 있습니다."

"그렇다고 그대로 내버려둘 수는 없는 일이 아니오?"

"물론 그렇습니다. 그러나 승상께서 가시면 반드시 성공하시리라 믿습니다."

"난들 무슨 신통한 방법이 있을 리가 있소? 그들을 진심으로 덕화시키려면 어떤 방법이 좋을 것 같소?"

"그게 바로 어려운 문제입니다. 자고로 용병법에서는 마음으로 굴복시키는 것을 으뜸으로 삼고, 무력으로 항복시키는 것을 하지하책(下之下策)으로 치고 있습니다. 원컨대 승상께서는 그들을 무력으로 치지 마시고, 덕을 베풀어 마음속으로 복종하게 하십시오."

그 말에 공명은 무릎을 치면서 감탄했다.

"과연 옳은 말씀이오. 나는 진작부터 그 방법을 취할 생각이었소."

공명은 마속의 지혜를 높이 평가하여, 그를 참군으로 삼아 행군을 같이했다.

오십만 대군을 거느리고 원정의 길에 오른 공명의 심중은 자못 비장했다. 남만은 기후풍토가 맞지 않아 행군하는 데 힘든 점이 한두 가지가 아니었다. 게다가 거리가 멀어 군수품의 수송이 매우 불편했다. 그런 갖가지 난관을 무릅쓰고 원정을 떠났는데, 만약 실패하는 날이면 위와 오가 촉으로 노도처럼 몰려들어 일거에 멸망시키려들 것임은 불을 보듯 자명한 일이었다.

그러나 황제가 위와 오를 맞아 싸워 이기기에는 아직도 너무 어렸다. 만약 공명 자신이 원정에 실패하는 날이면, 촉의 운명은 풍전등화와 다를 바 없게 되는 셈이었다.

'어떤 일이 있어도 이번 원정만은 성공해야 한다!'

공명은 낮이나 밤이나 자기 자신에게 수도 없이 결심하며 마음을 다잡았다.

공명이 타고 있는 사륜거는 남으로 계속 행진하며, 마침내 남만 땅에 도달했다.

그 무렵, 남만의 정세는 어떠했던가.

만왕 맹획은 공명이 옹개와 주포를 지략으로 섬멸했다는 소식을 듣고, 즉시 삼동 원수들을 불러 상의했다. 맹획에게는 세 원수가 있었으니, 제일동 원수는 금환삼결(金環三結) 원수라 했고, 제이동 원수는 동도나(董荼那) 원수라 했으며, 제삼동 원수는 아회남(阿會喃) 원수라 했다.

맹획은 원수들을 한자리에 모아놓고 말했다.

"공명이 지금 대군을 거느리고 침범해 오고 있다. 우리는 삼로로 나뉘어 그를 맞아 싸울 것이다. 이번 싸움에서 승리를 거두는 자를 동주(洞主)로 삼을 터이니, 그리 알고 사력을 다해 싸우라."

이에 금환삼결을 중군으로 삼고, 동도나를 좌군으로 삼고, 아회남을 우군으로 삼아 각각 오만 군을 거느리고 공명을 맞아 나섰다.

공명도 그에 대비한 작전명령을 내렸다.

"왕평은 좌군이 되고, 마충은 우군이 되라. 나는 조자룡, 위연과 함께 중군이 되리라."

조자룡과 위연은 그 군령에 대해 다소 불만이 없지 않았다. 좌우 양군은 선봉이고, 중군은 후군이기 때문이었다.

"승상, 저희들이 선봉을 맡게 해주십시오."

그러나 공명은 고개를 흔들었다.

"왕평과 마충은 그대들보다 지리에 정통하니, 그들이 선봉을 서야 하오. 게다가 그들은 나이가 젊고, 생소한 지형에 경험이 풍부해 위기에 빠져도 실수 없이 처리할 것이오."

공명은 두 사람의 불평을 온화하게 달래어 돌려보냈다.

조자룡은 공명 앞을 물러나와서도 여전히 불평이 만만했다.

"위연 장군, 우리가 지리를 몰라 선봉으로 쓰지 않겠다니 이런 망신이 어디 있는가?"

위연도 그 불평에 즉시 동조했다.

"누가 아니랍니까? 우리가 그들보다 못할 게 뭐 있습니까?"

"우리가 이런 수모를 받고도 잠자코 있어야 옳단 말인가?"

마침 그때, 일선에서 격전이 벌어지고 있다는 정보가 날아들었다. 위연이 그 정보를 듣고 조자룡에게 말했다.

"우리는 지금 이러고 있을 때가 아닌 것 같습니다. 만병 몇 놈을 사로잡아 길잡이로 앞세우고 적을 무찌르러 나갑시다."

"그것 참 좋은 생각이오!"

조자룡과 위연이 일선으로 나오니, 마침 만병 십여 명이 눈에 띄었다. 조자룡은 번개같이 달려가 눈 깜짝할 사이에 그들을 죄다 붙잡아버렸다.

조자룡과 위연은 그들에게 술과 고기를 주면서 적정을 물었다.

"전방에는 금환삼결 원수가 오만 대군을 거느리고 산 어귀에 본진을 치고 있고, 그 좌우에는 동도나 원수와 아회남 원수가 역시 오만 군사로 진을 치고 있습니다."

조자룡과 위연은 적정을 듣고 나자, 각각 정병 오천씩을 거느리고 일선으로 나왔다. 조자룡은 중군, 위연은 좌군을 치기로 했다.

밤 이경에 본진을 떠나 적진 앞에 다다르자 이미 사경이나 되어 있었다. 조자룡은 출동준비 중인 적진 속으로 질풍신뢰같이 뛰어들어 적병들을 닥치는 대로 베기 시작했다. 원수 금환삼결이 크게 당황하며 앞을 막아나섰다. 두 장수는 즉시 싸움이 붙었다. 그러나 금환삼결은 십 합도 채 못 싸우고 조자룡의 창에 찔려 땅에 떨어졌다. 조자룡은 마상에서 창을 다시 한번 휘둘러 적장의 머리를 베었다.

한편 위연은 군사를 각각 반씩 나누어, 먼저 온 우군과 힘을 합하여 한 패는 동도나의 영채로 보내고, 자신은 아회남을 무찌르기 시작했다. 그들은 각각 만병의 진중으로 쇄도해 들어갔다. 만병들은 추풍낙엽처럼 쓰러지고, 대장 동도나와 아회남도 혼비백산하여 필마단기로 달아났다. 위연의 군사는 그들을 맹렬히 추격했으나, 워낙 험한 산길에 익숙한 그들인지라 하나도 잡지 못하고 놓쳐버렸다. 날이 밝을 무렵 만병들은 이미 그림자도 찾아볼 수 없었다.

공명이 일선으로 나와 장수들에게 말했다.

"어젯밤 전공은 대단했소. 적의 장수를 몇 놈이나 잡았소?"

조자룡이 적장의 수급을 높이 들어 보였다.

"금환삼결 한 놈만을 죽이고, 다른 두 장수는 달아나버렸습니다."

그러자 공명은 껄껄껄 웃으며 말했다.

"달아나던 두 놈은 내가 잡아놓았소."

"승상께서 어떻게 그들을 잡았단 말씀이십니까?"

"하하하, 내 말이 믿어지지 않는단 말이오? 그러면 내가 실물을 보여주겠소."

공명은 측근에 명하여 포로 적장을 끌어오게 했다.

잠시 후 포승에 묶여 나타난 두 장수를 보니 그들은 과연 동도나와 아회남이었다. 조자룡과 위연을 비롯한 모든 장수들은 귀신에게 홀린 것처럼 어리둥절했다.

"도대체 승상께서 이놈들을 어떻게 잡으셨습니까?"

공명이 웃으며 대답했다.

"일찍이 여개에게서 지도를 받아보고, 나는 적장 두 사람이 달아날 길을 대강 짐작하고 있었소. 그 길목에 장의와 장익을 매복시켜두었다가 저들을 힘 들이지 않고 잡은 것이오."

"과연 승상의 초인적인 지략에는 오직 감탄만이 있을 뿐이옵니다."

모든 장수들도 혀를 차며 감탄했다.

공명은 포로가 된 두 적장의 결박을 풀어주고, 그들에게 술과 안주를 주어 후히 대접했다. 그리고 나서 생포한 군졸들과 함께 돌려보내주면서 간곡히 타일렀다.

"너희들을 한 사람도 죽이지 않고 살려 보낼 테니, 다시는 못된 마음 먹지 말고 잘 살아가도록 하라."

그들을 돌려보낸 뒤에 공명은 제장들을 둘러보며 말했다.

"두고 보오. 내일은 만왕 맹획이 대군을 거느리고 몸소 우리를 공격해 올 것이오. 우리도 이제부터 대책을 강구해야 하오."

만왕 맹획은 삼동 원수가 모조리 공명에게 붙들려갔다는 소식을 듣고, 분노가 머리끝까지 치밀어올랐다.

"이제는 내가 나가서 원수를 갚고야 말리라!"

맹획은 우레 같은 소리를 지르며 대군을 이끌고 나왔다. 맹획의 군사는 공명의 군사 못지않은 정병들이었다. 맹획은 제일 먼저 왕평의 군사들과 맞닥뜨렸다.

왕평이 마상에서 칼을 뽑아 들고 나오며 적진에 대고 외쳤다.

"만왕 맹획은 어디 있느냐? 용기가 있거든 이리 나오라!"

그 소리가 떨어지기 무섭게 맹획은 맹수처럼 달려나갔다. 그가 진전으로 달려 나오며 크게 외쳤다.

"이놈아! 너희들은 공명을 천하의 지략가로 알고 있지만 내가 보기에는 한낱 들판의 표범에 지나지 않느니라. 더구나 너 같은 놈은 한 마리의 쥐새끼에도 비할 바 아니다. 망아장(忙牙長)아, 어서 달려나가 저놈을 무찔러버려라!'

일령지하에 만장 망아장이 번개같이 달려나왔다. 왕평과 망아장은 맹렬히 싸웠다. 그러나 망아장은 십 합가량 싸우다가 왕평의 칼에 쓰러지고 말았다.

맹획은 부하의 피를 보자 별안간 우레 같은 소리를 지르며 달려 나왔다. 왕평은 두세 합 싸우다가 거짓 패하여 급히 쫓겨 달아났다.

"이 쥐새끼 같은 놈아! 어디로 달아나느냐?"

맹획은 왕평을 맹렬히 추격해 갔다. 그들이 산골짜기에 다다랐을 무렵, 그곳에 매복해 있던 관색(關索)이 별안간 호통을 치며 달려들었다.

그와 때를 같이하여 좌에서는 장의가 덤벼들었고, 우에서는 장익이 덤벼들었다. 기습을 당한 맹획과 그의 군사들은 크게 당황했다. 그리하여 산골짜기로 급히 쫓겨가는데, 이번에는 목전에서 꽹과리 소리와 북 소리가 천지를 진동할 듯이 울리며 적병이 앞을 가로막았다.

맹획의 앞을 가로막은 장수는 다름 아닌 상산 조자룡이었다. 혼비백산하고 놀란 맹획은 말머리를 급히 돌려 산비탈로 기어올랐다. 그러나 적병은 거기에도 숨어 있었다. 동서남북 어디를 가든 촉병이 철통같이 포위하고 있었던 것이다.

맹획은 어쩔 수 없이 말을 버리고 벼랑으로 달라붙었다. 그는 깎아지른 듯한 절벽을 원숭이처럼 기어올랐다. 그가 마침내 벼랑 위로 올라설 때쯤 맹장 위연이 그의 앞을 막아서며 밧줄로 몸을 친친 휘감아버렸다. 맹획은 꼼짝 못하고 포로의 몸이 되었다. 그는 결박을 당한 처지이면서도 혼신의 힘을 다해 큰소리로 외치며 몸부림쳤다. 그럴수록 결박은 자꾸만 조여들 뿐이었다.

드디어 맹획은 결박을 진 채 공명 앞에 끌려나왔다. 공명 앞에는 많은 군사들이 정연히 늘어서서 호위를 하고 있었다. 맹획은 그 군기가 정숙하고도 삼엄한 데 내심 탄복했다. 공명은 맹획을 굽어보며 조용히 꾸짖었다.

"선제께서 너를 후히 대접해 주었거늘, 네 어찌 황은을 망각하고 배반을 했느냐?"

맹획이 외쳤다.

"무슨 소리! 그대의 선주(先主)는 내 땅을 빼앗은 후에 스스로 천자라 일컬었거늘, 내가 무슨 후대를 받았단 말이냐? 이곳은 나의 왕국인데, 내 땅을 빼앗으려고 군사를 거느리고 온 사람은 바로 그대들이 아니냐? 적반하장도 분수가 있지, 나더러 배반이라는 말이 웬 말이냐?"

공명은 껄껄껄 웃었다.

"내, 너와 더불어 입심을 부릴 생각은 없노라. 누가 뭐라든 간에 너는 이미 나의 포로가 되었다. 그리도 자신만만하더니 어째서 촉군의 포로가 되었는가?"

"산골짜기가 너무 좁아 내가 맘대로 활동할 수 없었던 탓이다."

"음, 지리가 불리했기 때문에 사로잡혔단 말인가?"

"내 비록 몸은 사로잡혔으되, 내 마음까지는 결박하지 못하리라."

공명은 고개를 끄덕였다.

"너를 놓아줄 테니, 그러면 심복(心服)하겠느냐?"

"심복은커녕 다시 군민을 일으켜 원수를 갚고야 말겠다."

"좋다! 그때 다시 사로잡히면 어떡하겠느냐?"

"그때 다시 잡히면 진심으로 항복하겠다."

공명은 그 소리를 듣고 껄껄껄 웃으며, 맹획의 결박을 풀어주라고 명했다. 그리고 나서 여러 장수들과 함께 술과 고기로 맹획을 후히 대접했다. 맹획은 처음에는 몹시 경계하는 기색이었으나, 공명의 후대에 다른 뜻이 없음을 알자 안심하고 술을 마셨다.

술이 거나하게 취한 맹획은 말을 잡아타고 바람처럼 자기 진영으로 달아나버렸다. 맹획을 놓아보내자 다른 장수들이 은근히 걱정하며 물었다.

"승상! 맹획은 남만의 괴수인데, 어쩌려고 그를 살려 보내셨습니까?"

공명이 웃으며 대답했다.

"맹획을 사로잡는 것은 식은 죽 먹기보다도 쉬운 일인데, 무슨 걱정들이오. 그가 진심으로 항복해야만 남만이 절로 평정될 것이오."

한편, 만진(蠻陣)에서는 맹획이 무사히 돌아온 것을 보고 크게 놀라며 기뻐했다.

"대왕님께서 무사히 돌아오셨다!"

"대왕님께서 살아 돌아오셨다!"

만장과 만졸들은 제각기 마중을 나오며 물었다.

"대왕께서는 어떻게 탈출하셨나이까?"

맹획은 대답하기가 매우 거북했다. 그리하여 거짓말을 꾸며댔다.

"내가 순간의 실수로 그들의 손에 붙잡히기는 했지만, 저희들이 감히 나를 어찌하겠느냐? 군졸 십여 명이 나를 본진으로 끌고 가려 했지만, 도중에 결박을 끊어버리고는 그자들을 몽땅 때려눕히고 돌아오는 길이다."

만장과 만졸들은 그 말을 그대로 믿고 너나할 것 없이 환호성을 올렸다.

"대왕 만세!"

맹획이 돌아오자 사기를 상실했던 만장과 만병들 사이에 다시 생기가 돌았다.

이때, 촉군에게 참패하고 돌아온 아회남과 동도나는 자기 집에서 한숨만 쉬고 있었다. 촉군을 당해 낼 자신감을 완전히 상실했기 때문이었다.
맹획은 진으로 돌아와 동도나와 아회남을 불렀다. 두 원수는 처벌을 당하
지 않을까 두려워하며 맹획 앞에 나타났다. 그러나 맹획은 그들을 꾸짖지
않았다.

"옛날부터 한 번 실수는 병가지상사라 하오. 과거는 묻지 않을 테니,
우리는 다시 힘을 일으켜 적을 막아내야 하겠소. 두 장수는 촉병과 직접
싸워보았으니 저들의 실력을 잘 알고 있을 것이오. 저들의 실력을 우리와
견주어보면 어떠하오?"

"송구스러운 말씀이오나 저희들의 공력으로는 그들을 도저히 감당하
기 어렵겠더이다."

동도나와 아회남이 입을 모아 똑같이 대답했다.

"음, 그들이 그렇게도 강하던가?"

맹획은 속으로 거듭 수긍했다.

"그러나 우리가 힘을 다하면 저들을 못 물리칠 리 없을 것이오. 우리는
오늘로 많은 군사를 새로 모집하여 최후까지 저들을 막아내야 하겠소."

그날로 신병을 모집하기 시작하니, 십만의 무리가 모였다. 남만에서
맹획의 위풍은 그만큼 강력했던 것이다. 맹획은 새로 모집한 십만 대군을
앞에 놓고, 금후의 작전계획을 말했다.

"공명을 굴복시키려면 직접 싸우지 아니하고 시간을 오래 끄는 것이
가장 유리한 전법이라고 생각한다. 그는 기만술에 능하기 때문에 직접 싸
우다가는 반드시 그의 속임수에 넘어가게 된다. 촉군은 대군을 이끌고 멀
리 와 있는 데다 기후 풍토에 익숙지 못해 한 달만 그냥 내버려두면 병들
거나 굶어 죽어서 남는 군사가 없게 될 것이다. 그러하니 우리는 노수(瀘
水)를 사이에 두고 강기슭에 토성을 높이 쌓음과 동시에 험산에 성을 굳
게 쌓아 산성 속에서 시간만 보내고 있으면 그만이다. 공명이 제아무리

지략이 탁월하기로 그때에는 절로 항복을 아니할 수 없게 될 것이다. 저들이 기진맥진하여 회군을 하게 되거든 그 기회에 일거에 무찔러버리면 승리는 우리의 것이 되리라!'

듣고 보니 이로(理路)가 정연했다. 만군은 그날부터 노수 강안에 토성을 쌓기 시작했다. 십만 대군이 동원되고 보니, 만리장성을 쌓는 것도 그다지 어려운 일은 아니었다. 토성 건축이 끝나자 그들은 험한 산속으로 들어가 성벽을 높이 쌓아올렸다. 만군은 그 속에 숨어 나오지 않았다.

이때, 공명은 맹획을 근본적으로 토벌할 생각에 대군을 거느리고 다시 전진했다. 그런데 노수에 당도해 보니, 강안에는 수십 길이나 되는 토성만이 끝없이 쌓여 있을 뿐, 만병은 그림자도 보이지 않았다. 공교롭게도 그 무렵 비가 몹시 내려 강물이 불어났고, 강변에는 모기와 해충들이 들끓어 병사들이 견뎌낼 수가 없었다.

공명도 이때만은 곤혹스러웠다. 그는 전군에 새로운 명령을 내렸다.

"모든 군대는 강안에서 백 리를 후퇴하라. 그런 다음 산 위에 진을 치고 숲속에서 편히 쉬도록 하라. 당분간은 싸우지 않을 터이니, 모두들 건강에만 힘을 기울이라."

이때 여개가 제공한 지도가 크게 도움이 되었다. 각 부대는 그 지도에 따라 산속으로 들어가 진을 치고, 숲속에 정자를 만들어 더위를 피했다.

참군 장완(蔣琬)이 그 진지를 돌아보고 나서 공명에게 말했다.

"승상, 제가 진지를 돌아본즉 경계가 소홀하기 짝이 없습니다. 마치 그 옛날 선제께서 육손에게 패하시던 때의 진형과 흡사합니다. 만약 적이 노수를 건너와 불로 공격해 오면 막아낼 방도가 없지 않을까 저어하나이다."

"음, 아마 그럴지도 모르오. 그러나 내게 따로 계책이 있으니 공은 너무 심려치 마오."

공명은 즉석에서 그 말을 시인하면서도 별로 걱정하지 않는 기색이었다. 장완은 그 뜻을 헤아릴 길이 없어 내심 불안을 떨쳐버릴 수 없었다. 마침 그때에 본국에서 양초(糧草)와 의약품을 보내왔다. 수송부대의 부대장은 마대였다.

공명이 마대에게 물었다.

"공은 군사를 몇 명이나 데리고 왔소?"

"삼천 명이 왔습니다."

"나는 그 군사를 일선에 배치하고 싶은데, 그대 생각은 어떠하오?"

"모두가 조정의 군사이온데, 어찌 승상의 명을 거역할 수 있겠습니까? 군령을 내리시면 수하를 가리지 아니하고 싸움에 전력하겠나이다."

"고마운 말이오. 그러면 군령을 내리겠소. 여기서 백 리쯤 하류로 나가면 사구(沙口)라는 곳이 있소. 그곳은 물이 얕아 강을 건너기 쉬울 것이오. 강을 건너가면 산중에 소로(小路)가 하나 있소. 그 길은 만군들이 군량을 수송하는 유일한 도로요. 그 길을 끊어놓으면 만군은 저희끼리 내변을 일으킬 터이니, 공은 그 임무를 맡아 수행해 주오."

"반드시 임무를 완수하겠나이다."

마대는 흔연히 군사를 거느리고 임무에 올랐다.

공명의 말대로 사구는 물도 얕고 흐름도 완만했다. 그러나 강을 절반쯤 건너가던 선두의 군사가 모조리 입과 코로 피를 흘리며 쓰러져 일어나지 못하는 것이었다. 강가에까지 따라와서 물을 건너는 광경을 보고 있던 공명이 크게 놀라, 토민을 불러 그 연유를 물어보았다.

토민이 대답했다.

"지금처럼 더운 때에는 산에 있는 독물이 흘러내려 대낮에 강을 건너면 반드시 죽게 됩니다."

공명은 그 말을 듣자 토민 오륙백 명을 징용하여 뗏목을 만들었다. 그리하여 강을 밤중에 건너게 했다.

　마대의 군사는 강을 무사히 건넜다. 마대가 강을 건너와보니, 좁다란 산골짜기 길에 만군들의 군량을 나르는 수레 수백 대가 꼬리에 꼬리를 물고 움직이고 있었다. 마대의 군사들은 산과 산이 그악스럽게 솟아 있는 산골짜기 길목을 지키고 서서, 군량 수레가 오는 대로 모조리 노획해 버렸다. 마대는 노획한 양곡을 강 건너 공명에게 보내어 촉군의 군량으로 사용하게 했다.

맹획, 세 번 사로잡히다

마대의 군사가 사구를 도강해 오고 있을 때 양도(糧道)를 지키던 장수 하나가 본진으로 급히 달려와 맹획에게 고했다.

"대왕, 촉장 마대가 많은 군사를 거느리고 강을 건너오려 하고 있습니다."

이때 맹획은 술을 마시고 있었다. 그는 그 보고를 받고 호탕하게 웃기만 할 뿐이었다.

"하하하, 그놈들이 강을 건너온다고? 그냥 내버려두어라. 중류에 와서는 죄다 죽어버릴 테니."

이날 밤 만장 하나가 또다시 달려와서 보고했다.

"대왕, 촉병들이 어젯밤 강을 건너왔사옵니다."

맹획도 그 소리에만은 놀라지 않을 수 없었다.

"뭐? 그놈들이 강을 건너오다니? 물속에서 죽지 않고 어떻게 건너왔단 말이냐?"

"어제 낮에 건너오다가 몇 놈이 죽고 나더니, 밤이 되기를 기다렸다가 건너온 모양입니다."

"그런 비밀을 누가 적에게 말해 주었느냐?"

맹획은 노발대발했다.

"대왕, 그런 문제를 따지고 있을 때가 아니옵니다. 적은 지금 산협 애구에서 우리 군량을 모조리 약탈해 가고 있는 중입니다."

"그놈들이 군량을 약탈해 가고 있다고? 도대체 네 놈들은 파수를 아니 보고 무엇을 하고 있었더란 말이냐? 여봐라! 망아장을 빨리 불러라!"

맹획은 크게 당황하고 분노했다. 망아장이 장창을 들고 급히 나타났다.

"대왕, 무슨 일입니까?"

"그대는 삼천 군사를 거느리고 사구로 달려가 적장 마대의 목을 베어 오라! 급히 가서 머리를 베어 오라!"

망아장이 군사를 거느리고 사구로 화급히 달려왔다. 드디어 마대와 망아장이 단병접전으로 나섰다. 그러나 망아장 따위는 마대의 적수가 아니었다. 그는 십여 합을 싸우다가 마대가 내리치는 칼에 어이없게 목이 달아나버렸다.

장수를 잃은 만병들은 기겁을 하며 본진으로 돌아왔다.

"망아장은 어찌 되었느냐?"

맹획이 군사들을 보고 물었다.

"망아장 장군은 적장 마대의 칼에 돌아가셨습니다. 천하의 명장이시던 어른인데, 어찌 그리 맥없이 당하셨는지 모르겠나이다."

"이놈들아! 너희들이 얼이 빠져 잘못 본 것일 게다. 망아장이 그리 쉽게 당할 리 만무하다."

맹획은 망아장의 전사를 믿지 않았다. 그런데 밤이 되자 토민들이 망아장의 머리를 주워다 맹획에게 바쳤다.

맹획은 분노심과 적개심이 머리끝까지 치밀어올랐다.

"뉘 가서 마대의 목을 잘라 올 사람이 없겠느냐?"

맹획이 분기탱천한 목소리로 외치자 원수 동도나가 나서며 말했다.

"소장이 가서 대왕의 분노를 풀어드리도록 하겠나이다."

"음, 그대가 가라! 가서 나의 분노를 기어이 풀고 오도록 하라!"

동도나 원수는 군사 오천을 거느리고 사구로 떠났다. 맹획은 그것만으로는 마음이 놓이지 않아 이번에는 아회남 원수를 불러 명했다.

"공명도 강을 건너올지 모르니 그대는 군사를 거느리고 나가 강을 지키라!"

지금까지 부전주의(不戰主義)로 여유로이 나가던 것이, 이제는 방위에 급급할 지경이었다.

동도나가 온다는 소식을 듣고 마대는 군사를 거느리고 마중 나왔다. 마대가 동도나에게 큰소리로 외쳤다.

"이 의리를 모르는 놈아! 일찍이 우리 손에 붙잡혔던 너를 살려서 보내준 사람이 누구였더냐? 우리 승상께서 너를 살려주셨거늘, 너는 그 은공을 모르고 우리에게 또다시 칼끝을 겨누려 드느냐? 너도 사람이라면 어찌 이럴 수 있느냐?"

동도나는 워낙 마음이 솔직한 장수인지라 그 소리를 듣고 저도 모르게 머리를 수그렸다. 그후로는 전의를 상실해 말머리를 돌려 귀로에 오르고 말았다.

동도나는 본진으로 돌아와 이렇게 보고했다.

"마대는 당대의 영웅이어서 소장은 감당할 수가 없었나이다."

맹획은 그 소리를 듣고 대로하여 펄펄 뛰었다.

"네 이놈! 내가 모를 줄 아느냐? 너는 제갈량의 은혜를 잊지 못해 나를 배반하는 것이 분명하다. 여봐라, 저놈을 당장 끌어내어 목을 잘라라."

그 말을 듣고 모든 장수들은 깜짝 놀랐다.

"대왕! 동도나 원수는 우리나라의 대공신이옵니다. 설사 일시적인 과오가 있었다 하기로 전공을 생각해 어찌 참형을 내릴 수 있사오리까. 그러잖아도 국사가 다난한 이때에 공신을 참하는 것은 민심을 흉흉하게 만들 뿐이니 대왕께서는 관대한 은총을 베풀어주소서."

모든 장수와 추장들이 입을 모아 간했다.

맹획은 중론을 무시하기가 안되었는지 눈살을 찌푸렸다.

"그대들의 간언이 그토록 간곡하니 내 목숨만은 살려주리라. 그 대신 동도나에게 태형 백 장을 내리겠다."

참형 대신에 볼기 백 대를 때리라는 명령이었다. 동도나는 형리들에게 끌려 나와 볼기 백 대를 맞고 피투성이가 되어 자기 집에 돌아왔다. 그러나 무참한 형벌을 받은 동도나의 마음이 평온할 리 없었다. 그는 자리보전하고 누워 심복 부하들에게 말했다.

"우리는 만국에 태어났지만 중국 사람들이 이유 없이 우리를 침범해 온 일은 없었다. 이번 일만 해도 맹획이 어쭙잖게 위국과 결탁해 촉국의 국경을 침범하지 않았던들 공명은 여기까지 원정을 오지 않았을 것이다. 내가 본 바로는 제갈공명이야말로 하늘이 내린 훌륭한 어른이다. 그 어른은 천하를 경륜하는 재주를 가지고 있으면서도 딴마음을 먹지 않고 오로지 촉나라 황제에게 충성을 다해 오고 계시다."

"지당하신 말씀입니다. 저희들도 원수님의 말씀을 충심으로 지지하옵니다."

동도나는 그 소리에 용기를 얻어, 목소리를 낮추어 물었다.

"이 기회에 차라리 맹획을 죽이고 공명에게 투항하여, 만국 백성들을 평안케 하는 것이 어떨까 하오."

동도나의 부하들도 공명에게 체포되었다가 살아난 사람들인지라, 그들은 즉석에서 머리를 조아리며 대답했다.

"원수께서 결심하신다면 저희들은 최후까지 뒤따르겠나이다."

그 소리에 동도나는 크게 기뻐했다.

그로부터 며칠이 지난 뒤였다. 동도나는 건강이 회복되자, 심복 부하들과 함께 깊은 밤에 맹획의 침소를 습격하여 자고 있던 맹획을 결박 지었다.

"동도나, 네 이놈! 네가 내게 이럴 수 있느냐!"

맹획은 결박을 당한 채 동도나에게 호통을 쳤다. 그러나 동도나는 코웃음만 칠 뿐이었다.

"너나 나나 공명에게 생명을 구원받기는 피차일반 아니냐? 너는 내게 무슨 원한이 있다고 나에게 태형을 내린단 말이냐? 너처럼 배은망덕한 놈은 하늘의 응징을 받아야 마땅하다."

동도나는 그렇게 비웃으며 맹획을 결박 지은 채 배에 태워 공명을 찾아갔다. 공명은 동도나를 기꺼이 맞았다. 그의 공을 치하한 공명은 중상(重常)을 내리는 한편, 맹획을 자기에게 맡기고 일단 만지에 돌아가 있으라고 일렀다.

공명은 맹획을 따로 만나 소리 내어 웃으며 물었다.

"지난날 너는 다시 잡혀 오면 항복하겠노라고 말했다. 이제는 항복을 하겠느냐?"

맹획은 고개를 흔들며 대답했다.

"나는 너희들의 손에 잡힌 것이 아니고, 내 수하의 배반으로 잡혀 왔다. 내 어찌 진심으로 항복할 수 있겠느냐?"

공명은 껄껄껄 소리 내어 웃었다.

"하하하! 내가 너를 다시 놓아준다면 어찌하겠느냐?"

"다시 놓아준다면 군사를 일으켜 반드시 승부를 결할 생각이다."

"내 뜻이 그렇다면 다시 한번 놓아주리라. 그러나 그때에도 다시 잡혀와 항복하지 않으면 다시는 용서하지 않을 테니 그리 알아라!"

공명은 맹획의 결박을 풀어주고 술과 고기를 후히 대접한 뒤에 다시 놓아주었다.

맹획은 본영으로 돌아오자 우선 동도나와 아회남에 대한 원한을 풀기 위해 그들에게 사람을 보냈다.

"동도나와 아회남에게 가서 내가 무사히 돌아왔다는 것은 비밀에 붙이고 공명이 오셨으니 빨리 와보라고 일러라!"

사자는 그들을 찾아가 맹획의 명령대로 전했다. 동도나와 아회남은 그것이 속임수인 줄을 모르고 공명을 찾아보기 위해 급히 달려왔다. 그들이 영문 안에 몸을 들여놓기 무섭게 미리 대기하고 있던 도부수들이 두 사람의 목을 잘랐다.

맹획은 그 모양으로 두 장수를 무참히 죽이고 나서 이번에는 공명을 쳐부수기 위해 다시 대군을 일으켰다. 우선 군량을 확보하기 위해서는 마대부터 쳐부술 필요가 있었다. 그는 대군을 거느리고 사구로 향했다. 그러나 목적지에 당도해 보니 마대의 군사는 그림자도 보이지 않았다.

"군량을 약탈해 간 촉병들은 어디로 갔느냐?"

맹획은 주민들에게 촉군의 동태를 물었다.

"그들은 그젯밤에 갑작스레 철수해 버렸습니다."

"아차! 한걸음 늦었구나!"

맹획이 못내 애석하게 생각하고 있는데, 때마침 남방에 가 있던 아우 맹우(孟優)가 형이 곤경에 빠져 있다는 소리를 듣고, 군사 이만을 거느리고 달려왔다.

맹획과 맹우 형제는 진중에서 반가이 만났다. 형제가 공명을 쳐부술 계책을 논의한 결과 맹우가 금주(金珠), 보패(寶貝), 상아(象牙), 서각(犀角)

등의 보물을 가지고 공명을 찾아가기로 합의를 보았다. 기계(欺計)를 써서 공명을 습격해 죽이려는 계책임은 두말할 것도 없었다.

맹우는 많은 보물을 가지고 수하 백여 명의 군사를 거느리고 촉진으로 향했다. 그들이 호각을 불고 북을 울리며 상륙하려 하니 장수 하나가 말을 타고 달려 나오며 큰소리로 외쳤다.

"게 섰거라! 너희는 어디로 가는 누구냐?"

마상의 장수는 맹획이 죽이지 못해 애석해 하던 마대였다.

"나는 맹획 대왕의 아우 맹우라는 사람이오."

맹우가 선두에 나서서 대답했다.

"그대는 무슨 일로 여기에 왔느냐?"

"형을 대신해 항복을 올리려고 많은 보물을 가지고 승상을 찾아오는 길이오."

"내가 승상께 여쭙고 올 테니, 상륙하지 말고 거기서 기다리고 있으라!"

마대는 본진으로 달려와, 공명에게 사실대로 고했다.

이때 공명은 마속, 여개, 장완, 비위 등의 모사들과 환담을 나누고 있던 중이었다. 공명은 마대의 보고를 받고 나서 마속을 바라보며 빙그레 웃었다.

"저들이 왜 왔는지, 그 뜻을 알 수 있겠는가?"

"대강 짐작이 갑니다. 말로 대답하지 않고, 종이에 써서 아뢰겠나이다."

그리고 나서 종이에 글자 몇 자를 적어 공명에게 보여주었다. 공명은 그 글을 보고 무릎을 치며 감탄했다.

"과연 나의 추측과 어쩌면 그리도 꼭 같으오. 맹획을 세 번째 사로잡을 기회가 또다시 온 셈이오."

공명은 그 자리에서 조자룡, 위연, 왕평, 관색, 마충을 불러들여 제각기 귀엣말로 비밀지령을 내렸다.

"제장은 즉시 출발하여, 임무를 수행하는 데 만전을 기하도록 하오!"

그리고 나서 맹우를 불러들여 물었다.

"맹획이 무슨 이유로 갑자기 항복을 한다는 것이오?"

맹우가 머리를 조아리며 대답했다.

"가형 맹획은 남국을 지배하는 대왕으로 끝까지 승상에게 대항하고자 살기가 등등해 있었습니다. 그러나 여러 장수들이 승상의 활명지은(活命之恩)을 들어 대왕을 설득했습니다. 그 결과 대왕께서도 깨달은 바가 있으셔서 이번에 보물을 보내시면서 항복의 뜻을 전하게 된 것입니다."

"맹획은 지금 어디 있는고?"

"대왕은 일단 은갱산(銀坑山) 궁전으로 돌아가셨는데, 머지않아 천자에게 바칠 많은 보물을 가지고 이곳에 당도하실 것입니다."

"그대는 부하 군사를 몇 사람이나 거느리고 왔는고?"

"보물 나르는 군사 백여 명만 데리고 왔습니다."

"그들을 모두 이 자리로 들어오게 하오."

공명이 그들을 불러들여보니, 모두가 키가 크고 힘깨나 쓸 것 같은 장사들이었다. 공명은 그들을 한자리에 모아놓고 술과 고기를 풍성하게 대접했다. 그리고 노래와 춤으로 그들의 정신을 황홀히 도취하게 만들었다.

맹우와 그의 부하들이 술과 음식에 얼이 빠져 있는 그 무렵, 맹획은 많은 군사를 거느리고 밀림을 이용해 촉진으로 접근해 오고 있었다. 이날 밤 맹획이 공격을 개시하는 것과 때를 맞춰 맹우는 적진 속에서 총궐기하여 촉군을 일거에 격파해 버릴 계획이었던 것이다.

밤은 깊어가고 있었다. 맹획과 그의 부하들은 제각기 유황, 연초(鉛硝),

기름, 화약 같은 것을 지니고 있었다. 공명의 군사들에게 화공법을 쓸 계획이었던 것이다. 드디어 맹획은 촉진이 눈앞에 바라보이는 지점에까지 접근해 왔다.

"공명이 있는 군영이 눈에 보이는구나. 우리의 승리가 눈앞에 다가왔다."

맹획은 부하들을 독려하기 위해 자신만만하게 외쳤다. 촉군의 진영에서는 불빛이 꽃동산처럼 휘황찬란하게 비치고 있었다.

"흥! 저놈들은 패망이 눈앞에 닥쳐온 줄도 모르고 태평하게 단꿈만 꾸고 있구나!"

맹획은 그런 코웃음까지 치면서 추상같은 호령을 내렸다.

"전원 공격개시!"

삼만 대군은 공명의 진영으로 노도와 같이 몰려들었다. 그러나 이 어찌 된 일인가. 등불은 처처에 휘황하건만 촉병은 한 사람도 보이지 않고, 오직 맹우와 그의 부하들만이 곤죽이 되어 쓰러져 자고 있었다. 그도 그럴 것이 그들이 마신 술은 정신을 마비시키는 독주였던 것이다.

맹획은 영내로 달려 들어와 술에 곯아떨어진 맹우를 두들겨 깨우며 야단을 쳤다.

"네가 미쳤구나. 지금이 어느 때라고 잠만 자고 있느냐!"

그러나 맹우는 일어나 앉아서도 정신을 차리지 못했다.

"아차! 너희들이 공명의 수단에 속았구나!"

맹획은 그제야 모든 것을 깨닫고 절치부심했다. 그러나 그러한 사정을 알 턱이 없는 만병들이 사전명령을 받은 대로 사방에 기름을 붓고 불을 지르는 바람에 군영은 삽시간에 불길에 휩싸여버렸다.

"불을 꺼라! 촉병은 죄다 달아나고 영내에는 우리 편 군사만 있으니 속히 불을 꺼라!"

맹획은 불속에서 뛰쳐나오며 큰소리로 외쳤다.

바로 그때였다. 저편 어둠 속에서 일표군이 별안간 풍운처럼 다가오며 소리쳤다.

"이놈, 맹획아! 어디로 달아나려 하느냐!"

그는 촉장 왕평이었다.

기겁을 하고 놀란 맹획이 좌대(左隊)로 달아나려니, 이번에도 거기에서 일표군이 앞을 가로막았다. 대장 위연이었다. 그는 맹획을 보자 큰소리로 외쳤다.

"이놈 맹획아! 네가 어디로 달아나려 하느냐!"

맹획이 또 한번 질겁하고 놀라 우대(右隊)로 달아나려니, 상산 조자룡이 달려 나오며 호통 쳤다.

"이놈, 맹획아! 여기가 어디라고 달아나려 하느냐?"

맹획은 독안에 든 쥐 신세가 되고 말았다. 그러나 그냥 앉아서 붙잡히고 말 맹획은 아니었다. 그는 적군이야 있든 말든 눈을 딱 감고 앞으로 달리기 시작했다. 말에 채찍을 가하며 걸음아 날 살려라 하고 적의 포위망을 화살처럼 뚫고 나와 노수 강가로 달렸다. 어떻게나 맹렬히 달렸는지 따라오는 사람이 없었다.

강가까지 숨 가쁘게 달려오니, 마침 강 위에 병선이 한 척 떠 있었다.

"여봐라! 빨리 와서 나를 건네라! 적의 추격이 맹렬하니 어서 이 몸을 건너게 하라!"

맹획은 병선에 대고 급히 외쳤다. 병선이 기슭에 와닿기 무섭게 맹획은 불문곡직하고 뛰어올랐다.

"빨리 강을 건너라! 빨리, 빨리!"

맹획은 성화같이 재촉했다. 그런데 병선이 물 위에 둥실 뜨기 무섭게, 십여 명의 장사들이 별안간 덤벼들어 맹획을 밧줄로 묶었다.

"네 놈들은 누구냐?"

맹획이 큰소리를 치며 둘러보니, 그 군사들은 자기 부하가 아니라 촉장 마대와 그 수하의 군사들이었다.

"하하하, 어리석은 놈! 우리가 누군 줄 알고 네가 큰소리 치느냐? 너는 내가 마대라는 것도 모르고 있었단 말이냐? 하하하!"

마대가 오라에 묶인 맹획 앞에서 통쾌하게 웃어젖혔다.

맹획은 입술을 깨물며 원한에 가득한 눈을 무겁게 감았다.

이날 밤 싸움에서 맹획의 부하로 포로가 된 군사들은 수백 명에 달했다. 그러나 공명은 그들을 단 한 사람도 죽이지 않았다. 죽이지 않았을 뿐만 아니라, 공명 자신이 친히 그들 앞에 나타나 술과 고기를 나눠주며 마치 친동생처럼 자애롭게 타일렀다.

"그동안 무리한 싸움을 하느라 얼마나 고생이 많았느냐! 오늘밤은 술과 고기를 마음껏 먹으며 회포를 풀어라. 이제는 우리 군사와 두 번 다시 싸울 생각을 말아라! 너희들의 대왕 맹획은 이미 우리 편 장수에게 사로잡혔다."

잠시 후, 공명은 본영으로 돌아와 맹획과 맹우를 불러내었다. 맹획은 마대가 사로잡고, 맹우는 조자룡이 사로잡은 것이었다. 공명은 박승에 갇힌 맹획을 굽어보며 껄껄껄 웃었다.

"하하하, 맹획아! 너를 두 번씩이나 놓아보냈는데, 또다시 잡혀 왔느냐?"

맹획은 이를 갈며 대답했다.

"나는 싸움에 져서 붙잡힌 것이 아니라, 내 아우의 실수로 붙잡혔다."

"네가 세 번이나 사로잡혔거늘 그래도 항복을 아니하겠느냐?"

"아우의 실수로 잡혔으니, 항복할 생각이 없다!"

"네가 마음껏 싸워 지기 전에는 항복을 아니하겠다는 소리냐?"

"그렇다!"

"정 그렇다면 다시 한번 놓아줄 테니 마음껏 싸워보아라! 그러나 또다시 포로가 되면, 그때에는 어떡할 생각이냐?"

맹획은 대답을 못하고 고개를 숙였다.

"이번에도 놓아줄 테니, 다시 돌아가 유감없이 싸워보아라. 네가 소원이라면 열 번이라도 놓아 보내마!"

맹획은 세 번째 석방 특전을 받고 면목 없이 공명의 앞을 물러나왔다.

맹획이 노수에 돌아와보니, 노수 대안은 이미 마대 군이 점령하고 있어서 촉기가 바람에 기운차게 펄럭이고 있었다. 강을 건너 본진으로 돌아와보니, 그곳은 조자룡이 이미 점령하고 있었다.

조자룡이 맹획을 보자 큰소리로 꾸짖었다.

"승상께서 너를 세 번씩이나 놓아주셨거늘 아직도 잘못을 깨닫지 못하고 있느냐?"

맹획은 하는 수 없어 험산 속에 있는 산파(山坡)라는 곳으로 피해 들어갔다. 그러나 그곳은 위연이 이미 점령하고 있었다.

위연은 성문 위에서 칼을 뽑아 들고 큰소리로 꾸짖었다.

"맹획아! 너는 이곳까지 빼앗겼거늘, 아직도 정신을 못 차리고 어리석게도 싸울 생각만 하고 있느냐?"

맹획은 어쩔 수 없어 이번에는 멀고 먼 남쪽 산속으로 달아났다.

불굴의 만왕

촉국 장수들은 공명이 맹획을 세 번씩이나 놓아보낸 데 대해 불평이
많았다.

"맹획 한 놈만 없애버리면 전쟁은 쉽게 끝날 판인데, 승상께서는 무슨
까닭으로 그자를 번번이 놓아주시는 것일까?"

"누가 아니래! 승상의 처사는 암만해도 알 길이 없어."

공명이 휘하 장수들의 그런 불평을 모를 리 없었다. 그러기에 공명은
어느 날 모든 장수들을 한자리에 모아놓고 훈계했다.

"맹획 한 사람을 죽여버리면 전쟁이 끝난다는 것을 나 또한 잘 알고 있
소. 그러나 우리가 고국에서 수만 리 떨어진 이곳까지 원정을 온 목적은
맹획 한 사람을 죽이려는 데 있는 것이 아니었소. 모든 만족들이 천자의
은덕을 깨닫고 그들 스스로 우리를 마음으로 따르게 하자는 데 있었소.
다시 말하자면, 미개한 만족들에게 왕화의 덕을 베푸는 데 있는 것이오.
우리의 참된 목적을 달성하기 위해서는 맹획을 살려놓아 그가 진심으로

우리에게 항복하도록 해야 하오. 맹획은 병법에 정통한 장수요. 그가 두 번째 사로잡혀 왔을 때, 나는 우리의 포진을 계획적으로 보여주었소. 그 것은 그로 하여금 화공법을 쓰게 하려고 뜻을 세웠기 때문이었소. 아니나 다를까, 그는 동생을 시켜 거짓 항복을 하게 만들고, 자기는 불로 우리를 공격해 왔던 것이오. 말하자면 맹획이 나의 계략에 속아넘어가 세 번째로 사로잡히게 되었던 것이오. 그러나 나는 세 번째도 그를 살려 보냈소. 우리는 그가 진심으로 항복할 때까지 싸움을 계속해야 하오. 우리가 완전한 승리를 거두기 위해서는 앞으로도 싸움을 더 계획해야 한다는 말이오. 우리는 최후의 승리를 거둘 때까지 천자를 위하고 나라를 위하여 힘을 합해 싸워나가야만 하오."

모든 장수들은 그 말을 듣고 나서야 맹획을 세 번씩이나 살려 보낸 깊은 연유를 깨닫고 감탄해 마지않았다.

공명은 이날 다시 대군을 이끌고 노수를 건너 만지로 전진했다. 그러나 가도 가도 적의 그림자는 보이지 않았다. 맹획은 전쟁을 포기하고 먼 곳으로 몸을 피해 버린 것일까. 아니다, 결코 그런 것은 아니었다. 맹획은 세 번씩이나 사로잡혔던 분노를 참지 못해, 그의 본거지인 은갱동(銀坑洞)으로 돌아오자 만방(蠻邦) 팔경(八境) 구십삼전(九十三甸)의 모든 추장들에게 비상격문을 돌렸다. 모든 추장들은 휘하의 군사와 무기를 총동원하여 전쟁준비를 갖추라는 맹획의 추상같은 명령이었던 것이다.

공명이 우리를 섬멸시키려고 대군을 거느리고 내습해 왔다. 그가 우리를 정복한 뒤에는 사람을 죽이고 재산을 빼앗을 것이다. 그는 사기전술이 능하고, 저들의 무기도 우리보다 승하다. 그러나 군사들은 기후에 지쳐 기진맥진했으니, 우리는 차제에 모든 힘을 합하여 촉군을 멸망시켜야 한다. 오직 그 길만이 우리의 살 길이니, 모든 장수는 국가 백년대계를 위해 목숨을 걸고 싸우라!

비장하기 짝이 없는 격문이었다. 그 격문의 효과는 대단했다. 부귀와 영화를 마음껏 누리고 있던 모든 장수들은 공명의 군사가 자기네를 죽이러 온다는 소리에 크게 격노했다. 그런 까닭에 앞을 다투어가며 군사를 거느리고 맹획의 진영으로 모여들었다. 불과 이삼 일 사이에 모여든 군사가 무려 십여 만 명이었다.

맹획은 크게 만족했다.

"이만하면 공명은 문제가 아니다. 공명은 지금 어디쯤 오고 있느냐?"

"공명은 서이하(西洱河)를 건너려고 강에 대나무 다리를 놓고 있는 중입니다. 일부 군사들은 강을 건너 배수진을 치고 있습니다."

"하하하, 내가 노수에서 쳤던 진법을 그대로 모습(模襲)하고 있는가 보구나! 자, 그러면 우리가 나가서 한바탕 두들겨주고 돌아오자."

맹획은 오만불손하게도 그런 소리를 지껄이며, 대군을 이끌고 서이하를 향하여 출동했다.

한편, 촉진에서는 맹획이 대군을 거느리고 내도하자, 그 사실을 즉시 공명에게 알렸다.

"맹획이 십만 대군을 거느리고 지금 정면으로 공격해 오고 있습니다."

"그러면 우리 군사를 모두 본채 안으로 철수시키고 진문을 굳게 잠그라."

공명의 군령이었다.

"싸움도 하지 않고 군사를 철수시키라니, 무슨 말씀이십니까?"

"지금은 싸울 때가 아니니, 내 명령을 즉각 시행하라!"

촉진에서는 모든 군사를 본채 안으로 철수시켰다. 맹획은 부하에게서 그 보고를 받고 의기양양했다.

"천하의 공명도 나한테 겁을 먹고 꼬리를 감추는구나. 차제에 촉군을 씨알머리도 남김 없이 몽땅 쓸어버려야 한다."

만군은 본채 밖에 당도하여 총공격을 개시하며 갖은 욕설을 다 퍼부었다. 그래도 촉진에서는 아무런 반응이 없었다.

만병들은 그럴수록 의기양양하여, 촉병들을 여지없이 깔보았다.

"이 겁쟁이 촉군 놈들아! 너희들처럼 쓸개 빠진 놈들도 병정이란 말이냐!"

그와 같은 욕설을 퍼붓는 군사가 있는가 하면, 어떤 놈은 뒤로 돌아서서 엉덩이를 두드려 보이며 차마 듣지 못할 모욕적인 말을 뇌까렸다.

"워리, 워리, 촉군의 개새끼들아!"

입술을 깨물며 견디다 못한 촉장들이 공명에게 말했다.

"승상, 사람이 참는 데는 한도가 있는 법입니다. 우리가 이런 수모를 언제까지 참아야 합니까?"

그러자 공명이 웃으며 대답했다.

"사람에게 욕이 나오는 구멍은 있어도, 욕이 들어가는 구멍은 없는 법이오."

"승상! 그래도 체통과 위엄을 지켜야 하지 않습니까?"

"배우지 못한 자들이 발악을 하기로 그것을 탓할 것까지는 없지 않소. 내게도 생각이 있으니 조금만 더 참고 기다리오."

만병들은 그럴수록 교만했다. 이름이 군대일 뿐 군율도 없는 그들은 멋대로 난잡한 욕설을 떠들어대기만 할 뿐이었다.

그와 같은 광태(狂態)가 사오 일이나 계속되었을 무렵, 공명은 높은 언덕 위에 올라 만병들의 행태를 유심히 관찰했다. 한동안은 미친 듯이 떠들던 그들의 광태가 이제는 기운이 빠졌는지 사뭇 수그러져 있었다.

"이제는 싸워도 괜찮을 것 같소."

공명은 조자룡, 위연을 장중으로 불러들여, 비밀계책을 일러주며 곧 떠나라고 말했다. 그런 뒤에는 왕평, 마충을 불러들여, 또 다른 비밀계책을 일러주고 곧 떠나라고 말했다.

공명은 마지막으로 마대를 불러 명했다.

"나는 이제 진지를 버리고 강북으로 이동할 테니 그대는 즉시 부교를 부숴버리고 하류로 내려가 조자룡, 위연의 군사가 강을 건너는 것을 도와주오."

그리고 이번에는 장익을 불러 명했다.

"나는 강북으로 떠나가면서 진중에 많은 등불을 켜두겠다. 만병들이 등불을 보고 몰려올 터이니, 그대는 그들의 배후를 끊으라!"

공명은 모든 장수들에게 계책을 상세히 일러준 뒤에, 자기 자신은 관색과 호위병 수십 명만 거느리고 사륜거에 올라 유유히 강북으로 떠났다.

만병들은 촉진에 불빛이 휘황한 것을 보고 저마다 몰려왔다. 그러나 맹획은 섣불리 돌격하기를 허락지 않았다.

"공명은 꾀가 많은 놈이라 무슨 꿍꿍이속이 있어서 등불을 저렇듯 휘황하게 켜놓았는지 모른다. 밤에 공격하다가는 그놈의 꾀에 속아넘어가기 쉬우니 내일 새벽을 기해 공격을 개시하자."

다음날 새벽에 맹획은 십만 대군을 동원하여 맹렬한 공격을 가했다. 촉진을 여지없이 분쇄한 맹획의 군사들이 본채 안으로 쇄도해 들어가보니, 촉병은 한 사람도 남아 있지 않았다.

"또다시 공명한테 속고 말았구나. 공명이 하룻밤 사이에 급격히 철수한 것을 보면, 반드시 본국에 무슨 급변이 생겼기 때문이리라. 그렇다! 우리는 그들을 추격하여 한 놈이라도 더 잡아죽여야 한다."

맹획의 명령에 따라 만군은 서이하 강변으로 촉군을 추격했다. 그러나 정작 강가에 당도해 보니, 강 건너 언덕 위에는 촉군의 수다한 기치(旗幟)

가 정연히 펄럭이고 있을 뿐만 아니라, 강안 일대에는 높다란 성까지 쌓아올려져 있었다.

만병들은 너무도 의외의 사실에 놀라움을 금치 못했다. 그러나 맹획만은 자신만만한 얼굴로 말했다.

"제갈량은 본국으로 철수하면서도 우리의 추격이 두려워 잠시 경계를 하고 있는 중이니, 조금도 놀랄 일이 아니다."

그는 강을 건너고자 만병들을 동원하여 대나무로 뗏목을 만들기 시작했다. 그러면서도 한편으론 감시를 게을리 하지 않고 있었는데, 아니나 다를까 촉군은 시간이 갈수록 수효가 줄어들고 있었다.

"저것 보아라! 과연 내 추측이 정확히 들어맞지 않았느냐!"

맹획은 더욱 자신을 가지고, 강을 건너려 했다. 그러나 공교롭게도 그날은 비가 오고 바람이 몹시 불어 파도가 무척이나 높았다.

"대왕, 이 비바람을 무릅쓰고 강을 건너가는 것은 위험하니, 오늘밤은 촉군이 진을 치고 있던 곳으로 일단 군사를 이동하는 것이 어떻겠나이까?"

맹획의 아우 맹우의 의견이었다.

"좋은 생각이로다. 그러면 군사를 곧 그곳으로 이동하게 하라."

맹획은 허락을 내리고 자기 자신이 맨 먼저 비어 있는 본채 안으로 달려갔다. 밤이 되자 비바람이 더욱 사나워 불을 켜놓을 수가 없었다. 만병들은 암흑 속에서 피곤한 몸을 쉬고 있었다. 모두들 정신없이 곯아떨어진 것이었다.

바로 그때였다. 어둠 속에서 난데없는 군사들이 꽹과리를 두드리고 진고를 울리며 나타나 만병들을 닥치는 대로 죽이기 시작했다. 그와 동시에 사방에서 맹렬한 불길이 일어났다.

"앗, 공명한테 또 속았구나!"

맹획은 공명의 계책에 빠진 것을 깨닫고 성채 안에서 도망쳐 나왔다. 그러나 그가 영문 밖으로 나서는 바로 그때, 저편에서 호랑이 같은 장수 하나가 횃불을 높이 밝혀들고 덤벼오며 호통을 쳤다.

"맹획아! 네가 어디를 가려느냐! 상산 조자룡이 여기 있다!"

맹획은 기겁하고 놀라 동문 쪽으로 말머리를 돌려 질풍신뢰같이 말을 달렸다. 그러나 얼마 가지 못해 이번에는 어둠 속에서 한 무리의 군사들이 들고 일어나며 소리치는 것이었다.

"맹획아! 네가 어디를 가려느냐? 촉장 마대가 여기 있다!"

맹획은 산으로 뛰고 골짜기에 숨으면서 밤새껏 촉군에게 쫓겨다녔다. 그러나 어디를 가거나 촉군의 아우성이요, 촉장의 호령뿐임을 어이하랴.

맹획은 가까스로 몸을 피하여 동쪽으로 달렸다. 얼마를 허둥지둥 달리다 보니 산중에 큰 숲이 나왔다. 그때 숲속에서 수십 명의 호위병들에게 둘러싸인 사륜거 한 대가 나타났는데, 그 수레 위에는 다름 아닌 공명이 단정히 앉아 있었다.

공명은 수레 위에서 껄껄껄 웃으며 맹획에게 말했다.

"만왕 맹획이 대패하여 이곳으로 피해 올 것을 내 기다리고 있은 지 오래다."

맹획은 크게 분노하며 부하들을 돌아보고 외쳤다.

"저 수레 위에 앉아 있는 자가 바로 공명이다. 내가 저자에게 세 번씩이나 욕을 보았으니, 이제 우리는 총력을 기울여 저자의 목을 빼앗자!"

맹획을 최후까지 따라온 장수들은 모두가 맹장뿐이었다. 그자들은 제각기 야수 같은 함성을 외치며 공명에게 덤벼들었다. 촉병들은 사뭇 겁을 집어먹은 듯이 수레를 끌고 도망을 치기 시작했다. 맹획을 비롯한 모든 만장들은 천재일우의 기회를 놓칠세라 맹렬히 추격했다. 그러나 그들은 수레를 미처 따라잡기도 전에 저마다 깊은 함정에 빠져 비명을 올렸다.

그와 동시에 숲속에 숨어 있던 측병들이 함성을 외치며 달려 나오더니, 함정에 빠져 있는 만장들을 한 사람씩 끌어올려 꼼짝 못하도록 결박을 지었다. 이로써 맹획은 네 번째 사로잡힌 것이었다.

공명은 본진으로 돌아오자 포로가 된 맹우를 먼저 불러내어 꾸짖었다.

"너의 형은 나의 손에 네 번씩이나 사로잡혔건만, 어찌하여 부끄러운 줄을 모르느냐? 그리고도 사람이라고 할 수 있느냐?"

맹우는 대답을 못하고 얼굴만 숙였다.

"모든 잘못은 너의 형에게 있을 뿐이지, 너에게 무슨 죄가 있겠느냐. 여봐라, 맹우의 결박을 끄르고 술을 대접하여 집으로 돌려보내라!"

공명은 맹우와 모든 만장들을 즉석에서 석방하여 음식을 후히 대접한 뒤에, 집으로 돌려보내주도록 일렀다. 그리고 이번에는 맹획을 불러내어 결박을 풀어주고는 큰소리로 꾸짖었다.

"네가 또다시 사로잡혔으니, 이제는 무슨 면목으로 나를 대할 것이냐?"

맹획은 분노를 억제하며 대답했다.

"내 이번에는 속임수에 넘어가 붙잡혔으니, 죽어도 눈을 감지 못하겠다."

공명은 소리를 가다듬어 추상같은 호령을 내렸다.

"저놈을 냉큼 끌어내어 목을 베어라!"

장수들이 몰려들어 맹획을 끌어내려 했다. 맹획이 입술을 깨물며 울분을 토했다.

"한 번만 더 놓아준다면, 내 반드시 사로잡혔던 원한을 풀 수 있을 것이다."

그 소리에 공명은 한바탕 웃고 나서 물었다.

"여봐라! 참형을 잠깐 멈추어라. 내 너를 네 번이나 사로잡았거늘, 아직 무엇이 미진하여 그런 불평을 늘어놓느냐?"

"승상은 항상 속임수로 나를 잡았으니, 내 어찌 항복할 마음이 있으리오."

"내 너를 놓아준다면 다시 싸워볼 용기가 있느냐?"

"승상이 나를 놓아주었다가 한 번만 더 사로잡는다면 그때에는 진심으로 항복하리라. 그리고 그때에는 나의 모든 권한과 재산을 바치고 다시는 반란을 일으키지 않으리다."

"허허허, 그것은 어렵지 않은 일이다. 그러면 다시 내 너를 놓아줄 테니 여한이 없도록 애써보아라."

공명은 소리 내어 웃으며 맹획을 놓아주었다.

맹획은 크게 기뻐하며 본동으로 돌아갔다. 본동으로 돌아온 맹획은 다시 군대를 정비하여 싸울 준비를 갖추었다. 아우 맹우가 그 모양을 보고 말했다.

"형님! 우리가 아무리 싸워도 공명은 당해 내지 못할 것입니다. 그러니까 차제에 차라리 깨끗이 항복하여, 재산이나 보호하는 것이 어떠하겠소?"

"미친 소리 그만해라. 다시 그런 소리를 했다가는 그냥 두지 않을 테니 정신 똑바로 차려라!"

맹획은 동생을 호되게 꾸짖었다.

"형님, 그러면 정면으로 싸우지 말고, 깊은 산중에 들어가 적이 절로 물러가기를 기다리는 것이 어떻겠소? 촉병들은 그대로 내버려두면 더위에 지쳐 반드시 스스로 물러가리다."

"그것 참 좋은 생각이로다. 그러면 우리는 어디로 피신하는 것이 좋겠는가?"

맹획도 전쟁에는 자신감을 상실했기 때문에 이제는 소극적인 계책에 찬성을 했다.

"여기서 서남(西南)으로 들어가면 독룡동(禿龍洞)이라는 동구가 있지 않소. 그 고을의 동주 타사대왕(朶思大王)은 나와 친구일 뿐 아니라, 지혜가 많은 사람이오. 우리가 거기에 피신해 있으면 신변이 절대로 안전할 것이오."

"그러면 지금 네가 곧 타사대왕을 만나보고 오너라."

맹우가 독룡동으로 들어가 타사대왕에게 그 뜻을 전했다. 타사대왕은 대환영이었다.

"대왕께서 오신다면 우리는 진심으로 환영하오."

그리하여 맹획은 모든 군사를 거느리고 독룡동으로 들어가 타사대왕에게 그간의 경위를 자상하게 말해 주었다. 타사왕은 그 말을 다 듣고 나더니, 동정해 마지않으며 말했다.

"대왕께서 본동에 들어오셨으니, 이제는 안심하소서. 제갈공명이 제아무리 지략이 비범해도 여기만은 침범치 못하오리다. 만약 촉병들이 무모하게 여기까지 원정을 온다면 한 놈도 남기지 않고 죄다 멸할 것이오."

"대왕은 무슨 계책이 계시기에 그런 장담을 하시오?"

맹획은 크게 기뻐하면서도 진위가 의심스러워 그렇게 물었다.

타사대왕은 자신 있게 대답했다.

"나에게 특별한 계책이 있어 그러는 게 아니라, 이곳은 지리적으로 절대 안전한 곳이오. 여기로 들어오려면 길이 둘밖에 없는데, 하나는 동북에 있는 것으로 대왕께서 들어오신 길이오. 그곳은 지세가 평탄하고 경치도 좋으나 동구(洞口)를 나무와 돌로 틀어막으면 백만 대군이라도 뚫고 들어올 수 없을 것이오. 그리고 또 하나의 길은 서북으로 뻗어 있는 험한 길인데, 그곳은 고개가 험악하기가 비탈 같고, 독사와 사나운 전갈이 우글거려 아무도 지나가지 못하오. 게다가 그곳은 미시(未時)와 신시(申時)

와 유시(酉時)에만 사람이 지나갈 수 있소. 그 이외의 시간에는 사방에서 독기가 뿜어나와 아무도 살아남지 못하오."

"사람이 가고 못 가는 시간이 있다니, 그게 무슨 이유요?"

"그 이유는 나도 모르오. 미시, 신시, 유시 이외의 시간에는 부근 일대의 늪에서 독기가 안개처럼 떠올라 사람이 죽어버리게 되는 것이오. 따라서 그 부근 일대는 나무와 풀도 말라죽어 지옥처럼 황량할 뿐이오. 게다가 거기서 산을 하나 넘으면 네 개의 독천(毒泉)이 있어 그 물을 마시면 입술이 부풀고 창자가 끊어져 닷새를 못 살고 죽게 되오."

"허어, 그런 샘이 네 개나 있다는 말씀이오?"

"그렇소. 첫 번째 샘은 아천(啞泉)이라 부르는데 물맛은 달지만 만일 마셨다가는 벙어리가 되고, 두 번째 샘은 멸천(滅泉)이라 부르는데 그곳은 샘물이 옥구슬처럼 맑고 온천물처럼 따뜻하오. 그래서 누구나 먹을 감고 싶어지지요. 그러나 그곳에서 한번 목욕을 하고 나면 살이 썩어 사흘을 못 가고 죽지요."

"세 번째 샘은 어떻소?"

"세 번째 샘은 흑천(黑泉)이라고 부르오. 그 물에 손이나 발을 담그면 대번에 살이 새까맣게 썩고 뼛골이 삭아 죽게 되오."

"네 번째 샘은?"

"네 번째 샘은 유천(柔泉)이라고 부르오. 그 샘물은 차기가 얼음과 같아 여름철에는 누구나 즐겨 마시게 되는데, 그 물을 마신 사람은 온몸이 솜처럼 나른하게 풀어져 살아남은 사람이 하나도 없다오."

"허어, 도중에 그처럼 위험한 샘물이 네 군데나 있다면 아무도 그곳에는 갈 수 없다는 말씀인가요?"

"사실 그렇소. 다만 전한시대(前漢時代)에 복파장군(伏波將軍) 마원(馬援)이라는 장수가 그곳을 무사히 통과했다는 전설이 있을 뿐이오. 내가 알기로는 어떤 병사도 그곳을 무사히 통과하지 못했소."

맹획은 그 소리를 듣고 크게 만족해 했다.

"그렇다면 제갈공명이 제아무리 재주가 비상해도 이곳은 절대 침범하지 못하겠구려. 내가 이제야 공명에게 원한을 풀 수 있게 되었나 보오."

난공불락의 독룡동

그 무렵, 공명의 군사는 이미 서이하를 건너 남으로 행군을 계속하고 있었다. 때는 오뉴월 염천인지라, 대지를 녹여낼 듯 무더웠다. 그래도 촉군은 남으로 남으로 행군을 계속하는 중이었다.

척후병이 달려와 공명에게 말했다.

"전방 백 리 사이에 만병은 한 놈도 없나이다. 토민들에게 알아본즉, 맹획은 군사를 이끌고 험한 산악지대인 독룡동으로 피해 버렸다고 합니다."

공명은 여개에게서 얻은 지도를 꺼내보았다. 그러나 그 지도에는 독룡동이 나타나 있지 않았다. 공명은 즉시 여개를 불러 물었다.

"이 지도에는 독룡동이라는 지방이 나타나 있지 않구려. 혹시 독룡동에 대해 아는 것이 없소?"

"떠돌아다니는 이름을 들었으나, 별로 아는 것은 없나이다."

곁에 있던 장완이 말했다.

"맹획은 겁을 먹고 깊은 산속으로 아주 숨어버렸나 봅니다. 촉군은 위엄을 보일 만큼 보여주었으니 이제는 그만 회군하는 것이 어떠하겠나이까? 더위가 하도 기승을 부려 더 이상 무리한 행군을 계속하면 오히려 우리가 욕을 보게 될지도 모르옵니다."

공명은 즉시 고개를 저었다.

"그것은 맹획의 술책에 넘어가는 결과밖에 안 되오. 우리가 회군을 시작하면 맹획은 반드시 우리를 뒤쫓아와 해를 입힐 것이오. 여기까지 와서 승리를 거두지 못하고 돌아가는 것은 실질적인 패배와 무엇이 다르겠소."

장완은 얼굴을 붉히며 대답하지 못했다.

공명은 왕평을 선봉으로 삼아 산악지대의 지리를 정찰하게 했다. 그런데 왕평은 본진을 떠난 지 수일이 지나도 소식이 없었다. 공명이 관색에게 군사 일천 명을 주어 왕평의 소식을 알아보게 했다.

관색이 일선으로 나갔다가 급히 돌아와 놀라운 사실을 말했다. 왕평의 군사들이 샘의 물을 마시고, 거의 전부가 병으로 신음 중이라는 것이었다. 공명은 크게 놀랐다. 그의 해박한 지식으로도 그 문제만은 해결할 수 없었다. 공명은 몸소 수레를 타고 사고 현장으로 나가 보았다. 군사들은 산중에 있는 맑은 물을 마시고 저마다 배가 아파 신음하며 말을 제대로 못했다.

공명은 수레에서 내려, 높은 언덕으로 올라가 사방을 둘러보았다. 산봉우리가 첩첩이 겹쳐 있는데, 산중에는 새 한 마리 보이지 않았다. 문득 깨닫고 보니, 깎아지른 산봉우리 위에 고묘(古廟)가 한 채 보였다.

'저기 보이는 낡은 절은 어떤 곳일꼬?'

공명은 칡덩굴을 갈라 헤치며 위험을 무릅쓰고 절간으로 올라가보았다. 그곳은 단순한 절이 아니라, 바위를 쪼아내고 문을 달아놓은 돌집이었다. 문을 열어보니, 가운데 바람벽에 어떤 장군의 영상이 걸려 있었고, 그 옆에는 비문이 새겨져 있었다.

그제야 깨닫고 보니 그것은 전한시대의 대장군이었던 복파장군 마원의 사당이었다. 공명은 영상 앞에 엎드려 오랫동안 염원을 올린 뒤에 마치 살아 있는 사람에게 말하듯이 공손히 아뢰었다.

"불초 양이 선제로부터 고탁(孤託)하신 중임을 맡고, 이제 남만을 평정하고자 이곳에 왔나이다. 그러나 사병들이 독수를 마시고 신음 속에 빠져 있는데 구할 길을 모르겠나이다. 바라옵건대 장군의 영령은 이 딱한 사정을 내리살피시사, 양에게 삼군이 살아날 방도를 가르쳐주소서."

공명은 정성을 다해 축원을 올리고 사당을 나왔다.

문을 나서며 바라보니, 맞은편 바위 위에 칠십 고로가 한 사람 앉아 있었다. 백발이 성성하고 옷이 몹시 남루하나, 어딘지 모르게 선풍(仙風)이 감도는 노인이었다. 공명은 그 앞으로 걸어가 공손히 절하며 물었다.

"노옹의 고성(高姓)은 무엇입니까?"

"나는 이 지방에 사는 늙은이오. 승상의 고명은 오래 전부터 알고 있소이다."

"황공하기 그지없나이다. 소생의 군사들이 저기 산골짜기에 있는 샘물을 마시고 모두가 말을 못하는데, 이를 어찌하면 고칠 수 있을지 노인장께서 가르쳐주실 수 있나이까?"

노인이 웃으며 대답했다.

"그 샘물은 아천이라고 하오. 그 물을 마시면 말을 못하다가 며칠 있으면 모두 죽게 되오. 그밖에도 독천이 세 개나 더 있는데, 어느 물을 마셔도 목숨을 잃게 되오. 그 병을 고칠 수 있는 방도는 오직 하나뿐이오."

"바라옵건대 그 방도를 가르쳐주소서."

"이곳에서 서쪽으로 이십여 리를 가면 만안계(萬安溪)라는 계곡이 있소. 그 계곡에는 만안 은자라는 고사 한 분이 살고 계시오. 그 어른이 사시는 암자 뒤에 안락천(安樂泉)이라는 샘물이 있소. 그 샘물을 마시면 어떤 중독이라도 곧 낫게 되오. 피부에 병이 났을 경우에는 그 물에 목욕을 하면 되오. 그리고 암자 앞에는 해엽운향(薤葉芸香)이라는 풀이 있소. 그 풀잎을 입에 물면 아무리 무서운 독기라도 침범을 못하오. 승상은 속히 안락천에 가서 군사들을 구원하도록 하오."

노인은 그 말을 남기고 어디론가 표연히 사라져버렸다. 공명은 크게 기뻐하며, 즉시 산을 내려와 병든 군사들을 이끌고 안락천으로 향했다.

인적조차 없는 밀림을 이십여 리나 더듬어 들어가니, 높은 봉우리가 병풍처럼 둘러 있는 산속에 제법 넓은 계곡이 있었다. 그리고 낙락장송이 하늘을 뒤덮은 숲속에 조그만 암자가 하나 있었다. 몇 천 년이나 되었는지, 지붕에 푸른 이끼가 겹겹이 앉아 있는 고색창연한 암자였다.

닫혀 있는 문을 두드리니, 조그만 동자가 나왔다.

"만안 도사님 안에 계시느냐?"

공명이 그렇게 묻자 동자는 대답을 하지 않고 앞질러 물었다.

"선생은 한의 승상이 아니십니까?"

"네가 나를 어떻게 아느냐?"

"우리 선생님께서 한 승상이 오실 터이니 곧 모셔들이라고 하셨나이다. 어서 들어오소서."

공명이 놀라며 동자를 따라 안으로 들어가니, 초당에 앉아 있던 백포오관(白袍烏冠)의 노장이 반갑게 맞았다.

"승상께서 이 험준한 곳까지 왕림해 주시니 반갑소이다."

마치 백년지기를 만나는 듯 반가워하는 표정이었다.

"고사께서 어이 소생을 아시나이까?"

"승상께서 남정(南征)의 길에 오르신 지 이미 오래이니, 노부인들 어찌 모르오리까."

주인과 손이 자리를 잡고 수인사를 끝내자 공명이 말했다.

"양은 선생의 도움을 받아, 병든 군사들을 구하러 왔나이다."

노인이 말했다.

"노부는 이미 세상을 버린 지 오랜 몸이오. 이제 승상께서 왕림해 주셨으니 어찌 그 성의를 모르노라 하오리까. 병사들의 병을 고쳐줄 샘물이 바로 집 뒤에 있으니, 마음껏 마시게 하십시오."

공명은 크게 기뻐하며, 왕평을 불러 병사들을 데려다가 약물을 마시게 했다. 그런데 이 무슨 신기하고도 조화로운 일일까. 군사들은 그 샘물을 마시기 무섭게 싯누런 침을 한바탕 뱉더니 몸이 거뜬하게 나았다.

동자는 군사들을 만안계로 인도하여 목욕을 하라고 일렀다. 병사들은 제각기 물속으로 뛰어들어 멱을 감으니, 피부의 상처가 깨끗하게 가셨다.

그 사이에 은사(隱士)는 초당에서 공명에게 잣차와 송화채를 대접하며 말했다.

"만동에는 독사와 전갈 떼가 많고, 버들 꽃이 떨어진 물을 마시면 지극히 위험합니다. 될 수 있으면 마실 물은 땅을 새로 파 구해야 합니다."

"이 초당에는 해엽(薤葉)과 운향(芸香)이 많다고 들었는데, 그것도 좀 주시면 감사하겠습니다."

"어렵지 않은 일입니다. 후원과 앞뜰에 얼마든지 많으니, 맘대로 가져가십시오."

공명은 은사에게 거듭 감사를 올리며 다시금 이름을 물었다.

"이처럼 은혜를 베풀어주시니 고맙기 한량없나이다. 바라옵건대 선생의 고성을 저에게 알려주소서."

노 은사는 빙그레 미소를 짓더니 대답했다.

"승상은 놀라지 마십시오. 나는 맹획의 친형인 맹절(孟節)이라는 늙은 이오."

공명은 너무도 의외의 대답에 잠시 귀를 의심했다. 공명이 놀라는 표정을 짓자 맹절이 웃으며 다시 말했다.

"우리는 삼 형제인데 내가 맏이고, 획이 둘째고, 우가 셋째요. 부모님은 일찍 돌아가시고 우리 삼 형제만이 남았는데, 두 아우는 워낙 물욕이 심하고 권세를 좋아하여, 왕화를 받지 못한 까닭에 항상 못된 짓만 일삼고 있나이다. 내가 아무리 타일러도 영 들어먹지를 않는단 말씀이오. 그래서 나는 두 아우와 의를 끊고 왕성을 떠나 이 산속으로 들어온 지 어언 이십여 년이 됩니다. 두 아우의 행실을 생각하면 승상께는 실로 죄송스럽기 그지없소이다."

공명은 그 소리를 듣고 감탄해 마지않았다.

"그 옛날 유하혜(柳下惠)에게 도척(盜跖) 같은 형제가 있다는 말을 들었으되, 지금 시대에 선생 같은 분이 계실 줄은 몰랐소이다. 내가 본국에 돌아가거든 천자께 품하여 선생을 만왕으로 삼았으면 싶은데 어떠십니까?"

맹절은 웃으며 대답했다.

"승상의 성의만은 고맙게 받겠소. 그러나 내가 부귀를 탐냈다면 이런 산중에 숨어살지는 않았을 것이오."

공명은 그 이상 벼슬을 권하는 것이 예의가 아닌 것 같아 거듭 감사의 뜻을 말하고 맹절과 작별을 나누었다.

공명은 또다시 군사들을 이끌고 독룡동을 향하여 행군을 계속했다. 만난을 무릅쓰고 전진하는데, 무엇보다도 가장 곤란한 것은 식수 문제였다. 계곡에는 맑은 물이 얼마든지 있었으나, 마실 물을 얻기 위해서는 가는 곳마다 우물을 파야 했기 때문이었다. 그러나 촉군은 그런 곤란을 줄기차게 극복해 가면서 드디어 독룡동 성 밑에 도달하여 진지를 구축했다.

한편, 독룡동 성안에서 안심하고 있던 맹획 형제와 타사대왕은 공명의 군사가 목전에 도달해 있음을 보고 크게 당황했다.

"그럴 리가 없다. 제아무리 공명이라도 여기까지 무사하게 왔을 수는 없다!"

타사대왕은 처음에는 부하들의 보고를 강력히 부인했다. 그러나 첩자들이 연신 달려와 똑같은 보고를 하자 몸소 성루에 올라 살펴보았다. 과연 적의 대군이 견고한 진을 치고 있는 게 보였다. 진중에는 적의 깃발이 수없이 바람에 펄럭이고 있었다.

"도대체 이게 어떻게 된 일이냐?"

타사대왕은 안심하고 있었던 만큼 놀람도 이만저만이 아니었다.

맹획도 몸을 와들와들 떨며 큰소리로 외쳤다.

"사태가 이미 이렇게 되었으니 이제는 목숨을 걸고 싸울 수밖에 없겠소. 우리가 적을 전멸시키든지, 우리가 전멸당하든지 오직 한 길만이 남아 있을 뿐이오."

"대왕은 공명과 싸워 승리할 자신이 있으시오?"

타사대왕이 불안에 떨며 맹획에게 물었다.

"주인 되는 당신의 각오만 확고하다면 우리는 반드시 승리할 수 있을 것이오. 왜냐하면 적은 그동안 원거리 행군에 지쳐 맥을 못 출 것이 분명하기 때문이오."

맹획은 자신 있게 호언장담했다.

"그러면 나도 대왕을 믿고 끝까지 싸워보겠소."

타사대왕은 마지못해 싸우는 편으로 기울어졌다.

맹획은 자기 군사와 독룡동의 군사를 한자리에 모아놓고 일장 훈시를 내렸다.

"공명이 대군을 거느리고 우리를 섬멸시키러 왔으니, 이제는 우리들 자신의 생명과 재산을 보호하기 위해 각자가 목숨을 걸고 싸워야 한다. 우리가 이 싸움에서 지는 날에는 재산을 몰수당하고, 처자는 적의 칼에 남아나지 않게 되리라. 적은 좋은 무기와 풍부한 식량과 귀한 보물을 많이 가지고 있다. 그러나 본국에서 여기까지 수륙 수만 리를 행군해 오는 동안 군사들은 지칠 대로 지쳐 힘을 못 쓸 것이다. 싸움만 시작되면 우리는 족히 혼자서 백 사람을 당할 수가 있을 것이다. 싸움이 끝나는 날에는 적에게서 노획한 모든 무기와 식량과 보물을 각자에게 골고루 나눠줄 터인즉, 너희들은 힘을 내어 용감하게 싸우라."

만병들은 승전하는 날에는 무기와 식량과 보물을 나눠준다는 소리에 용기백배했다.

이때 만병 하나가 급히 달려와 맹획과 타사대왕에게 보고를 올렸다.

"이웃 동구인 은야동(銀冶洞)의 동주 양봉(楊鋒) 장군께서 삼만 군을 거느리고 우리를 도우러 오셨습니다."

맹획과 타사대왕은 뛸 듯이 기뻐했다.

"때가 때인 만큼, 생각지도 않았던 삼만의 원군이 제 발로 걸어왔으니, 이는 승전의 전조가 아니고 무엇이랴!"

두 사람이 동구 밖까지 달려 나와 영접하니, 양봉이 손을 마주 잡으며 말했다.

"내가 데리고 온 삼만 군은 모두가 철갑(鐵甲)으로 무장하여, 촉병 백만을 당하고도 남으오리다. 게다가 내 아들 오 형제로 말하면 모두가 무예에 출중하여, 대왕의 신변을 보호해 드리는 데 부족함이 없으오리다."

양봉은 다섯 아들을 불러내어 맹획과 타사대왕에게 절을 시켰다. 과연 그들 오 형제는 체통이 거대하고, 위풍당당한 열혈청년들이었다.

맹획과 타사대왕은 양봉을 맞이하여 연락을 크게 베풀었다. 양봉은 술이 거나하게 취하자 주인에게 말했다.

"내가 거느리고 온 권족(眷族) 중에 아리따운 무희 몇 명이 있소. 여흥으로 그들을 불러내어 춤을 추게 할 터이니, 대왕들은 즐겁게 감상하소서."

타사와 맹획은 박수를 치며 기뻐했다.

이윽고 수십 명의 아리따운 처녀들이 머리를 풀어헤치고 회장 바깥에서부터 춤을 추며 무대 위로 등장했다. 만장과 만병들은 하늘이 무너질 듯한 박수갈채를 보냈다. 무희들은 넓은 무대가 좁아 보일 만큼 신명나게 춤을 추었다.

맹획과 타사는 무희들의 아리따움과 춤에 반하여 정신이 없었다. 마침 그때 양봉의 두 아들이 잔을 들고 단상으로 올라오더니, 맹획과 타사에게 술잔을 올렸다.

"대왕에게 축복의 술잔을 올리나이다."

맹획과 타사는 크게 기뻐하며 술잔을 받았다. 바로 그때였다. 양봉이 별안간 술잔을 공중에 내던지며 소리쳤다.

"저놈들을 잡아라!"

그러자 지금까지 단상에서 춤을 추고 있던 아리따운 무희들이 별안간 허리에서 단도를 꺼내며 맹획과 타사와 병사들을 포위했다. 양봉의 오 형제는 비호같이 덤벼들어 세 사람을 밧줄에 얽어넣었다. 너무도 부지불식간에 벌어진 일이어서 맹획은 얼빠진 사람처럼 어이할 바를 몰라 말없이 결박을 당할 뿐이었다.

다만 타사대왕은 양봉을 보고 슬피 나무랐다.

"우리는 다 같은 민족인데, 그대는 어찌하여 우리를 배반하는가?"

"나의 형제자질(兄弟子姪)들이 모두 제갈 승상의 은혜로 목숨을 건졌으니, 나는 그 은혜를 갚아야겠다. 너는 무슨 까닭으로 공명을 배반하여 만

백성을 도탄 속에 빠뜨리느냐!'

만장들은 사태가 험악하게 된 것을 보고 제각기 뒤로 꽁무니를 빼버렸다. 그와 때를 같이하여 장막 밖에서 유량한 음악소리가 울리더니 공명이 호위병 몇 명을 데리고 연락장으로 들어섰다. 그러자 지금까지 처녀로 변장하고 춤을 추던 무희들이 일제히 여장을 벗어던지고 공명의 호위병으로 변신했다. 말할 것도 없이 양봉의 아들이라던 다섯 청년도 촉병들이었다.

공명은 맹획의 앞으로 다가와 조용히 꾸짖었다.

"네가 내 손에 다섯 번째로 사로잡혔으니, 이제는 심복하겠느냐?"

맹획은 분노의 고개를 힘차게 내저었다.

"승상이 나를 잡은 것이 아니다. 나는 동족의 배반으로 이 꼴이 되었을 뿐이다. 나를 죽이려거든 마음대로 하라. 죽어도 항복은 하지 않겠다."

공명은 껄껄껄 웃었다.

"네가 나와 우리 군사를 독천으로 끌어넣은 것은 나를 속인 것이 아니고 무엇이냐? 그러나 우리 군사는 고난을 극복하고 너를 찾아 여기까지 전진해 왔다. 너는 어찌하여 그다지도 우미(愚迷)하단 말이냐!"

"우리 조상이 대대로 지켜온 영토는 산세가 험악한 은갱산이다. 그대가 만약 그곳에서 나를 사로잡으면 자자손손이 촉국에 복종하도록 이르겠다."

공명은 그 말을 듣고 즉석에서, 세 사람의 결박을 모두 풀어주었다.

"어디든지 네가 원하는 곳에서 최후의 승부를 결하자. 네 일후에 다시 사로잡혀도 심복하지 않으면 그때에는 구족(九族)을 멸할 터이니 그리 알라!"

그리고 그 자리에서 양봉에게 상을 후하게 내리며 관작을 봉해 주었다.

은갱동 함락

맹획의 본거지인 은갱동은 남만 땅 중에서도 험난하기 짝이 없는 지방이었다. 그곳에는 세 개의 큰 강이 있으니, 하나는 노수(瀘水)요, 둘은 감남수(甘南水)요, 셋은 서성수(西城水)로, 그 세 개의 강을 합하여 삼로수(三路水), 즉 삼강(三江)이라 불렀다.

동북(洞北)은 칠백여 리의 광활한 평야로 되어 있어서 만물이 생산되고, 동서(洞西) 이백여 리에는 소금이 풍부하고, 동중(洞中)에는 산이 많아 은이 넘쳤다.

산중에는 궁전과 누대가 즐비한데, 그 한가운데 조묘(祖廟)가 있으니, 그들은 그 조묘를 가귀각(家鬼閣)이라 불렀다. 그리고 철이 바뀔 때마다 소와 말을 잡아 제사를 성대하게 지내는데, 그들은 그것을 복귀제(卜鬼祭)라고 불렀다.

맹획은 은갱산으로 들어와, 동중의 종족들을 한자리에 모아놓고 대회의를 열었다.

"내 촉병에게 여러 번 창피를 당했으므로 이번에는 기필코 공명에게 앙갚음을 해야 하겠노라. 그대들 중에 무슨 묘책을 지닌 자가 없느냐?"

그러자 앞에 있던 장수가 큰소리로 말했다.

"제가 공명을 무찌를 수 있는 장수를 한 사람 소개하겠나이다."

그렇게 말하는 장수는 맹획의 처남이며, 팔번부장(八番部長)으로 있는 대래동주(帶來洞主)였다. 맹획이 크게 기뻐하며 물었다.

"그 사람이 누구냐? 어서 말해 보라!"

"여기서 동남쪽에 있는 팔납동(八納洞)의 동주 목록대왕(木鹿大王)이 바로 그 사람입니다. 항상 코끼리를 타고 다니는 그는 비바람을 불러일으키는 재주가 있을 뿐만 아니라 호표(虎豹), 시랑(豺狼), 독사, 악갈(惡蝎)도 그를 따르옵니다. 게다가 그는 신병(神兵)을 삼만 명이나 가지고 있으니, 만약 그가 우리를 도와준다면 공명 따위는 문제가 안 될 것입니다."

"네가 그 사람을 움직일 자신이 있느냐?"

"소장하고도 평소에 교분이 두터운 터이니 만약 대왕께서 친서를 써주시면 예를 갖추어 반드시 설복시켜 오겠나이다."

"그러면 내가 정중한 청탁장을 써줄 터이니, 네가 그를 꼭 모셔오도록 하여라."

맹획은 내심 크게 기뻐하며, 팔번부장 대래동주에게 편지와 예물을 충분히 갖추어 보냈다. 그리고 나서 타사대왕을 선봉대장으로 삼아 삼강 유역을 굳건히 지키게 했다.

그 무렵, 공명은 대군을 거느리고 이미 삼강 유역에 도달하여 적의 성곽을 멀리 바라보며 공격태세를 갖추고 있었다. 맹획의 은갱산성은 삼면이 강으로 둘러싸여 있고, 오직 한 곳만이 육지로 통해 있었다. 공명은 조자룡과 위연에게 육로로 적을 공격하게 했다.

그들이 성 아래에 이르니, 성 위에서 적의 화살이 빗발치듯 날아왔다. 그들은 사냥이 본업인 만큼 한꺼번에 열 대의 화살을 쏠 수 있었고, 화살에는 독약을 발라 스치기만 해도 살이 썩어들게 되어 있었다.

촉군은 사오 차례 공격을 시도하다가 일부러 십여 리를 후퇴해 버렸다.

"아아, 저놈들이 우리의 독화살에 겁이 나 쫓겨가는구나!'

만병들은 의기양양하여 소리 내어 웃었다.

그로부터 칠팔 일 동안 촉군은 진지에 숨어버린 채, 일절 움직이지 않았다.

"알고 보니 공명이란 자도 별것 아니었구나!'

맹획을 비롯하여 만병들은 공명의 능력을 크게 비웃었다.

사실 일단 후퇴한 이후로 공명은 무엇을 생각하고 있는지 한동안 말이 없었다. 그러다가 바람이 일기 시작하는 어느 날 저녁, 공명은 돌연 삼군에게 다음과 같은 군령을 내렸다.

"모든 군사들은 누구나 내일 새벽까지 조그만 포대 하나씩을 준비하라. 영을 어기는 자는 참형에 처하겠다."

'도대체 포대는 무엇에 쓰려고 저러시는 걸까?'

군사들은 제각기 의아심을 품으면서도, 한결같이 명령에 복종했다.

새벽녘이 되자 공명은 다시 군령을 내렸다.

"모든 군사들은 포대에 흙을 듬뿍 담으라."

저마다 포대에 흙을 담아넣자, 공명은 다시 군령을 내렸다.

"모든 군사는 제각기 적의 성으로 달려가 준비한 포대를 성벽 밑에 던지고 오라!'

수만 대군이 저마다 달려가 포대를 던지니, 그 높이가 성벽과 비슷해졌다. 그제야 공명은 최후의 명령을 내렸다.

"모든 군사는 일제히 달려가 성안으로 돌입하여 총공격을 개시하라.

성안으로 앞서 넘어가는 자에게는 특상을 주리라."

명령일하 십만 대군은 메뚜기 떼처럼 일제히 아우성을 치며 적의 성으로 몰려갔다. 촉군은 흙더미를 밟고 성 위로 뛰어오르기 무섭게 성안으로 뛰어들었다.

만군은 크게 당황하여 정신없이 화살을 쏘아 갈겼다. 그러나 집중 공격을 시도해 오는 촉군의 수효가 십만이나 되는지라 만병들은 활을 쏘다 말고 짓밟혀 죽기도 하고, 더러는 겁에 질려 달아나는 바람에 반격은 지리멸렬해지고 말았다. 게다가 총대장인 타사대왕은 진두지휘를 하다가 그대로 창에 찔려 전사했다.

삼강 유역의 전투는 만군의 처절한 패배로 끝나고, 포로가 무려 오천 명이나 되었다.

은갱동에 있던 맹획은 패보를 듣고 크게 놀랐다.

"우리가 완전히 패하고 타사대왕까지 전사했다니, 이게 무슨 일이냐? 그러면 공명은 어디로 가더냐?"

"적은 삼강 유역을 완전히 점령하고, 이제는 은갱동으로 접근해 오고 있는 중입니다."

"뭐? 공명이 이번에는 이리로 다가오고 있다고? 그러면 이 일을 어찌했으면 좋겠느냐?"

맹획이 어찌할 바를 몰라 쩔쩔매고 있노라니, 문득 병풍 뒤에서 깔깔깔 웃어대는 여인의 웃음소리가 들려왔다.

"방자스럽게 웃는 계집은 누구냐?"

맹획이 대로하여 크게 꾸짖으니, 병풍 뒤에서 그의 아내 축융(祝融) 부인이 나타났다.

"부인은 국가존망의 형세가 급박한 이 난국에 무엇이 즐거워 웃으셨소?"

맹획은 험상스러운 표정으로 아내를 꾸짖었다. 그러자 축융 부인이 정색을 하며 말했다.

"대왕께서는 촉병이 뭐가 무서워 그리도 걱정하십니까? 비록 여자의 몸일망정 대왕께서 허락만 하신다면 첩이 지금이라도 공명의 목을 잘라 오겠소이다."

그만한 장담을 할 법한 것이, 축융 부인은 칼을 잘 쓰기로 천하에 당할 자가 없는 여장부였다.

"아녀자의 몸으로 어찌 싸움터에 나간단 말이오?"

"지금 이 판국에 그런 소리나 하고 있을 때가 아닙니다. 첩에게 군사를 주시면 공을 크게 세우고 돌아오겠나이다."

허락을 구하는 것이 아니라, 일종의 명령이었다.

"그러면 부인 소원대로 공을 세워보오."

축융 부인은 그 즉시 붉은 전포로 갈아입고, 허리에는 비도(飛刀)를 열 개나 차고, 손에는 장검을 비껴잡은 채 적토마에 올라 여러 군사들을 이끌고 전선으로 달려나갔다.

축융 부인이 비호같이 전선으로 달려 나오자 촉장 장의(張嶷)가 그를 맞아 싸웠다. 싸움은 한동안 계속되었다. 십여 합을 싸우다가 축융 부인이 갑자기 쫓겨 달아나기 시작했다. 장의가 그를 급히 추격하는데, 문득 어디선가 비도 하나가 날아오더니 어깨에 깊숙이 들이박혔다. 장의는 그 자리에 쓰러졌다.

"저놈을 사로잡아라!"

장의를 쓰러뜨린 축융 부인은 다시 돌아서 나오며 이번에는 마충과 어울려 싸웠다. 그러나 마충도 사오 합 싸우다가 그의 말이 비도에 맞아 고꾸라지는 바람에 땅에 떨어지고 말았다.

이날 싸움에서 축융 부인은 장의와 마충을 사로잡아 기세를 크게 올리며 본궁으로 돌아왔다. 맹획이 크게 기뻐했음은 말할 것도 없었다.

축융 부인이 남편에게 말했다.

"저놈들을 당장 끌어내어 참하시오!"

그러나 맹획이 말렸다.

"제갈량이 나를 다섯 번이나 놓아주었으니, 우리가 저놈들을 당장 죽이는 것은 의리가 아닌 것 같소. 우선 살려두었다가 공명을 사로잡은 연후에 저놈들을 참합시다."

축융 부인도 그럴 성싶어, 그대로 내버려두었다.

한편, 공명은 두 장수가 사로잡힌 사실을 알고 크게 걱정했다.

"그놈이 장의와 마충을 당장 죽이지는 않을 것이오. 그러나 우리는 어떡하든지 그들을 적의 수중에서 빼앗아 와야 하오."

공명은 그렇게 말하며 즉시 조자룡과 위연을 불러 계책을 강구했다.

다음날, 조자룡이 말을 타고 나와 만진에 싸움을 걸었다. 축융 부인이 크게 분노하여 말을 타고 달려 나왔다. 조자룡은 축융 부인과 십여 합을 싸우다가 문득 거짓 쫓겼다. 축융 부인은 얼마간 쫓아오다가 복병이 두려웠던지 문득 말머리를 돌렸다. 그러자 이번에는 위연이 달려 나와 싸움을 걸었다. 위연도 십여 합을 싸우다가 갑자기 말머리를 돌려 쫓겨 달아났다. 축융 부인은 그래도 쫓아오지 않았다.

그 다음날에도 또다시 같은 싸움이 반복되었다. 조자룡이 쫓기자 이번에는 위연이 달려나가 싸움을 가로맡으며, 부인에게 갖은 욕설을 퍼부었다. 말하자면 부아를 자꾸만 돋우어준 것이었다.

"이 요망스러운 계집아! 계집년이 집에서 살림이나 할 일이지, 여기가 어디라고 나와 치맛자락을 펄럭이느냐?"

드디어 축융 부인이 울화가 치밀어 무섭게 덤벼드니, 위연은 쫓기면서도 욕설을 퍼부었다.

부인은 자꾸만 쫓아왔다. 위연은 좁다란 산골짜기로 쫓겨 달아났다. 분노가 머리끝까지 치밀어 오른 축융 부인은 맹렬히 추격의 고삐를 조여왔다.

바로 그때였다. 산골짜기에서 별안간 함성이 일어나더니 축융 부인이 타고 있는 말이 별안간 곤두박질을 치며 쓰러졌다. 그곳에 매복해 있던 마대의 군사들이 밧줄로 축융 부인이 타고 있는 말의 다리를 옭아매어 잡아당겼기 때문이었다. 축융 부인이 말과 함께 땅으로 떨어진 것은 말할 것도 없었다. 위연과 마대는 즉시 달려들어, 축융 부인을 사로잡았다.

축융 부인은 결박을 당한 채 공명 앞에 끌려나왔다.

"부인의 몸에서 결박을 끌러라. 그리고 남녀가 유별하니, 별당으로 모셔서 편히 쉬게 하라."

공명은 인자한 명령을 내린 뒤에, 곧 맹획에게 편지를 썼다.

촉장 장의와 마충을 돌려보내면 나도 부인을 돌려보낼 테니, 곧 답장을 보내라.

맹획은 크게 놀라며, 장의와 마충을 그 자리에서 돌려보냈다. 공명은 약속대로, 축융 부인에게 정중한 예의를 갖추어, 은갱동으로 돌려보내주었다.

맹획이 크게 실망하고 있는 중에, 팔납동에 원군을 청하러 갔던 대래 동주가 돌아와 보고했다.

"목록대왕이 수일 안으로 대군을 거느리고 와서 우리를 도와주겠다고 했습니다. 그가 오기만 하면 촉군은 문제가 되지 않을 것입니다."

맹획과 축융 부인이 최후로 의지할 것은 오직 목록대왕의 군사뿐이었다.

그로부터 이틀 후에 목록대왕은 군사 수만 명을 데리고 은갱동으로 왔다. 맹획 부부는 성문 밖에까지 달려 나와 그들을 영접했다.

"대왕 맹주께서 이처럼 융숭하게 영접해 주시니 황송하나이다."

그렇게 말하는 목록대왕의 위풍은 당당하기가 이를 데 없었다. 그는 하얀 코끼리를 타고 왔는데, 코끼리 목에는 금방울이 수없이 달려 있고, 안장은 칠보(七寶)로 장식되어 있었다. 몸에 입고 있는 전포 또한 금은보화와 값진 보석들로 뒤덮여 있는 것은 물론이요, 허리에 차고 있는 칼집역시 진귀한 보석으로 치장되어 있었다.

"대왕께서 불초 맹획을 위해 이렇듯 왕림해 주신 은혜는 백골난망하겠나이다."

맹획은 목록대왕에게 머리를 수그려 보이며 감사를 표했다.

"염려 마오. 공명은 내가 앉아서 처리하리다."

목록대왕은 궁전으로 들어와 환영연에 참석하면서 자신 있게 대답했다.

그로부터 며칠 동안 목록대왕은 극진한 대우를 받다가 말했다.

"내일은 내가 촉군을 무찔러버릴 테니, 내가 끌고 온 맹수들에게 오늘밤부터는 먹이를 일절 주지 마시오."

그의 설명에 의하면, 맹수를 거느리고 나가 적병들을 물어죽이게 하려면 밥을 굶겨 굶주리게 해야 한다는 것이었다.

다음날 목록대왕은 코끼리와 호랑이 같은 맹수들을 우리에서 꺼내 일선으로 이끌고 나왔다. 조자룡, 위연 등은 목록대왕이 짐승 부대를 거느리고 나타났다는 소리를 듣고 성루에서 적진을 바라보았다. 그리고 크게놀랐다.

"목록대왕이 끌고 나오는 저 짐승들은 도대체 무엇이냐?"

"호랑이와 승냥이들인가 봅니다."

"나는 오십이 다 되도록 짐승들과 싸워본 일이 없는데, 장차 저것들을 어떡하면 좋겠느냐!"

천하의 맹장 위연도 코끼리와 호랑이는 겁이 나는 모양이었다.

"나 역시 저런 적을 대해 보기는 처음이오. 사람이 살아가노라면 별일을 다 당하게 되나 보오."

조자룡도 어찌할 바를 몰랐다. 그러는 동안 코끼리를 타고 있는 목록대왕이 가까이 다가오며, 입으로는 주문을 외우고, 손으로는 종을 딸랑딸랑 울렸다. 그러다 별안간 괴상한 함성을 지르며, 맹수들이 갇혀 있는 우리의 문을 열어주니, 코끼리와 호랑이, 표범 등의 맹수가 별안간 광풍과 같이 촉진을 향해 달려오는 것이었다. 피에 굶주린 맹수들은 아가리를 딱딱 벌리며 사정없이 덤벼들었다.

용맹한 촉병들이지만 맹수의 공격을 받고는 쫓기지 않을 수 없었다. 뒤늦게 달아난 촉병들은 그 자리에서 호랑이의 밥이 되었고, 재빨리 도망친 군사는 멀리 삼강까지 후퇴했다. 만병과 맹수들은 놀랄 만한 승리를 거두었다.

촉군이 멀리 도주하자 목록대왕이 괴상한 북을 울리니, 병사들을 배불리 잡아먹은 맹수들은 또다시 목록대왕에게로 몰려갔다. 목록대왕은 맹수들을 우리에 넣고 위풍도 당당하게 맹획의 왕국으로 돌아왔다.

한편, 조자룡과 위연이 이날 싸움에서 크게 패하고 본진으로 돌아와 공명에게 사실대로 보고했다.

공명이 웃으며 말했다.

"이번 패전은 그대들의 책임이 아니오. 내 옛날 초려에서 병서를 읽을 때 보니 남만 장수들은 더러 호표를 구사하는 전법을 쓴다고 하더이다. 과연 그 말이 허언은 아니었구려. 내가 만일을 염려해 맹수들의 공격에 대비한 준비도 해왔으니 조금도 걱정할 것 없소이다."

공명은 그렇게 말하고, 군사를 시켜 미리 준비해 두었던 수레를 끌어
오게 했다.

이윽고 군사들이 어디선가 수레 이십 대를 끌어오는데, 앞에 있는 열
대는 벌겋게 기름을 먹인 궤짝이었고, 뒤에 있는 열 대는 까맣게 기름을
먹인 궤짝이었다. 그 궤짝 속에 무엇이 들어 있는지는 아무도 몰랐다.

공명이 붉은 궤짝의 뚜껑을 열어젖혔다. 그제야 알고 보니, 그 궤짝 속
에는 나무로 만든 호랑이와 코끼리 같은 짐승 형상이 가득 들어 있었다.
그 짐승들에게 오색 털옷을 입히고, 강철로 이빨과 발톱까지 만들었는데,
크기는 사람이 열 명은 너끈히 탈 수 있을 정도였다.

게다가 더한층 놀라운 것은, 그 짐승의 뱃속에는 화병기(火兵器)까지
가득 들어 있다는 사실이었다. 공명은 정병 천 명을 택하여, 백 마리의 괴
물 뱃속에 들어가 적과 싸우라는 명령을 내렸다.

"과연 승상의 지략은 기상천외하시구나!"

촉장과 촉병들은 공명의 기상천외한 병법에 감탄하지 않는 사람이 없
었다.

다음날 공명은 괴물 부대를 거느리고 몸소 동구 밖으로 나와 적을 기
다렸다. 맹획은 어제의 쾌승에 새로운 용기를 얻어, 목록대왕과 함께 전
선으로 나왔다.

"대왕! 도포를 입고 수레 위에 올라앉아 있는 저자가 바로 공명이오.
오늘도 어제와 같은 승리를 거두어 공명을 사로잡도록 합시다."

맹획이 목록대왕에게 말했다.

목록대왕은 흔쾌히 고개를 끄덕이면서 거만하게 대답했다.

"공명의 운수는 오늘로 마지막일 것이오."

목록대왕은 맹수 부대를 거느리고 적진을 향하여 유유히 걸어 나오며,

입속으로 주문을 외웠다. 그러다가 문득 허리에 차고 있던 종을 울리니, 별안간 일진광풍이 일어나며 수많은 맹수들이 적진을 향하여 사납게 돌진해 갔다. 바로 그때였다. 사륜거 위에 앉아 있던 공명이 손에 들고 있던 부채를 한 번 흔드니, 지금까지 이쪽으로 불어오던 광풍이 별안간 방향을 바꾸어 불었다. 그와 동시에 촉진에서 거대한 괴수들이 불을 뿜고 아우성을 울리며 만병들을 향하여 달려 나왔다. 그 괴수들이 만군의 맹수들에게 불을 내뿜으니, 맹수들은 기겁을 하고 놀라 달아나기에 바빴다. 만병들역시 얼이 빠져 있다가 별안간 꽁무니를 빼느라 여념이 없었다.

공명이 그 기회를 이용하여 군령을 내렸다.

"총돌격! 총돌격 하라!"

촉의 대군이 노도와 같이 만진을 엄습하여 사정없이 적병을 찔러 죽였다. 그 바람에 목록대왕은 어이없게 전사했고, 촉군은 어렵지 않게 맹획의 최후거점인 은갱동을 점령했다.

공명이 은갱동에 입성했을 때, 사람이 와서 보고했다.

"만왕 맹획의 처남 대래동주가 맹획과 축융 부인을 이끌고 와서, 공께 항복을 드리겠다고 하나이다."

공명은 그 보고를 받자 즉시 장의와 마충을 불러, 정병 이천여 명을 출입문에 매복시켰다. 그리고 나서 대래동주를 불러들였다.

대래동주는 공명 앞에 와서 넙죽 엎드려 절을 올렸다. 공명은 그를 보고 서슬이 푸르게 꾸짖었다.

"네 이놈! 네가 누구를 속이려고 거짓 항복을 올리느냐! 여봐라, 저놈을 냉큼 묶지 않고 뭐하느냐!"

공명의 영이 떨어지자 잠복해 있던 정병들이 일시에 일어나 대래동주를 묶었다.

"네 이놈, 너는 어찌하여 나를 해하려 하느냐! 여봐라, 저놈의 몸에는

반드시 칼이 있을 터이니, 몸을 수색해 보아라!'

몸수색을 해보니 과연 대래동주는 품안에 비수를 두 자루나 품고 있었다. 공명은 맹획 부처를 불러들여 그들의 몸을 수색해 보았다. 그들 역시 거짓 항복을 꾸며 공명을 살해할 계획으로 비수를 품고 있었다.

공명이 맹획에게 말했다.

"네가 다시 한번 사로잡히면 심복하겠노라 했는데, 아직도 딴 생각을 버리지 않았단 말이냐? 너는 대체 마음보가 어떻게 생겨먹은 놈이냐?"

맹획이 대답했다.

"이번에는 우리가 제 발로 걸어나와 사로잡힌 것이지, 당신네가 실력으로 나를 잡은 것이 아니지 않소."

공명은 어처구니가 없어 껄껄 웃었다.

"핑계 없는 무덤이 없다더니, 너는 대체 몇 번이나 사로잡혀야 심복을 하겠느냐?"

"한 번만 더 잡히면 심복하겠소!"

"한 번만 더? 허허."

"만약 이 몸이 일곱 번째 잡히는 날이면 맹세코 모반하지 않겠소."

"네가 이미 소혈(巢穴)을 빼앗겼거늘, 무슨 여망이 있다고 그런 소리를 하느냐?"

"어쨌든 한 번만 더 놓아주오."

"네 소원이 그렇다면 그러려무나. 그러나 다시 붙잡혀서도 심복하지 않을 경우에는 다시는 용서하지 않을 터인즉 그리 알아라!"

공명은 그렇게 말하고 맹획을 일곱 번째로 놓아주었다.

맹획도 이번만은 면목이 없는지 고개를 숙이고 말없이 달아나버렸다.

남만 대평정

본성과 조상의 왕궁을 빼앗긴 맹획은 산속으로 들어가 부하 장병들을 재수습했다. 그러나 군사와 장수들은 거의 다 죽고, 패잔병 천여 명밖에 남아 있지 않았다.

맹획이 장수들을 보며 개탄했다.

"우리는 이미 근거지를 빼앗겼으니, 이제는 어디로 가 몸을 숨길꼬?"

대래동주가 대답했다.

"여기서 동남으로 칠백 리를 가면 오과국(烏戈國)이라는 나라가 있습니다. 국주(國主)인 올돌골(兀突骨)은 키가 스무 자나 되는 장사인데 그는 곡식을 먹지 않고 뱀과 맹수만을 잡아먹는 까닭에 몸에 비늘이 돋아 화살이나 칼도 들어가지 않는다고 합니다. 그의 휘하 군사들도 등(藤)으로 만든 갑옷을 입고 있어서 칼과 화살이 침범하지 못한다고 합니다. 그런 까닭에 그들을 등갑군(藤甲軍)이라 하는데, 그들의 도움을 받으면 공명을 쳐부수는 것도 그리 어렵지 않을 것입니다."

맹획은 그 말에 크게 용기를 얻었다.

"그러면 내가 올돌골을 찾아가 구원을 청해 보겠노라."

맹획은 일족 낭당을 모두 거느리고 오과국을 찾아갔다.

오과국의 올돌골은 맹획의 딱한 사정과 간청을 듣고 나더니, 크게 웃으면서, 대번에 도와줄 것을 쾌락했다.

"공명이 재주가 얼마나 비상한지 몰라도, 대왕은 무얼 그리 쩔쩔매시오. 내 부하들을 시켜 대왕의 원수를 갚아드리오리다."

올돌골은 그날로 수하의 군사 삼만 명과 맹획의 군사 천여 명에게 모두 등갑을 입혀 공명을 치려고 출진했다.

이윽고 그들은 복숭아나무가 무성한 도화수(桃花水) 강변에 진을 쳤다. 이 강은 물이 샘물처럼 맑았으나 해마다 복사꽃이 떨어지면 그대로 독이 되어, 사람이 물에 손을 담그기만 해도 그대로 목숨을 잃는 물이었다. 그러나 오과국 사람들이 마시면 죽지 않을 뿐 아니라, 오히려 강장제가 되어 기운이 난다는 이상한 강물이었다.

공명은 새로운 만병들이 나타났다는 소식을 듣고, 강변으로 나와 강 건너에 있는 적병들을 바라보았다. 강 건너에는 만병들이 수없이 우글거렸는데, 사람은 하나도 없고 모두가 추악한 괴물들뿐이었다.

공명은 적세(敵勢)가 심상치 않음을 보고, 진지를 오 리쯤 후퇴시키고, 위연을 그 자리에 남게 해 적의 공세를 막아내게 했다. 이튿날, 적은 꽹과리와 북소리를 요란스럽게 울리며 강을 건너왔다. 모두가 등갑군임은 말할 것도 없었다.

위연은 군사를 이끌고 나와 싸움을 맡았다. 그러나 화살을 빗발치듯 쏘아 갈겨도 그들의 등갑을 뚫지 못하고 그대로 땅으로 떨어졌다. 그러자 촉군은 위축되었고, 적은 점점 더 기세를 올리며 덤벼왔다. 단병접전이 벌어져 칼을 휘두르고 창으로 찔렀으나, 그 역시 아무런 소용이 없었다. 촉병들은 그만 혼비백산하여 쫓기기 시작했다. 그리하여 이날의 싸움은 촉병의 무참한 패배로 끝났다.

위연은 면목 없이 본진으로 돌아와 패전의 경위를 공명에게 상세하게 보고했다. 공명은 패전의 보고를 받고, 곧 여개를 불러 물었다.

"그들은 대체 어느 나라의 군사들이오?"

여개가 대답했다.

"등갑을 입은 것을 보면 오과국의 등갑군이 분명합니다. 그들은 말로는 다할 수 없을 정도로 야만스런 군사들입니다. 그런 만인들은 상대할 바 못 되오니, 적당히 군대를 물리는 것이 어떻겠나이까?"

공명이 웃으며 말했다.

"야만스런 군병들이 무서워 대사를 중도에서 포기할 수는 없소. 우리는 최후의 목적을 달성하기 전에는 돌아가지 않을 것이오."

다음날 공명은 조자룡에게 진지를 지키게 하고, 자신은 사륜거를 타고 몸소 도화수로 나와보았다. 그는 사방의 지리를 자세히 살펴본 뒤에, 험한 산골짜기에서 수레를 세우고는 토민에게 물었다.

"이 골짜기의 이름을 뭐라고 부르오?"

"반사곡(盤蛇谷)이라고 부르나이다."

"반사곡? 이 골짜기는 어디서 시작되어 어디로 빠져나가오?"

"이 골짜기의 시초는 탑랑전(塔郞甸)이고, 이 골짜기를 따라나가면 삼강성(三江城) 대로가 나옵니다."

"음, 내 이제 모든 것을 알았노라!"

공명은 사뭇 회심의 미소를 지으며 고개를 끄덕였다.

진지로 돌아온 공명은 곧 마대를 불러 명했다.

"그대는 군기고에 있는 검은 궤짝 열 개를 수레에 싣고 반사곡에 가 잠복해 있으라."

그런 다음 마대의 귀에 입을 갖다대고 무엇인지 모를 비밀지령을 내렸다. 그리고 나서 최후로 마지막 다짐을 했다.

"만약 이 일이 사전에 발각되면 군법에 회부하여 엄벌에 처할 터이니 반드시 명심하라!"

마대가 군령을 받고 물러나자 공명은 다시 조자룡을 불러 명했다.

"그대는 반사곡 후면인 삼강대로의 어귀에 잠복해 있으라."

공명은 이번에도 역시 조자룡의 귀에 대고 무엇인지 모를 비밀군령을 내렸다.

조자룡이 물러간 후 이번에는 위연을 불러 명했다.

"그대는 본부의 군사를 이끌고 가서 도화수 안에서 적과 대진하라. 그러다가 만약 적이 강을 건너오거든 싸우지 말고 백기가 휘날리는 곳으로 쫓겨오라. 보름에 걸쳐 싸우되, 열네 개의 진지를 모두 빼앗겨도 실망하지 말고 달아나기만 하라."

군령이 지엄하여 한마디 대꾸도 못했으나, 위연은 쫓기기만 하라는 명령에 내심 매우 불만이었다.

위연이 떠나자 이번에는 장의를 불러 군령을 내리고, 그 다음에는 장익과 마충을 불러 각각 임무를 주었다. 공명이 모든 장수들에게 제각기 비밀군령을 내려보기는 이번이 처음이었다.

한편, 맹획은 촉군이 진격해 온다는 정보를 받고, 오과국의 올돌골 대왕과 더불어 전략을 상의했다.

"제갈공명은 본시 위계와 복병술에 비상한 능력이 있는 사람이오. 금후에 공명과 교전을 하다가 그들이 쫓겨 달아나더라도 수목이 울창한 산골짜기까지 추격하지 않도록 조심해야 하오."

"지당한 말씀이오. 본디 중원 사람들은 예부터 궤계에 능하오. 이번에는 내가 직접 진두에 나서 적을 쳐부술 터이니, 대왕은 후방을 맡아주오."

마침 그때, 만병이 들어오더니 상황을 알렸다.

"어젯밤 도화수 북쪽에 촉장 위연이 많은 군사를 거느리고 와서 진을 치고 있습니다."

"그러면 곧 부장으로 하여금 등갑군 오천 명을 거느리고 나가 적이 진지를 구축하기 전에 무찔러버리라!"

올돌골 대왕의 명령이었다.

등갑군은 곧 도화수 강변으로 나와 위연의 군사와 싸움을 시작했다. 십여 합도 채 못 싸우다가 촉군은 어이없게 쫓겨 달아났다. 그러나 등갑군은 조금 추격해 가다가 그대로 발길을 돌렸다. 촉군의 복병이 두렵기 때문이었다.

다음날 위연은 어제보다 더 많은 군사를 이끌고 도화수 북쪽에 다시 나타났다. 만병은 위연을 다시 무찔렀다. 이날은 십 리 가까이 추격해 갔으나 별일은 없었다.

사흘째 되는 날은 올돌골 자신이 직접 진두에 나서 등갑군을 지휘했다. 위연은 이날도 예정대로 싸우는 척하다가 쫓겨 달아났다.

"적은 잔뜩 겁을 집어먹고 있으니 이제는 마음 놓고 추격하라!"

날마다 판에 박은 듯 그와 같은 전쟁을 이레 동안 계속하면서 촉군은 세 개의 진지를 빼앗기고, 네 개의 요지를 잃었다.

위연이 백기가 휘날리는 곳으로 쫓겨오기만 하면, 그곳에는 이미 영채가 구축되어 있었다. 그렇게 싸우기를 보름 가까이 계속하니, 올돌골은 이제 촉병을 무찌르는 데 자신이 생겼다.

"공명이라는 자가 알고 보니 아무것도 아니었구나!"

올돌골은 마음이 교만해져서 이제는 맹획을 보고 그런 호언까지 서슴지 않게 되었다.

열엿새째 되는 날 촉병을 추격하는데 마침 전방에 울창한 수목이 있었다.

"저 숲속에 적의 복병이 있을지 모르니, 수색병을 파견하여 정탐을 해보라."

올돌골은 숲에 대한 경계를 게을리 하지 않았다. 수색병이 돌아와 말했다.

"숲속에는 검은 궤짝을 실은 수레가 십여 채 있을 뿐입니다."

이번에는 올돌골 자신이 직접 숲속으로 들어가 살펴보니, 과연 적은 한 명도 없고, 수레 십여 채가 있을 뿐이었다.

"저것은 군량을 실어나르는 수레가 분명하다. 적은 쫓기기에 급하여 군량 궤짝까지 버리고 달아났구나. 저 수레를 모두 노획해 오라!"

올돌골은 명령을 내리고 자신은 반사곡으로 깊이 진군했다.

그날 저녁 무렵이었다. 후방 숲속에서 별안간 천지를 진동하는 폭음소리가 들려왔다.

"아차! 내가 공명의 궤계에 속았구나!"

올돌골이 크게 놀라 되돌아 나오려는데, 만병 하나가 급히 달려오더니 숨을 헐떡이며 말했다.

"대왕님, 큰일 났습니다. 반사곡 입구의 골짜기가 돌과 통나무로 꽉 막혀버렸고, 숲속에 있던 수레는 모두 화약 상자였습니다. 지금 화약 상자가 터지면서 큰 불이 일어나 우리 군사들 모두가 숯덩이로 화할 지경입니다."

아닌 게 아니라 숲속에서 폭음소리가 연방 들려오며, 검은 연기가 하늘을 뒤덮었다.

"큰일 났구나! 이제는 어쩔 수 없으니 산 위로 달아나자!"

올돌골이 크게 당황하여 산 위로 올라가려니, 지금까지 그림자조차 없던 촉병이 별안간 함성을 지르며 화살을 빗발치듯 쏘아 갈겼다.

"아, 산상에도 적이 있었구나!"

혼비백산한 올돌골이 숲속으로 뛰어드니, 화약 수레가 다시금 폭발하여 불똥을 뒤집어씌웠다. 불똥이 올돌골이 타고 있는 코끼리의 머리에도 튀었다. 코끼리가 길길이 날뛰며 불에 타죽었다.

올돌골은 코끼리에서 뛰어내려 벼랑으로 기어올랐다. 그러나 그 벼랑 위에서 촉병들이 화살을 비 오듯 쏘아 갈겼다. 말하자면 산속에는 어디를 가나 화약이 있고 적병이 있어 촌보도 옮겨놓을 수 없을 지경이었다. 그 바람에 삼만이 넘는 오과국의 등갑군은 한 명도 남지 않고 불에 타 죽었고, 반사곡 전체가 불바다로 변하고 말았다.

공명은 산 위에서 불바다를 이룬 반사곡을 굽어보고 있었다. 불바다 속에서 불에 타 죽고 있는 만병들의 아우성에 귀를 기울이고 있던 공명의 눈에서는 두 줄기의 눈물이 하염없이 흘러내렸다.

마침내 공명은 하늘을 우러러 탄식했다.

"내 비록 국가에 공을 이루었으나, 나 자신은 반드시 수명을 덜게 되리라."

옆에서 듣고 있던 장수들이 모두 숙연히 머리를 수그렸다. 그러자 조자룡이 한 걸음 나서며 공명을 위로했다.

"생생유전(生生流轉), 나고 죽는 것은 개벽 이래 대생명(大生命) 본연의 자세일 뿐입니다. 황하의 물이 한 번 넘치면 수만 명의 목숨을 앗아가지만, 그 물이 걷히면 곡식은 더욱 무성하고 사람은 먹을 걱정을 덜지 않습니까. 승상의 대업은 왕화(王化)의 사명이 있으십니다. 만병 삼만이 죽어 만토천재(蠻土千載)의 덕화(德化)를 남기시려는 이때, 생명을 안타깝게 여겨 자책하실 까닭은 없으십니다."

"오오, 자룡은 나에게 좋은 말씀을 들려주시는구려. 내 그 말을 듣고 나니 적이 위안이 되는구려."

그러면서도 공명은 여전히 흐르는 눈물을 감추지 못했다.

그 무렵, 후방을 지키고 있던 맹획은 삼만 등갑군이 송두리째 불에 타 죽은 줄도 모르고 전방에서 승전보가 오기를 고대하고 있었다.

마침 그때, 만병이 달려와서 말했다.

"올돌골 대왕께서는 공명을 드디어 반사곡 골짜기에 몰아넣었습니다. 머지않아 공명을 생포하게 될 터이니, 대왕께서도 급히 오셔서 최후의 승리를 같이 즐기자는 분부이십니다. 그래서 저희들이 영접을 나온 것입니다."

"아, 그것 참 통쾌한 소식이오! 세상에 이런 기쁨이 어디 있으랴. 공명이 이제야 내 앞에 굴복할 날이 왔구나."

맹획은 등갑 부대의 호위를 받으며 반사곡으로 급히 출발했다. 그리하여 반사곡에 다다르니, 그 일대는 온통 검은 연기가 하늘을 뒤덮고 있었다.

"아차! 내가 속았구나!"

맹획이 속았다는 것을 깨닫고 급히 말머리를 돌리려 하니, 지금까지 등갑군인 줄만 알고 있던 안내병들이 별안간 창을 겨누며 주위를 에워싸며 소리쳤다.

"우리는 촉병이다. 너를 잡으러 왔으니 꼼짝 말아라!"

그와 때를 같이하여 좌편 숲속에서는 장의의 군사가 아우성을 치며 휘몰아쳐 오고 있었고, 우편 숲속에서는 마충의 군사가 덤벼 왔다. 눈 깜짝할 사이에 맹획은 일족들과 함께 묶이는 신세가 되었다.

마침 그때 앞쪽에서 풍경소리가 울려오더니, 사륜거를 탄 공명이 나타났다.

공명은 맹획을 보고 한바탕 웃고 나서 말했다.

"맹획아! 어찌 또 사로잡혀 왔느냐?"

맹획도 이번만은 할 말을 찾지 못하고 눈을 무겁게 내리감더니 그대로 땅에 주저앉아버렸다.

이날 밤 공명은 모든 장수들을 한자리에 모아놓고 말했다.

"내 이번 반사곡 싸움에서 부득이 많은 인명을 살상하는 전법을 썼으나 이는 음덕을 크게 손상케 한 일이었소. 내가 열다섯 번이나 퇴각 전술을 쓴 것은 적들을 반사곡으로 몰아넣기 위한 작전이었음을 제장들도 이미 알고 있을 것이오. 이번 대섬멸전에서는 내가 젊었을 때 혼자 연구해 본 지뢰와 전차, 약선(藥線)을 모두 실전에 응용해 보았소. 솔직히 말하자면 등갑군이 처음 나타났을 때 나는 매우 곤란했소. 그러나 제아무리 강한 군대라도 반드시 약점은 있는 법이오. 등갑군은 물에 강하기 때문에 불에는 약할 것이라는 생각을 했소. 그리하여 나는 결국 불로 그들을 섬멸했던 것이오."

모든 장수들은 공명의 계책을 듣고 감탄해 마지않았다.

공명은 곧 그 자리로 맹획과 그의 일족을 불러들였다. 그런 다음 큰소리로 꾸짖었다.

"너는 대체 몇 번을 붙잡혀야 진심으로 항복하겠느냐? 여봐라! 저놈의 얼굴을 두 번 다시 보기 싫으니 어서 빨리 돌려보내라!"

그러자 맹획이 돌연 큰소리로 외쳤다.

"승상, 제 말씀을 한마디만 들어주십시오!"

"네가 내게 무슨 할 말이 있느냐?"

맹획은 무릎을 꿇고 땅에 엎드리더니 울면서 말했다.

"승상, 제가 죽일 놈입니다. 자고로 일곱 번 사로잡혀 일곱 번 용서받은 일은 역사에도 없던 일이니, 제가 아무리 불학무식하기로 승상의 은공을 어찌 깨닫지 못하리까. 승상은 미련한 맹획을 용서하소서!"

공명은 그 말을 듣고 크게 기뻐했다.

"네가 이제는 진심으로 항복할 생각이 있느냐?"

"승상은 우리 일가족의 생명의 은인이신데, 어찌 진심으로 항복을 아니하오리까?"

맹획이 그렇게 말하며 하염없이 우니, 그의 처 축융 부인과 처남 대래동주 그리고 아우 맹우도 한결같이 땅에 머리를 조아리며 눈물을 뿌렸다. 공명도 그 광경에는 탄복하지 않을 수 없었다.

"그대들이 진심으로 우리와 화합한다면 이 어찌 기쁜 일이 아니리오. 그러면 내 이제 공을 남만왕에 봉하고, 빼앗은 땅도 모두 돌려줄 테니 그대는 백성을 사랑하여 왕화의 덕이 만천하에 미치도록 하라!"

맹획은 관대한 처분을 받자 또다시 감격하여 손으로 얼굴을 감싸쥐고 소리 내어 울었다.

그것으로 남만 땅에서 이루고자 한 왕화의 대업은 드디어 끝을 보게 되었다.

모략전

맹획이 공명 앞을 물러나가자 장사 비위(費褘)가 공명에게 간했다.

"승상께서 불모지지(不毛之地)에 군사를 친히 거느리고 오시어 큰 공을 세우셨는데 이제 감독관 한 사람도 남겨두지 아니하시고 모든 권력을 맹획에게 맡겨버리면 후환이 다시 있을까 두렵나이다. 관리 몇 사람만이라도 현지에 남겨두는 것이 어떠하겠나이까?"

공명이 그 소리를 듣고 머리를 흔들며 대답했다.

"나도 그 점을 생각지 않은 것은 아니오. 그러나 우리가 감독관을 남겨두면 세 가지 폐단이 생기오. 첫째는 감독관이 오히려 왕화의 덕을 그르치기 쉬우니 그 폐단이 하나요, 둘째는 감독관이 권세를 믿고 사리사욕을 탐내기 쉬우니 그 폐단이 둘이요, 셋째는 외인이 머무르면 만인간에 당파가 생겨 인화를 도모하기 어려우니 그 폐단이 셋이오. 그러므로 만인은 만인끼리 화합하여 살도록 꾸며주는 것이 가장 이상적인 정치라 할 것이오."

모든 무리가 그 소리를 듣고 한결같이 감탄했다.

더구나 만인들은 공명의 자비에 감탄하여 모두들 그를 자부(慈父) 승상 또는 대부(大父) 공명이라는 존칭으로 불렀다. 공명이 본국으로 떠난다는 소리를 들은 만인들은 저마다 금주(金珠), 진보(珍寶), 단칠(丹漆), 약재 등을 선물로 들고 왔다. 그뿐 아니라 그들은 공명을 위해 사당을 짓고 그가 살아 있음에도 일 년에 네 차례씩 제사를 지내기로 결정했다.

논공행상을 모두 끝낸 공명은 곧 본국으로 돌아갈 준비를 차렸다. 모두가 이역만리서 오랫동안 전진(戰塵)에 시달린 장병들이었다. 이제 왕화의 대업을 완수하고 본국으로 돌아가려 하니, 그들 마음속에는 기쁨이 충만했다.

위연을 선봉장으로 삼아 좌군과 우군이 공명의 사륜거를 호위하며 촉국을 바라고 남만을 떠나는데, 개선 군대의 기쁨과 위용은 말로 이루 형용하기 어려울 지경이었다.

맹획을 비롯하여 남만의 모든 동주와 추장들이 부하 장병들을 거느리고 석별의 정을 나누려 전송을 나오니, 일행의 행렬은 꼬리를 찾아보기 어렵도록 장대했다.

일행이 노수에 이르렀을 때였다. 여태까지 청명하던 날씨가 홀연 음풍으로 스산해지며 모진 바람이 불기 시작했다.

공명이 맹획에게 물었다.

"물결이 금시로 심해지니, 이 어인 일인고?"

맹획이 말에서 내려 대답했다.

"이 강에는 워낙 미친 귀신이 많아 누구나 건널 때에는 제사를 지내곤 합니다."

"어떤 물건으로 제사를 지내오?"

"인두 사십구 과(顆)와 흑우, 백양으로 제사를 지내야만 물결이 잔잔해지옵니다."

요컨대 사람 마흔아홉 명의 머리를 잘라 제사를 지내야 한다는 것이었다. 공명은 그 소리를 듣고 매우 언짢은 안색이 되었다.

"살아 있는 우리가 어찌 귀신을 위해 귀중한 생명을 희생시킬 수 있으리오."

그러자 옆에 있던 토민 고로(古老)가 말했다.

"승상께서 이곳을 지나가신 이후로 밤마다 귀신의 울음소리가 낭자하고 물결이 몹시 사납습니다. 그로 말미암아 지금은 아무도 이 강을 건너지 못하옵니다."

공명은 그 소리를 듣고 크게 개탄했다.

"오오, 그 모두가 나의 죄로다. 전일에 마대의 군사 천여 명이 여기서 희생되었고, 그후에도 이곳에서 수없이 만병을 죽였으니, 귀신인들 어찌 원한이 없으랴. 내 오늘밤에 몸소 물가에서 제사를 지내리로다."

"좋은 생각이시옵니다. 제사를 지낼 때는 인두 사십구 과를 반드시 바쳐야 합니다."

그러나 공명은 토민을 조용히 꾸짖었다.

"귀신을 위로하기 위해 어찌 또 다른 원귀를 만들 수 있으리오. 내 생각하는 바 있으니 모든 것은 내게 맡겨두라."

공명은 요리사를 불러 밀가루 반죽에 고기를 넣고 사람의 머리 형상으로 마흔 아홉 개를 빚어 사람을 대신하게 했다. 그때 밀가루로 만든 인두를 만두(饅頭)라고 불렀는데, 오늘날 우리가 일컫는 '만두'라는 말은 그때에 생겨난 것이다.

이날 밤 공명은 만두를 비롯하여 많은 제물을 차려놓고 몸소 제사를 지냈는데, 그 제문(祭文)은 다음과 같았다.

대한 건흥 삼년 추 구월 일일에 무향후 제갈량은 제사의 예물을 갖추고 왕사(王事)로 죽은 촉군 장병과 무고한 남만 사람들의 원혼에 삼가 제사를 지내노라.

우리 대한 황제께서는 덕으로 천하를 다스리시거늘 남만 사람들은 왕화의 덕을 모르고 함부로 모반을 일삼아, 나는 황명을 받들어 죄를 묻고 거칠음을 다스렸도다.

이제 남만 군사들은 황제의 홍은을 입어 스스로의 잘못을 깨달아 충성으로 임금을 섬기고, 나 또한 만왕을 일곱 번 사로잡아 일곱 번 놓아주는 것으로 나라에 정성을 다하기로 뜻을 같이했거늘 그대들은 어찌하여 사원(私怨)에 사로잡혀 이렇듯 세상을 어지럽히는고?

이제 우리는 평화의 뜻을 널리 펴고 본국으로 돌아가는 길이니 그대들은 슬기로운 영혼으로 우리의 가는 길을 방해하지 말고, 기꺼운 마음으로 제사를 받은 뒤에 각기 상국(上國)으로 올라가 영원한 즐거움을 누리도록 하라. 결단코 원한의 넋이 되어 이역에서 방황하지 말고, 스스로 고향으로 돌아가 명복을 길이 누릴지어다.

살아 있는 만백성이 이미 왕화의 덕을 입었으며, 죽은 이 또한 왕화의 거룩한 뜻을 받들어 원한의 부르짖음이 없도록 할지니라. 이제 정성을 다해 고혼을 위로하노라.

오호라, 슬프다. 이역의 혼령들이여! 제사를 받들어 축원하노니 모든 혼령은 기쁜 마음으로 이 제사를 받아주소서.

공명이 제문 낭독을 끝내고 스스로 목을 놓아 통곡하니, 맹획의 무리도 따라 울음을 금치 못했다.

아, 이 무슨 기적이며 신통력이랴. 공명이 제사를 끝내고 혈식(血食)을 강물에 뿌리니, 여태까지 거칠게 출렁이던 물결이 잠든 듯 잠잠해지기 시작했다. 그리하여 이튿날 아침, 촉군은 아무런 사고도 없이 강을 무사히 건널 수 있었다.

공명은 노수를 건너 영창(永昌)에 당도하자, 왕항과 여개를 그곳에 머무르게 하여 사군(四郡)을 선정으로 다스리도록 당부했다. 또한 그곳까지 따라온 맹획의 무리와도 작별을 나누면서 거듭 부탁의 말을 남겼다.

"부디 백성들을 덕으로 다스려, 각자의 생업에 부지런히 임하게 함으로 만복을 누리게 하오!"

공명이 군사를 거느리고 성도로 돌아오니 백성들은 저마다 제갈 승상 만세를 외치며 거리로 달려나와 천지가 진동하도록 환호를 올렸다. 이날 후주 유선도 난가(鑾駕)를 타고 멀리 삼십 리 밖까지 영접을 나왔다.

공명은 난가를 보자 황망히 수레에서 내려 땅에 엎드려 아뢰었다.

"신이 남방을 평정함이 너무도 더디어, 폐하의 심려를 오랫동안 번거롭게 했음은 신의 능력이 부족했던 소치이옵니다. 폐하께서는 신에게 마땅히 죄를 내리시옵소서."

후주는 얼른 난가에서 뛰어내려 땅에 엎드린 공명을 몸소 붙들어 일으키더니 천자의 수레에 함께 오르기를 권했다.

"승상이 대업을 이루시고 무사히 돌아오셨으니, 천하에 이보다 더 큰 기쁨이 어디 있겠소. 원로에 피곤하신 몸, 어서 수레에 오르시오."

이윽고 후주와 공명을 실은 봉련(鳳輦)이 성도의 정문인 화양문(華陽門) 안으로 들어오니, 만백성이 모두 몰려나와 만세를 외쳤다. 궁성의 모든 누각에서는 삼현육각의 음악이 일시에 울려나와 천지는 온통 환희와 희락의 기운이 충일했다.

일행이 궁중으로 들어오자 이내 태평연회가 시작되어, 천자와 모든 신하들이 함께 어울려 술을 마시고 노래를 불렀다.

뒤이어 공명은 자신의 공로는 생각지도 않고 생사고락을 같이해 온 장수와 병사들에게 골고루 상을 베푸니 나라의 기쁨이 그 이상 더할 수 없었다.

연회가 끝나기 무섭게 공명은 남만에서 전사한 병사의 유가족들에게 일일이 사람을 보내어 위안의 금품을 전달했을 뿐 아니라, 유가족들의 생활을 길이 도와주기로 약속했다. 만백성은 공명의 덕행에 한결같이 머리를 숙였다.

조조가 대위국(大魏國)의 기반을 세워놓고 세상을 떠난 지도 어언 칠 년, 새로 등극한 대위황제 조비가 나라를 다스린 지도 어느덧 칠 년이 되었다.

조비에게는 영리한 태자가 있었다. 이름은 예(叡)로, 열다섯 살 소년이었다. 그의 모친은 어려서부터 미인으로 이름난 진씨(甄氏)인데, 그녀는 일찍이 원소의 둘째 아들 원희(袁熙)의 아내로 있다가 조비가 업성을 깨뜨렸을 때 빼앗아온 부인이었다. 그러나 오직 외모의 미에만 현혹된 애정이 오래 지속될 리 없었다. 위 황제 조비는 진씨가 나이를 먹자 애정이 점차 식어 후일에는 곽영(郭永)의 딸 곽 귀비를 총애하게 되었다.

임금의 총애가 두터우면 마음이 오만해지는 것은 어떤 여자들이나 정한 이치다. 곽 귀비는 황제의 사랑을 한 몸에 지니자 마침내 진 황후를 제거할 결심을 하게 되었다. 슷제 자기가 황후가 되려는 야심이었다. 곽 귀비는 정신(廷臣) 장도(張韜)와 짜고 진 황후를 모함할 계획을 세웠다.

어느 날 장도가 황제 앞에 나와 아뢰었다.

"아뢰옵기 황송하오나 어젯밤 궁중에서 불상사가 있었사옵니다."

"무슨 일인고?"

"아뢰옵기 황송하오나 진 황후께서 궁중에 땅을 파고 오동나무로 만든 허수아비를 묻은 일이 있사옵니다."

"황후가 무슨 연유로 그런 요사스러운 짓을 했던고?"

"신이 짐작하옵건대, 천자께서 곽 귀비를 각별히 총애하시므로 부녀자의 투기심에서 그런 방위를 하지 않았나 짐작되옵니다."

조비는 그 말을 듣고 크게 노했다.

"일국의 국모가 궁중에서 어찌 그런 요사스러운 짓을 할 수 있는고? 진 황후를 당장 폐위하고 사약을 내리도록 하라!"

이리하여 태자 조예의 생모 진 황후는 궁중에서 축출되어 죽음을 당하고, 곽 귀비가 황후의 지위를 차지하게 되었다.

태자 예는 머리가 총명한 데다 활 쏘고 말 타는 것을 좋아하는 매우 쾌활한 소년이었다. 태자 예가 열다섯 살이던 해 이른 봄, 조비는 아들 예를 데리고 군신들과 함께 사냥을 나간 일이 있었다.

부자가 언덕을 올라가다가 어미 사슴이 새끼 세 마리를 데리고 가는 것을 발견했다. 조비는 어미 사슴을 대번에 쏘아 거꾸러뜨렸다. 그러자 새끼 사슴들이 크게 놀라 예의 말 앞으로 쫓겨왔다.

"빨리 쏴라!"

조비가 아들에게 소리쳤다. 그러나 예는 시위를 당기지 않았다.

조비는 달려오면서 아들을 꾸짖었다.

"너는 어찌하여 눈앞으로 다가온 사슴을 쏘지 않느냐?"

그러자 예는 눈물을 지으며 대답했다.

"폐하께서 어미를 쏘신 것만도 측은한 일이온데, 어찌 그 새끼까지 쏠 수 있겠사옵니까?"

조비는 그 말을 듣고 손에 들고 있던 활을 땅에 떨어뜨렸다.

'아아, 장차 이 아이는 인덕지군이 될 수 있겠구나!'

조비는 내심 매우 감격하여 아들을 그날로 평원왕(平原王)에 봉했다. 그로부터 석달 후인 그해 오월에 조비는 갑자기 병을 얻어 자리보전하고 눕게 되었다. 조비는 자신이 살아나기 어렵다는 것을 깨닫고, 병석으로 중신들을 불러들였다.

태자 예, 중군대장군(中軍大將軍) 조진(曹眞), 진군대장군(鎭軍大將軍) 진군(陳群), 무군대장군(撫軍大將軍) 사마의(司馬懿) 등이 조비의 부름을 받고 달려왔다.

조비는 태자와 중신들을 번갈아 보면서 말했다.

"짐은 이번 병 때문에 살아나기 어려울 것 같소. 태자의 나이가 아직 어리니, 세 분은 내가 세상을 떠나거든 부디 선한 길로 이끌어 짐의 뜻을 저버리지 말기 바라오."

세 중신이 머리를 조아리며 슬피 고했다.

"폐하께서는 그 무슨 말씀이시옵니까? 신들은 천추만세까지 폐하를 섬기고자 하나이다."

"경들의 심중을 내 모르는 바 아니오. 그러나 금년 들어 허창의 성문이 까닭 없이 무너진 것은 이 나라에 상서롭지 못한 일이 발생할 징조였소. 이미 짐은 죽음을 각오하고 있소."

마침 그때, 내시가 침궁으로 들어오며 아뢰었다.

"정동대장군(征東大將軍) 조휴(曹休)가 문안드리러 입궁했나이다."

"들라 해라!"

조비는 조휴를 불러들여 사후를 부탁했다.

"경들은 모두 국가의 주석지신(柱石之臣)이니, 짐이 죽거든 어린 신주(新主)를 잘 도와주기 바라오."

조비는 말을 마치자 눈물을 흘리며 세상을 떠났다. 그때 그의 나이 사십이었고, 재위한 지 칠 년 만이었다.

조비가 세상을 떠나자 태자 예가 대위황제(大魏皇帝)로 등극했다. 그리고 중신들의 직책에도 많은 개혁이 있었다.

우선 선제 조비를 문황제(文皇帝)라 시호하고, 모친 진씨(甄氏)를 문소황후(文昭皇后)라 시호하고, 종요(種繇)를 봉하여 태부로 삼고, 조진을 대장군으로 삼고, 조휴를 대사마로 삼고, 화흠을 태위로 삼고, 왕랑을 사도로 삼고, 진군을 사공(司空)으로 삼고, 사마의를 표기대장군(驃騎大將軍)으로 삼는 동시에 만천하에 대사령을 내렸다.

그 무렵, 옹주(雍州)와 양주(凉州)에는 변방을 수비할 성주 자리가 비어 있었다. 표기대장군 사마의가 신황제에게 아뢰었다.

"옹주와 양주는 국방상 매우 중요한 곳인데 성주 자리가 비어 있으니, 바라옵건대 신을 그 자리에 보내주시면 고맙겠나이다."

표기대장군을 변방의 일개 성주로 보내는 것은 대접이 아니기는 했지만, 그곳이 국방상 매우 중요한 곳인 데다 본인이 자원을 하니 위주 조예는 즉시 허락했다.

서량(西凉)은 도성에서 멀리 떨어진 벽지로 일찍이 마등과 마초 부자가 그곳에서 출생했고, 또 그들이 가끔 난을 일으켜 치안이 매우 불안했던 곳이었다. 사마의는 곧 병마를 거느리고 양주를 향해 떠났다. 언제나 황제의 측근에서 웅지를 접어둔 채 참고 인내하는 생활만 해오던 그는 오래간만에 지략을 맘대로 펴볼 수 있는 좋은 기회가 왔다고 생각하며 내심 크게 기뻐하고 있었다.

촉국의 세작(細作)들은 그 사실을 이내 본국에 보고했다. 촉국의 중신들은 그런 보고를 받고도 별로 대견스럽게 여기지 않았다. 그러나 공명만은 그 소식을 듣고 크게 놀랐다.

'사마의가 옹, 양 두 지역의 수비장으로 왔다면 이는 우리로서는 일대 위협이 아닐 수 없다. 그가 군사를 훈련시켜놓으면 큰 화근이 될 것이니, 선수를 쳐서 그를 무찔러버리지 않으면 안 되리라!'

공명이 혼자서 그런 생각을 하고 있는데, 마속이 급히 달려와 말했다.

"위나라 사마의가 옹주와 양주의 수비장으로 부임해 왔다는데, 승상께서는 그 보고를 받으셨습니까?"

"조금 전에 보고를 받았소."

"사마의가 그 지역을 맡는다면 우리에게는 일대 위협이 아닐 수 없는데, 승상께서는 그 일을 어떻게 생각하시나이까?"

"나도 역시 그대와 동감이오. 그래서 그가 강해지기 전에 선수를 써서 토벌하는 것이 어떨까 궁리하고 있는 중이오."

"승상께서 남만 대정벌을 치르시고 돌아오신 지 얼마 안 되는데, 이제 또다시 군사를 일으키는 것은 현명지책이 아니라 사료되나이다."

"그러면 어떻게 하는 것이 좋겠다는 말이오?"

"제게 좋은 계교가 있습니다."

"어서 말해 보오."

"우리가 모략을 써서 조예의 손으로 사마의를 죽이게 하면 좋지 않을까 하나이다."

"음, 조예가 우리의 모략에 쉽게 넘어가겠소?"

"조예는 의심이 많은 까닭에, 사마의가 원방에서 모반할 계획을 세우고 있다는 유언비어를 퍼뜨리면 결코 가만 내버려두지 않을 것입니다. 더구나 사마의가 변방의 수비대장으로 자원해서 나왔기 때문에 그런 소문을 퍼뜨려놓기만 하면 어린 조예는 겁을 집어먹고 사마의를 그냥 살려두지 않을 것입니다."

공명은 마속의 계책을 들으며 고개를 끄덕였다.

그리하여 공명은 그날로 위국에 많은 첩자를 파견하여 사마의에 대한 유언비어를 퍼뜨리게 하면서, 한편으로는 사마의의 고시문을 위조하여 여러 지방의 성주들에게 돌리게 했다.

그와 같은 풍문이 조예의 귀에 들어가지 않을 리 없었다. 더구나 사마의가 여러 고을의 장수들에게 돌렸다는 격문을 보고 나서는 분노를 참지 못해 와들와들 떨기까지 했다. 그 격문에는 조문(曹門) 삼대의 죄상이 낱낱이 기록되어 있었기 때문이다.

조예는 분노를 참지 못해 곧 중신들을 모아 비밀회의를 열었다.

"표기대장군 사마의가 배은망덕을 해도 분수가 있지, 어찌 이럴 수 있단 말이오?"

태위 화흠이 아뢰었다.

"사마중달이 옹주, 양주와 같은 중요한 지역의 수비대장을 자원한 이유가 이런 데 있지 않았는가 하나이다. 일찍이 태조 무황제께서 사마의는 매의 눈을 가진 늑대와 같은 인물이라고 평하시면서 그에게 병권을 주어서는 안 된다고 말씀하신 일이 있습니다. 돌이켜보면 그 예언이 그대로 적중되지 않았는가 하나이다."

옆에 있던 왕랑이 자기 의견을 아뢰었다.

"태조 무황제께서는 사마의를 위험인물로 아셨기 때문에, 한 번도 중하게 쓰지 않으셨습니다. 이제 신황제께서 등극하신 기회를 노려 사마의가 모반을 꾀하고 있음이 적실하니, 급히 손을 쓰지 않으면 국가의 운명이 몹시 위태롭게 될 것입니다."

어린 황제 조예는 모골이 송연했다. 그러나 대장군 조진만은 사마의 토벌론에 경솔하게 찬동하지 않았다.

"선제께서 사마의에게 후사를 부탁하신 것은 그를 그만큼 믿으셨기 때문일 것입니다. 세상에 떠도는 풍설이 어쩌면 촉의 반간지계(反間之計)인지도 모르는데, 진위를 명백히 알아보지도 아니하고 황제께서 친정을 떠나신다는 것은 재고할 필요가 있다고 생각되옵니다."

조예는 그 말에도 일리가 있다고 생각했다.

"그러나 사마의가 정말로 모반할 생각을 품고 있다면 큰일이 아니오?"

"그러면 폐하께서 사마의의 마음을 떠보기 위해 안읍(安邑)으로 지방 순찰을 떠나보시는 것이 어떻겠나이까? 그러면 그가 반드시 안읍까지 영접을 나올 터인즉, 그때 그의 동정이 의심스러우시거든 즉석에서 체포하시옵소서."

조예는 조진의 말을 따르기로 하고, 어림군 십만을 거느리고 안읍으로 떠났다. 그러한 사정을 알 턱이 없는 사마의는 황제를 영접하기 위해 정병 수만 명을 거느리고 안읍에 당도했다.

근신들이 사마의를 보고 조예에게 아뢰었다.

"사마의가 군사를 많이 거느리고 온 것을 보면 딴 생각을 품고 있음이 분명한가 보옵니다."

조예는 크게 당황하여, 곧 조휴에게 사마의를 문초하게 했다. 조휴가 달려 나와 사마의를 큰소리로 꾸짖었다.

"중달은 어찌하여 선제의 탁고(託孤)를 저버리고 모반을 하려 드오?"

사마의는 그 소리를 듣고 아연실색하며 대답했다.

"모반이라니, 그 무슨 당치도 않은 말씀이오?"

조휴가 그동안의 경과와 세상에 떠도는 풍설을 일일이 일러주니, 사마의는 즉석에서 허리에 차고 있던 칼을 풀어버리고 군사를 멀리 물러가게 한 뒤에 조예 앞에 엎드려 아뢰었다.

"신이 서량 성주를 자원한 것은 결코 사리사욕 때문이 아니었나이다. 서량은 본디 국방상 둘도 없는 요지이기에, 신 스스로 촉의 침략을 막고자 했을 뿐이옵니다. 세상에 떠도는 풍설은 필시 촉이나 오의 반간지계가 분명하오니, 그들의 간계에 속지 마시기를 바라옵니다. 만약 신에게 그 임무를 맡겨주신다면, 반드시 촉을 먼저 깨뜨리고 그후에는 오를 무찔러 태조 때부터의 숙원이던 천하통일을 이루겠나이다. 그러하오니 폐하께서는 신에게 이심(異心)이 없음을 꼭 믿어주시옵소서."

조예는 그 말을 듣고 마음이 동요되었다. 무턱대고 사람을 의심했던 것이 은근히 후회스러웠다. 조예는 사마의를 물러가게 한 뒤에 중신들에게 의견을 물었다.

화흠이 대답했다.

"폐하, 의심스러운 사람에게 병권을 맡길 이유가 어디 있습니까? 매사를 튼튼히 하기 위해서는 마땅히 그를 파직시키셔야 합니다."

그 말에는 왕랑도 찬성이었다.

그리하여 조예는 즉석에서 사마의를 파직시켜 고향으로 돌아가게 하고, 옹주와 양주 일대를 조휴에게 지키게 했다.

공명의 출사표

사마의가 파직되어 고향으로 돌아갔다는 소식을 듣고, 누구보다도 기뻐한 사람은 공명이었다. 그는 모든 장수들을 한자리에 모아놓고 기쁨의 술잔을 나누면서 정위론(征魏論)을 노골적으로 피력했다.

"내 진작부터 위를 치고자 했으나 사마의가 옹양을 지키고 있기 때문에 손을 못 썼던 것이오. 그런데 이제 그가 자리에서 쫓겨나고 없으니, 우리는 이 기회를 놓치지 말고 위를 쳐야 하오."

그로부터 며칠 동안 공명은 외인을 일절 만나지 않고 숙소에 혼자 틀어박혀 무엇인가를 열심히 쓰고 있었다. 그는 사오 일 뒤, 후주 유선에게 상소문을 올렸다. 그때 집필한 상소문이 그 유명한 공명의 출사표(出師表)였으니, 내용은 다음과 같았다.

삼가, 양은 폐하께 이 글월을 올리나이다.

선제께서 창업 도중에 붕어하시고, 이제 천하가 삼분됨에 익주가 가장 피폐하니, 이는 촉국으로서는 위급존망지추(危急存亡之秋)라 아니할 수 없겠나이다. 그러하오나 이를 지키는 신하들이 안에서 게을리 하지 아니하고, 또 충의지사들이 밖에서 제 몸을 아끼지 아니하오니, 이는 모두 선제께서 특별히 베풀어 주신 은총에 대하여 폐하께 보답하고자 함이옵니다.

폐하께서는 진심으로 천자의 귀를 열어 선제의 유덕을 빛나게 하시며, 지사의 기운을 넓히시고, 망령되이 비박실의(菲薄失義)하시어 충간(忠諫)의 길을 막지 말도록 하소서.

궁중과 부중(府中)이 모두 한 몸이오니, 만약 간사한 자와 허물을 범하는 자가 있거나 착한 짓을 하는 자가 있거든 마땅히 유사(有司)에 붙여 상벌을 공평히 내리셔서 추호도 사사로움에 치우심이 없게 하소서. 궁중의 시중(侍中)인 곽유지(郭攸之), 비위(費褘), 동윤(董允) 등은 모두 선제께서 간택해 쓰신 인물로 충순(忠純)하기 비길 바 없는 사람들이오니, 폐하께서는 궁중의 대소사를 그들과 상의하시어 처리하시면 조금도 그릇됨이 없으시오리다.

장군 향총(向寵)은 성행이 곧고 군사(軍事)에 능한 사람으로, 그 역시 선제께서 발탁 등용하신 장군이니, 영중의 대소사는 그와 의논하여 처리하시면 인사 배치에 잘못됨이 없으시오리다.

현명한 신하를 가까이하고 소인을 멀리함은 선한(先漢)이 흥륭(興隆)한 근원이었고, 소인을 가까이하고 어진 신하를 멀리했음은 후한(後漢)이 경퇴(傾頹)한 근원이었사오니, 선제께서는 항상 그 말씀을 하시며 그 역사를 거울로 삼으셨더이다.

시중, 상서와 장사, 참군은 모두 곧은 신하들이오니, 바라옵건대 폐하께서는 항상 그들을 가까이하셔서 한실의 융창을 도모하소서.

신은 본디 포의(布衣)의 몸으로 남양 땅에서 밭이나 갈아먹으며 난세에 성명(性命)을 온전히 보존하려 했사옵더니, 선제께서 신의 비천함을 생각지 않으시고 몸소 신의 초려를 세 번이나 찾으시사 신에게 당세의 일을 논의하시니,

신은 그에 감격되어 드디어 선제를 위하여 치구(馳驅)하기를 결심했더이다. 그러나 그때에는 천하대세가 기울어진 뒤였으므로, 선제의 명을 받들고 어려운 중에서 나라를 북돋워오기를 이에 이십여 년에 이르렀나이다. 선제께서는 신이 근신(勤愼)함을 믿으시는 까닭에 붕어하실 때 신에게 후사를 기탁했더이다. 신은 명을 받은 이후로는 주야로 근심해 마지않으며 선제의 명(明)을 흐릴까 두려웠사옵기에 오월에는 노수를 건너 불모지지에 감히 진군했던 것이옵니다. 이제 다행히 남방을 평정했고 군사 또한 넉넉하니, 이제는 삼군을 일으켜 위와 오를 토벌하여 한실을 부흥시킴으로써 구도(舊都)로 돌아가는 것이 신이 선제에게 충성을 다하는 직분이 아닐까 하옵니다. 바라옵건대 폐하께서는 곽유지, 비위, 동윤 등의 시중과 상의하시어 신에게 조(曹), 손(孫)의 역적 무리를 멸망시키는 명을 내려주소서. 만약 신이 그 명을 받고 직분을 다하지 못하면 신을 처벌하시어 선제의 영전에 고하소서.

신이 선제께 입은 은혜의 감격을 참지 못하여 뜻을 굳게 먹고 이 글을 올리려니 눈물이 앞을 가려 더는 잇지 못하겠나이다.

후주 유선은 표문을 읽고 감격한 나머지, 눈물이 글썽해지며 한동안 아무 말도 못하고 공명의 얼굴을 바라보기만 했다.

이윽고 그는 입을 열어, 떨리는 목소리로 말했다.

"상부(相父)께서 갖은 고난을 겪으시며 남방을 평정하고 돌아오신 지 아직 일 년도 못 되었는데, 이제 피로가 채 회복되기도 전에 어찌 또 북벌의 길을 떠나려 하시오. 국가의 장래를 위해 우선은 피로부터 푸는 것이 좋지 않을까 하오."

공명이 머리를 숙이며 아뢰었다.

"신이 선제로부터 후사의 부탁을 받은 이후로 밤이나 낮이나 오로지 그 일에 신명을 바칠 뿐이옵니다. 이미 남방을 평정하여 내고지우(內顧之

憂)가 없게 되었으니, 이때에 도적의 무리를 치지 않으면 언제 또다시 기회가 있겠사옵니까. 신의 건강은 조금도 염려 마시옵소서."

이때에 옆에 있던 초주가 나와 아뢰었다.

"신이 천상(天象)을 보매, 북방의 왕기(旺氣)가 성하여 감히 도모하기가 어렵겠나이다. 승상께서는 천문에 밝으시면서 어찌 무리한 일을 도모하려 하시나이까?"

공명이 즉석에서 대답했다.

"천도(天圖)는 반드시 고정불변의 것이 아니오. 내 일단 한중에 군사를 밀고 들어갔다가, 그후의 일은 적의 동정을 살펴 처리할 테니 너무 걱정하지 마오."

공명의 뜻은 이미 굽힐 길이 없어 보였다.

후주 유선이 말했다.

"상부께서 그처럼 굳게 결심하셨다면 어이 그 뜻을 막겠소. 모든 일은 상부의 뜻대로 하오."

이리하여 공명은 드디어 후주의 허락을 받고 일대 군사를 일으키게 되었다.

공명은 북벌의 길에 오름에 앞서, 인사 배치를 먼저 단행했다.

곽유지, 비위, 동윤 등으로 궁중지사를 총섭(總攝)케 하고, 향총으로 대장을 삼아 어림군마(御林軍馬)를 총독(總督)케 하고, 진진(陳震)으로 시중을 삼고, 장완으로 참군을 삼고, 장예로 장사를 삼아 승상부의 일을 맡게 했다. 그리고 두경(杜瓊)을 간의대부로 삼고, 두미(杜微)와 양홍(楊洪)을 상서로 삼고, 맹광(孟光), 내민(來敏)을 제주(祭酒)로 삼고, 윤묵(尹默), 이선(李譔)을 박사로 삼고, 극정(郤正), 비시(費詩)로 비서(秘書)를 삼고, 초주(譙周)를 태사로 삼아, 모두 촉중(蜀中)에 머물러 국사를 함께 논의하게 했다.

그런 뒤에는, 북벌에 앞서 군부 인사를 단행했다.

평북대도독 승상 무향후 익주목 지내외사(平北大都督 丞相 武鄕侯 益州牧 知內外事)에 제갈량(諸葛亮)을 임명한다.

전독부 진북장군 영승상사마 양주자사 도정후(前督部 鎭北將軍 領丞相司馬 涼州刺史 都亭侯)에 위연(魏延)을 임명한다.

전군도독 부풍태수(前軍都督 扶風太守)에 장익(張翼)을 임명한다.

아문장 비장군(牙門將 裨將軍)에 왕평(王平)을 임명한다.

후군 영병사 안한장군(後軍 領兵使 安漢將軍)에 이회(李恢)를 임명한다.

후군부장 정원장군(後軍副將 定遠將軍)에 여의(呂義)를 임명한다.

관운량 겸 좌군영병사 평북장군(官運糧 兼 左軍領兵使 平北將軍)에 마대(馬岱)를 임명한다.

부장 비위장군(副將 飛衛將軍)에 요화(廖化)를 임명한다.

우군영병사 분위장군(右軍領兵使 奮威將軍)에 마충(馬忠)을 임명한다.

우군부장 진무장군(右軍副將 鎭撫將軍)에 장의(張嶷)를 임명한다.

행중군사 거기대장군(行中軍師 車騎大將軍)에 유염(劉琰)을 임명한다.

중감군 양무장군(中監軍 揚武將軍)에 등지(鄧芝)를 임명한다.

중참군 안원장군(中參軍 安遠將軍)에 마속(馬謖)을 임명한다.

전장군 도정후(前將軍 都亭侯)에 원림(袁琳)을 임명한다.

좌장군 고양후(左將軍 高陽侯)에 오의(吳懿)를 임명한다.

우장군 현도후(右將軍 玄都侯)에 고상(高翔)을 임명한다.

후장군 안락후(後將軍 安樂侯)에 오반(吳班)을 임명한다.

장사 수군장군(長史 綏軍將軍)에 양의(楊儀)를 임명한다.

전장군 정남장군(前將軍 征南將軍)에 유파(劉巴)를 임명한다.

전호군 편장군(前護軍 偏將軍)에 허윤(許允)을 임명한다.

좌호군 독신중랑장(左護軍 篤信中郞將)에 정함(丁咸)을 임명한다.

우호군 편장군(右護軍 偏將軍)에 유민(劉敏)을 임명한다.

후호군 전군중랑장(後護軍 典軍中郞將)에 궁옹(宮雝)을 임명한다.

행참군 소무중랑장(行參軍 昭武中郞將)에 호제(胡濟)를 임명한다.

행참군부장 간의장군(行參軍副將 諫議將軍)에 염안(閻晏)을 임명한다.

행참군 비장(行參軍 裨將)에 두의(杜義)를 임명한다.

무략중랑장(武略中郞將)에 두기(杜祺)를 임명한다.

수군도위(綏軍都尉)에 성돈(盛敦)을 임명한다.

종사 무략중랑장(從事 武略中郞將)에 번기(樊岐)를 임명한다.

전군서기(典軍書記)에 번건(樊建)을 임명한다.

승상영사(丞相令史)에 동궐(董厥)을 임명한다.

장전좌호위사 용양장군(帳前左護衛使 龍驤將軍)에 관흥(關興)을 임명한다.

우호위사 호익장군(右護衛使 虎翼將軍)에 장포(張苞)를 임명한다.

제갈공명은 위국 대정벌의 길에 오르기에 앞서 이상과 같이 군용을 갖추었는데, 그중에 빠져서는 안 될 장수가 빠져 있었으니, 그는 상산 조자룡이었다.

인사 발령이 발표되자 조자룡은 크게 노하여 곧 승상부로 달려와 말했다.

"승상! 소장이 비록 늙었으되 아직 전투에는 자신만만하거늘 어찌하여 이번 원정에 참석시키지 않으시나이까?"

공명이 웃으며 대답했다.

"남만을 정벌할 때 노장 마초를 데리고 떠났다가 일선에서 병을 얻어 세상을 떠나게 된 것이 지금도 가슴이 아프오. 장군으로 말하자면 이미 연기(年紀)가 높으니, 만일 일선에 나갔다가 병이라도 얻을 경우에는 일세의 영명(英名)이 헛되기 쉬울 것이오. 뿐만 아니라 장군 같은 불세출의 명장이 만일 일선에서 잘못되기라도 하면 우리 군사들의 사기에 매우 심각한 영향을 미칠 것이오. 장군을 아끼고 나라를 사랑하는 마음에서 후방에 머물러 계시도록 한 것이니 너무 노여워 마오."

그러자 조자룡은 더욱 언짢은 표정으로 말했다.

"내가 선제를 따른 이후로 싸움에 쫓긴 일이 없었고, 공격할 때 앞장서지 않은 적이 없었나이다. 사내대장부가 싸움터에서 죽는 것은 본회(本懷)이니, 이번에도 나를 기어이 전부(前部) 선봉으로 삼아주소서."

"장군은 내 뜻을 헤아려서 이번만은 후방에서 편히 쉬어주기 바라오."

"아닙니다. 장수가 전시에 후방에서 쉬고 있다면 살아 있는 송장과 무엇이 다르겠습니까. 소장은 죽어도 좋으니, 꼭 출정을 해야 하겠나이다."

재삼 만류해도 조자룡은 말을 들어먹을 성싶지 않았다.

공명은 마지못해 이렇게 말했다.

"장군이 그처럼 소원이라면 굳이 만류는 아니하겠소. 그러면 내가 천거하는 부장을 한 사람 데려가주오."

"그가 누구이옵니까?"

"중감군 등지를 데려가오."

"그 사람이라면 데리고 가겠나이다."

이리하여 조자룡에게 정병 오천과 부장 두 명을 따로 주어, 전부(前部) 대선봉군(大先鋒軍)이라는 칭호로 본군보다 하루 앞서 성도를 출발케 했다.

촉국의 건국 이후로 이렇게 거국적인 군사가 원정의 길에 오르기는 처음이었다. 공명이 출사의 길에 오르자 후주 유선은 문무백관을 거느리고 북문 밖 십 리까지 전송을 나왔다.

촉국 백성들은 가는 곳마다 깃발을 높이 휘두르며 감격의 눈물로 공명의 출정을 환송했다. 공명의 사륜거가 지나가면 늙은이들은 땅에 엎드려 전도를 축복했고, 젊은이들은 떡과 고기와 술을 군사들에게 나누어주며 무운장구(武運長久)를 빌었다.

공명은 그러한 모양을 보고 오직 감격의 눈물을 흘릴 뿐이었다.

하후 도독

"제갈공명이 삼십만 대군을 거느리고 한중으로 쳐들어온다."

이와 같은 사실이 알려지자 위국은 상하를 막론하고 마치 벌집을 쑤신 듯 들끓게 되었다.

위제 조예를 비롯하여 군신 장병 주졸(走卒)에 이르기까지 제각기 공포에 싸여 몸을 떨었다. 더구나 장판교에서 위명을 떨친 조자룡이 최선봉으로 쳐들어온다는 바람에 더욱 두려움에 몸 둘 바를 몰랐다.

이에 조예가 국가원로들과 모든 장수들을 한자리에 모아놓고 대책을 강구한 것은 말할 것도 없었다.

"누가 나아가 촉병을 중도에서 물리칠 사람이 없겠소?"

"소장이 나가 공명을 막아내겠나이다."

좌중에서 젊은 장수가 벌떡 일어서며 큰소리로 외쳤다.

모든 시선이 집중해 보니, 그는 일찍이 명장으로 이름을 떨쳤던 하후 연의 아들 하후무(夏侯楙)였다.

"오오, 그대가 젊은 나이에 공명의 지략을 막아낼 수 있겠는가?"

"신의 아비가 한중에서 죽으매 원한이 골수에 맺혀 있나이다. 만약 폐하께서 본부 맹장 부대와 관서 군사를 소장에게 주신다면 신은 기필코 공명의 군사를 쳐부수어 아비의 원수를 갚겠나이다."

하후무의 장담은 서릿발같이 엄숙했다.

일찍이 조조는 어려서 아비를 잃은 그를 친자식처럼 사랑해 청하공주(淸河公主)를 주어 그를 부마로 삼았다. 조중(朝中)에서는 그를 한결같이 흠경(欽敬)하고는 있으나, 아직 실전경험이 없는 장수였다.

"그대가 그토록 자신이 있다면 소청하는 군사를 줄 터이니 공명을 부디 깨치도록 하라."

이리하여 하후무는 일약 대도독이 되어 공명을 맞아 싸우게 되었다.

사도 왕랑(王朗)이 위제에게 아뢰었다.

"하후 부마를 대도독으로 삼은 폐하의 처사는 옳지 못한 줄로 아뢰옵니다. 하후 부마는 아직 실전경험이 없는 장수입니다. 적의 총지휘자인 제갈공명으로 말하자면 병법과 지모에 통달한 인물이온데, 하후 부마가 어찌 그를 당해 낼 수 있겠습니까?"

하후무가 그 소리를 듣고 크게 노했다.

"사도 왕랑은 제갈량과 내응할 뜻을 품고 나를 모해하는 것이 아니오? 나로 말하자면 어려서부터 선친에게 병법을 배워왔소. 어째서 내가 병법에 문외한인 것처럼 말하오? 내가 만일 제갈량을 사로잡지 못한다면 맹세코 이 자리로 다시 돌아와 천자를 뵈옵지 아니하겠소."

이에 왕랑은 입을 굳게 다물고 아무 말도 하지 않았다.

하후무는 그 자리에서 위제에게 하직인사를 올리고 일선으로 나와 촉군과 대진하게 되었다.

한편, 공명은 대군을 거느리고 면양(沔陽)에 이르렀다. 면양에는 일찍이 촉군의 명장이었던 마초의 무덤이 있었다. 공명은 그곳을 지나게 되자 마초의 아우 마대와 함께 마초의 무덤을 친히 찾아 제사를 지내주었다.

제사가 막 끝났을 때, 군사가 급히 달려와 말했다.

"위국의 젊은 장수 하후무가 이십만 대군을 거느리고 쳐들어오고 있나이다."

그 보고를 들은 위연이 공명에게 말했다.

"승상, 소장에게 오천 기만 주십시오. 그러면 제가 장안을 쑥밭으로 만들어놓겠나이다."

공명은 그 말을 듣고 빙그레 웃었다.

"장안을 어떤 식으로 쑥밭을 만들려는지 계책을 말해 보오."

"여기서 장안까지는 열흘 거리밖에 안 됩니다. 승상께서 허락해 주신다면 제가 태령(泰嶺)을 넘고 자오곡(子午谷)을 지나서, 곧장 장안으로 진격해 적의 군량을 태워버리겠나이다. 그동안, 승상께서는 사곡(斜谷)을 지나 함양(咸陽) 이서(以西)를 점령하시면 하후무는 맥을 못 추고 패망할 것입니다."

공명은 그 계책을 듣고 빙그레 미소를 지었다.

"그것은 만전지계라고 볼 수 없소."

"어째서 그러하옵니까?"

"만약 적들 중에서 지혜 있는 자가 있다면 자오곡에도 반드시 군사를 파견해 두었을 터이니, 그렇게 되면 오천 군사는 한 사람도 남지 않고 섬멸을 당할 것이오."

"그러나 정면으로 공격해 나가면 우리의 손실이 막심할 것이 아니옵니까?"

"경우에 따라서는 손실이 클지 모르오. 그러나 농서(隴西)의 평탄대로를 따라 진군하여 정공법을 취하는 것이 우리에게 가장 유리하리라고 생각되오."

공명은 끝끝내 정공법을 고집했다.

그것은 위군 쪽에서 보기에는 천만뜻밖의 전략이었다. 위의 대도독 하후무는 공명이 지략에 능함을 알기 때문에 정공법을 쓰지 않으리라 예측하고, 많은 군사를 각지에 나누어 배치해 두었던 것이다.

공명은 그 사실을 예견하고 있었기 때문에, 적의 의표를 찌르는 정공법을 쓰기로 결심했던 것이다.

그런 사정을 알 턱이 없는 하후무는 많은 군사를 각처에 골고루 나누어 배치해 놓고 나서, 서량대장(西凉大將) 한덕(韓德)을 불러 명했다.

"그대가 서강군(西羌軍)을 이끌고 나가, 적에게 싸움을 걸어보오. 봉명산까지 나가면 적과 부딪치게 될 것이오. 이번 싸움은 최초의 회전인 만큼 금후의 사기에 영향이 클 것이니 반드시 이기고 돌아와야 하오."

서강군은 워낙 용맹하기로 이름난 군사였다.

한덕은 워낙 개산대부(開山大斧)를 잘 쓰기로 이름난 장수인 데다 한영(韓瑛), 한요(韓瑤), 한경(韓瓊), 한기(韓琪) 같은 용감무쌍한 아들이 넷이나 있었다. 그는 팔만 정병과 아들 사 형제를 거느리고 촉군을 맞아 나왔다.

하후무가 서량의 군사를 먼저 내보낸 것은 직계군사를 되도록 아껴두려는 생각에서였다. 그러나 그 내막을 알 길 없는 한덕은 용감하게 일선으로 나갔다.

예측한 대로 봉명산에서 적과 부딪쳤다. 촉의 선봉대장은 조자룡이었다. 한덕은 네 아들을 좌우에 거느리고 나오며 조자룡에게 외쳤다.

"네 이놈! 반적(叛賊) 놈이 어찌 감히 우리 지경을 범하느냐?"

조자룡은 그 소리에 크게 노하여 대꾸도 하지 않고, 나는 듯이 달려나와 선두에 서 있는 한영을 단칼에 베어버렸다. 둘째 아들 한요가 크게 분개하여 조자룡을 맞아 싸웠다. 그러나 그도 삼 합을 미처 못 싸워 조자룡의 칼에 목이 달아났다.

셋째 아들 한경, 넷째 아들 한기가 각각 방천극(方天戟)과 일월도(日月刀)를 휘두르며 조자룡을 협공했다. 그들의 무예는 매우 뛰어났지만 한경은 칼을 맞아 쓰러지고, 막내아들 한기는 조자룡의 손에 사로잡히고 말았다.

네 아들을 눈앞에서 한꺼번에 잃은 한덕은 크게 당황하여 장안으로 급히 쫓겨 달아났다. 부장 등지가 그 광경을 보고 조자룡에게 축하의 말을 올렸다.

"장군께서는 이미 칠십이 넘으셨건만, 어찌 그리 용맹하시나이까?"

조자룡이 웃으며 대답했다.

"승상께서 내가 늙었다고 써주지 않기에, 오늘은 일부러 힘써 용기를 되살려보았을 뿐이오."

등지는 공명에게 승전보고를 올렸다.

한편, 한덕이 네 아들을 일시에 잃고 본진으로 돌아와 울면서 패전을 고하니, 대도독 하후무는 크게 실망했다.

"한덕이 대번에 참패한 것을 보면 적이 만만하지 않구나. 그렇다면 내가 몸소 나가 적의 예기를 꺾어버려야겠다. 내일은 내가 직접 나가서 조자룡이라는 늙은 장수를 사로잡겠다."

다음날 하후무는 대군을 거느리고 한덕과 함께 봉명산으로 나왔다.

"도독! 조자룡을 결코 가볍게 여겨서는 안 됩니다."

한덕의 충고였다.

"무슨 소리! 칠십 늙은이가 힘을 쓰면 얼마나 쓰겠는가?"

"아닙니다. 소장의 아들 사 형제가 모두 그 늙은 놈의 손에 죽었습니

다."

"그러고도 그대는 왜 싸우지 않고 쫓겨오기만 했는가?"

"오늘은 제가 먼저 나가 싸우겠나이다."

한덕은 개산대부를 들고 조자룡과 겨루었다. 그러나 미처 삼 합을 채 싸우지 못하고, 한덕은 조자룡의 칼을 맞고 고꾸라졌다.

한덕을 벤 조자룡이 그 길로 하후무를 향하여 곧장 달려 나왔다. 하후무는 크게 당황하여 이십여 리를 쫓겨 본진으로 돌아왔다. 본진으로 돌아온 하후무는 즉시 장수들을 한자리에 모아놓고 조자룡을 격파할 작전계획을 세웠다.

하후무가 부하들에게 말했다.

"조자룡이 천하의 영웅이라는 것은 일찍이 알고 있었지만, 칠순이 넘은 나이로 그리 용감하게 싸울 줄은 미처 몰랐소. 우리가 조자룡을 쳐부수기 매우 어려울 것 같으니, 이 일을 어찌했으면 좋겠소?"

그러자, 참군 정무(程武)가 말했다.

"조자룡은 용맹은 있어도 꾀가 없는 사람입니다. 내일은 군사를 좌우에 매복시켜놓고 도독께서 친히 나아가 싸움을 거십시오. 그런 다음 얼마간 싸우다가 거짓으로 쫓기십시오. 그러면 조자룡은 도독을 반드시 추격해 올 것입니다. 그때에 매복했던 군사들이 들고 일어나면 조자룡은 꼼짝 못하고 사로잡히게 될 것입니다."

하후무는 그 계교를 옳게 여겨 그렇게 해보기로 작정했다.

그리하여 동희(董禧)에게 삼만 군을 주어 좌측에 매복시키고, 설칙(薛則)에게 삼만 군을 주어 우측에 심어놓은 뒤에, 대도독 하후무가 대군을 거느리고 다시 촉진을 향하여 진격했다.

하후무를 보자 조자룡이 다시 싸우러 나왔다. 등지가 그를 말렸다.

"어젯밤에 대패해 놓고 오늘 다시 공격해 오는 것을 보면 필시 무슨 색

다른 작전이 있는 것 같습니다. 노장군께서는 적을 너무 가볍게 생각지 마십시오."

그러나 조자룡은 그 말을 대수롭게 여기지 않았다.

"젖비린내 나는 것들이 계교를 쓰면 얼마나 쓰겠는가? 두고 보게, 내가 멋지게 깨쳐버릴 테니."

조자룡이 말을 달려 나오니, 위장 반수(潘遂)가 마주 나와 싸우기 시작했다. 그러나 그는 미처 삼 합을 채 못 싸우고 급히 쫓겨 달아났다.

조자룡이 그를 추격하기 시작했다. 등지는 조자룡의 안위가 염려되어 그의 뒤를 바짝 뒤쫓았다.

조자룡이 적진 깊숙이 들어가자 좌우 숲속에서 별안간 천지가 진동하는 함성과 함께 무수한 적들이 반격을 가해 왔다. 조자룡은 깜짝 놀라 말머리를 돌려 달아나려 했다. 그러나 육만 대군이 겹겹이 에워싸고 있어 도저히 달아날 수가 없었다.

한편, 등지는 조자룡을 돕기 위해 뒤쫓아왔건만, 적들의 세력이 너무나 승하여 도망을 다니기에 급급했다. 조자룡은 필사적으로 싸우며 탈출을 모색했다. 그러나 적은 아무리 죽여도 끝이 없었다.

그제야 깨닫고 보니, 하후무가 산상에서 조자룡의 행방을 일일이 손으로 가리키며 군사들에게 지휘를 하고 있었다.

조자룡은 어차피 살아나지 못할 것을 각오하고, 하후무를 죽이려고 산상으로 말을 달렸다. 산 위에서 화살이 빗발치듯 날아오고, 바위가 폭포처럼 굴러 내려왔다.

조자룡은 마지못해 숲속으로 몸을 피하여 숨을 돌렸다. 때마침 보름달이 낮같이 밝은데, 우거진 수풀 속에서는 무심한 벌레소리만이 구슬프게 들려오고 있었다.

그와 때를 같이하여 동서남북 사방에서 위병들의 외침이 수없이 들려오고 있었다.

"조자룡은 항복하라!"

"조자룡은 죽고 싶지 않거든 항복하라!"

조자룡은 착잡하기 짝이 없었다.

"아아! 일세의 용장이었던 이 몸이 여기서 죽을 자리를 찾게 될 줄이야 그 누가 알았으랴!"

이미 죽음을 각오한 조자룡은 최후의 결판을 내려고 숲에서 나가 위병들 앞에 다시 나타났다. 위병들은 조자룡을 발견하자 다시 굶주린 이리떼처럼 사방에서 몰려들었다. 조자룡은 좌충우돌하며 닥치는 대로 적을 무찔렀다. 그러나 몰려드는 적병은 아무리 베어내도 끝이 없었다.

'이제는 꼼짝 없이 죽었구나.'

바로 그때 문득 적의 후방이 갑작스레 소란스러워졌다. 위병들이 후방의 난데없는 공격에 놀라 사방으로 흩어졌다. 적을 닥치는 대로 무찌르며 조자룡을 향해 달려오는 장수는 다름 아닌 장포였다.

"오오, 장포! 그대가 웬일인가?"

"노장군은 무사하시옵니까? 승상께서 노장군을 염려하시어 저더러 나가보라 하셨기에 달려왔습니다."

조자룡은 공명의 덕택으로 구사일생을 얻었다.

조자룡과 장포가 적의 패잔병들을 무찌르며 본진으로 돌아오는데, 이번에는 전방에서 난데없는 일표군이 함성을 지르며 덤벼 왔다. 가까이 다가오고 있는 것을 보니 청룡언월도를 휘두르며 달려오는 장수는 관흥이었다.

관흥은 조자룡이 무사한 것을 보고 크게 기뻐했다.

"오오, 노장군은 무사하셨나이까?"

"오오, 그대는 웬일이오?"

"승상께서 장군을 염려하시어 나가보라 하셨기에, 달려오는 길입니다. 승상께서도 곧 뒤따라오실 것입니다."

"승상의 은총에는 오직 감격이 있을 뿐이오. 두 젊은이를 여기서 만났으니, 이대로 돌아가기는 너무 서운하구려. 이왕 여기까지 나온 김에 하후무를 분쇄하여 공을 세워보는 것이 어떻겠소?"

명장 조자룡은 아직도 기개가 살아 관흥, 장포에게 새로운 제안을 했다.

"그것 참 좋은 말씀이십니다. 이왕 나온 김에 좀더 싸우고 돌아갈 테니, 노장께서는 먼저 돌아가 쉬십시오."

관흥과 장포가 즉석에서 동의하고 말머리를 돌려 일선으로 달려나갔다. 조자룡은 젊은 장수들이 싸우러 나가는 것을 마냥 보고만 있을 수 없었다.

'젊은 장수들이 싸우러 나가는데, 상장(上將)인 내가 어찌 가만히 앉아만 있을 수 있으랴!'

조자룡은 그 즉시 적진을 향하여 말을 달려나갔다.

이날 밤 세 장수는 적을 크게 무찔렀다. 적은 참패를 거듭하면서 쫓기기에 바빴다. 나이가 어린 데다 실전경험이 없던 하후무는 참패를 거듭하게 되자 장하(帳下)의 효장(驍將)들만 거느리고 군사들은 내버려둔 채 멀리 남안군(南安郡)까지 쫓겨갔다.

관흥과 장포는 하후무의 뒤를 추격해 남안성을 포위했다. 그러나 한번 성안으로 들어간 하후무는 성문을 굳게 잠그고 싸울 생각을 하지 않았다. 마침 그때 조자룡도 군사를 몰고 와서, 그들과 함께 남안성을 삼면으로 공격했다. 그래도 하후무는 싸울 생각을 하지 않았다. 세 장수는 남안성을 십여 일이나 공격했지만 별반 소득을 얻지 못했다. 남안성은 철옹성처럼 견고해 좀처럼 깨뜨릴 수가 없었다.

마침 그때 공명이 좌군을 양평(陽平)에, 우군을 면양(沔陽)에 남겨둔 채 중군만을 거느리고 남안성에 도래했다.

공명이 세 장수에게서 전황을 보고받은 뒤 말했다.

"마침 내가 여기까지 와보기를 잘했소. 남안성은 난공불락으로 이름이 높은 성이오. 이 성 하나를 점령하기 위해 많은 군사들이 오랫동안 공격을 계속한다는 것은 위험천만한 일이오. 적이 그 사이에 우리의 후방을 찔러 전후방의 연락을 끊어놓으면 어찌하겠소. 지금 곧 공격을 중지하오."

그러자 옆에 있던 등지가 말했다.

"하후무는 위나라의 부마가 아닙니까? 따라서 하후무 한 사람을 사로잡으면 백장(百將)을 거꾸러뜨리는 것보다도 효과가 클 터인데 어찌 공격을 중지하라는 분부이십니까?"

"그것은 옳은 말이오. 하지만 아군의 희생도 생각해야 할 것이오. 나는 그 점을 생각하고 있으니 모든 계획을 내게 맡기오."

공명은 그렇게 대답하고 나서, 지도를 한참 들여다보다가 물었다.

"남안의 서쪽은 천수군(天水郡)이고 북쪽은 안정군(安定郡)인데, 혹 그 지방 태수가 누구인지 모르오?"

"천수 태수는 마준(馬遵)이라는 자이고, 안정 태수는 최량(崔諒)이옵니다."

공명은 그 대답을 듣자 크게 기뻐하면서, 곧 관흥과 장포를 불러 비밀 지시를 내렸다. 그런 뒤 자기 자신은 남안성 근방에 머물러 있으면서 군사들로 하여금 시초(柴草)를 베어다가 성 밑에 높이 쌓아올리게 한 다음, 머지않아 남안성을 불로 태워 없애겠다는 소문을 널리 퍼뜨렸다.

그 소문이 하후무의 귀에 들어가지 않을 리 없었다. 하후무는 그 소식을 듣고 공명을 크게 비웃었다.

"공명이 대단한 인물인 줄 알았더니, 이제 보니 아무것도 아닌 존재로다. 돌로 쌓아올린 성을 불로 태워버리겠다니, 공명의 지혜가 겨우 그 정도였던가!"

그 무렵, 안정 태수 최량은 남안성의 하후무가 촉군에게 포위되어 있다는 소식을 듣고 정병 사천으로 성을 굳게 지키고 있었다. 어느 날 난데없이 장수 하나가 성문 밖에 나타나더니 수문장에게 큰소리로 외쳤다.

"나는 하후 도독의 밀명을 받고 태수를 만나러 온 사람이오."

"당신 이름은 무엇이오?"

"나는 하후 도독의 심복장 배서(裵緖)요."

최량은 그를 불러들여 물었다.

"하후 도독께서 무슨 말을 내게 전하라고 하더이까?"

"남안성이 지금 촉군에게 포위공격을 받고 있어 전세가 매우 위태롭습니다. 도독께서는 천수, 안정 두 고을의 군사를 총동원하여 촉군의 후방을 공격하라는 분부이셨소이다."

최량은 그 소리를 듣고 고개를 끄덕였다.

"알겠소. 그러면 귀공은 하후 부마의 친서라도 가지고 왔소?"

"물론입지요. 그런 중대한 군령을 어찌 친서도 없이 말로만 전할 수 있으오리까."

배서는 품속에서 한 장의 문서를 꺼내어 최량에게 주었다. 문서는 땀에 젖어 글자를 알아보기 어려운 형편이었다.

"잘 알겠소. 그러면 객사에 나가 쉬고 계시오. 저녁에 술을 나누며 좀더 구체적인 이야기를 나눕시다."

"아니옵니다. 사태가 촉박하여 한가롭게 머물러 있을 형편이 못 됩니다. 이제 곧 천수군으로 달려가 하후 도독의 군령을 전해야 합니다."

배서는 그 한마디를 남기고 최량의 앞을 총총히 물러 나왔다.

최량이 그날 밤 군사를 총출동시킨 것은 말할 것도 없었다. 그의 군사가 남안성 가까이 다다랐을 때, 문득 성안에서 화광이 솟아올랐다.

"저게 웬 불이냐?"

"우리가 오는 줄 알고 성안에서 환영의 횃불을 올리나 봅니다."

"몹시 곤경에 빠져 있었다니 그럴 만도 하겠지."

최량이 의기양양하게 큰소리를 치며 진군하는데, 문득 어둠 속에서 수천 군사가 함성을 올리며 엄습해 왔다. 그 바람에 최량의 군사는 별로 싸워보지도 못하고 여지없이 참패했다. 도중에 매복해 있다가 최량의 군사를 사정없이 깨뜨린 군사는 장포의 군사였다.

최량은 태반의 군사를 잃어버리고 안정성으로 급히 되돌아왔다. 그러나 성문 앞에 이르러 보니, 성루에는 어느새 촉군의 깃발이 높이 휘날리고 있었다.

"아, 저 깃발이 웬일이냐?"

그때 촉군 대장 위연이 성루 위에서 최량을 굽어보며 큰소리로 외쳤다.

"최량은 듣거라. 내 이미 성을 점령했으니, 너는 곱게 항복하라!"

최량은 크게 놀라 천수군으로 급히 피난했다. 그러나 얼마를 가노라니 문득 군사가 길을 가로막았다. 앞을 자세히 보니 학창도포(鶴氅道袍)를 입은 사람이 수레 위에 단정히 앉아서 이쪽을 바라보고 있었다.

아무리 보아도 공명이 틀림없었다. 최량이 크게 놀라 급히 달아나려 하니, 관흥과 장포가 앞을 막으며 큰소리로 외쳤다.

"최량은 항복을 아니하고 어디로 가려 하느냐!"

둘러보니, 촉군에게 겹겹이 에워싸여 달아날 틈바구니조차 보이지 않았다. 최량은 저도 모르게 땅에 엎드려 항복을 올렸다.

공명은 최량을 가까이 불러 위로하며 말했다.

"남안성에는 지금 하후무가 있는데, 남안 태수는 누구요?"

"남안 태수는 양부(楊阜)의 족제(族弟)인 양릉(楊陵)이라는 사람입니다."

"족하(足下)는 양릉과의 교분이 어떻소?"

"이웃 고을인 관계로 친분이 매우 두텁습니다."

"그러면 족하에게 부탁이 하나 있는데 들어주려오?"

"승상께서 저 같은 항장(降將)에게 무슨 부탁이옵니까?"

"족하가 남안 태수 양릉을 만나, 하후무를 사로잡아 우리에게 항복해 오도록 설득해 줄 수 없겠소? 만약 그 일만 성공시키면 양릉과 족하에게 후한 상을 내리도록 하겠소."

최량은 얼른 대답을 못하고, 고개를 수그린 채 오랫동안 심사숙고했다. 오랫동안 침묵하던 그가 비로소 고개를 힘 있게 들며 말했다.

"승상의 분부이시니 제가 목숨을 걸고 노력해 보겠나이다."

"매우 어려운 일일 것이오. 그러나 성공하면 천하를 위해 크게 경사스러운 일일 것이오. 군사가 얼마나 필요하오?"

"군사는 한 사람도 필요치 않습니다. 군사를 데리고 가면 오히려 경계할 것이니, 제가 단신으로 떠나보겠나이다."

최량은 밀명을 띠고, 곧 남안읍에 도착하여 양릉을 만났다. 그가 모든 비밀을 솔직히 털어놓으니, 양릉이 코웃음을 치며 말했다.

"이 사람아! 우리가 어찌 위주(魏主)의 은공을 배반할 수 있겠는가? 자네가 그런 밀명을 띠고 왔다면 차라리 이 기회에 마음을 돌려 공명을 깨쳐버리는 것이 어떻겠는가?"

"음, 실상은 나도 그런 생각을 품어 온 터라네. 우리가 위주를 배반하고 공명에게 항복해 봤자 무슨 신통한 일이 있겠는가!"

양릉과 최량은 서로 한뜻임을 확인하자 곧 하후무를 찾아가 모든 계략을 사실대로 일러바쳤다. 하후무가 매우 기뻐한 것은 두말할 것도 없었다.

그 자리에서 양릉이 하후무에게 말했다.

"최량 장군을 일단 공명에게로 돌려보내는 것이 어떻겠나이까? 양릉을 만나 항복을 권했더니 즉석에서 동의했지만 경계가 너무도 삼엄하여 하후 도독을 도저히 사로잡아올 수 없었다고 말하면 공명은 틀림없이 믿어줄 것입니다."

"그럴듯한 계교요. 그 다음에는 어쩌자는 것이오?"

"공명이 군사를 이끌고 오기만 하면 성안에서 내응하는 무리가 성문을 활짝 열어줄 터이니, 안심하고 입성하라고 말하면 될 것입니다. 공명이 성안으로 들어오기만 하면 그를 사로잡기는 식은 죽 먹기보다도 쉬운 일이 아니겠나이까?"

"음, 과연 절묘한 계교요. 그러면 최량 태수를 빨리 공명에게 돌려보내도록 하오."

하후무는 매우 기뻐하며 명했다.

봉황을 얻다

최량은 일단 촉진으로 돌아와 공명에게 거짓 보고를 올렸다.

"승상께서 군사를 거느리고 가시면 양릉이 성안에서 성문을 활짝 열어 맞이하기로 약속이 되어 있습니다."

공명은 최량의 말을 그대로 믿는 듯 고개를 끄덕이면서 대답했다.

"최 태수의 수고가 많으셨소. 내가 직접 가도 좋겠지만 먼저 관흥과 장포를 데리고 가오. 나는 곧 뒤따라가도록 하리다."

관흥과 장포를 데리고 가라는 말에 최량은 입장이 난처했다. 그러나 그들과 함께 가는 것을 반대하다가는 오히려 의심을 살 것 같아 수긍의 뜻을 표했다.

"제가 두 분을 모시고 먼저 가겠나이다. 승상께서는 횃불이 오르거든 즉시 입성하소서."

최량의 생각으로는 관흥과 장포를 소리 없이 죽인 후에 뒤따라오는 공명을 사로잡을 계획이었던 것이다.

이날 해가 저물 무렵, 관흥과 장포가 최량의 안내로 남안성 밖에 당도했다. 양릉이 성루에서 굽어보며 큰소리로 물었다.

"그대들은 웬 군사들인가?"

최량이 앞으로 나서더니, 큰소리로 외쳤다.

"우리는 안정에서 달려온 위군이오! 빨리 성문을 열어주오."

그리고 나서 화살 끝에 편지 한 장을 매어 성안으로 쏘아 갈겼다. 화살에 매여 있는 편지의 사연은 다음과 같았다.

공명은 워낙 용의주도한 인물이어서, 관흥과 장포를 먼저 보냈소. 빨리 성문을 열고 나와 두 장수를 죽여버리도록 하오. 그런 뒤에 횃불을 올리면 그때는 공명이 몸소 나타날 것이니, 그때 그를 사로잡도록 하오.

하후무와 양릉은 그 편지를 읽고 크게 기뻐했다. 모든 계획이 자기네 뜻대로 되어가고 있다고 믿었기 때문이다. 그리하여 양릉은 성문을 활짝 열어젖히고 사뭇 반갑게 영접하면서 말했다.

"안정(安定) 군마는 빨리 성안으로 들어오오."

관흥이 군사를 이끌고 성안으로 먼저 들어갔다. 뒤를 이어 장포가 성문을 통과하려는데 최량이 성문 앞에 서서 영접했다.

"이 쥐새끼 같은 놈! 우리 승상께서 네 놈의 잔꾀에 속으실 줄 알았느냐? 네 임무는 여기서 끝났으니 이제는 저승에나 가거라."

장포는 최량을 보자 별안간 호통을 치며 창을 들어 가슴을 깊숙이 찔렀다.

성안으로 먼저 들어온 관흥은 이리저리 뛰어다니며 사방에 불을 질렀다. 그것을 신호로 성 밖에 잠복해 있던 촉병들이 노도와 같이 성안으로 몰려들었다.

하후무는 자신들이 세운 계교가 적에게 역이용당하고 있음을 깨닫고는 크게 당황하여 말을 타고 남문으로 달아나려 했다. 성문을 막 나서려고 하는데 어둠 속에서 일표군이 아우성을 치며 앞을 가로막았다. 그들은 왕평의 군사였다. 하후무는 왕평과 싸우기 시작한 지 오륙 합 만에 어이없이 사로잡히고 말았다. 도독이 사로잡히자 위군은 여지없이 참패했다.

공명은 많은 군사들의 호위를 받으며 사륜거를 타고 조용히 입성했다. 입성을 끝낸 공명은 모든 백성들을 정성껏 보호하여 추호도 불안함이 없도록 하라는 군령을 내렸다.

이날 밤, 성안에서는 전승연(戰勝宴)이 벌어졌다. 등지가 술자리에서 공명에게 물었다.

"승상은 무슨 수로 최량의 기계를 알아내셨나이까?"

공명이 웃으며 대답했다.

"나는 최량이 진심으로 항복할 마음이 없다는 것을 직감적으로 알아보았소. 그가 기계를 쓸 수 있는 기회를 만들어주기 위해 일부러 하후무에게 보내준 것이오. 말하자면 그들이 기계를 쓰도록 만들어주고 나서, 그것을 우리가 거꾸로 이용했을 뿐이오."

"과연 승상의 지략에는 감탄만이 있을 따름이옵니다. 실상 저희들은 승상의 전략을 전혀 몰랐습니다. 저희들은 승상께서 최량을 너무도 믿으시기에 속으로 크게 염려하고 있었습니다."

"내가 털끝이라도 의심하는 빛을 보였더라면 최량은 안심하고 기계를 쓰지 못했을 것이오. 속이려는 자에게는 깨끗이 속아주는 것도 전략의 하나라는 것을 알아야 하오."

공명은 거기까지 말하고 나서 새로운 계획을 공개했다.

"이번에 계획대로 되지 않은 일이 한 가지 있소. 그것은 천수 태수 마준을 취하지 못한 것이오. 그에게도 거짓 사신을 보내어 군사를 이끌고 오라고 했으나 웬일인지 오지 않았소. 이번에는 마준을 쳐부숴야 할 차례요."

그보다 앞서 천수 태수 마준은 하후무가 남안성에서 적에게 포위되어 있다는 소문을 듣고, 곧 중신회의를 열었다.

문무백관의 의견이 분분하여 얼른 결정을 못 짓는 중에, 주기(主記) 양건(梁虔)이 말했다.

"하후무 도독은 황제 폐하의 부마이십니다. 그분이 위급한 상황에 빠져 있다는 것을 알면서 우리가 도와주지 않는다면 후에 어떤 문책을 당하게 될지 모릅니다. 우리는 곧 군사를 일으켜 그 어른을 도와야 합니다."

마침 그때 배서라는 사람이 하후무의 밀사라고 하면서 응원군을 급히 청해 왔다. 말할 것도 없이 그는 공명이 보낸 가짜 밀사였다. 그가 가짜 밀사임을 모르는 마준은 즉시 그를 만났다.

배서는 땀을 흘리며, 하후무의 친서를 마준에게 전했다. 마준은 편지를 읽어보고 별 의심도 없이 물었다.

"안정 태수 최량에게도 응원군을 청했다니, 그들은 언제쯤 출동한답니까?"

"안정 태수는 오늘밤 중으로 출동하겠다는 대답이었습니다. 그러니 천수 태수께서도 뒤지지 않도록 곧 출동하십시오. 출동이 너무 늦었다가는 후환이 있을지도 모릅니다."

배서의 위협적인 충고를 듣고, 마준은 적이 당황했다.

"알았소. 그러면 오늘밤 만반의 준비를 갖추어 내일 아침에는 출동하겠소."

다음날 아침에 마준이 모든 군사를 동원하여 출발하려고 하는데, 갑자기 밖으로부터 젊은 장수 하나가 급히 달려 들어오며 큰소리로 외쳤다.

"태수께서는 제갈량의 속임수에 넘어가지 마십시오."

눈을 들어 바라보니 강유(姜維)라는 이십대의 젊은 장수였다.

마준은 그를 의아스럽게 바라보다가 물었다.

"그대는 어디에 근거를 두고 공명에게 속지 말라고 큰소리를 치는가?"

강유는 머리를 조아리며 대답했다.

"제가 듣건대 남안성의 하후무 도독은 지금 적에게 이중 삼중으로 포위되어 있다고 합니다. 그런데 밀사가 무슨 재주로 그런 포위망을 뚫고 나왔겠나이까. 아무리 생각해도 제갈량이 우리 성을 빼앗으려고 거짓 밀사를 보낸 것이 틀림없나이다."

마준은 그 소리를 듣고 깨닫는 바가 있어 무릎을 쳤다.

"과연 그대의 말이 옳구려. 내가 하마터면 공명의 속임수에 넘어가 성을 잃을 뻔했구려. 우리는 장차 이 일을 어찌하면 좋겠소?"

"태수께서는 안심하십시오. 제가 계교를 써서 공명을 사로잡도록 하겠나이다."

마준은 그 소리를 듣고 더욱 기뻐했다.

"어떤 계교를 쓰려는지 내용을 말해 보오."

"공명은 지금 우리 고을 뒷산에 군사를 매복시켜놓고, 우리가 남안성으로 떠나기만을 기다리고 있습니다. 우리 군사가 성에서 나가기만 하면 즉시 점령하기 위해서입니다."

"뭐? 촉병이 정말 산중에 매복해 있을까?"

"촉병이 매복해 있는 것만은 분명합니다. 태수께서는 저에게 정병 삼천을 주십시오. 그런 다음 군사들과 함께 일단 남안성으로 떠나가는 것처럼 보이게 해주십시오. 그런 다음 삼십 리쯤 밖에서 기다리시다가 우리가 횃불로 신호를 올리거든 급히 돌아오시어 적의 후방을 찌르십시오. 적을 전후에서 협공하면 제갈공명을 무난히 생포할 수 있을 것입니다."

마준은 강유의 계교에 거듭 감탄하며 그대로 시행하기로 했다.

공명의 계교는 과연 강유가 추측한 그대로였다. 공명은 조자룡을 시켜, 마준이 군사를 이끌고 천수성을 나가거든 그 즉시 성을 점령하기 위해 군사를 산속에 매복시켜두었던 것이다. 그리고 장익(張翼), 고상(高翔)의 두 장수에게 요로(要路)를 지키고 있다가 마준을 깨칠 계획이었는데, 그것 역시 공명이 지시한 계략임은 말할 것도 없었다.

한편, 조자룡은 마준이 양건과 더불어 군사를 거느리고 성 밖으로 출동하는 것을 보고 크게 기뻐했다. 적이 성을 비우고 남안성으로 출동하는 줄만 알았기 때문이다.

조자룡은 얼마 후 정병 오천을 거느리고 천수성 아래에 이르러, 큰소리로 호령했다.

"상산 조자룡이 여기 와 있다. 너희들은 몰살되고 싶지 않거든 성문을 열고 항복하라!"

그러나 양서(梁緒)가 성 위에서 굽어보며 큰소리로 웃었다.

"하하하, 이 얼빠진 조자룡아. 네가 우리의 계교에 빠진 줄도 모르고 무슨 큰소리를 치느냐! 하하하."

조자룡이 화가 치밀어 성안으로 쳐들어가려 하니, 돌연 사방에서 난데없는 함성이 일어나며 화살이 빗발치듯 날아들었다.

'어이쿠! 우리가 이놈들한테 속았구나!'

그걸 깨달은 순간, 새파랗게 젊은 장수 하나가 창검을 비껴잡고 말을 달려오며 큰소리로 외쳤다.

"이놈들아! 네 놈들은 천수 땅에 강유가 있는 것도 몰랐더란 말이냐!"

조자룡은 미처 대꾸도 못하고 강유와 일전을 겨루었다.

강유는 백전노장 조자룡이 다루기 어려울 만큼 강한 상대였다. 이십 합쯤 싸웠지만 그의 창법은 시간이 갈수록 예기와 민첩을 더하고 있었다.

'천수 땅에 이런 명장이 있었던가?'

조자룡은 새삼 놀라며 싸움을 계속하고 있는데, 이번에는 좌우 등 뒤에서 수많은 적병이 노도와 같이 몰려들고 있었다. 마준과 양건이 횃불을 신호삼아 급히 달려온 것이었다.

조자룡은 형세가 위급해지자 싸움을 포기하고 급히 달아나기 시작했다. 강유가 맹추격해 오며, 군사들을 마구 무찔러 죽였다.

조자룡은 가까스로 죽음을 면하고 본진에 돌아와 공명에게 보고했다.

"적의 계교에 빠져 여지없이 패했나이다."

공명이 그 소리를 듣고 크게 놀랐다.

"적진에 어떤 장수가 있었기에 우리의 계교를 간파하고 위계를 썼단 말이오?"

"강유라는 스무 살 안팎의 장수가 있었는데, 그리 뛰어난 젊은 장수는 처음입니다. 그야말로 당세의 영걸이었나이다. 그가 쓰는 창법도 보통 사람과는 비견할 수 없더이다."

공명은 그 소리를 듣고 길이 탄식했다.

"천수성 함락은 시간문제인 줄로만 알았는데, 그런 영걸이 있을 줄 누가 알았겠는가. 그러면 이제는 내가 몸소 나가야 하겠소."

공명은 군사를 거느리고 천수성으로 진군했다.

그는 성하에 이르러 군령을 내렸다.

"성을 공격할 때는 첫날이 가장 중요하오. 하루 이틀에 함락시키지 못하면 날이 갈수록 함락시키기 어려운 법이오. 적은 자신을 가지게 되고, 우리는 사기가 떨어지는 데다 피로까지 겹치기 때문이오. 천수성처럼 작은 성은 단숨에 함락시켜야 하오."

공명은 공격명령을 내렸다. 군사들이 성을 향하여 맹렬한 공격을 퍼부었다. 그러나 성 위에는 깃발만이 펄럭일 뿐 쥐죽은 듯 고요했다.

'웬일일까? 적은 또다시 위계를 쓰고 있는 모양이구나!'

공명의 머릿속에서 홀연 강유라는 젊은 장수의 그림자가 떠올랐다. 너무도 저항이 없어 의심을 품고 있는데, 문득 배후에서 일대 굉음이 일어나더니 사방에서 적병이 아우성을 치며 덤벼들었다. 그와 동시에 전후좌우에서도 불길이 일어나더니 성안에서 돌과 통나무를 굴려 촉병들을 무참하게 시살했다. 당대의 모사 공명도 적의 위세를 당해 낼 재간이 없었다.

"안 되겠다. 급히 퇴각하라!"

공명은 드디어 퇴각령을 내렸다.

참패에 참패를 거듭하면서 본진으로 돌아온 공명은 천수 태생의 노인을 불러 물었다.

"그대는 강유라는 어린 장수의 이름을 들어본 일이 있는가?"

"천수 출신치고 강유를 모르는 사람은 없으오리다."

"그는 어떤 사람인가?"

"나이는 스무 살밖에 안 되오나 병법이 방불하고 용기가 출중한 인물입니다. 게다가 그는 편모에 대한 효성이 극진하여 효자로도 이름이 높습니다."

"그의 모친은 지금 어디에 살고 있는가?"

"기현(冀縣)이라는 곳에서 홀로 살고 있습니다."

"천수 고을에서는 군량과 보물을 어느 지방에 저장해 두는가?"

"천수 고을의 군량은 상규(上邽)라는 곳에 저장되어 있습니다."

공명은 그 대답을 듣고 매우 기뻐하며, 곧 위연과 조자룡을 불러 명했다.

"위연 장군은 당장 군사를 이끌고 기현으로 가서 허장성세로 그곳을 점령할 듯이 엄포를 놓으시오. 그러다가 만약 강유가 오거든 성안으로 들어가도록 그대로 내버려두오. 그리고 조자룡 장군은 군사를 이끌고 가서 적의 군량고를 공격하오."

바로 다음날 아침의 일이었다. 위군의 첩보가 중군으로 급히 달려 들어와 강유에게 보고했다.

"촉군은 지금 세 패로 나뉘어 일군은 남안성을 치고, 일군은 상규성을 치고, 다른 일군은 기현으로 달려가고 있다 하옵니다."

"뭐, 촉군이 기현으로도 갔다고?"

강유는 그 소리를 듣고 대번에 눈물이 글썽해졌다. 그도 그럴 것이 효성이 지극한 그는 어머니가 촉군에게 살해될까 염려스러웠기 때문이었다.

그가 떨리는 목소리로 마준에게 고했다.

"저의 어머니가 기현에 계시는데, 촉병이 지금 그곳을 침범한다 하옵니다. 만약 태수께서 저에게 삼천 기만 주시면, 곧장 달려가 저의 어머니도 구하고 기현성도 구해 내겠습니다."

마준은 강유의 효성이 지극하다는 것을 알고 있는지라 허락하지 않을 수 없었다.

강유는 그 길로 군사를 이끌고 기현을 향해 내달렸다. 도중에서 촉군과 부딪쳤으나 위연은 공명의 군령에 따라 그를 공격하지 않고 성안으로 무사히 들어가게 해주었다. 강유는 성안으로 들어와 노모가 무사하다는 것을 알고 크게 기뻐하며, 성문을 굳게 잠근 채 싸우려고 하지 않았다.

한편, 조자룡은 상규로 달려왔으나 그 역시 공명의 지시대로 별다른 공격을 펼치지 않았다. 때마침 양건이 응원군을 이끌고 왔으나, 그들도 그대로 성안으로 무사히 들어가게 해주었다.

그 무렵, 공명은 사로잡은 하후무를 불러내어 물었다.

"이제부터 그대에게 문책을 하겠노라. 그대는 죽음이 두렵지 않느냐?"

귀족 출신인 하후무는 죽음이라는 말을 듣고 얼굴빛이 새파래지더니 애원하듯이 말했다.

"생은 승상의 관대하신 처분을 바랄 뿐이옵니다."

공명이 고개를 끄덕이며 부드럽게 말했다.

"지금 기현에 있는 강유가 글월을 보내왔는데, 우리가 그대를 놓아 보내주면 자기는 항복을 하겠노라고 했다. 만약 내가 그대를 풀어주면 그대는 강유를 내게 데리고 올 수 있겠는가?"

"승상께서 저를 놓아주시기만 한다면 틀림없이 강유를 데려오겠나이다."

"그러면 그대의 말을 믿고 지금 방면해 주리라."

공명은 즉석에서 하후무에게 새 옷과 말을 내주어 보냈다.

하후무는 저승에서 살아온 사람처럼 정신없이 달렸다. 얼마를 가다보니 피난민들이 줄을 지어 도망가고 있었다.

"웬 피난민이오?"

하후무가 백성들에게 물었다.

"저희들은 기현에 살던 농사꾼들입니다."

"농사꾼들이 왜 피난을 가오?"

"기현을 지키던 강유 장군이 항복하는 바람에 촉장 위연이 입성하여 사방에 불을 지르고 노략질을 하는 바람에 난을 피하여 상규로 가는 길이라오."

하후무는 그 소리를 듣자 기현으로 가려던 말머리를 돌리는 수밖에 없었다.

'아아, 강유가 마음이 변하여 적에게 항복할 줄 몰랐구나.'

하후무는 그렇게 탄식하며 이번에는 천수성으로 방향을 바꾸었다.

하후무가 밤중에 천수에 도착하여 성문을 두드리니, 수문장이 알아보고 급히 문을 열어주었다. 마준이 황급히 영접을 나오며 물었다.

"하후 부마께서 어이된 일이시옵니까?"

"강유가 나를 팔고 촉에 항복했소."

하후무가 지금까지의 경위를 자세히 들려주니, 마준이 한숨을 쉬며 말했다.

"아무리 생각해도 강유가 우리를 배반하고 항복할 사람이 아닌데, 어찌 된 영문인지 모르겠나이다."

그러자 옆에 있던 양서가 말했다.

"아마 도독을 살리고자 거짓 항복을 했는지도 모르옵니다."

이때, 문득 성 밖에서 난데없는 아우성소리가 들려왔다.

"이게 웬 아우성이냐?"

"촉병들이 강유를 데리고 성 밖에 나타났습니다."

"뭐, 강유가 왔다고?"

세 사람이 모두 놀라 성 위로 달려 올라가보니 촉병들은 저마다 손에 횃불을 들고 있었는데, 그 한복판에서 강유가 성을 올려다보며 외쳤다.

"하후 부마는 어디 계시느냐?"

"하후 부마는 여기 계시오. 강유가 대체 웬일이오?"

마준이 큰소리로 대답하니, 강유가 더욱 큰소리로 외쳤다.

"내가 도독을 위해 항복했거늘, 하후 도독은 어찌하여 나와의 약속을 지키지 않으시오?"

하후무는 기가 찼다.

"네가 위국으로부터 받은 은혜가 태산 같거늘, 촉에게 항복을 했다니 그 무슨 망발이냐? 그리고 너와 내가 무슨 약속을 했다는 말이냐?"

"그 어인 말씀이오? 내게 글을 보내 항복을 권해 놓고, 이제 와서 이 무

슨 해괴한 수작이오? 그러면 당신이 살아나려고 나를 모함에 빠뜨렸단
말이오?'

"네가 정신이 돌았구나. 내가 무슨 편지를 보냈단 말이냐?'

"어쨌든 나는 촉에 항복하여 상장이 되었으니 이제는 나를 생각지 마
오."

강유는 그 말을 남기고 촉병들과 함께 어둠 속으로 사라져버리는 것이
었다.

사실 그는 공명이 보낸 가짜 강유였다. 그러나 한밤중에 멀리서 마주
대한 까닭에 하후무와 마준은 그가 가짜 강유라는 것은 꿈에도 생각지 않
았다. 진짜 강유는 아직도 기현성을 엄연히 지키고 있었건만, 아무도 그
사실을 몰랐던 것이다.

공명은 그런 계교를 꾸미는 한편, 군대를 몰고 기현성으로 쳐들어갔
다. 강유가 성 위에서 바라보니, 촉병들은 수많은 수레에 양초(糧草)를 실
어 촉진으로 나르고 있었다. 양초에 기근을 느낀 강유는 그것을 빼앗으려
고 정병 삼천을 거느리고 성을 달려 나와 촉병을 엄습했다.

촉병들은 강유를 맞아 한바탕 싸웠다. 그러다가 나중에는 수레를 내버
린 채 급히 달아나기 시작했다. 강유 입장에서 보자면 상상 외의 대전과
를 거둔 셈이었다. 그러나 그것이 바로 공명의 계교에 빠진 것일 줄은 꿈
에도 몰랐다.

강유가 많은 양초를 포획해 의기양양하게 성으로 돌아오려니, 문득 난
데없는 군사들이 숲속에서 뛰쳐나오며 강유의 군사를 사정없이 시살했
다. 그들이야말로 촉군의 으뜸가는 대장 장익의 군사였다.

강유는 크게 당황하여 필마단기로 도망을 치려니, 이번에는 왕평의 군
사가 앞을 가로막았다. 강유는 또 한번 혼비백산하여 기현성으로 급히 쫓

졌다. 그러나 성으로 돌아와보니 성루 위에는 이미 촉기가 바람에 펄럭이고 있었다. 강유가 성을 나간 사이에 위연의 군사가 성을 점령해 버린 것이었다.

강유는 하는 수 없어, 멀리 천수성을 향해 맹렬히 말을 달렸다. 도중에 장포의 군사를 만나 또다시 한바탕 싸우다가 또다시 쫓겼다.

강유는 천수성에 도달하여 성문을 힘차게 두드렸다.

"나는 기현성에서 오는 강유다. 적의 추격이 심하니 어서 빨리 문을 열라!"

그러자 태수 마준이 성 위에서 굽어보며 천만뜻밖에도 이렇게 외쳤다.

"천하의 역적 강유 놈아! 네가 촉군을 몰고 와 성문을 열라니, 어쩌자는 것이냐? 어제는 하후 부마를 배반하더니, 오늘은 천수성을 적에게 넘겨줄 셈이냐?"

강유는 대경실색했다.

"그, 그 무슨 말씀이오? 내가 배반을 하다니, 그게 무슨 말씀이오?"

"이 배반자야! 네가 누구를 속이려고 가면을 쓰느냐! 여봐라, 저놈을 쏘아 죽여라!"

명령일하에 화살이 빗발치듯 날아왔다.

강유는 하늘을 우러러 탄식하며 장안으로 향했다. 그리하여 이십여 리쯤 달려왔을 때, 이번에도 수천의 촉병이 앞을 가로막았다. 촉장 관흥이 거느린 군사였다.

"아아, 촉병은 여기에도 있었구나!"

그야말로 사면초가였다. 마지못해 말머리를 돌려 또 얼마를 달아나려니, 이번에도 일표의 군사가 앞을 가로막으며 소리쳤다.

"강유야! 네가 어디로 가느냐?"

그제야 깨닫고 보니 사륜거 위에 윤건학창(輪巾鶴氅)을 차린 공명이 이쪽을 조용히 바라보고 있었다.

강유는 소름이 오싹 끼쳐 오도 가도 못했다. 그때 공명의 부드럽고도 위엄에 찬 목소리가 다시 들려왔다.

"강유는 듣거라. 죽음은 쉬우나, 생은 두 번 다시 오지 않는다. 네 이미 정성을 다해 싸웠으니 이제는 항복한들 무슨 부끄러움이 있으랴. 천운은 거역을 못하는 법이니, 이 자리에서 곱게 항복하라."

강유는 한 자리에 멈춰 선 채 한동안 생각에 잠겨 있었다. 그러다가 말에서 내려 땅에 엎드렸다. 공명은 수레에서 내려 강유의 손을 친히 잡아 일으키며 말했다.

"내가 초려를 나온 이후로 나의 배운 바를 물려줄 후계자를 널리 구했으나 아직 그 사람을 얻지 못했소. 이제 그대를 만났으니 이로써 오랜 소원을 이루게 되었소."

강유는 그 소리를 듣고 감격에 겨워 하염없이 눈물을 지었다.

공명은 강유와 수레를 같이 타고 본진으로 돌아와, 예를 갖추어 물었다.

"천수, 상규 이 두 성을 취하려면 어찌해야 좋겠소?"

강유가 계교를 말했다.

"제가 천수성 안으로 화살 한 대만 쏘아 보내면, 그것으로 족할 것입니다."

"좀더 구체적으로 말해 보오."

"천수성에 있는 양서와 윤상(尹賞)은 저와 막역한 사이입니다. 그러므로 제가 그들에게 주는 밀서를 화살로 쏘아 보내면 천수성 안은 그로 인해 자중지란을 일으켜 싸우지 않고도 점령할 수 있을 것입니다."

공명은 강유의 계교에 탄복하며, 곧 그대로 시행케 했다.

강유는 두 통의 밀서를 써서 천수성으로 쏘아 보냈다. 한 병사가 공중에서 날아온 밀서를 마준에게 전했다. 마준은 강유의 밀서를 보고 크게 놀라며 하후무와 의논했다.

"윤상과 양서가 강유와 내응하고 있을 줄은 몰랐습니다."

"이 밀서가 사전에 발각되었으니 천만다행이오. 지금 곧 군사를 보내 그놈들을 죽여버립시다."

마준은 하후무의 명에 의하여 두 장수를 죽이려고 도부수를 보냈다. 그러나 윤상이 그 비밀을 미리 알고 양서를 찾아와 말했다.

"우리가 누명을 쓰고 죽기는 너무도 억울하니, 공명에게 항복하는 것이 어떻겠소?'

'나 역시 같은 생각이오!'

뜻을 같이하게 된 윤상과 양서가 곧 뒷문으로 피신하여 촉군에게 내응할 뜻을 전했다. 그리고 나서 다시 천수성으로 돌아와 하후무를 만나겠다고 하니, 수문장은 두말없이 성문을 열어주었다.

촉병은 그 기회를 놓치지 않고 성안으로 몰려들어 위병을 닥치는 대로 시살했다. 하후무와 마준은 미처 대항도 못하고 북문으로 쫓겨 나와 멀리 강중(羌中) 땅을 바라고 도주했다.

공명은 윤상과 양서의 영접을 받으며 천수성에 입성했다. 공명이 그들에게 물었다.

"그대들은 상규성을 취할 묘책이 없느뇨?'

양서가 대답했다.

"본인의 친동생 양건이 상규 태수입니다. 제가 편지를 보내면 그날로 항복하오리다."

"편지를 보낼 것이 아니라, 그대가 직접 가서 동생을 만나보고 오라."

양서는 그날로 상규성을 찾아가 아우를 공명에게 항복하게 했다.

공명은 크게 기뻐하며, 모든 장수들에게 상을 후하게 내린 뒤에 양서를 천수 태수에 봉하고, 윤상을 기현령(冀縣令)에 봉했다.

그 자리에서 장수들이 공명에게 물었다.

"승상께서는 어찌하여 하후무를 사로잡지 않으시고 그대로 놓아 보내셨나이까?"

공명이 웃으며 대답했다.

"하후무를 오리새끼에 비긴다면, 강유는 봉황에 견줄 인물이오. 내 봉황을 얻었거늘 부질없이 오리까지 붙들 필요가 어디 있겠소. 그따위 인간을 따라다니기에는 시간이 아까울 뿐이오."

모든 장수들이 공명의 깊은 뜻을 알고 새삼스러이 고개를 끄덕였다.

위수 공략전

태화(太和) 원년 이른 겨울이었다. 위주 조예가 만조백관을 한자리에 모아놓고 조회를 하는데, 근신이 황급히 들어와 말했다.

"급보에 의하면 하후 부마는 천수, 상규 등의 세 성을 촉군에게 빼앗기고 강중으로 달아났다 하옵니다. 공명은 대군을 거느리고 기산(祁山)을 거쳐 이미 위수(渭水)에 다다랐다 합니다."

너무도 놀라운 급보에 조예를 비롯한 만조백관은 안색이 창백해졌다.

조예가 신하들을 굽어보며 물었다.

"과감히 나아가 촉병을 격파할 사람이 누구 없겠소?"

사도 왕랑(王朗)이 말했다.

"대장군 조진께서는 촉병을 무난히 격파하실 수 있을 것입니다."

조예는 곧 조진을 불러 말했다.

"종형(從兄)께서 이 국난을 구원해 주오. 하후무가 이미 참패했다니, 이제는 형님을 두고 나라를 구할 장수가 없겠소이다."

조진이 머리를 조아리며 아뢰었다.

"이와 같은 국가위급지추에 황감하신 분부를 어찌 거역할 수 있으오리까. 다만 바라옵건대 사정후(射亭侯) 영옹주자사(領雍州刺史) 곽회(郭淮)로 부장을 삼게 해주소서."

"그것은 어렵지 않은 말씀이오. 만사 대도독의 뜻대로 하오."

이리하여 조진은 대도독이 되고, 곽회는 부도독이 되고, 왕랑으로 군사를 삼으니, 이때 왕랑의 나이 이미 일흔여섯이었다.

조진은 이십만 대군을 거느리고 출진했다. 선봉장은 종제 조준(曹遵)이 었고, 탕구장군(盪寇將軍) 주찬(朱讚)은 부선봉이 되어, 조예의 환송을 받으며 성대히 출사했다.

대군은 장안에 도달하자 위수 서쪽에 진을 치고 작전계획을 세웠다. 그 자리에서 왕랑이 말했다.

"내일 우리 군사의 진용을 정연히 갖춰놓고, 내가 일선으로 나가 제갈량의 간담이 서늘해지도록 일석화(一席話)를 베풀어보겠나이다. 그러면 제갈량은 싸우기를 단념하고 스스로 물러가게 되오리다."

"공명이 호락호락 넘어갈 것 같으오?"

"노부(老夫)에게 계교가 있으니 만사를 맡겨주소서."

팔십객의 노군사는 자신만만하게 대답했다.

싸우지 않고 적을 쫓아버린다니, 조진으로서는 이의가 있을 리 없었다.

"그러면 군사의 계교대로 해보오."

다음날 아침 위군은 기치와 갑옷을 정연히 갖추고 촉군과 대진했다. 위군의 고각(鼓角)이 드높이 울리자, 백발이 성성한 왕랑이 말을 타고 적진 앞으로 달려 나와 큰소리로 외쳤다.

"촉군은 천추의 한을 남기고 싶지 않거든 곱게 물러가라."

그러자 바로 그때, 촉군 속에서 공명이 사륜거를 타고 관흥과 장포의 호위를 받으며 왕랑 앞으로 조용히 다가왔다. 그리고 행렬의 앞장을 선 이가 왕랑에게 외쳤다.

"한나라 승상께서 친히 납시니, 왕랑은 할 말이 있거든 어서 말해 보라."

왕랑이 공명을 건너다보면서 말했다.

"공의 대명을 들은 지 이미 오래이나, 이렇게 대면하기는 오늘이 처음이오. 공은 천명(天命)을 알고 시무(時務)를 깨닫고 있겠거늘, 어찌하여 무명지사(無名之師)를 일으키오?"

공명이 대답했다.

"내 조칙(詔勅)을 받들어 도적을 치거늘 어찌하여 무명지사라 이르느뇨?"

"공은 그 어찌 천부당만부당한 궤변을 논하오. 천수(天數)는 때에 따라 바뀌는 법이고, 신기(神器)가 유덕한 분에게 돌아감은 천지자연의 섭리가 아니오. 환제(桓帝)·영제(靈帝) 이래로 세상이 어지럽고 군웅이 패왕을 참칭하는 일이 수없이 많았으나, 오로지 태조 무제만이 백성을 애호하고 사해를 평정하여 대위제국(大魏帝國)을 창건하신 것이 아니오? 따라서 선무제께서는 권(權)으로 패(霸)를 취하신 것이 아니라, 덕으로 민심을 귀순케 하심이니 그 어찌 천명이라 아니할 수 있으리오. 공은 어찌하여 그와 같은 천리를 모르고 스스로 하늘을 거스르는 자가 되려 하오. 공이 이제라도 창을 던지고 예의로 항복한다면 봉후지위(封侯之位)를 누릴 수 있으리니, 대오일번(大悟一番)이 있기를 바라오."

왕랑은 워낙 박학대유(博學大儒)로 변설이 능한 사람인지라, 공명을 말로 설득시키려 노력했다.

그 말을 듣고, 공명이 수레 위에서 웃으면서 대답했다.

"내 왕랑을 제법 지혜로운 인물로 알았더니, 어찌면 그다지도 졸렬한 소리만 늘어놓느뇨? 그대는 내 말을 들어보라. 그대는 본디 한조의 구신(舊臣)이 아니었더냐? 그러하거늘 황은(皇恩)을 배반하고 조적(曹賊)에게 붙어 여생의 영광을 구차스럽게 누리고 있으니, 그 어찌 양심을 가진 자의 할 짓이겠느냐? 그래도 나는 연치를 존중하고 지혜를 사랑하여 그대만은 믿고 있었거늘, 오늘날 떠드는 소리를 들어보니 이미 마음도 썩을 대로 썩었구나. 돌아보건대 환제 · 영제 시대에 한통(漢統)이 어지러워진 것도 너 같은 간신배들이 조정을 문란하게 만든 결과가 아니고 무엇이었더냐? 나는 본디 세상에 뜻이 없어 초야에 묻혀 서생으로 생애를 보낼 생각이었으나, 너 같은 간신배가 사리사욕에 눈이 어두워 부간부담(附肝附膽)을 일삼으며 한실의 법통을 어지럽게 했기로, 그를 좌시할 수 없어 만부득이 세상에 나온 것이다. 노적(老賊)에게도 일말의 양심이 있거든 이제라도 항복을 하거라. 만약 아직도 잘못을 깨닫지 못했다면 내 칼로 그대의 목을 잘라 구천으로 보내주리라."

공명이 낭랑한 소리로 왕랑을 통렬하게 꾸짖었다.

"으악!'

울화가 가슴에 치민 왕랑이 별안간 외마디 비명을 지르며 그 자리에 쓰러졌다. 측근들이 깜짝 놀라 달려가보니 왕랑은 이미 숨져 있었다.

위군은 철석같이 믿었던 왕랑이 별안간 변고를 당하는 바람에 사기가 크게 떨어졌다.

부도독 곽회가 조진에게 말했다.

"적은 우리의 치상(治喪)을 노리고 오늘밤 기습해 올 것이니, 우리가 선수를 쳐서 적진을 엄습하는 것이 어떻겠나이까?'

"나도 그런 생각을 품고 있었소."

조진은 즉석에서 찬동하며 조준, 주찬의 두 선봉장을 불러 명했다.

"그대들은 각각 일만 기를 거느리고 기산 후면에 매복해 있다가 적이 우리한테로 진군해 오거든 무사히 통과시켜주고 그 기회에 적진으로 쳐들어가라. 만약 적이 습격해 오는 기색이 없거든 내일 아침에 그대로 회군하라."

조진은 두 장수를 보낸 뒤에 곽회에게 말했다.

"우리 두 사람은 영채 밖에서 군사들과 매복해 있다가, 적이 쳐들어오거든 영채에 불을 질러 일거에 섬멸해 버립시다."

한편, 공명은 장중으로 돌아오자 조자룡과 위연을 불러 말했다.

"두 장수는 오늘밤 본부병을 이끌고 가서 적을 무찌르오."

위연이 고개를 기울이며 말했다.

"조진은 병법에 밝아 결코 허수로이 여길 인물이 아닙니다. 그는 상중(喪中)에 우리가 야습해 올 것이라는 점을 미리 간파하고 물 샐 틈 없는 경계망을 펼치고 있을 것이 분명합니다."

"그 일은 염려 마오. 나 또한 그것을 알고 있기 때문에 적의 계교를 역이용하려는 것이오. 적은 필연코 기산 후면에 군사를 매복시켜놓았다가 우리 군사가 야습을 가하면 지나쳐 보내놓고 나서, 우리 영채로 습격해 올 것이오. 그러니까 위연 장군은 군사를 데리고 갔다가 나는 듯이 돌아와 불빛이 일어나거든 그것을 신호삼아 적을 후방에서 공격하오."

두 장수가 명령대로 군사를 데리고 떠나자, 공명은 다시 관흥과 장포를 불러 말했다.

"그대들은 기산 요로에 매복해 있다가, 위병이 지나가거든 그들이 온 길로 급히 달려가 적의 영채를 엄습하라."

그 다음에는 마대, 왕평, 장의, 장익에게도 각각 군사를 주어, 사면으로 매복해 있다가 위병이 오거든 협공을 하라고 일러두었다. 이를테면 이편의 야습은 야습대로 치밀하게 계획해 가면서, 습격해 오는 적을 가차 없이 격파할 작전까지 세우고 있는 것이었다.

위군은 그런 줄도 모르고 조준, 주찬의 두 장수가 이만 대군을 거느리고 기산에 매복하여 촉군의 동정을 살피고 있었다.

밤이 이경쯤 되었을 무렵, 촉군이 이쪽으로 움직이는 동정이 보였다.

'과연 곽 도독의 예측은 귀신 같구나!'

조준은 속으로 감탄하면서 촉군을 보내놓고 나서, 즉시 적의 영채를 급습했다. 그러나 이게 웬일일까. 촉진에는 깃발만 바람에 휘날리고 있을 뿐 군사는 한 명도 보이지 않았다.

그들이 진중으로 돌입하는 순간, 어디선가 별안간 불길이 일어나더니 검붉은 화광이 충천했다.

"앗, 적의 계교에 속았구나!"

주찬과 조준이 소스라치게 놀라 군사를 돌리려고 하니, 바로 그때 사방에서 별안간 함성이 터지며 촉군이 노도처럼 엄습해 왔다. 말할 것도 없이 마대, 왕평, 장익, 장의가 일시에 공격을 가해 온 것이었다.

위군은 변변히 싸워보지도 못하고, 불에 타 죽고, 창에 찔려 죽고, 말발굽에 밟혀 죽으며 그야말로 형편없는 참패를 거듭했다. 주찬과 조준은 가까스로 백여 기를 거느리고 도주했다.

두 장수가 형편없는 몰골로 급히 달아나는데, 이번에는 어디선가 고각 소리가 요란스럽게 울리며 일표군이 앞을 가로막았다. 이미 매복해 있던 조자룡의 군사였다. 두 장수가 죽을힘을 다해 달아나는데, 얼마 안 가서 또다시 적의 공격과 마주쳤다. 이번에는 위연의 군사를 만난 것이었다.

두 장수는 필마단기로 혈로를 뚫고 본영으로 돌아왔다. 그러나 본진에 돌아와보니, 거기에서도 승전의 함성을 올리고 있는 것은 역시 촉병이었다.

조진과 곽회는 관흥, 장포의 습격을 받아 군사를 거의 다 잃어버리고 백여 리나 퇴각했다.

당시 서강국(西羌國)의 국왕인 철리길(徹里吉)은 조조 때부터 해마다 위 나라에 조공을 바쳐오고 있었다. 조진은 공명에게 크게 패하자 서강국 왕 철리길에게 응원군을 요청했다. 그 무렵, 서강국에는 두 사람의 뛰어난 인물이 있었으니, 한 사람은 승상으로 있는 문관 아단(雅丹)이었고, 다른 한 사람은 원수로 있는 무관 월길(越吉)이었다.

국왕 철리길은 조진에게서 응원군 요청을 받고, 승상 아단과 원수 월 길을 불러 상의했다.

"위국에서 원군을 요청해 왔으니, 이 문제를 어찌 처리했으면 좋겠 소?"

승상 아단이 대답했다.

"위국과 우리는 예로부터 형제지국이온데, 조 도독의 요청을 어찌 물 리칠 수 있으오리까?"

"월길 원수는 어떻게 생각하시오?"

"신도 승상의 말씀을 옳게 여기나이다. 제 생각으로는 군사를 이십오 만가량 보내주면 좋겠나이다."

철리길은 그 말에 고개를 끄덕이며 군사 이십오만 명을 위국에 응원군 으로 보내기로 결정했다.

강병 이십오만은 모두가 궁노(弓弩)와 도창(刀槍), 비퇴(飛槌) 따위의 무 기에 익숙한 정병들이었다. 그밖에도 그들에게는 비장의 병기가 있었으 니, 그것은 오늘날의 전차와 흡사한 철엽차(鐵葉車)였다.

아단과 월길은 국왕의 명에 의하여 이십오만 대군을 몸소 거느리고 서 평관(西平關)에 도달했다. 서평관을 지키던 촉장 한정(韓禎)이 그 사실을 알고, 공명에게 급히 알렸다. 평소에 별로 놀라는 일이 없던 공명도, 서강병이 나타났다는 보고를 받고서는 안색이 매우 우울했다.

그는 모든 장수들을 한자리에 불러놓고 물었다.

"뉘 가서 서강병을 무찌를 장수가 없겠소?"

장포와 관흥이 나섰다.

"저희 둘이 가서 무찌르고 오겠나이다."

"서강군을 무찌르자면 아무래도 젊은 장수인 그대들이 적임자일 것이다. 그러나 그대들은 지리에 익숙지 못할 뿐만 아니라 그들의 기질과 풍습을 잘 모르니, 서강이 고향인 마대 장군과 함께 가도록 하라!"

세 장수는 곧 군사를 데리고 서평관으로 떠났다.

그로부터 며칠 후, 그들은 강병과 대진하게 되었다. 관흥이 백여 기를 거느리고 나가 적의 형편을 살펴보니, 강병들은 철엽차를 가지고 있어서 도저히 무찌를 자신이 없었다.

관흥이 적정을 살펴보고 돌아와 마대와 장포에게 사실을 말했다.

"미리부터 겁을 집어먹을 것이 아니라 한번 싸워보고 나서 작전을 새로 짜기로 합시다."

두 사람이 관흥을 격려했다.

이튿날 관흥과 마대, 장포는 세 갈래로 나누어 일제히 적진으로 향했다. 서강진에서는 촉병들을 보자, 월길 원수 자신이 철엽차 부대를 거느리고 철퇴를 휘두르며 맹렬히 달려 나왔다.

관흥은 삼로군을 호령하며 앞으로 나왔으나, 철엽차는 화살도 두렵지 않고 창도 겁낼 것이 없는지라 마구 덤벼오면서 안에서 화살을 빗발치듯 쏘아 갈기는 것이었다.

관흥은 도저히 대항할 수가 없어 크게 패하여 달아났다. 그러나 얼마 못 가 철퇴를 휘두르며 달려오는 장수와 마주쳤다. 그는 서슬이 푸르게 달려오며 소리쳤다.

"나는 서강국 원수 월길이다. 촉장은 용기가 있거든 나와 자웅을 겨뤄보자."

관홍은 전력을 다해 싸우려 했으나 워낙 사기가 땅에 떨어진지라 몸과 팔다리가 말을 들어주지 않았다. 몇 번이고 죽을 고비를 넘긴 관홍은 겨우 단신으로 쫓겨왔다.

마대와 장포도 관홍처럼 비참하게 패하지는 않았지만, 그들 역시 많은 군사를 잃어버리고 돌아와 있었다.

세 장수가 탄식하는 중에 마대가 말했다.

"아무래도 우리 힘으로는 적을 막아낼 길이 없을 것 같소. 나는 남아서 영채를 지키고 있을 테니, 두 사람은 승상을 찾아가 새로운 작전을 세우도록 하오."

두 사람은 그 말을 옳게 여겨, 곧 말을 밤낮으로 달려 공명을 찾아갔다.

공명이 자세한 보고를 받고 말했다.

"그러면 내가 직접 가보고 방도를 강구해야 하겠다."

그런 다음 조자룡과 위연을 불렀다.

"내가 서평관으로 떠나 강군을 직접 살펴야 하겠으니, 두 장군은 나 없는 사이에 위수를 굳게 지켜주오. 조진은 의기가 소침해져 우리가 침범하지 않으면 제가 먼저 공격해 오지는 않을 것이오."

뒤처리를 튼튼히 다져놓은 공명은 강유, 장익, 관홍, 장포 네 장수와 함께 삼만 군을 거느리고 서평관으로 떠났다.

서평관에 당도한 공명은 그날로 높은 산 위에 올라가 적군을 살펴보았다. 적진에서는 철엽차가 수없이 움직이고 있었다. 공명은 적정을 한동안 관찰했다.

"적이 갖추고 있는 특수한 무기라야 철엽차 하나가 있을 뿐이다. 철엽차는 별로 겁낼 것 없는 장비이다."

그런 다음 뒤에 서 있는 강유를 돌아보며 물었다.

"그대는 어떻게 생각하는가?"

강유가 대답했다.

"적은 용기는 있어도 지략은 매우 부족한 무리입니다. 철엽차라는 기
동력은 있어도 그것을 뒷받침할 만한 정신력은 부족합니다. 승상께서는
저들을 어렵지 않게 섬멸시키실 수 있으오리다."

"옳게 보았네. 저들을 격파하는 것은 결코 어려운 일이 아니야."

공명은 그렇게 말하고는 영채로 돌아와 장수들을 모아놓고 설명했다.

"지금 하늘에 붉은 구름이 가득 차 있고, 삭풍(朔風)이 사납게 불고 있
는 것을 보면 머지않아 눈이 올 것이다. 우리에게 눈을 이용해 적을 섬멸
시킬 기회가 도래한 것이니라. 강유는 일지군을 거느리고 적진에 접근해
있다가, 내가 붉은 깃발을 휘두르거든 적을 유인하면서 뒤로 쫓기라. 다
른 장수들에게는 각기 별도의 군령을 내릴 테니, 곧 행동을 개시하라."

그런 다음 관흥, 장익, 장포, 마대에게는 따로따로 비밀군령을 내렸다.

강유는 군사를 이끌고 적에게 접근했다. 어제의 대승으로 사기가 왕성
해진 강군 원수 월길은, 오늘에야말로 적을 씨알머리도 없이 섬멸시키리
라 마음먹고 강유를 맞아 나왔다.

이때 하늘에서는 눈이 내리기 시작했다. 강유는 싸우는 척하다가는 쫓
기고, 또다시 싸우는 척하다가는 달아나니 적은 기세를 더욱 올려 추격해
왔다. 적은 마침내 촉군의 본진에까지 추격해 왔고, 강유는 자꾸만 쫓겨
달아났다.

강병들이 영채 앞에 이르렀을 때였다. 촉군 영채에는 군사가 한 명도
없었는데, 문득 어디선가 거문고 소리가 들려왔다.

"저게 웬 거문고 소리냐?"

강병들이 의심을 품고 월길 원수에게 고했다.

월길이 고개를 기울이며 말했다.

"적이 궤계를 쓰고 있으니, 더 이상 공격하지 말고 일단 회군하도록 하라."

그러자 옆에 있던 아단 승상이 고개를 흔들었다.

"장군은 무엇이 두려워 군사를 거두려는 것이오? 제갈공명이 본디 궤계에 능하다는 말은 들었지만, 우리 철엽차 앞에서야 무슨 맥을 쓰겠소. 적을 여기까지 몰고 왔다가 결말을 못 맺고 그냥 돌아간다는 것은 안 될 소리요. 여세를 몰아 적의 진중으로 쳐들어갑시다. 우리가 철엽차를 앞세우고 쳐들어가기만 하면 적은 추풍낙엽처럼 패주하게 될 것이고, 잘만 하면 공명을 사로잡을 수도 있을 것이오."

월길 원수는 그 말에 용기를 내어 전군에 돌격명령을 내렸다.

강병들은 함성을 올리며 일제히 영채 안으로 몰려들었다. 그때 공명을 태운 수레가 저편 숲속으로 급히 사라지는 것이 눈에 띄었다.

"공명이 저기 달아난다. 저 수레를 잡아라!"

월길은 군사를 휘몰아 나는 듯이 공명을 추격했다. 진작부터 내리기 시작한 눈이 쌓이고 쌓여 이미 산과 들이 하얀 눈으로 뒤덮여 있었다.

월길이 공명의 수레를 추격해 가는데, 잡힐 듯 잡힐 듯하면서도 자꾸만 달아났다. 월길이 약이 올라 더욱 가까이 추격해 가는데, 문득 산 뒤에서 복병이 나타났다고 알려왔다.

"앗! 우리가 적의 계교에 빠진 것이 아닌가?"

월길이 추격을 멈추려 하니 아단이 소리쳤다.

"공명만 잡으면 만사가 해결되는데 그까짓 복병이 문제요? 빨리 공명이나 추격하오!"

월길이 다시 맹렬히 추격하노라니, 별안간 천둥이 우는 듯 우르르 소리가 나더니 철엽차가 깊은 구렁 속으로 빠져버리는 것이었다.

공명은 그들이 쫓아오는 길목에 어마어마한 함정을 파놓고, 그 위에 나뭇가지와 풀을 덮어놓았던 것이다. 게다가 눈까지 하얗게 쌓여 있었으니 월길은 그곳에 함정이 있다는 것을 알아챌 리 없었던 것이다.

언덕으로 밀려 내려오던 철엽차들이 연방 함정 속으로 빠져버렸다. 함정에 빠진 강병들은 저마다 아우성을 치고 있었다. 바로 그때, 그 부근에 매복해 있던 관흥과 장포가 좌우에서 벽력같이 소리를 치며 엄습해 왔고, 장익과 장의가 전후에서 몰려오며 강병들을 무찌르니 그들은 저마다 비명을 올리며 쓰러졌다.

월길이 혼비백산하여 산으로 달아나는데, 관흥이 급히 쫓아와 한칼에 목을 베어버렸다. 그리고 아단 승상도 황급히 달아나는데, 마대가 급히 쫓아와 덜미를 움켜잡아 생포했다.

이윽고 아단 승상이 포승에 묶인 채 공명 앞에 끌려나왔다. 공명은 아단의 결박을 풀어주고 예를 갖추어 타일렀다.

"오주(吳主)는 대한의 황제요. 내 이제 황제의 명을 받들어 도적을 치려 하거늘 아단은 어찌하여 역적을 도우려 하는 것이오. 내 이제 그대를 놓아 보낼 터이니 다시는 역적의 무리를 돕지 말도록 하오."

그리고 나서 살아 있는 군사와 노획한 무기를 그대로 내주니, 아단 승상은 공명의 자비에 크게 감동되어, 눈물을 흘리며 감사를 표했다.

공명은 강군을 섬멸시키자 성도에 사람을 보내 첩보를 알리는 동시에, 자신은 조진의 기습을 염려하여 기산으로 급히 회군했다.

그 무렵, 조진은 강군(羌軍)이 참패한 줄도 모르고, 승전의 소식이 전해지기만을 기다리고 있었다. 그러는 중에 하루는 첩병이 들어오더니 말했다.

"촉군이 아마 강군에게 패하여 철수하고 있나 봅니다."

부도독 곽회가 그 소식을 듣고 크게 기뻐하며, 곧 군사를 양로(兩路)로 나누어 촉군을 급히 추격하게 했다.

위군이 기세를 올려 촉군을 급히 쫓아왔다. 위군의 선봉장 조준이 바야흐로 촉군의 덜미를 누르려 하는 바로 그때였다. 난데없는 고성(鼓聲)과 함께 숲속에서 대군이 번개같이 나타나더니 기습공격을 가해 왔다.

그 군사를 이끄는 선두 대장은 위연이었다. 위연은 창을 꼬나잡고 맹호같이 달려오며 소리쳤다.

"반적 조준은 내 칼을 받으라!"

조준은 황급히 놀라 위연을 맞아 싸웠다. 그러나 그는 위연의 상대가 되지 못했다. 조준은 십 합도 미처 싸우지 못하고 위연의 칼을 맞고 땅으로 고꾸라졌다.

부선봉 주찬이 군사를 이끌고 나와 촉군을 측면에서 공격하려 하니, 숲속에서 난데없이 군사들이 나타나 함성을 지르며 공격을 가해 왔다. 그들은 조자룡의 군사들이었다. 주찬은 조자룡과 어울려 싸운 지 삼 합 만에 어이없게도 창에 찔려 쓰러졌다.

조진은 두 장수가 비명횡사하자, 크게 당황하여 군사를 거두어 돌아가려 했다. 그러나 얼마 못 가 그들 역시 촉군의 복병을 만나 여지없이 패배하고 말았다. 관흥과 장포의 군사들이었다.

위군은 참패에 참패를 거듭한 결과, 마침내 위수를 포기하고 멀리 쫓겨 달아났다.

사마중달의 재등장

위제 조예는 거듭 날아오는 패보(敗報)에 대경실색하여, 곧 군신을 한 자리에 모아놓고 비장한 안색으로 물었다.

"누구 나가서 촉군을 물리칠 자는 없느뇨?"

화흠이 대답했다.

"사태가 이토록 급박하게 되었으니, 이제는 폐하께서 몸소 나가 싸우셔야만 승리를 거둘 줄로 아뢰옵니다. 만약 그렇게 하지 않으시면 장안을 잃게 되고 관중(關中)도 곧 위태롭게 될 것입니다."

그러자 태부(太傅) 종요(鍾繇)가 반대의견을 냈다.

"손자병법에 '지피지기(知彼知己)면 백전불태(百戰不殆)' 라는 구절이 있사옵니다. 신이 생각건대 대도독 조진은 공명의 상대가 안 되옵니다. 조진이 이미 참패한 마당에 폐하께서 친정을 나가시는 것은 적의 기세를 돋우어줄 뿐 득이 될 게 없을 것입니다. 우리는 이제 현인의 지혜를 빌려 적을 물리쳐야 할 것이옵니다."

"대체 이 위난을 막아낼 현인이라면 누구를 말하는 것이오?"

"그 사람은 바로 표기대장군 사마의이옵니다."

"반심(叛心)을 품었던 사마중달 말이오?"

"사마의가 반심을 품었다는 유언비어가 퍼졌던 것은 적의 간계(奸計) 때문이었습니다. 이제라도 사마의를 다시 등용해 쓰지 않으면 국가의 위급을 극복할 방법이 더는 없을 것이옵니다."

"중달을 파면시킨 것은 짐도 후회막급이오. 사마중달은 지금 어디에 있소?"

"그는 완성(宛城)에서 한가로이 자적하고 있나이다."

"그럼 지금 곧 사람을 보내 사마중달을 불러오도록 하오."

위제는 곧 조칙을 내려, 사마중달을 불러오게 했다.

한편, 위군을 대파한 공명은 크게 기뻐하며 장안으로 쳐들어가 낙양까지 빼앗을 계획을 세우고 있었다. 그러한 어느 날, 백제성(白帝城)의 성주 이엄이 그의 아들 이풍(李豊)을 보내왔다.

이풍이 공명에게 아뢰었다.

"승상께 기쁜 소식을 한 가지 전하려고 왔나이다."

"기쁜 소식이라니, 무슨 일인가?"

"승상께서는 일찍이 위에 투항했던 맹달이라는 장수를 기억하고 계시나이까?"

"내가 어찌 그를 잊어버릴 수 있겠는가?"

"맹달은 위에 투항한 뒤에 조비의 신임을 얻어 신성(新城) 태수를 지내며 세도가 당당했습니다. 한데 조비가 죽고 예가 위에 오르면서부터 점차 신임을 잃어 지금은 형편이 말이 아닙니다. 그러자 그가 사람을 보내 우리에게 투항할 뜻을 전해 왔기로, 그의 서신을 가지고 왔나이다."

"배반했던 사람이 다시 돌아오겠다니 그것 참 기쁜 소식이로다. 그래,

그대의 엄친께서 맹달을 만나보았는가?"

"가친께서 비밀리에 그를 만나보셨습니다. 그의 말이 승상께서 받아만 주신다면 장안을 공격하실 때에 신성(新城), 상용(上庸), 금성(金城) 세 고을의 군사를 모두 이끌고 내응하겠다고 했습니다."

"그것 참 듣던 중 반가운 소식이오."

바로 그때 근시가 들어와 공명에게 아뢰었다.

"위주 조예가 전에 파면시켰던 사마중달을 평서 도독으로 새로 임명하여 대군을 독찰하게 한다 하옵니다."

공명은 그 소리를 듣고 아연히 놀랐다.

"사마중달을 다시 등용해?"

그 모양을 보고 참군 마속이 아뢰었다.

"승상께서는 사마의가 나오기로 무얼 그리 놀라시나이까?"

공명은 고개를 가로저으며 대답했다.

"그건 모르는 소리오. 내가 보기에 위나라에 뛰어난 인물이 있다면 사마중달 한 사람뿐이오. 나는 맹달이 내응해 주겠다기에 그 결과를 크게 기대하고 있었는데, 만일 사마중달이 출전하면 그 일 역시 허사로 돌아가기 쉬울 것이오."

"그렇다면 사람을 보내 맹달에게도 그 사실을 속히 알려주면 어떻겠나이까?"

"물론 그래야지."

공명은 곧 글을 적어 신성에 있는 맹달에게 전하게 했다.

맹달이 공명의 편지를 받아보니, 그 사연은 대략 다음과 같았다.

그대가 옛정을 잊지 않고 다시 돌아오겠다니 크게 기쁘오. 그대가 이번 대사에 뜻을 이루면 한조에서 일등 공신이 될 것이오. 들건대 조예가 사마중달을 다시 등용한다 하니, 그 사람을 극히 경계해야 할 것이오. 그는 지략이 대단한 인물이니 십분 조심하오.

맹달은 그 편지를 읽어보고 조소를 금치 못했다.

"사마의 정도를 이처럼 두려워한다면 공명도 대단한 인물이 아니로구나!"

맹달은 그렇게 생각하며, 공명에게 곧 회신을 썼다.

사마의 따위는 조금도 두려워할 인물이 못 되옵니다. 더구나 그와 나는 지리상으로도 천 리나 떨어져 있습니다. 그가 나에게 의심을 품었다 한들 도저히 손쓸 방도가 없을 것입니다.

공명은 맹달의 글을 받아보고 깜짝 놀랐다.

"이런 어리석은 자가 있나? 맹달이 이런 생각을 품고 있으니 사마중달의 손에 죽음을 면하기 어렵겠구나."

공명이 수심이 만면하여 개탄하니 마속이 물었다.

"승상은 무엇 때문에 그처럼 개탄하시나이까?"

"맹달의 편지를 읽어보게. 사마중달을 이처럼 깔보고 있으니 큰일이 아닌가."

"사마의가 조예에게 들렀다가 맹달에게 가려면 적어도 한 달가량은 걸릴 테니, 맹달은 그동안에 준비태세를 갖출 것이 아니옵니까?"

"만약 배반이 알려지면 사마의는 열흘 안에 맹달을 무찔러버릴 터인즉, 그 점은 왜 생각지 않는가?"

공명은 거듭 개탄하면서 급히 편지를 써서 맹달에게 보냈다.

아직 거사의 준비가 안 되었거든, 그 비밀은 심복에게도 결단코 알리지 말라!

이때, 사마의는 고향인 완성으로 낙향하여 날마다 병서나 읽으며 한가
로운 세월을 보내고 있었다. 맏아들 사마사(司馬師)와 둘째 아들 사마소
(司馬昭)는 모두 기개가 웅대한 남아들이어서 사마의는 그들에게 병법을
가르쳐주는 것을 유일한 즐거움으로 삼고 있었다.

그날도 두 형제가 사랑방으로 들어오니, 웬일인지 그날따라 가친의 안
색이 매우 좋지 않았다.

"아버님, 안색이 좋지 않으시니 웬일이십니까?"

작은 아들이 물었다.

아버지는 수염을 쓰다듬으며 한탄조로 대답했다.

"음, 세상사가 너무도 어수선하니 절로 한숨이 나오는구나."

맏아들 사마사가 물었다.

"아버님께서는 지금 위국의 정세가 매우 위태로움을 개탄하고 계시는
것이 아니옵니까?"

그러나 이번에는 둘째 아들이 대답을 가로막았다.

"모르면 모르되, 위제께서 머지않아 아버님을 부르시게 될 것이옵니
다."

"음, 너희들은 어찌 그리도 세상사를 잘 알고 있느냐?"

사마의는 자못 기뻤다.

위제가 칙사를 보내온 것은 그로부터 이틀 후의 일이었다. 사마의는
위제의 부름을 받자, 그날로 행동을 개시하여 즉시 군사를 모집했다. 그
를 흠모하는 많은 젊은이들이 그를 따라 모여들었다. 그는 많은 군사를
몸소 이끌고 급히 출동했다. 그가 그처럼 서두른 것은 신성의 맹달이 이
미 모반을 계획하고 있다는 사실을 알고 있었기 때문이었다.

그에게 그 사실을 밀고해 준 사람은 금성(金城) 태수 신의(申儀)였다. 맹달은 금성 태수와 상용(上庸) 태수에게도 모반할 것을 알리면서 낙양을 함께 교란시키자고 상의한 일이 있었던 것이다.

사마의는 그 사실을 매우 중대하게 여겼다. 그 계획이 뜻대로 되는 날에는 위국이 멸망할 것은 너무도 분명했기 때문이었다. 그러기에 사마의는 황제의 칙명으로 부름을 받자, 낙양으로 가지 않고 신성으로 직접 향했다.

동행하는 두 아들이 그를 염려하여 말했다.

"일단 낙양에 들러 폐하를 배알하고 신성으로 가시는 것이 예의가 아니겠습니까?"

그러나 사마의는 고개를 흔들었다.

"이 위급한 시기에 그럴 여가가 어디 있느냐?"

사마의의 전략은 제갈공명이 이미 예측하고 있던 그대로였다.

사마의의 군사는 이틀 행정(行程)을 하루에 달리도록 급히 행군했다. 그것만으로도 부족하여 참군 양기(梁畿)에게 명하여 오열부대(五列部隊)를 신성으로 데리고 들어가 다음과 같은 유언비어를 퍼뜨리도록 했다.

사마의는 낙양으로 올라가 천자의 조칙을 받고 나서 곧 공명을 치러 나온다. 입신양명할 생각이 있는 자는 누구든지 사마의의 모병에 응하라!

그와 같은 유언비어를 퍼뜨린 목적은 맹달의 경계심을 늦추게 하려는 술책이었음은 말할 것도 없었다.

사마의는 군사를 급히 몰아가는 도중에 우장군 서황을 만났다. 서황은 난데없는 곳에서 사마의를 만나게 되어, 적잖이 의아스럽게 여기며 물었다.

"천자께서는 장안에 이르시어 촉병을 막으시는데, 사마 도독께서는 웬일로 신성으로 가시나이까?"

사마의는 서황의 귀에 입을 갖다대고 속삭였다.

"맹달이 모반을 한다기에 놈을 급히 치러 가는 길이오."

서황은 깜짝 놀랐다.

"그렇다면 제가 선봉을 서겠나이다."

사마의는 크게 기뻐하며 양군이 합세하여 급히 행군하는데, 오열부대의 부대장 양기가 달려와, 한 통의 편지를 내어주며 말했다.

"저희들이 맹달의 심복 부하를 하나 사로잡았는데, 그놈이 맹달에게 보내는 공명의 회신을 가지고 있었습니다."

사마의는 그 회신을 읽어보고 크게 놀라며 말했다.

"공명이 나의 현기(玄機)를 이토록 간파하고 있을 줄은 미처 몰랐구나. 만약 맹달이 이 글을 받아보고 공명의 지시대로 따랐다면 우리는 멸망을 면하기 어려웠으리라. 사태가 이쯤 되었으니, 우리는 더욱 서둘러야겠다."

천하의 풍운이 그처럼 시시각각으로 급박해지건만, 신성 태수 맹달은 그런 사실들을 꿈에도 모르고 있었다. 뿐만 아니라 맹달은 금성 태수 신의와 상용 태수 신담을 신성으로 불러들여 거사를 같이해 주기를 청한 뒤에, 그날이 오기만을 기다리고 있었다.

그 무렵, 참군 양기가 맹달을 찾아와 거짓 전갈을 전했다.

"사마 도독께서는 장안으로 가셔서 조칙을 받으신 뒤에 군사를 거느리고 공명을 치러 오실 터이니, 태수께서는 그간에 군사의 조련을 게을리 하지 말라 하시더이다."

맹달은 그동안에 모반할 준비를 충분히 갖추리라 생각하고, 내심 크게 기뻐했다. 그는 그와 같은 사실을 신의와 신담에게도 자세히 알려주면서, 다음과 같은 지시까지 전했다.

"우리는 모월 모일 모시에 일제히 거사할 계획이니, 그대들은 그때에 기호를 대한(大漢)으로 바꾸어 달고 일시에 진격하여 낙양을 취하도록 하오."

그러나 그날이 오기 전에 대장 서황이 대군을 이끌고 신성으로 달려들어왔다. 맹달이 내심 크게 놀라면서도, 겉으로는 태연한 기색으로 서황을 반가이 맞아 나왔다.

"우장군께서는 웬일로 통고도 없이 왕림하셨나이까?"

서황은 그 말에는 대꾸도 하지 않고, 맹달에게 추상같이 호령했다.

"반적 맹달은 여러 말 말고 이 자리에서 항복하라!"

"네 이놈! 네가 무엇이관데 나더러 항복을 명하느냐!"

맹달은 가슴이 철렁 내려앉았으나 짐짓 시치미를 떼고 호령하며 즉석에서 활을 들어 서황을 쏘아 갈겼다.

서황이 단 한 대의 화살에 이마를 맞고 고꾸라지자, 맹달은 군사를 이끌고 성을 뛰쳐나오며 위군을 닥치는 대로 무찔렀다. 영문도 모르고 대장을 잃어버린 서황의 군사들은 불시의 공격을 받고 여지없이 패주했다.

맹달은 이미 비밀이 탄로되었으니 이제는 그대로 밀고 나가리라 생각하고 전군에 총공격 명령을 내렸다. 그런 다음 맹달은 위군을 급히 추격했다. 얼마를 추격하다 보니, 위군은 처음보다는 갈수록 세를 더하고 있었다. 맹달이 웬일인가 싶어 앞을 보니, 도독 사마의의 깃발이 휘날리고 있었다.

'아차! 모든 것이 공명이 예측했던 대로였구나!'

맹달이 크게 당황하여 군사를 이끌고 성으로 돌아오니, 신의와 신담의 군사들에게 이미 점령된 뒤였다.

"어서 성문을 열어라!"

맹달은 신의와 신담이 자기편인 줄 알고 큰소리로 외쳤다. 그러나 신의와 신담은 성루에 올라서서 코웃음을 치며 대답했다.

"이놈, 반적 맹달아! 두말 말고 어서 항복하라! 우리가 어찌 너 같은 반적과 행동을 같이할 수 있겠느냐!"

"뭐? 너희들이 어찌 내게 이럴 수 있느냐?"

"모반자에게 무슨 빌어먹을 의리란 말이냐?"

"어리석은 맹달아! 저승길에 가기 전에 똑똑히 보아두어라! 지금 천지에 휘날리고 있는 깃발이 뉘의 깃발이냐?"

성루 위에서 위의 맹장 이보(李輔)와 등현(鄧賢)이 연방 활을 쏘아 갈겼다.

맹달은 사면초가 속에서 이미 어찌할 도리가 없었다. 그리하여 급히 달아나기 시작하니, 신담이 맹렬히 추격하여 창을 들어 맹달의 목을 후려쳤다. 맹달은 제대로 싸워보지도 못하고 불귀의 객이 되고 말았다. 사마의는 한 번도 싸우지 않고 신성에 입성했다.

입성식을 끝낸 사마의가 곧 맹달의 수급을 가지고 장안에 이르러 천자를 배알하니, 조예가 사마의의 손을 붙잡고 눈물을 흘리며 감격했다.

"오오, 사마 도독! 짐이 불민하여 일찍이 적의 모략에 넘어가 경을 고향으로 쫓아버렸소. 한데도, 경은 추호의 원망도 아니하고 이제 다시 나와 국가의 위급을 구했으니, 이런 감격이 어디 있겠소. 짐은 그저 부끄러움이 있을 따름이오."

그러자 사마의는 감격의 눈물을 흘리며 대답했다.

"소신이 칙명을 받들고 폐하를 배알하기도 전에 싸움을 일으켰으니 벌을 받아 마땅한 줄로 아옵니다. 함에도 이렇듯 황공한 말씀을 내리시니, 신은 몸 둘 바를 모르겠나이다."

"경의 질풍과 같은 전략과 신뢰와 같은 전격은 손오자(孫吳子)보다도 뛰어나구려. 국가의 위급을 구제하는 데 어찌 순서를 가릴 수 있겠소. 차후에도 짐의 명령을 기다릴 것 없이 경의 뜻대로 행동해 주오."

"황송무비하옵니다. 이제부터 촉군을 격파해야 하겠사온데, 신이 대장하나를 천거하여 그 사람으로 선봉을 삼을까 하나이다."

"그 사람이 누구요?"

"우장군 장합이옵니다."

"장합이라면 짐도 적당하리라 생각하오."

이리하여 사마의는 장합을 선봉장으로 삼아 다시 촉군을 치기로 했다.

공명의 패전

　위군은 촉군을 총공격할 진용을 정돈했다. 사마의는 군사 이십만을 거느리고 장합을 선봉장으로 삼아 장도에 올랐고, 조예는 신비(辛毗)와 손례(孫禮)에게 군사 오만을 주어 일선에 있는 조진을 돕게 했다. 사마의가 적과 대전하여 진을 치고 나니, 그 위세가 당당하기 이를 데 없었다.

　사마의가 장합을 불러 말했다.

　"장군도 짐작하다시피 제갈량은 병법에 밝은 당대의 영웅이오. 그를 격파하는 것은 결코 용이한 일이 아닐 것이오."

　"그 점은 저 또한 잘 알고 있습니다."

　"만약 내가 공명의 입장에서 위군을 공격한다면 자오곡(子午谷)으로부터 장안으로 진격해 왔을 것이오. 그러나 공명은 그렇게는 아니할 것이오. 왜냐하면 공명은 모험을 무릅쓰지 않기 때문이오. 그가 지금까지 싸워온 전법을 보면, 언제나 불패의 안전책만을 건실하게 써왔음을 알 수 있소."

사마의는 마치 공명의 마음속을 눈으로 들여다보는 듯이 말했다. 영웅이 영웅을 안다는 것이 바로 그런 것인지도 몰랐다.

그는 다시 말을 계속했다.

"짐작건대 공명은 사곡(斜谷)으로 진격하여 미성(郿城)을 치고, 그 다음에는 군사를 두 패로 나누어 일군은 기곡을 취할 것이오. 우리는 조진의 군사로 미성을 지키게 하고, 일군은 기곡에 매복시켜 적의 행동을 제지해야 할 것이오."

"도독께서는 어디로 가려 하시나이까?"

"진령(秦嶺) 서편에 가정(街亭)이라는 산이 있고, 거기서 조금 떨어진 곳에 열류성(列柳城)이라는 성이 있소. 그 산과 성은 한중의 인후(咽喉)나 다름없는 곳이오. 나는 급히 그곳을 점령할 생각이오."

"실로 신묘하신 계책이십니다. 가정과 열류성을 점령하는 것은 적의 목에 비수를 대는 것과 다름이 없으오리다."

"우리가 가정만 점령하면 공명은 꼼짝 못하고 한중으로 물러가게 될 것이오. 만약 그래도 쫓겨가지 않고 버틴다면 우리는 그들의 양도(糧道)를 차단해 버려야 하오. 양도만 차단해 놓으면 보름이 못 가 촉군은 아사를 면하지 못할 것이오."

"실로 절묘하신 계책이십니다. 제갈공명도 이번만은 꼼짝 못하고 우리 손에 사로잡히게 될 것입니다."

"공명은 맹달과는 근본적으로 다른 인물이오. 우리는 어디까지나 마음을 놓아서는 안 되오. 우리는 행군할 때 항상 십 리 앞까지 척후병을 앞세워 적의 복병을 경계해야 하오."

"그러면 이제부터 진발할 준비를 속히 차리겠습니다."

사마의는 선봉장 장합에게 출동명령을 내리고 나서, 즉시 조진에게 밀서를 썼다. 공명이 어떤 유도책을 쓰더라도 싸우지 말고, 성을 굳게 지키기만 하라는 사연을 담은 밀서였다.

　이리하여 기산 일대의 산악과 광야에서는 위국과 촉국의 운명을 결정하는 대회전(大會戰)이 전개될 기운이 시시각각 무르익어가고 있었다.

　촉의 최고 사령관은 백전불패의 영명을 천하에 떨치고 있는 제갈공명이었고, 위의 최고 사령관은 병법이 신묘하기로 이름 높은 사마중달이었다. 그 싸움은 두 영웅의 자웅을 겨루는 싸움일 뿐만 아니라, 위와 촉의 홍망을 가르는 건곤일척의 승부라고 볼 수 있었다.

　이때 공명은 기산에 머물러 있었다. 신성으로 보낸 세작이 돌아와 보고했다.

　"사마의가 군사를 이끌고 번개같이 달려와 공격하는 바람에 맹달은 싸워보지도 못하고 죽었습니다. 사마의는 장합과 함께 우리를 공격하려고 지금 군사를 몰아오고 있습니다."

　공명은 그 소리를 듣고 적이 놀랐다.

　"맹달의 죽음은 이미 예측했던 일이니 별로 놀랄 바는 아니오. 그러나 중달이 군사를 이끌고 관을 나왔다면, 그의 목표는 분명 가정에 있을 것이오. 가정은 우리로서는 인후처럼 중요한 곳이오. 그렇다면 누군가를 급히 보내 가정을 굳게 지키도록 해야 하겠소?"

　앞에 있던 참군 마속이 말했다.

　"승상! 소장을 가정으로 보내주소서."

　공명이 마속을 한동안 바라보다가 입을 열어 말했다.

　"가정은 비록 작은 곳이지만 우리로서는 매우 중요한 곳이다. 그곳에는 성곽도 없고 막힌 곳도 없으니, 네가 지켜내기엔 버거울 것이다."

　마속은 공명이 자신을 업신여긴다는 모욕감에 더욱 열을 내어 원했다.

　"소장도 어려서부터 병서를 탐독하여, 병법에는 어느 정도 자신이 있사옵니다. 만약 소장이 가정 하나를 못 지킨다면 어찌 장수라 할 수 있겠나이까."

"사마의는 지략가로 이름이 높고, 장합은 천하의 명장이거늘 네가 어찌 당해 내겠다는 것이냐?"

"소장은 자신이 있사옵니다."

그래도 공명은 허락을 않고 고개를 저었다.

마속은 본시 마량의 아우였다. 공명과 마량은 둘도 없는 친구 사이였다. 마량이 전사하자 공명은 그의 유족들을 맡아 보호하고 있었다. 그중에서도 공명은 마속의 뛰어난 재주를 특별히 사랑했다. 그리고 마속 또한 공명을 아버지처럼, 스승처럼 경모해 오고 있었다.

일찍이 유비도 마속의 재주를 무척이나 사랑했다. 그러나 유비는 그의 재주가 너무 지나친 것을 보고 공명에게 경계의 말을 일러둔 바 있었다.

"마속은 재주가 승한 것이 큰 결점이니, 장차 자라더라도 너무 중하게 쓰지는 마오."

그러나 공명은 마속이 집요히 조르는 바람에 고주(故主)의 충고를 깜빡 잊어버리고 말았다.

"네가 정말 적을 막아낼 수 있겠느냐?"

공명이 다시 한번 다짐을 두었다.

"어떤 일이 있어도 신명을 다해 막아내겠나이다. 만약 적을 막아내지 못하면 소장의 목을 베는 것은 물론이고, 저의 가족까지도 군율로 처벌해 주시옵소서."

공명은 그 소리를 듣고 정색을 하며 꾸짖었다.

"진중(陣中)에서 희언(戱言)이 있을 수 없거늘, 너는 어찌 그런 말을 함부로 지껄이느냐?"

"죄송합니다. 승상께서 정 못 믿으시겠다면 군령장을 쓰겠나이다."

"그러면 군령장을 써놓아라. 그리고 네가 꼭 가려거든 왕평과 같이 가거라."

공명은 아문장군 왕평을 불러 말했다.

"그대가 평소 매사에 신중을 기하기로 내가 이번에는 매우 중대한 임무를 맡기겠다. 그대는 마속의 부장으로 따라가 가정을 끝까지 막아내도록 하라!"

그런 다음 다시 마속을 보고 말했다.

"너는 가정을 굳게 지키되, 매사를 왕평과 상의하여 처리하라. 그리고 가정에 가거든 그곳 지리를 내게 자세히 조사해 보내라. 그러면 내가 그 지도를 살펴, 다시 새 지시를 내리도록 하겠다."

두 사람은 공명의 간곡한 부탁을 받고 이만여 기를 거느리고 가정을 향해 떠났다. 그러나 공명은 여전히 불안했다. 그리하여 고상(高翔)을 불러 명했다.

"그대는 군사 일만을 거느리고, 열류성에 주둔해 있다가 만약 가정이 위태로워지거든 군사를 몰아가 그들을 구하라!"

공명은 그러고도 마음을 놓지 못해 이번에는 위연을 불러 명했다.

"위연 장군은 본부병을 거느리고 가정 후방에 둔을 치고 있으시오. 그러다가 혹 가정이 위태로워지거든 동쪽에서 그들을 도와주도록 하오."

위연은 그 명령을 받고 크게 불만이었다.

"승상께서는 어찌하여 저를 선봉장으로 쓰지 않으시고 후방에서 남의 뒤만 거들어주게 하시나이까?"

공명은 그 소리를 듣고 머리를 좌우로 흔들었다.

"장군은 그 무슨 당치 않은 말씀을 하오. 전방에 나가 목전의 적을 치기는 지극히 쉬운 일이나, 후방을 지키면서 가정을 지원하고, 양평관의 요충을 막아 한중의 인후를 총괄하는 것은 아무나 할 수 있는 임무가 아

니오. 그렇듯 중대한 임무를 장군은 왜 모른단 말이오?'

위연은 그 소리를 듣고 크게 기뻐하며 일선으로 출발했다.

공명은 위연을 보내고 나서야 적이 마음이 놓였다. 그러나 아직도 온전히 안심이 되지 않아 조자룡과 등지를 불러 말했다.

"이번 싸움은 전고에 없는 중대한 싸움이니, 두 장군은 각기 일군씩을 거느리고 기곡에 나가 주둔해 있다가 만약 위병을 만나거든 어떤 때는 대적하고, 어떤 때는 대적하지 말아 적의 판단을 혼란스럽게 만드오. 나는 그동안에 사곡으로 진군하여 미성을 취하겠소. 미성만 점령하면 장안은 곧 우리 손에 들어온 거나 마찬가지요."

조자룡과 등지가 군사를 거느리고 떠나가자 공명은 즉시 강유를 선봉장으로 삼아 야곡을 향하여 진군했다.

한편, 마속은 가정에 도착하자 주위의 지세를 면밀히 시찰하고 나서 왕평에게 웃으며 말했다.

"암만해도 승상께서는 너무도 다심(多心)하시오. 이런 험난한 산골짜기에 사마의가 대군을 몰아넣을 리 없지 않소?"

그러나 왕평은 어디까지나 신중했다.

"비록 지세가 험준하더라도 이곳은 다섯 갈래의 길을 아우르는 요해처요. 그러니 우리는 승상의 지시대로 빨리 진을 치고 장구지책을 세워야 할 것이오."

"방어진은 산 위에 치기로 합시다."

"승상께서는 길에 방어진을 치라고 하셨소. 그래야 적의 행로를 직접 가로막을 수 있다 생각하셨기 때문일 것이오. 만약 진을 산 위에 치면 적이 산을 에워쌀 터인데 아군이 무슨 수로 저지할 수 있겠소?"

"하하하."

마속은 비웃듯이 한바탕 웃었다.

"승상은 현지의 지형을 잘 모르셨기 때문에 그런 말씀을 하신 것이오. 병법에 이르기를 높은 곳을 점령하고 아래를 굽어보면 그 세가 마치 파죽(破竹)이나 다름없다고 했소. 이곳은 삼면이 절벽이고 오직 한 곳만이 사람이 통과할 수 있으니, 우리가 산 위에 진을 치고 그곳만 경계하면 백만 대군인들 어찌 전멸을 시키지 못한단 말이오?"

그러나 왕평은 그 말에 고분고분 수긍하지 않았다.

"승상께서는 그때그때 형편에 따라 작전을 자유자재로 변경하시는 분이오. 만약 우리가 산 위에 진을 치고 있다가, 적이 우리를 포위하고 급수로(給水路)를 단절시키면 우리는 꼼짝 못하고 패하게 될 것이 아니오?"

"모르는 소리 그만하오. 손자병법에 '사지(死地)에 처하면 산다'는 말이 있소. 적이 급수로를 차단하면 우리는 죽기로 싸울 테니 도리어 전투력이 배가될 것이오."

"그러면 장군은 산 위에 진을 치시오. 나는 오천 기만 데리고 산 밑에 진을 치겠소."

마속은 그 소리를 듣자 매우 불쾌했다. 그러나 공명이 특별히 딸려 보낸 왕평을 무시할 수가 없어 씹어뱉듯이 말했다.

"그러면 오천의 군사를 줄 테니 맘대로 진을 쳐보오!"

이때에 갑자기 산중에서 피난민의 무리가 쏟아져 나왔다.

"위병이 몰려온다. 위병이 몰려온다!"

그들은 저희들끼리 이상한 소리를 지르며 서둘러 달아나고 있었다. 마속은 그 소리에 당황하여 군령을 내렸다.

"어서 산 위에 진을 치라!"

그런 다음 자신은 산꼭대기에 올라가 적정을 살폈다.

왕평은 끝끝내 고집을 부려 산 밑에 진을 쳤다. 그런 뒤에, 각기 두 개의 진법을 도본으로 떠서 공명에게 보냈다.

마속은 자기 명령을 거역한 왕평이 매우 못마땅하여 단단히 앙심을 품었다.

"어디 두고 보자. 승전하고 돌아가거든 승상께 말씀드려 군율을 배반했다는 죄로 너를 단단히 처벌케 하리라!"

마속은 자신의 승리를 그처럼 확신하고 있었던 것이다.

그 무렵, 사마의는 가정, 기곡, 사곡 등의 요충을 먼저 점령하려고 몹시 서둘렀다. 촉병이 설마 벌써 와 있으리라고는 생각조차 못했던 것이다. 그러나 선발대로 출발한 장합과 사마소가 급히 되돌아와 사마의에게 알렸다.

"가정에 가보니 이미 촉병들이 그곳을 점령하고 있더이다."

사마의는 그 소리를 듣고 얼굴이 창백해지며 탄식했다.

"제갈량은 과연 신인(神人)이로다. 나로서는 도저히 당해 내기가 어렵겠구나!"

아들 사마소가 놀라며 말했다.

"소자의 생각으로는 가정을 취하기는 식은 죽 먹기보다도 쉬울 성싶은데, 부친은 무슨 까닭으로 그처럼 실망하시나이까?"

"철없는 소리는 그만하라. 네가 무엇을 안다고 그런 소리를 하느냐?"

"제가 자세히 살펴보니 촉군은 모두 산 위에 진을 치고 있었습니다. 그러니 가정을 점령하는 것이 무얼 그리 어렵겠나이까?"

사마의는 그 소리를 듣고 별안간 희색이 만면해졌다.

"무어? 산 위에 진을 치고 있더라고? 그러면 가정을 지키는 대장이 누구라더냐?"

"마속이라는 장수였습니다."

"무어? 마속이 대장이란 말인가? 공명도 사람을 쓰는 데 실수할 때가 있는가 보구나. 마속 같은 속장(俗將)이면 우리가 대번에 몰살시킬 수 있을 것이다."

그런 다음 다시 물었다.

"촉군이 모두 산상에만 진을 치고 있더란 말이냐?"

"서쪽 산 아래에도 조그만 진을 하나 더 치고 있었습니다. 하지만 산 아래쪽 병력은 겨우 오천에 불과했습니다."

이에 사마의는 새로운 용기를 얻어 장합을 불러 명했다.

"서쪽 산기슭에 촉군이 약간 있다 하니, 장군은 지금부터 그놈들을 치시오. 나는 신담, 신의와 함께 산상의 촉군을 에워싸고 산의 명맥을 끊어놓겠소."

산의 명맥을 끊겠다는 말은 물줄기를 끊어놓겠다는 뜻이었다. 마속의 군사들은 식수를 산 밑에서 길어올려 조달하고 있었던 것이다.

그로부터 얼마 후 가정에 도달한 사마의는 산을 겹겹이 둘러싸고, 함성을 울리며 금고(金鼓)를 두드렸다. 촉병들이 산 위에서 내려다보니 산을 포위하고 있는 위병들의 수효가 엄청나게 많을 뿐만 아니라, 대오가 몹시 엄정했다. 촉병들은 미처 싸우기도 전에 기가 질리고 말았다.

마속이 진두에서 홍기(紅旗)를 휘두르며 추상같은 호령을 질렀다.

"이제부터 총공격이다. 적을 향하여 총돌진하라!"

그러나 이미 겁을 먹은 군사들은 아무도 싸우려고 하지 않았다.

"싸우지 않는 자는 참형에 처한다. 모두 총돌진하라!"

군사들은 그제야 함성을 울리며 산 아래로 쳐내려갔다. 그러나 위병들은 이십 겹 삼십 겹으로 포위만 하고 있을 뿐, 산상으로 공격해 오는 군사는 한 명도 없었다. 촉병들은 맥이 빠져 산상으로 다시 올라와버렸다.

마속은 그제야 형세가 심상치 않음을 깨닫고 목책 문을 굳게 닫은 채 지키고 있기만 했다. 그러나 아무리 싸움을 하지 않는다 하더라도 물만은 길어오지 않을 수 없었다.

물을 길러 산을 내려갔던 병사가 급히 돌아와 마속에게 말했다.

"대장, 큰일 났습니다. 위군이 급수로를 막고 있어 물을 길어올 수가 없게 되었습니다."

"뭐, 위군이 급수로를 막아?"

한동안 자신만만하게 큰소리를 쳤던 마속도 이때만은 눈앞이 캄캄했다.

"지금 성안에 물이 얼마나 남아 있느냐?"

"물이 떨어져 내일 아침에는 당장 밥도 못 짓게 되었습니다."

"그럼 좋다. 이제는 물을 얻기 위해서라도 우리는 결사적으로 적을 공격해야 할 것이다."

마속은 모든 군사들에게 결사적으로 산을 내려가 적을 무찌르라고 명했다.

산 위의 군사가 일시에 노도와 같이 몰려 내려오니, 사마의는 대항할 생각도 않고 순순히 앞길을 비켜주었다. 그러나 촉병들이 일단 산에서 모두 내려오자 위병들은 사중 오중으로 에워싸고 서서히 포위망을 좁혀왔다. 그러자 목마른 촉병들은 별로 싸워보지도 못하고 앞 다투어 투항했다.

한편, 산 밑에 진을 치고 있던 왕평은 장합에게 습격을 받았지만 최선을 다해 항전했다. 그러나 오천에 불과한 군사로 삼만 대군을 끝까지 막아낼 수는 없었다.

왕평은 장합과 어울려 수십 합을 싸우다가 위군에게 쫓기는 신세가 되고 말았다. 후방에서 대기 중이던 위연과 고상이 급보를 받고 급히 달려와 산상의 마속을 도우려 했다. 그러나 그때에는 이미 불길이 산을 둘러싸고 있어 힘내어 싸우기가 쉽지 않았다.

위연이 나흘 만에 마속의 군대를 가까스로 구출하고 보니, 그때에는 대다수의 군사가 전사하거나 투항해 버려 겨우 삼천여 명의 굶주린 군사들만이 남아 있을 뿐이었다.

"촉병은 모두들 열류성으로 모이라. 다시 싸우기 위해서는 우선 전열을 재정비해야 한다."

고상이 모든 군사들에게 명령을 내렸다. 그러나 패잔병들은 열류성으로 몰려가는 도중에 또다시 적의 공격을 받았다. 공격하는 군대는 위나라 부도독인 곽회의 군사들이었다.

곽회는 촉군이 전패했다는 소식을 듣자 그 공로를 사마의에게만 돌릴 수 없다는 심술에서 많은 군사를 이끌고 가정으로 달려오던 중이었던 것이다.

위연과 고상은 새로 나타난 적과 싸워보았자 승산이 없음을 깨닫고 도주하는 방향을 돌려 양평관(陽平關)으로 달아났다.

곽회가 열류성을 점령하려 급히 와보니 그곳은 이미 사마의에게 점령된 뒤였다. 사마의는 성루에 높이 올라서서 곽회를 내려다보며 외쳤다.

"이 성은 이미 내가 점령했는데, 곽 장군은 무엇 때문에 군사를 끌고 오셨소?"

곽회가 낙심해 마지않으며 성안으로 들어오니 사마의가 말했다.

"우리가 가정과 열류성을 이미 점령했으니, 이제는 제갈량도 꼼짝 못하고 달아날 것이오. 장군은 빨리 가서 공명을 사로잡아 오도록 하시오."

곽회가 공명을 사로잡을 야심을 품고 출동하자, 사마의는 장합을 불러 말했다.

"내 추측으로는 위연, 왕평, 마속, 고상의 무리가 지금 양평관을 지키고 있을 것 같소. 우리가 경솔히 추격해 가면 공명이 대세를 만회하려고 반드시 엄습해 올 것이 분명하오. 병법에 말하기를 귀사(歸師)는 엄살하지 말고, 궁구(窮寇)는 쫓지 말라 했소. 우리는 그들을 무리하게 추격하지 말아야 할 것이오. 그 대신 장군은 군사를 이끌고 기곡으로 가고, 나는 사곡으로 나가 촉병을 막아내는 것이 좋겠소. 우리가 촉군의 군기와 식량고를 점령하면 적은 꼼짝 못하고 쫓겨가게 될 것이오."

장합은 사마의의 명령에 의하여 군사를 이끌고 기곡으로 떠났다.

사마의는 신담과 신의로 열류성을 지키게 하고, 자기는 사곡을 향하여 진군했다. 그는 승리할수록 전략이 더욱 건실해지는 느낌이었다.

그러면 그동안 공명은 어찌하고 있었을까. 공명은 왕평이 보내온 가정의 포진도를 보고 소스라치게 놀랐다.

"마속이 이처럼 어리석게 포진을 했으니, 우리 군사는 몰살을 면치 못하게 되었구나!"

그는 한탄해 마지않으며 비탄의 눈물을 지었다. 장사 양의(楊儀)가 공명이 탄식하는 모습을 보고 놀라며 물었다.

"승상께서는 무슨 일로 그처럼 개탄하시나이까?"

공명은 왕평이 보내온 포진도를 내보이며 말했다.

"이 포진도본을 좀 보구려. 마속이 요로(要路)를 버리고 산 위에 진을 쳤으니, 적이 산을 포위하고 물줄을 끊은 뒤에 불로 공격하면 무슨 수로 막아낸단 말이오. 이제 가정을 잃으면 우리는 어디로 가야 한단 말이오?"

"지금이라도 저희가 나가 지키면 어떻겠나이까?"

"이미 때가 늦었소. 상대가 사마중달이니 그럴 여유가 없을 것이오. 그러나 일단 가보기는 해야 할 것이오."

공명이 부랴부랴 출진준비를 하고 있는데, 급마가 달려와 패보를 알렸다.

"가정과 열류성 모두 적의 손에 빼앗겼습니다."

공명은 발을 구르며 탄식했다.

"대사는 이미 그르쳤구나. 아아, 이 모두 나의 실수가 아니었더냐!'

그리고 관흥과 장포를 급히 불러 명했다.

"너희들은 각각 삼천 기를 거느리고 무공산(武功山) 소로로 가거라. 만약 적을 발견하더라도 치지 말고 북과 꽹과리만 울려라. 적은 스스로 쫓겨갈 것이나 그때에도 역시 쫓아가지 말고 치지도 말아라. 그래서 적이 완전히 없어지거든 곧 양평관으로 가거라."

두 장수는 명을 받고 즉시 출동했다.

공명은 이번에는 장익을 불러 명했다.

"그대는 일군을 거느리고 검각(劍閣)으로 가서 산중에 돌아갈 길을 만드오. 우리는 싸우기를 단념하고 회군해야 하겠소."

공명은 총퇴각을 하지 않을 수 없게 되었음을 직감했다. 돌아갈 것을 결심하자 이번에는 마대와 강유를 불러 명했다.

"우리는 이제부터 회군을 아니할 수 없게 되었으니, 그대들은 후방을 지키며 따라오라. 적이 나타나거든 싸우고 우군의 패잔병이 쫓아오거든 거두어들이며 돌아오라!'

그런 다음 마충에게는 이렇게 명했다.

"그대는 조진의 군사를 견제하면서 돌아오라! 나는 그동안에 천수(天水), 남안(南安), 안정(安定) 세 고을 백성들을 거두어서 한중으로 돌아가리라."

실로 공명으로서는 비장하기 짝이 없는 총퇴각이었다.

마속의 목을 울며 베다

공명은 군사 오천을 거느리고 서성현(西城縣)으로 와서, 백성들을 한중으로 먼저 떠나게 한 뒤에 자신은 군량과 무기를 이송하고 있었다.

마침 그때 보마(報馬)가 나는 듯이 달려와 공명에게 알렸다.

"사마의가 십오만 대군을 이끌고 지금 이곳으로 진격해 오고 있나이다."

공명도 이때만은 대경실색하지 않을 수 없었다. 좌우를 돌아보아도 믿을 만한 대장은 한 명도 없었다. 데리고 온 병력은 오천이라지만 그나마 대부분은 군량과 무기를 운반하느라 먼저 떠나버리고 수하에 남아 있는 군사는 이천 명도 못 되었다. 아무리 재주를 부려보아도 이천 명으로 십오만 대군을 감당할 수는 없었다. 그렇다고 적의 포위망을 뚫고 달아날 수도 없었다.

공명은 성루에 올라 멀리 적진을 바라보았다. 과연 위군은 구름 같은 황진(黃塵)을 일으키며 서성을 바라고 오는 것이 분명했다.

공명은 성루에서 내려와 모든 군사에게 명을 내렸다.

"모든 군사는 들으라. 그대들은 성에 꽂혀 있는 모든 깃발을 내리라. 그런 다음 모든 군사는 소리 없이 숨어 있으라. 만약 명을 거역하고 함부로 왕래하는 자가 있으면 참형에 처하겠다."

"……"

"성문은 활짝 열고 먼지가 일지 않도록 물을 뿌려놓으라!"

일령지하에 모든 깃발은 거두어지고, 군사는 자취도 없이 숨어버렸다.

그런 다음 공명은 장수들을 불러 명했다.

"사문(四門)을 활짝 열어놓고 깨끗이 비질한 뒤에 물을 뿌렸거든, 똑똑한 군사 이십 명씩을 골라 뽑아 민간인으로 옷을 갈아입히고 성문을 지키게 하라. 만약 위병이 눈앞에까지 다가오더라도 조금도 겁내지 말고 태연히 서 있게 하라."

모든 군사들이 분부대로 거행하자, 공명 자신은 학창의로 갈아입고 머리에는 윤건을 쓴 채 성루에 높이 올라앉았다. 그리고 두 동자에게 칠현금을 가져오게 했다. 공명이 홀로 칠현금을 뜯으니, 실로 청아하고도 유량한 가락이 흘러나왔다.

'이 위급한 판국에 승상께서는 어쩌자고 홀로 칠현금만 타고 계실꼬?'

군사들은 영문을 몰라 어리둥절했다.

공명은 적군이 눈앞에 노도와 같이 쳐들어오는데도 여전히 칠현금만 타고 있었다. 서성을 바라고 쳐들어오던 위병들은 칠현금 소리에 놀라 행군을 멈추었다.

"앗! 제갈공명이 성루에 홀로 앉아 칠현금을 타고 있다!"

위병들은 너무도 의외의 사실에 놀라 곧 사마의에게 알렸다.

"뭐, 제갈량이 성루에서 홀로 칠현금을 타고 있더란 말이냐?"

사마의는 너무도 의외의 말에 자기 귀를 의심하며, 곧 앞으로 나와 제

눈으로 확인했다.

과연, 신선처럼 깨끗하게 옷을 차려입은 공명이 다락 위에 높이 앉아 교교한 달빛을 받으며 여념 없이 칠현금을 타고 있었다. 십오만 적군이 눈앞에 닥쳐와 있음을 공명이 모를 리 없건만 그는 무아의 경지에서 칠현금의 줄만 퉁기고 있는 것이었다.

'아, 제갈량에게 무슨 계교가 있음이 틀림없다. 그렇지 않고서야 이 대군 앞에서 저렇듯 태연자약할 수 있을까?'

사마의는 홀연 그런 생각이 떠오르자 전신에 소름이 오싹 끼쳐, 모든 군사에게 급히 뒤로 물러나라는 퇴각령을 내렸다.

"아버님! 저것은 공명의 위계가 아닐까요? 여기까지 왔다가 그냥 물러가는 것은 너무도 억울한 일이 아닙니까?"

둘째 아들 소가 불평을 말했다. 그러자 사마의는 아들을 꾸짖었다.

"모르거든 잠자코 있거라. 제갈량은 절대로 모험을 하지 않는 사람이거늘 아무런 대책도 없이 사대문을 활짝 열어놓고 혼자 앉아 칠현금을 타고 있을 리 없지 않느냐?"

사마의가 제풀로 물러가자 촉병들은 무릎을 치며 감탄했다.

공명도 그제야 빙그레 회심의 미소를 지었다.

"승상! 사마의가 십오만 대군을 이끌고 왔다가 승상께서 칠현금을 뜯는 모습을 보고 황망히 쫓겨가버렸으니 이게 웬일이옵니까?"

"사마중달이 평소 내가 모험을 싫어한다는 것을 너무도 잘 알고 있기 때문이다. 내가 태연자약하게 칠현금을 타고 있으니, 복병이 있는 줄 알고 물러간 것이니라. 내 워낙 위험한 짓은 극력 삼가는 성품이나, 이번만은 만부득이 그런 모험을 한번 하지 않을 수 없었구나."

설명을 듣고 난 촉병들은 저마다 탄복을 금치 못했다.

공명은 다시 이렇게 예언했다.

"사마의의 군사는 이제부터 북산(北山)으로 진군할 것이다. 그러나 북산에는 관흥, 장포의 군사가 매복해 있어 위군은 거기서 적지 않은 피해를 보게 될 것이다."

과연 공명의 예언대로 사마의는 북산으로 방향을 바꾸어 전진했다가 관흥, 장포의 기습을 받아 크게 패하고 후퇴했다. 그러나 관흥과 장포는 장령을 굳게 지켜, 추격을 하지 않고 노획한 무기와 식량을 한중으로 후송했다.

한편, 조진은 공명이 물러갔다는 소식을 듣고 군사를 일으켜 뒤를 쫓았다. 그러나 그들 역시 도중에서 마대와 강유의 복병에게 기습을 받아 크게 패하고 후퇴했다.

공명은 한중으로 무사히 회군하자 곧 기산에 있는 조자룡과 등지에게 사람을 보냈다.

"중군이 무사히 돌아왔으니, 공은 뒷수습에 유념하며 속히 돌아오라."

조자룡은 영을 받자 등지를 먼저 돌려보내고, 자기도 돌아올 준비를 서두르고 있었다.

위의 부도독 곽회가 조자룡 혼자만이 남아 있음을 알고 선봉장 소옹(蘇顒)에게 명했다.

"조자룡을 사로잡을 수 없겠느냐?"

"소옹이 기필코 조자룡을 사로잡아 보이겠나이다."

소옹은 그렇게 장담하고, 삼천 기를 거느리고 촉진으로 쳐들어왔다.

조자룡이 창을 꼬나잡고 번개처럼 달려 나오는데, 소옹으로서는 도저히 당해 낼 재주가 없었다. 소옹은 소스라치게 놀라 산골짜기로 급히 쫓겨 달아났다. 그런데 얼마를 쫓겨오다 보니 문득 앞길을 가로막으며 큰소리로 외치는 장수가 있었다.

"네 이놈! 조자룡이 여기 있는 줄을 몰라보느냐!"

소옹은 또 한번 소스라치게 놀라며 저도 모르게 외쳤다.

"무슨 조자룡이 이렇게도 많으냐!"

소옹의 입에서 그 말이 미처 끝나기도 전에 공중에서 창날이 번쩍 빛났다. 소옹의 목이 땅에 떨어지는 순간이었다.

부장 만정(萬政)이 그 광경을 보고 조자룡을 취하려고 급히 쫓아왔다. 그러나 조자룡이 말머리를 다시 돌이키며 우레 같은 고함을 질렀다.

"네 이놈, 너도 네 상관과 같은 꼴이 되고 싶으냐!"

만정은 그 소리에 놀라 말과 함께 언덕 아래로 굴러 떨어져버렸다.

이리하여 조자룡이 뒤를 깨끗이 거두어 물러가버리자 사마의는 그제야 비어 있는 서성으로 안심하고 입성했다. 사마의는 입성식이 끝난 뒤에, 성안에 남아 있는 늙은이를 불러 물었다.

"공명이 이 성에 머물러 있을 때, 촉병이 얼마나 있었더냐?"

"겨우 이천여 명밖에 없었습니다. 그런데도 사마 도독께서는 어찌하여 공격을 아니하고 그대로 물러가셨나이까?"

사마의는 대답을 못하고 외면해 버렸다. 그리고 속으로 감탄했다.

'내가 싸움에서는 이겼으나, 지략은 도저히 공명을 따를 수가 없구나!'

사마의는 며칠 후에 장안으로 돌아와 위주(魏主)에게 승전보고를 올렸다.

조예는 크게 기뻐하며 치하해 마지않았다.

"오늘날 농서 제군을 다시 얻게 된 것은 오로지 경의 공로요."

사마의가 아뢰었다.

"촉병을 한중으로 쫓아버리긴 했으나 그들이 소멸되지 않는 한 우리는 안심할 수 없사옵니다. 바라옵건대 폐하께서 명을 내리시면 신이 대병을 이끌고 가서 촉을 섬멸하고 오겠나이다."

그러자 상서 손자(孫資)가 간했다.

"그 옛날 태조께서 남정(南鄭)은 용무지지(用武之地)가 아니니, 군사를 그 지방으로 파견하기를 삼가라고 말씀하신 일이 있습니다. 이제 그 험준한 곳으로 군사를 몰고 들어갔다가 동오(東吳)가 허를 찔러오면 우리는 전후의 적을 무슨 수로 감당하겠나이까? 서촉으로의 출병만은 깊이 삼가심이 옳을까 하나이다."

"음, 사마 도독은 손 상서의 의견을 어떻게 생각하오?"

"손 상서의 말씀이 지당하옵니다."

이리하여 위국은 출병을 단념하고 내정에만 열중하게 되었다.

그 무렵, 한중에는 여러 장수들이 속속 돌아오고 있었다. 그러나 조자룡과 등지의 부대만은 아직도 복귀하지 않고 있었다. 공명이 매우 걱정스러워하며 관흥과 장포를 보내려는데, 마침 조자룡과 등지가 돌아왔다.

공명은 성 밖에까지 영접을 나와 말했다.

"들건대 자룡 장군은 늙은 몸으로 적과 끝까지 싸우면서 한 명의 손실도 입지 않았다니 이런 공로가 어디 있겠소. 장군이야말로 천하에 둘도 없는 영웅이오."

공명은 그의 공로를 치하하며 금 오십 근과 비단 일만 필을 상으로 주었다. 그러나 조자룡은 끝끝내 사양하며 받지 않았다.

"삼군(三軍)이 촌척(寸尺)의 공도 없을 뿐만 아니라 모두가 그 죄가 가볍지 아니한데 소장이 어찌 이런 중상(重賞)을 받을 수 있겠나이까? 이 상품을 창고에 고이 간직해 두셨다가 날씨가 추워지거든 모든 군사들의 방한비로 써주시면 감사하겠나이다."

공명은 크게 감탄했다.

"고맙기 한량없는 말씀이오. 선제께서 생존 시에 자룡의 덕을 항시 칭찬하시더니 공은 과연 만인의 사표이시오."

그 무렵 마속, 위연, 왕평, 고상 등의 장수가 돌아왔다.

공명이 왕평을 불러 물었다.

"내 마속을 그다지 믿지 못해 너를 딸려 보냈거늘 어찌하여 제대로 보필하지 아니하고 일을 그르쳤느냐?"

왕평이 고개를 숙이고 대답했다.

"소장은 승상께서 내리신 분부대로 전력을 다했고, 마속 장군에게도 끝까지 장령에 충실하기를 간했나이다. 그러나 그는 주장이요, 소장은 부장이니, 명령으로 그를 굴복시킬 수가 없었나이다."

왕평은 그간의 경위를 조금도 숨기지 않고 사실대로 진술했다.

공명은 왕평을 물러가게 하고 이번에는 마속을 불렀다. 마속이 고개를 숙이고 공명 앞에 나섰다.

"마속아! 너는 일찍부터 병서를 읽었고, 내 또한 너를 가르치는 데 조금도 인색하지 않았다. 그런데 이번에 네가 가정으로 출정할 때 내 그처럼 명확히 지시했음에도 네 멋대로 포진하여 천추의 한을 남기는 실수를 저질렀으니 그 이유가 어디 있었느냐?"

"……"

"왜 대답이 없느냐? 가정이 국가의 운명을 좌우하는 요로임을 누누이 들려주었건만 어찌하여 그처럼 어리석은 과오를 범했느냐?"

공명의 문초는 추상같았다.

"왕평이 승상께 어찌 보고했는지 모르겠사오나, 그처럼 엄청난 병력이 습격해 온다면 누가 나가도 막아내기 어려웠을 것입니다."

공명은 얼굴에 노기를 띠며 마속을 꾸짖었다.

"왕평은 너와는 비교도 안 되거늘 네가 네 죄를 모르고 어찌하여 아직

도 그런 소리를 하느냐? 네가 살아오게 된 것도 왕평이 산 아래 진을 치고
있었던 덕택이라는 것을 아직도 깨닫지 못하고 있단 말이냐?"

공명은 거기까지 꾸짖고 나서 좌우를 돌아보며 외쳤다.

"이놈을 끌어내어 참형에 처하라!"

장중이 물을 끼얹은 듯 숙연한 중에, 마속의 울음소리만이 가냘프게
들렸다.

"승상! 이제야 저의 죄를 깨달았습니다. 제가 죽고 나거든 죄 없는 어
린 것들의 뒤를 잘 돌보아주소서."

마속이 거기까지 말하고 목을 놓아 통곡하니, 공명도 눈물을 뿌리며
떨리는 목소리로 말했다.

"내 너와 한 형제처럼 지내왔거늘 어찌 네 자식들을 모른다 할 수 있겠
느냐."

이윽고 무사들이 마속을 형장으로 끌고 나가는데, 한 장수가 급히 달
려오며 외쳤다.

"내가 승상께 부탁드려볼 테니 형 집행을 잠깐 멈추라!"

그 사람은 지금 막 성도에서 달려온 장완이었다. 장완은 집형(執刑)을
잠시 멈추게 해놓고 공명 앞에 나와 간했다.

"승상! 다사다난한 이 전국에 마속과 같은 유능지사를 죽이는 것은 국
가의 큰 손실이니, 참형을 멈추시는 것이 어떠하겠나이까?"

공명은 눈물을 흘리며 대답했다.

"옛날 손무(孫武)가 천하를 제승(制勝)한 것은 법을 명백히 썼기 때문이
오. 천하가 어지러워 병과(兵戈)가 한창인 이때에 법을 소홀히 어기면 무
엇으로 적을 이겨낼 수 있겠소."

"그래도 마속은 너무도 아까운 인재가 아니옵니까?"

"그가 아까운 인재임은 나 또한 잘 알고 있소. 그러나 아깝다 하여 마

속을 살려두면, 이제 앞으로 군율을 무엇으로 다스리리오. 장군은 아무
소리 말고 빨리 나가 마속을 참형에 처하라 이르오."

장완은 마지못해 형장으로 다시 나와 멀리서 손을 들어 마속의 목을
베게 했다. 그리고 나서 부중으로 다시 돌아오니 공명은 혼자 앉아 슬피
울고 있었다.

"승상은 법에 따라 참형하셨거늘 어이하여 우시나이까?"

장완이 묻자 공명이 울면서 대답했다.

"내 마속을 위해 우는 것이 아니오. 선제께서 일찍이 나에게 이르기를
마속을 너무 중히 쓰지 말라 하셨거늘 내가 불명(不明)하여 그 거룩하신
유훈을 저버렸기에 오늘날 이런 비극을 부르게 된 것이 슬퍼서 우는 것이
오."

그 말에 모든 장수들이 숙연히 머리를 수그렸다.

때는 건흥 육년 오월, 마속의 나이 서른아홉이었다. 공명은 마속을 참
형에 처하고 나자 곧 그의 자녀들을 거두어 그날부터 친자식처럼 사랑으
로 키웠다.

공명은 장수들에 대한 문책을 끝낸 후, 장완이 성도로 돌아가는 편에
후주에게 표문을 올렸다. 그 표문의 내용은 다음과 같았다.

신 양은 칙명을 받들고 위국을 도모했다가 가정, 기곡 등지에서 용서받을 수
없는 패전의 죄를 범했나이다. 이는 응당 자리를 물러나 처벌을 받아야 옳은
일이오나 국가의 정세가 위급하여 물러날 수도 없으니, 황송하오나 신의 벼슬
을 삼등(三等)만 깎으셔서 승상의 자리를 물러나게 해주시옵소서. 부끄러움을
이기지 못하여, 엎드려 대명을 기다리나이다.

후주는 그 표문을 읽고, 눈물을 지으며 곧 회신을 썼다.

일승일패는 병가의 상사인데, 승상은 어찌 벼슬을 깎으라 하시는 게요. 이번 패전은 너무 괘념치 마시고, 국가를 위해 앞으로 더욱 애써주기 바라오.

시중 비위가 후주에게 아뢰었다.

"나라를 받드는 자는 반드시 법을 소중히 여겨야 한다고 들었사옵니다. 장수들에게도 이미 그 책임을 물었거늘, 승상이라 하여 어찌 패전의 죄를 면할 수 있으오리까. 군율을 바로잡기 위해서라도 승상의 벼슬을 깎으심이 옳은 줄로 아뢰옵니다."

후주는 그 말을 듣고, 국가의 장래를 위해 공명의 벼슬을 깎아 우장군(右將軍)으로 내렸다. 그러나 조칙을 내려 승상의 직책만은 그대로 수행하도록 했다.

육손, 위군을 격퇴하다

위나라는 가정대첩(街亭大捷)으로 국위가 크게 선양되었다. 위국 군사들은 전승의 기쁨에 도취되어 저마다 기세를 올렸다.

"차제에 촉국으로 쳐들어가 화근을 뿌리째 뽑아버리도록 하자!"

위주 조예도 여론에 휩쓸려 군사를 다시 일으킬 생각을 하고 있으므로, 사마의가 조용히 간했다.

"촉국에는 공명이 있고, 검각이라는 난관이 있어 섣불리 쳐들어갔다가는 오히려 낭패를 보기 십상이옵니다."

"그러다가 저들이 먼저 쳐들어오면 어떡하오?"

"제갈량이 만약 군사를 다시 일으킨다면 반드시 진창도(陳倉道)를 거쳐 올 것입니다. 진창도에 난공불락의 성을 새로이 쌓고, 잡패장군(雜霸將軍) 학소(郝昭)에게 지키게 하면 크게 염려할 바 없을 것이옵니다."

"학소는 어떤 사람이오?"

"학소는 태원(太原) 태생으로 지략이 매우 뛰어난 호걸입니다."

조예는 사마의의 말을 옳게 여겨 진창도구(陳倉道口)에 성을 새로 쌓고, 학소에게 그곳을 지키게 했다.

이때, 양주 사마 대도독 조휴에게서 표문이 올라왔다.

동오의 파양(鄱陽) 태수 주방(周魴)이 항복하기를 청하며 일곱 가지 조건을 들어 동오를 치는 것이 좋겠다는 계획서를 보내왔습니다.

조예가 그 표문을 보이니 사마의가 말했다.

"주방은 동오에서도 지혜 있는 장수이니 그의 말을 쉽게 믿어서는 안 되옵니다. 만약 그가 진심으로 투항해 온다면 우리로서는 크게 도움이 될 것입니다. 그러므로 신이 일군을 거느리고 직접 나가 형세를 살펴가며 돕겠나이다."

그로부터 십여 일 후에 사마의는 대군을 삼군(三軍)으로 나누어 거느리고 환성(皖城), 동관(東關), 강릉(江陵)을 거쳐 남하했다.

이때 동오의 손권은 무창(武昌) 동관(東關)에 있었다. 손권이 중신들을 모아놓고 말했다.

"파양 태수 주방이 지금 밀표(密表)를 올려왔소. 그는 조휴가 침범해 올 우려가 있어 거짓 항복으로 위군을 유인할 술책을 썼다고 하오. 위군이 지금 삼로로 나누어 쳐들어오고 있다 하니 이를 어찌했으면 좋겠소?"

고옹이 아뢰었다.

"이 일은 육손 장군이 아니면 감당하지 못할 것이옵니다."

손권은 그 말을 옳게 여겨, 육손을 보국대장군수(輔國大將軍) 평북원수(平北元帥)에 봉하여 위군을 막아내게 했다.

육손은 명을 받음과 동시에 분위장군(奮威將軍) 주환(朱桓)과 수남장군(綏南將軍) 전종(全琮)을 좌우 부도독으로 삼고, 위군을 맞아 나왔다.

좌군 부도독 주환이 육손에게 건의했다.

"조휴는 가문이 좋아 대도독의 중책을 맡았으나, 지혜도 지략도 없는 인물입니다. 그가 주방의 속임수에 넘어가 중지(重地)로 군사를 끌고 들어온 것만 보아도 알 수 있는 일이 아닙니까. 조휴가 우리에게 패하면 달아날 길이 두 길이 있을 뿐인데, 한길은 협석도(峽石道)요, 다른 한 길은 계차(桂車)입니다. 따라서 우리가 그곳에 군사를 미리 매복시켜두면 조휴를 힘 안 들이고 사로잡을 수 있을 것입니다. 조휴를 사로잡기만 하면 수춘성(壽春城)은 우리 손에 절로 떨어질 것이고, 그때에는 허도와 낙양도 엿볼 수 있을 것입니다."

육손은 그 말을 듣고 별로 수긍하는 빛을 보이지 않았다.

"좀더 두고 생각해 봅시다. 내게도 계책이 따로 있소."

그리고 나서 육손은 제갈근으로 강릉(江陵)을 지켜, 사마의의 군사를 막아내게 했다.

조휴가 환성을 향해 진격해 오자, 주방은 미리 마중을 나가 그를 맞았다.

조휴가 주방에게 물었다.

"본관은 그대의 밀서를 보고 흔연히 이곳으로 달려왔소. 우리 군사들은 지금 삼로로 나뉘어 내려오고 있소. 남들이 말하기를 그대는 꾀가 많은 사람이니 과신을 금하라고 하던데, 설마 우리를 속이려고 밀서를 보내지는 않았으리라 믿소."

주방은 그 소리를 듣고 목을 놓아 울면서, 칼을 뽑아 자기 목을 찌르려 했다.

"소장이 그렇듯 의심을 받고 있다니 이런 원통한 일이 어디 있겠나이까? 소장은 차라리 죽음으로 이 불신의 치욕을 씻겠나이다."

조휴가 깜짝 놀라며 급히 만류했다.

"이 무슨 경솔한 짓이오. 나의 농담이 지나쳤으니 용서하구려."

"도독께서 죽기를 만류하신다면 이것으로 제 진실을 보여드리겠나이다."

주방은 그렇게 말하고 손에 들었던 칼로 자기 머리털을 몽땅 잘라 땅에 버렸다.

"도독께서는 이래도 저를 못 믿으시겠나이까?"

조휴는 더욱 당황하여 주방의 손을 정답게 붙잡았다.

"내가 일시 희롱의 말을 했을 뿐, 어찌 본심으로 장군을 의심하리오. 장군은 노여움을 풀고, 이 기쁨을 술로 나누기로 합시다."

조휴는 주방의 노여움을 풀어주기 위해 주연까지 베풀었다.

이날 밤 주방이 물러가자 건위장군(建威將軍) 가규(賈逵)가 조휴에게 말했다.

"주방이 머리칼을 베어 충심을 맹세한 것이 암만해도 좀 수상합니다. 도독께서는 섣불리 전선에 나서지 마십시오. 제가 나아가 오군을 깨치고 돌아오겠습니다."

조휴는 얼굴에 노기를 띠며 말했다.

"나더러 싸우지 말고 가만히 앉아 있으라면, 그대 혼자 공을 세우겠단 말인가?"

"도독께서는 그 무슨 오해의 말씀을 하시나이까?"

"이놈! 나더러 오해를 한다고? 내가 네 흑심을 모를 줄 알고 그런 수작을 하느냐? 내가 나가 적을 칠 테니, 너는 후방이나 지키고 있거라."

조휴는 노여움을 참지 못해 가규를 후방에 억류하고, 자신은 동관으로 나왔다.

주방이 내심 회심의 미소를 지으며, 그 사실을 환성에 있는 육손에게 알린 것은 두말할 것도 없었다.

조휴는 주방을 일선으로 데리고 나와 전선을 돌아보며 물었다.

"어디다 진을 쳤으면 좋겠소?"

"저기 보이는 곳을 석정(石亭)이라 합니다. 그곳에 둔병하는 것이 좋을 것입니다."

조휴는 주방의 말을 믿고, 석정에 대군을 주둔케 했다.

그로부터 이틀 후의 일이었다. 문득 보마가 달려와 아뢰었다.

"도독, 큰일 났습니다. 전면으로부터 오병(吳兵)이 구름 떼처럼 쳐들어 오고 있습니다."

조휴는 크게 놀랐다.

"주방의 말에 의하면 이 부근에는 오병이 없다고 했거늘, 대군이 쳐들 어온다니 그게 무슨 소리냐? 빨리 주방을 불러라!"

군사가 급히 달려나갔다가 다시 들어와 보고했다.

"주방은 어젯밤 어디론가 종적을 감춰버렸다 하옵니다."

"뭐? 주방이 야반도주를 했다고? 그럼 내가 그놈한테 속았단 말이냐?"

조휴는 얼른 정신을 수습하며 말했다.

"그놈한테 속았기로 무슨 대수이겠느냐? 대장 장보(張普)는 선봉으로 나가 적을 쳐부수라!"

장보는 명을 받고, 곧 수천 명을 거느리고 전선으로 달려나갔다. 그러 나 알고 보니 적병은 삼만이 넘었다. 게다가 오의 대장은 맹장으로 이름 이 높은 서성이었다. 장보는 한동안 싸웠지만 크게 패하고 돌아왔다.

조휴가 자신만만하게 위로하며 말했다.

"염려 마라! 내가 나가 기병(奇兵)을 쓰면 제까짓 놈들이 무슨 힘으로 나를 막겠느냐. 각각 이만 명의 군사를 줄 테니 내일 새벽 장보는 석정의 남쪽에 매복해 있고, 설교(薛喬)는 석정의 동쪽에 매복해 있으라! 그러면 내가 내일 아침에 수천 기를 이끌고 나가 싸우는 척하다가 적을 북산 앞까지 유인해 올 테니 좌우군은 그때에 후방을 차단하고 적을 사정없이 깨치라. 그리하면 적의 대장 서성도 틀림없이 사로잡게 되리라."

그러나 다음날 아침이 오기도 전에, 위군은 오군에게 기습을 당하여 장보는 전사하고, 조휴는 크게 패하여 도주했다.

결과적으로 육손은 크게 승리했고, 주방은 공로가 크다 하여 관내후(關內侯)의 작위를 받았다. 그리고 육손에게 크게 패한 조휴는 본국에 돌아와서도 면목 없이 은거하다가 이듬해 가을에 병을 얻어 어이없게 죽고 말았다.

손권은 위를 크게 이기고 나자 촉에 사신을 보내 그 사실을 곧 알렸다. 그가 싸움에 이긴 것을 촉국에 일부러 알려준 것은 두 가지 목적이 있어서였다. 첫째는 승리한 것을 촉에게 자랑하여 자기들의 위세를 보이자는 것이었고, 둘째는 종래의 화친을 더욱 굳게 하자는 것이었다.

공명은 손권의 글월을 읽어보고 크게 기뻐했다. 그는 가정에서 패배한 이후로 군사를 재편성하여 불원간 또다시 위를 칠 계획을 세우고 있었던 것이다.

공명은 위가 오에 크게 패했다는 편지를 받아보고 기쁨을 금치 못한 나머지, 모든 장수들을 한자리에 불러놓고 축하연을 베풀었다. 술이 두어 순배 돌았을 무렵이었다. 홀연 일진대풍이 동북으로부터 불어오며, 뜰에 서 있는 늙은 소나무 가지 하나가 느닷없이 와지끈 부러졌다.

많은 장수들은 한껏 주흥에 겨워 시선도 주지 않았으나, 공명은 불길한 징조임을 깨닫고 눈살을 찌푸렸다.

마침 그때 시중이 들어오더니, 조자룡의 아들 조통(趙統)과 조광(趙廣)이 찾아왔다고 전했다. 공명은 그 소리를 듣자 손에 들고 있던 술잔을 무심중에 떨어뜨리며 말했다.

"오오, 자룡이 세상을 떠났구나!"

그의 예감은 그대로 적중했다. 조통과 조광은 공명 앞에서 통곡을 하면서 조자룡의 죽음을 알렸다.

"자친께서 어젯밤에 세상을 떠나셨습니다."

평소에 좀처럼 희로애락을 얼굴에 드러내지 않던 공명도 이때만은 소리 내어 울며 조자룡의 죽음을 슬퍼했다.

"조자룡은 선제 때부터 촉의 동량(棟樑)이었소. 그가 세상을 떠나다니, 이는 국가의 큰 손실일 뿐만 아니라 나로서는 팔 하나가 떨어져나간 것과 같구려!"

그 사실은 즉시 성도의 후주에게도 알려졌다. 후주 유선도 대성통곡을 하면서 슬픔을 금치 못했다.

"당양 싸움에서 난군 중에 나를 품에 안아 구해 준 그 어른이 작고하셨다니, 세상에 이런 슬픈 일이 어디 있겠느냐!"

후주는 조자룡을 순평후(順平侯)에 봉하여 국장을 지내고, 금병산(錦屏山)에 사당을 지어 춘하추동 사철에 제사를 지내게 했다. 그리고 그의 맏아들 조통을 호분중랑장(虎賁中郞將)으로 삼고, 둘째 아들 조광은 아문장(牙門將)으로 삼아 분묘를 정중히 지키게 했다.

후주가 조자룡의 장례를 치르고 난 직후, 한중에 있는 제갈공명은 양의를 보내어 두 번째 출사표를 바쳤다.

두 번째 출사표의 내용은 대략 다음과 같았다.

선제께서 위적(魏賊)을 쳐서 왕업을 광복하실 뜻에서 신에게 그 사업을 부탁하셨으나, 도적은 강성하고 신의 재주는 부족하여 아직 선제의 유지를 펴지 못했음을 심히 부끄럽게 여기옵니다. 그러나 적이 강하고 우리가 약하다 하여 가만히 머물러 있음은 스스로 멸망을 기다리는 것과 다름이 없는 줄로 아옵니다.

신이 선제의 명을 받은 이후로는 자나 깨나 오직 그 사명을 다할 생각 하나만이 머리에 있어 북정(北征)의 준비로 먼저 남만(南蠻)을 평정했던 것이옵니다. 이제 위가 동오에게 크게 패했다 하오니 이는 우리가 저를 쳐서 왕업을 선양할 절호의 기회가 아닌가 하나이다. 우리가 약한 힘으로 강한 군대를 깨치는 것이 매우 어려운 일임을 신이 어찌 모르오리까마는, 왕업을 이루는 것이 저버릴 수 없는 사명일진대 어찌 고난을 피하고 안일만을 탐내고 있겠나이까. 백성들이 궁하고 군사가 고달프나 대사는 포기할 수 없는 일이기에 이제 다시 군사를 일으켜 위적을 치려 하나이다. 신은 죽는 날까지 그 사명을 다하기 위해 온힘을 기울이겠사오니, 바라옵건대 폐하께서는 이를 쾌히 허락해 주소서.

후주는 그 출사표를 읽고 감격의 눈물을 지으며 즉시 출동하라는 칙허를 내렸다.

이리하여 공명은 가정에서 패배한 지 반 년 만에 다시 정예부대 삼십만을 거느리고 진창도구를 짓쳐나가는데, 선봉장은 위연이었다. 이때 공명의 나이는 사십팔 세였다.

한편, 공명이 낙양으로 다시 쳐들어온다는 소식이 전해지자 위제는 중신들을 한자리에 모아놓고 회의를 열었다.

그 자리에서 조진이 말했다.

"신은 전에 농서에서 아무런 공도 이루지 못하고 죄만 허다히 짓고 말았습니다. 그 이후로는 항상 수치를 썼고 공을 세울 기회를 고대하고 있었사오니 이번에 다시 한번 신에게 적을 깨칠 기회를 주시면 고맙겠나이다. 다행히 신이 좋은 장수를 한 사람 발견했으니, 그 사람으로 선봉장을 삼으면 공명을 사로잡을 수 있을 것이옵니다."

위제 조예가 고개를 끄덕이며 대답했다.

"대도독이 그처럼 굳은 결의가 있다면 어찌 그 뜻을 막으리오. 좋은 장
수란 누구를 말하는 것이오?"

"이름을 왕쌍(王雙)이라고 하옵는데, 키가 칠 척이나 되고, 몸에는 유성
퇴(流星槌)를 지니고 있습니다. 그가 천리마를 타고 달려가며 두 섬 무게
의 철태궁(鐵胎弓)을 쓰면 어김없이 백발백중이어서 누구도 당해 내지 못
하옵니다."

"그 사람을 이리로 불러오오."

왕쌍이 부름을 받고 나타나는 것을 보니, 과연 그의 풍모는 괴위(魁偉)
하기 짝이 없었다.

"오오! 그대와 같은 맹장을 얻었다는 것은 국가의 큰 길조가 아니랴.
그대는 선봉장으로 나가 부디 잘 싸워주오."

위주 조예는 매우 기뻐하며, 왕쌍에게 호위장군(虎威將軍)의 칭호를 내
려 그를 격려했다. 이리하여 조진은 대독으로서 다시 십오만 대군을 거느
리고 나와 일선에 주둔 중인 곽회, 장합과 합세했다.

그 무렵, 공명은 한중을 출발하여 진창도를 짓쳐나오다가 한 요소(要
所)에서 전에 없던 성을 보게 되었다. 그 성은 일찍이 사마의가 공명의 공
격에 대비하여 새로 구축한 진창성으로 학소가 지키고 있었다.

공명은 위연을 불러 명했다.

"진창성을 깨치기 전에는 전진이 불가능하니 장군은 저 성을 함락시켜
야만 하오."

위연은 그날부터 진창성을 공격하기 시작했다. 그러나 위연이 제아무
리 공격을 계속해도 진창성은 끄떡도 하지 않았다. 칠팔 일을 연달아 공
격해도 아무런 성과가 없으므로 위연이 돌아와 공명에게 보고했다.

"제아무리 힘써보아도 함락시킬 자신이 없기에 단념하고 돌아왔나이다."

그 말을 듣고 공명이 대로했다.

"조그만 성 하나를 함락시키지 못하고 그냥 돌아오다니, 장군은 어찌 부끄러움을 모르오?"

그런 다음 좌우를 돌아보며 추상같이 호령했다.

"군령을 어기고 돌아온 위 장군을 즉시 참형에 처하라!"

그러자 누군가가 한 걸음 나서며 말했다.

"위연 장군이 공을 이루지 못하고 돌아온 것은 학소가 성을 굳게 잠그고 싸우지 않은 탓이니, 승상께서는 부디 노여움을 푸소서. 소장이 학소와는 친분이 두텁사오니 제가 가서 자진항복을 권해 보겠나이다."

뭇사람이 바라보니, 그는 부곡 은상이었다. 공명은 그를 허락했다.

은상은 말을 급히 몰아 진창성에 이르자 수문장에게 큰소리로 외쳤다.

"나는 학소의 친구다. 나를 너희들의 대장과 만나게 하라!"

학소는 은상을 반가이 맞아들였다.

"자네가 무슨 일로 나를 찾아왔는가?"

은상이 대답했다.

"자네가 꼭 만났으면 하는 분이 있어서 이렇게 찾아왔네."

"그가 누군가?"

"촉국 승상 제갈량이네."

그러자 학소는 대뜸 안색이 변했다.

"제갈량은 나의 적이네. 이제 보니 자네는 제갈량의 부하인 모양인데, 그렇다면 나와는 원수지간이네. 자네는 여러 말 말고 곧 성을 나가주게."

"이 사람아! 이제껏 형제같이 지내온 터에 섬기는 이가 다르다고 새삼 얼굴 붉힐 것은 없지 않은가?"

"자네니까 살려 보내지, 다른 사람이 그런 소리를 했다면 그냥 두지 않았을 걸세. 여러 말 말고 지금 당장 나가주게."

학소는 거기까지 말하고 이번에는 부하들더러 추상같은 명령을 내렸다.

"여봐라! 이자를 성 밖으로 끌어내어 쫓아보내라!"

은상은 꼼짝 못하고 성 밖으로 끌려나와 촉국으로 돌아오고 말았다. 그리하여 자초지종을 보고하니, 공명은 실망의 빛이 역력한 얼굴로 말했다.

"그대가 다시 가서 이해(利害)로 학소를 설득시켜보라."

은상이 다시 찾아가 만나주기를 청하니, 학소가 성루 위에서 굽어보며 물었다.

"그대는 무엇 때문에 다시 왔는가?"

은상이 학소를 올려다보며 대답했다.

"여보게 학소, 내 말 좀 들어보게. 자네가 이 조그만 성 하나로 어찌 공명의 삼십만 대군을 막아낼 수 있겠는가? 지금 항복하지 않으면 나중에 큰 화를 면치 못할 걸세. 그대가 한나라를 저버리고 위를 섬기는 것은 대의에도 한참 벗어나는 일이네."

"듣기 싫다. 부질없는 수작 그만하고 썩 물러가라."

학소는 그렇게 외치고는 성안으로 자취를 감춰버렸다.

은상은 마지못해 헛되이 돌아와, 공명에게 사실대로 보고했다.

공명은 그 말을 듣고 크게 노했다.

"그자가 그렇게 고집을 부린다면 할 수 없지. 힘으로 부수는 수밖에. 전군에 공격준비를 갖추게 하라!"

이때 촉진에는 공명이 새로 발명한 신무기가 많이 있었다. 운제(雲梯)라고 부르는 구름사다리도 그중 하나였다. 운제란 사다리를 궤짝처럼 만들어 그것을 성 밖에 걸쳐놓은 뒤에 군사들이 그 속으로 들어가 성벽으로 기어오를 수 있도록 만든 것이었다.

촉병들은 구름사다리를 이용해 진창성으로 기어 올라가려 했다. 학소는 그것을 보자 부하들더러 화전(火箭)을 가지고 사방에 늘어서 있다가 운제가 보이면 즉시 불화살을 쏘아 갈기라고 명했다. 공명은 그와 같은 대비책이 있는 것을 모르고 군사들더러 사다리를 타고 성으로 기어 올라가도록 했다. 그러나 운제를 성벽에 갖다 걸치기만 하면 화전이 빗발치듯 날아와 불을 일으키는 것이었다.

그 탓에 촉군은 첫날 싸움에서 여지없이 참패했다.

공명은 크게 노했다.

"할 수 없다. 그러면 땅굴을 파서 성안으로 침입하는 길을 만들어야겠다."

그날부터 군사들은 성안으로 통하는 땅굴을 파기 시작했다. 그러나 학소는 그 사실을 알자 땅굴 속으로 물을 끓여 넣어 촉군들을 몰살시켰다.

공명도 이때만은 골치를 앓았다. 조그만 성 하나를 함락시키지 못해 그처럼 애를 먹어보기는 난생 처음이었다. 그러할 즈음에 위의 선봉장 왕쌍이 많은 군사를 이끌고 다가오고 있었다.

공명은 깜짝 놀랐다.

"누구 지금 나아가 왕쌍을 막을 사람이 없겠느냐?"

"제가 나아가 막으오리다."

선봉장 위연이 나서며 말했다.

"그대는 선봉장이니 가벼이 움직여서는 안 되오."

"그렇다면 제가 가겠나이다."

그렇게 말한 사람은 비장(裨將) 사웅(謝雄)이었다.

"그대가 삼천 군을 거느리고 나가 왕쌍을 막아보라."

공명은 사웅에게 삼천 기를 주어 보내고, 이번에는 비장 공기(龔起)를 불러 명했다.

"그대는 사웅의 뒤를 이어 접응하라!'

공명은 안병(按兵)을 마치자 학소가 성을 나와 덤빌 것을 저어해 촉병을 이십 리 밖으로 물려 세웠다.

사웅이 달려나가 위장 왕쌍과 맞부딪쳤다. 두 장수가 싸우기 시작한 지 사오 합 만에 왕쌍이 내리치는 칼에 사웅의 목이 달아나니, 촉병들은 크게 패하여 쫓겼다.

뒤미처 공기가 달려 나오며 왕쌍에게 대항했다. 그 역시 왕쌍의 적수가 못 되었다. 싸움을 시작한 지 불과 삼 합 만에 공기는 왕쌍의 칼을 맞고 목이 달아났다.

공명은 그 비보를 듣고 크게 실망하여, 이번에는 요화, 왕평, 장의를 내세워 왕쌍을 막아내게 했다. 이에 장의가 먼저 달려나가 왕쌍과 어울렸다. 십여 합을 싸웠지만 승부가 나지 않았다. 왕쌍은 짐짓 못 견디는 척하며 뒤로 쫓기기 시작했다. 장의가 속임수에 빠져 자꾸만 쫓아가니 왕평이 나는 듯이 달려나가며 소리쳤다.

"더는 쫓지 말라! 왕쌍의 계교에 빠졌으니 속히 돌아오라!'

장의는 그제야 정신을 차려 말머리를 돌렸다.

그 순간이었다. 왕쌍이 유성퇴를 날려 보내니 장의의 등에 그대로 꽂혔다. 장의가 말안장 위에 푹 꼬꾸라지는 것을 본 왕평과 요화가 급히 달려나가 촉진으로 데리고 돌아왔다.

공명은 왕쌍의 손에 두 장수가 죽고 한 장수가 중상을 입자 매우 침통한 심정으로 강유를 불러 물었다.

"진창도구는 길이 좁아서 대군이 통과하기가 쉽지 않을 터인즉, 무슨 좋은 방도가 없겠느냐?"

강유가 아뢰었다.

"진창성이 견고할 뿐만 아니라 학소가 죽음을 각오하고 지키는 데다 왕쌍의 응원이 극성스러우니, 좀처럼 취하기 어려우리다. 그러므로 진창성을 기어이 빼앗으려 하지 말고 다른 방도로 승리의 길을 택하심이 어떨까 하나이다."

"다른 방도라면 무엇을 말하는 건가?"

그렇게 묻는 공명의 눈에서 광채가 번쩍 발했다.

"진창 산골짜기에는 위연을 남겨두어 학소의 움직임을 막게 하고, 가정 방면은 왕평과 이회(李恢)로 지키게 한 뒤에, 승상께서는 마대, 관흥, 장포 등과 함께 심야에 산곡을 넘어 기산(祁山)으로 들어가시면 적의 주장인 조진을 능히 사로잡을 수 있으오리다. 조진만 생포하면 승부는 절로 끝날 것입니다."

"오오, 그것 참 기막힌 계교로다."

공명은 강유의 계교대로 왕평과 이회에게 가정으로 통하는 사잇길을 지키게 하고, 위연에게 진창성 어구를 지키게 한 뒤에 자기는 사곡으로 빠져 기산을 향해 떠났다.

두 번째 철군

위의 대도독 조진은 지난번 싸움에서 사마의에게 공을 빼앗긴 것을 애석하게 여겨 이번만은 자기가 큰 공을 세우리라 생각하고 있었다. 마침 그 무렵, 왕쌍이 크게 이겼다는 보고가 들어오자 조진은 마음속으로 공명을 은근히 깔보게 되었다.

"공명이 초전에 패한 것을 보면, 그도 이미 늙었는가 보구나!"

그리하여 중호군 대장 비요(費耀)를 선봉장으로 삼아 대군을 기산으로 몰아 나왔다.

어느 날, 일선부대에서 세작 하나를 잡아왔다. 조진이 그를 장하에 꿇어 앉혀놓고 신문했다.

"네 이놈! 너는 촉군의 세작이 틀림없으렷다?"

그 군사가 머리를 조아리며 대답했다.

"소인은 세작이 아니오라, 어떤 분의 명을 받고 도독을 만나뵈러 왔나이다."

"뭐, 나를 만나러 왔다고? 누가 너더러 나를 만나라고 보냈단 말이냐?"

"이 자리에서는 말씀드릴 수 없사오니, 잠깐 좌우를 물리쳐주시옵소서. 그래야만 말씀을 올리겠습니다."

조진이 좌우를 물리니, 그 사나이는 품안에서 편지 한 장을 내놓으며 이렇게 말했다.

"저는 강유의 심복 부하로 도독님께 올리는 밀서를 가지고 왔습니다."

"어디 그 글을 올려라."

조진이 편지를 받아보니, 그 사연은 대략 이러했다.

저는 오랫동안 위국의 녹을 먹다가 공명의 꾐에 빠져 지금 촉국에 머무르고 있사옵니다. 그러나 고향으로 돌아가고 싶은 생각은 날이 갈수록 간절하옵니다. 다행히 이번이 그 뜻을 이루기에 절호의 기회이기에 제갈공명을 사로잡아 도독의 그늘로 돌아갈까 합니다. 도독께서는 저의 미충(微衷)을 헤아리시어 너그럽게 용납해 주시기를 바라옵니다.

조진은 그 편지를 읽어보고 크게 기뻐했다. 설령 공명을 사로잡지 못하더라도 내부에서 반란을 일으키면 그것만으로도 크게 유리할 것이기 때문이었다.

조진은 선봉대장 비요를 불러 상의했다.

"강유가 우리에게 내통할 뜻을 알려왔는데, 장군은 어떻게 생각하오?"

비요가 대답했다.

"공명이 꾀가 많아 강유를 시켜 그런 편지를 보냈을지 모르니 십분 경계하시는 것이 좋을 것 같나이다."

조진은 그 말을 듣고 고개를 좌우로 흔들었다.

"강유는 본디 우리 사람이었으니 그다지 의심하지 않아도 좋을 듯하오."

"아무리 그렇더라도 도독께서 그를 직접 만나는 것만은 삼가야 합니다. 제가 군사를 거느리고 나가 강유를 만나보고 자세한 보고를 올리오리다."

비요는 조진을 대신하여 오만 군을 거느리고 사곡으로 나갔다.

사곡에 있던 촉군은 비요를 보자 싸우지도 않고 뒤로 쫓겨 달아났다. 비요는 강유가 내응해 줄 것을 믿고 촉군을 맹렬히 추격했다. 그리하여 깊은 산골짜기까지 추격해 갔을 때 강유가 칼을 뽑아 들고 나타나더니 큰 소리로 외쳤다.

"이놈! 비요는 듣거라! 내가 함정을 파놓은 것은 조진을 사로잡기 위함이었는데, 왜 하필 너 같은 조무래기가 걸려들었느냐?"

"뭐가 어째! 강유란 놈은 듣거라. 네가 배은망덕을 해도 분수가 있지, 어찌 속임수로 그런 계교를 썼더란 말이냐!"

"이 어리석은 놈! 속아서 여기까지 끌려왔거든 곱게 항복할 일이지, 무슨 잔소리가 그리 많은가? 어서 이 칼을 받아라!"

강유는 말을 날려 달려오기 무섭게 비요의 목을 한 칼에 베어버렸다.

공명은 강유에게 상을 주며 이번 위계를 평했다.

"큰 계교를 너무 적게 썼으니 애석하기 짝이 없구나!"

한편, 조진은 강유에게 속은 것을 알고 땅을 치며 후회했다. 위주 조예가 그 사실을 전해 듣고, 크게 걱정하여 사마의에게 물었다.

"우리 군사가 패배하고 공명이 기산에 다시 진출했다니 이를 어찌했으면 좋겠소?"

사마의가 대답했다.

"별로 걱정하실 것 없사옵니다. 진창성을 학소와 왕쌍이 굳게 지키고 있어 촉군은 양초 운반이 매우 어려우니 한 달을 지탱하기가 어려우리다. 따라서 공명은 속전속결을 희망할 것이니, 우리는 그들의 요구에 응하지 말고 지구전을 펴면 반드시 승리하게 될 것입니다. 폐하께서는 대도독에게 그런 뜻을 하명하시면 됩니다."

"음, 딴은 절묘한 전법이구려."

"한 달쯤 지나 산골짜기에 눈이 쌓일 무렵 저들은 총퇴각을 아니할 수가 없게 될 터이니, 우리가 그때 총공격을 가하면 촉병은 전멸을 면치 못할 것입니다."

"과연 그럴듯하구려. 그러면 경은 낙양에 머물러 있지 말고, 기산으로 몸소 나가 전투를 지휘하는 것이 어떻겠소?"

"신도 그럴 생각이 없는 것은 아니오나, 다만 동오가 침범해 올 것이 염려스러우니 낙양에 머물러 있겠사옵니다."

사마의가 그런 평계를 대며 일선에 나가기를 꺼려하는 이유는 조진이라는 어리석은 대도독의 휘하에 들어가기가 싫기 때문이었다.

위주 조예는 태상경(太常卿) 한기(韓曁)를 조진에게 보내 앞으로 신중을 기해 싸우라는 방침을 알렸다. 조진이 천자의 글월을 부도독 곽회에게 보이자 그가 웃으며 말했다.

"이것은 천자의 계책이라기보다는 사마중달의 계책인 것 같습니다."

"누구의 계책이든 간에, 장군은 이 계책을 어떻게 생각하오?"

"계측인즉 옳습니다."

"만약 공명이 이 계책대로 물러가주지 않으면 어떡하오?"

"왕쌍을 시켜 기산으로 통하는 길을 모조리 봉쇄해 버리면 촉군은 후퇴하지 않을 수 없을 것입니다."

"그래주기만 하면 오죽 좋겠소."

"그러나 사마중달의 말만 듣고 있으면 우리가 너무도 무능하다는 인상을 주기 쉬우니, 우리는 우리대로 독특한 계책을 써보는 것이 좋을 것 같나이다."

"그것이 어떤 것이오?"

곽회가 조진의 귀에 입을 가까이 대고 무엇인가를 한참 소곤거렸다. 조진은 감탄하여 고개를 끄덕이며 즉석에서 그 의견에 찬동했다.

"그것 참 기막힌 계교이구려. 우리는 그 계교를 쓰기로 합시다."

그로부터 십여 일이 지난 뒤였다.

조진은 곽회의 말대로 손례를 시켜, 수백 대의 수레를 운량차(運糧車)로 가장하여 농서를 지나가게 했다. 푸른 포장을 덮은 그 수레에는 식량 대신 유황과 염초, 기름 같은 인화물이 가득 실려 있었다. 그러나 겉으로 보기에는 누가 보나 운량차가 틀림없었다.

그 운량차가 통과하기 전에 곽회가 기곡과 가정에 군사를 매복시켜둔 것은 말할 것도 없었다. 그리고 진창성에 있는 왕쌍에게도 미리 연락하여 촉군이 엄습해 오면 사방에서 호응하여 공명을 섬멸시키려는 계획이었다.

그러한 어느 날 촉진에서는 새로운 정보를 입수했다. 농서로부터 기산 서쪽 고개를 넘어, 위의 군량차 수백 대가 지나가고 있다는 것이었다. 식량에 곤란을 느끼고 있던 촉병들은 저마다 절호의 기회가 온 듯이 기뻐했다. 그러나 공명은 좌우를 돌아보며 엉뚱한 말을 물었다.

"식량 부대의 대장이 누구라고 하더냐?"

"손례라는 장수입니다."

"손례가 어떤 인물인지 뉘 모르느냐?"

위국 사정에 정통한 늙은이가 대답했다.

"손례로 말하면 위왕이 무척 아끼는 상장입니다."

"음……."

공명은 그제야 납득이 가는지 고개를 끄덕이며 장수들에게 말했다.

"군량을 운반하는데 그처럼 뛰어난 장수를 보낼 리가 없지 않은가? 모르면 모르되 그 운량차에는 군량 대신에 화약과 기름이 가득 실려 있을 것이다. 저들은 우리가 양식이 부족한 것을 알고 계교를 쓰고 있는 것이다. 저들의 계교를 역이용해 우리는 우리대로의 계교를 써야 하겠다."

그리고 나서 공명은 장수들을 차례로 불러 신속하게 장명을 내렸다.

마대가 맨 먼저 삼천 기를 거느리고 어디론가 떠났다. 다음에는 마충과 장의가 각각 오천 기를 거느리고 출동했다. 오반과 오의도 임무를 맡고 떠났다. 최후로 관흥과 장포에게도 군사를 주어 떠나게 한 뒤에, 공명 자신은 기산 꼭대기에 올라가 서쪽 산 아래를 열심히 내려다보고 있었다.

위의 운량 부대는 지지부진하게 걸어 산골길에 끝없이 늘어서 있었다. 이때 위의 운량 부대에 새로운 정보가 날아들었다.

"공명의 본진에 있는 군사들이 뿔뿔이 흩어져 출동했습니다. 머지않아 우리를 엄습해 올 것 같나이다."

손례는 크게 기뻐하며, 그 정보를 즉시 조진에게 알렸다.

조진은 선봉장 장호(張虎)와 악침(樂綝)을 불러 명했다.

"오늘밤 기산 서쪽에서 불길이 일어나거든 그대들은 그것을 신호로 공명의 본진을 들이치라."

날이 저문 뒤, 손례는 사방에 화공차를 배치해 놓고, 촉병이 나타나기만을 기다리고 있었다. 산속에서 불이 일어나면 그것을 신호로 촉군을 일거에 섬멸시킬 계획이었던 것이다.

때마침 서남풍이 강하게 불고 있어 화공법을 쓰기에는 안성맞춤이었다. 그런데 전투태세가 완전히 갖추어지기도 전에 산속에서 돌연 불길이 일어났다.

처음에는 우군이 신호로 불을 빨리 놓았는가 보다 여기고 계략대로 일제히 출동했다. 그러나 잠시 후에 알고 보니, 불을 놓은 것은 우군이 아니라 촉군이었다.

촉군은 식량차를 가장한 화약차에 모조리 불을 지르고, 동서 사방에서 함성을 올리며 노도와 같이 위군을 엄살해 왔다. 더구나 촉군은 화염이 충천한 속에서 바람을 등지고 공격해 오니, 맞바람을 맞아 연기에 휩싸여 버린 위군은 대항 한번 못 해보고 낙엽처럼 쓰러졌다. 위군은 자신들이 계획한 화공법으로 모두 비참하게 죽어갔다.

그런 실정을 전혀 모르는 장호와 악림은 불길을 보기 무섭게 조진의 명령대로 공명의 본진을 엄습했다. 그러자 매복해 있던 촉군이 사방으로 포위하고 공격해 오는 바람에 그들 역시 비참하게 패주했다. 미리 매복해 있던 오반과 오의의 군사에게 기습을 당한 것이었다.

마침내 촉군은 대승을 거두었다. 그러나 공명은 이기고 나서도 오히려 신중을 기하여 양의를 불러 명했다.

"그대가 진창도에 가서 위연에게 군사를 이끌고 한중으로 돌아가라고 이르오."

양의는 의아스럽게 생각했다.

"승상! 우리가 크게 이겼는데, 어찌하여 한중으로 돌아가라는 영을 내리십니까?"

"위연의 군사만이 아니라 우리도 곧 한중으로 회군해야 하오."

"왜 그러시는지 저는 그 이유를 모르겠나이다. 사기가 가장 왕성한 이때에 왜 돌아가야 합니까?"

"그러니까 지금이야말로 반드시 돌아가야 할 시기요. 위군이 싸우기를 피하고 지구전을 펴는 것은 우리의 식량이 떨어지기를 기다리고 있는 것이오. 지금 돌아가지 않으면 우리는 전멸을 면치 못할 것이오."

"아무리 그러하기로 이기고 나서 이대로 그냥 돌아가기는 너무 애석하지 않습니까?"

"우리가 이겼다고 해서 적의 시체를 먹고 살아갈 수는 없는 일이 아니오. 우리가 지금은 이겼지만 적이 대거하여 반격해 오면 무슨 힘으로 기왕의 승리를 유지할 수 있겠소. 지고 나서 쫓겨가는 것이 아니라, 이기고 나서 물러가는 것이니 조금도 애석하게 생각 마오."

공명은 성의를 다해 양의를 설득하고 나서 깜짝 놀랄 말을 일러주었다.

"위연에게 사람을 보내 계교를 알려주었으니 물러나더라도 곱게 돌아가지는 않을 것이오. 이번에 적장 왕쌍은 반드시 위연의 손에 죽게 될 것이오."

한중으로 돌아가는 것을 반대하는 사람은 비단 양의만이 아니었다. 관흥과 장포 같은 젊은 장수들은 더욱 반대했다. 그러나 공명은 누가 뭐라거나 군사를 조금씩 분산시켜 한중으로 돌려보냈다.

한편, 조진은 싸울 때마다 패하여 의기소침해 있었는데, 마침 좌장군 장합이 많은 군사를 거느리고 응원을 왔다.

조진이 장합에게 물었다.

"장군은 낙양을 출발하기 전에 사마중달을 만나보았소?"

"만나다뿐입니까? 제가 군사를 몰고 온 것도 그분의 명령 때문이었습니다."

"그러면 사마중달의 명을 받고 왔다는 말이오?"

"낙양에서는 이번 패전을 무척 염려하고 계시더이다."

"그이가 뭐라고 하오?"

"그분 말씀은 우리가 이기면 촉군은 물러가지 않을 것이나, 우리가 졌으니 반드시 물러갈 것이라 하십디다."

"그게 무슨 소리요? 싸움에 이긴 군사가 왜 물러간다는 것이오?"

"아무튼 사마 도독은 그렇게 말씀하셨소이다. 요사이 촉병의 동태를 알아본 일이 있으십니까?"

"지금은 패전의 뒷수습에 진력하느라 알아보지 못했소."

"지금이라도 한번 알아봅시다."

조진이 촉진을 정탐케 했더니, 과연 촉군은 소리 소문도 없이 퇴각하고 없었다.

"아차, 그럴 줄 알았으면 진작 쫓아가 기습을 가할 것을 그랬구나."

"소장이 공명의 뒤를 추격해 보겠습니다."

장합은 자기 군사를 이끌고 공명의 뒤를 급히 추격했다. 그러나 아무리 뒤쫓아봐도 촉군은 이미 그림자도 보이지 않았다.

한편, 위연도 공명의 밀명을 받고, 암암리에 한중으로 돌아갈 채비를 서두르고 있었다. 위연이 막 출발의 길에 올랐는데, 왕쌍이 알고 급히 쫓아오며 소리쳤다.

"위연아, 어디로 달아나려 하느냐? 왕쌍이 여기 있다."

촉병은 부리나케 쫓겼다. 왕쌍은 추격하기에 급급하여 누가 누군지도 모르고 무작정 달려 나왔다. 그때 후방에서 난데없는 불길이 치솟았다.

"불이다! 불이다!"

왕쌍이 말을 멈추고 돌아다보니, 과연 후방에서 화광이 충천하고 있었다.

"앗! 내가 계교에 빠졌구나!"

왕쌍이 크게 당황하여 되돌아오려는데 돌연 숲속에서 위연이 나타나며 큰소리로 외쳤다.

"이놈, 왕쌍아! 네가 가면 어디를 가느냐!"

앞으로 쫓겨간 줄만 알았던 위연이 난데없이 후방에서 나타난 것이었다. 왕쌍은 창을 뽑으며 대들려 했다. 그러나 위연의 칼이 공중에서 번쩍

하더니, 왕쌍의 머리가 그대로 땅바닥에 굴러 떨어졌다. 위연은 왕쌍의 머리를 창끝에 높이 꽂아들고 한중으로 유유히 돌아왔다.

왕쌍이 죽은 지 얼마 후에 진창성을 지키던 학소도 죽었다. 그러나 그는 전사가 아니라, 병으로 죽은 것이었다.

조진은 하늘처럼 믿었던 두 장수가 한꺼번에 숨지자 크게 낙담했다.

다시 기산으로

오왕 손권은 위와 촉이 싸우는 것을 보고 속으로 은근히 기뻐하고 있었다. 두 나라가 모두 다 전쟁으로 피폐해진 뒤에 중원으로 진출하려는 야망을 품고 있었기 때문이다.

손권은 장차 천하를 통일할 날을 꿈꾸며 황무 팔년 사월에 제단을 높이 모으고 스스로 황제의 자리에 올랐다. 그리고 연호도 황룡(黃龍) 원년으로 바꿈과 동시에 선왕 손견을 무열황제(武烈皇帝)라 시호했다.

맏아들 손등(孫登)을 황태자로 봉하고, 제갈근의 아들 각(恪)을 태자 좌보(左輔)로 삼고, 장소의 아들 장휴(張休)로 태자 우필(右弼)을 삼았다.

제갈근의 아들 제갈각은 어려서부터 매우 총명하여 손권은 그를 몹시 사랑했다. 그 제갈각이 어렸을 때 이런 일이 있었다. 손권은 군사인 제갈근을 놀려주기 위해 당나귀 한 마리를 안마당에 끌어다놓고 얼굴에 분칠을 하여 '제갈자유(諸葛子瑜)'라는 네 글자를 써놓았다. '자유'란 제갈근의 아호였다.

제갈근의 얼굴이 길쭉했기 때문에 손권은 말상에 비유하여 놀려준 것이다. 모든 신하들이 그 광경을 보고 소리 내어 웃었다. 왕의 놀림을 받은 제갈근도 뒷머리를 긁적이며 멋쩍게 웃을 수밖에 없었다.

그때 아버지와 함께 있던 여섯 살짜리 소년 제갈각이 그 광경을 보고 있다가 별안간 붓을 들고 당나귀가 있는 곳으로 달려나가는 것이었다. 무슨 일인가 싶어 모든 사람들이 소년의 행동을 지켜보고 있었다. 붓을 들고 달려간 소년은 '제갈자유(諸葛子瑜)'라고 쓴 그 아래에 '지려(之驢)'라는 두 글자를 더 써넣었다.

'제갈자유지려(諸葛子瑜之驢)', 다시 말해 이 당나귀는 '제갈자유의 당나귀'라는 뜻이었다. 그것을 보고 만좌가 감탄했고, 손권은 손뼉을 치며 소년의 지혜를 칭찬했다. 지금도 중국 사람들은 체면을 대단히 중요시하거니와, 그 뜻을 지닌 '면자(面子)'라는 용어도 그때에 생겨난 말이라는 학설이 있다.

손권은 고옹을 승상으로 삼고 육손을 상장군으로 삼아 태자를 보좌하며 무창(武昌)을 지키게 하고, 자신은 건업으로 돌아왔다.

손권은 건업으로 돌아오자, 장소의 말대로 촉국에 특사를 보내어 제위에 올랐음을 알렸다. 말하자면 황제가 되었음을 국제적으로 인정받기 위한 행보였다.

공명은 손권의 참월(僭越)한 행위를 매우 못마땅하게 여겼다. 왜냐하면 그는 후주를 중심으로 한조를 통일할 생각을 품고 있었기 때문이다. 그러나 지금 형세로 보아 손권의 비위를 거스르면 오가 위와 결탁하여 촉을 멸망시킬 우려가 농후하므로, 공명은 눈물을 머금고 손권의 참위(僭位)를 전적으로 인정해 주는 수밖에 없었다.

이에 공명은 경축의 예물을 보내면서 제안했다.

강대한 귀국에서 위국을 치면 반드시 성공하시오리다. 만약 귀국에서 군사를
일으키면 우리는 기산으로 나아가 장안을 도모하오리다.

손권은 그 글월을 받아보고 즉시 육손을 건업으로 불러올려, 그의 의
견을 물었다.

육손이 대답했다.

"우리가 촉국과 수호동맹을 맺고 있으니, 저희들이 기병한다면 우리는
도와주는 척하지 않을 수 없을 것이옵니다. 하오나 싸움은 저들로 하게
만들고, 우리는 기회만 보고 있다가 위국이 손을 들게 되었을 때 공명보
다 먼저 낙양으로 쳐들어가면 될 것입니다."

손권은 그 말을 옳게 여겨, 공명에게 협조하겠다는 뜻으로 서신을 보
냈다.

공명은 손권의 글월을 받아보고 위를 도모할 생각을 다시 품었다. 그
러자면 무엇보다 먼저 진창성을 손에 넣어야 했다. 공명이 사람을 시켜
알아보니 진창성을 지키던 학소는 그간에 병사했다는 것이었다. 공명은
그 소식을 듣고 크게 기뻐했다.

"아아, 이야말로 진창성을 손에 넣을 수 있는 천재일우의 기회로다."

그렇게 생각한 공명은 강유와 위연을 불러 명했다.

"그대들은 각각 군사 오천씩을 거느리고 진창성으로 진격해 성안에서
불길이 솟거든 성안으로 쳐들어가라!'

"언제 출발하는 것이 좋겠나이까?'

"사흘 후에 떠나도록 하라."

"진창성이 견고하기 이를 데 없는데, 오천 병력으로 함락이 가능하리
까?'

"그런 염려는 말고, 오직 내가 시키는 대로만 하오."

공명은 두 장수를 보내고 나자, 이번에는 관흥과 장포를 불러 별도로 비밀지령을 내렸다.

한편, 위의 부도독 곽회는 학소가 죽었다는 소식을 듣고 장합에게 군사 삼천 명을 주며 진창성을 지키라고 명했다. 그러나 장합이 진창성에 도달하기도 전에 성은 이미 촉군의 손에 함락되어 있었다.

위연과 강유가 때를 기다리고 있다가 성안에서 불길이 일어나기에 쳐들어가보니 공명은 이미 성안에 들어와 있었다.

강유와 위연은 탄복해 마지않았다.

"승상께서는 어느새 이 성안에 들어와 계시나이까?"

"학소가 죽었다기에 세작으로 변장하여 성안에 먼저 들어와 있었소."

공명은 빙그레 웃으며 그렇게 대답하고는 학소의 시체를 정중히 거두어 위나라로 보내주었다.

"학소가 죽기는 했으나 그의 충성심은 우리 모두가 본받아야 할 것이오."

그런 뒤에 두 장수에게 다시 명했다.

"우리는 진창성을 점령했으나 여기서 안심하고 있다가는 또다시 성을 빼앗기기 십상일 것이오. 두 장수는 지금 곧 군사를 이끌고 나아가 산관 (散關)을 엄습하오. 때가 늦어 응원군이 오면 아니 되니, 지금 즉시 쳐야 하오."

두 장수는 산관으로 짓쳐나가 힘들여 싸우지도 않고 성을 함락시켰다. 그리고 나서 군사들이 승리에 도취해 있을 때, 공명의 예언대로 위의 대군이 내습해 왔다. 대장 장합이 거느리고 오는 군사였다. 그러나 사기가 충천해 있던 위연과 강유는 장합의 군사를 손쉽게 쫓아버렸다. 연거푸 승리를 거둔 위연과 강유는 공명의 신속하고도 신통한 작전에 거듭 탄복해 마지않으며 승전보를 알렸다.

공명은 그 사이에 진창에서 사곡으로 진격하여 건위를 점령하고 기산으로 나와 있었다. 기산은 공명 자신이 두 번씩이나 후퇴했던 쓰라린 기억이 있는 고전장(古戰場)이었다. 세 번 만에 기산을 완전히 함락시킨 공명은 자못 감개무량해 하면서 모든 장수들에게 말했다.

"적은 우리가 옹주(雍州)와 미주(郿洲) 두 고을로 진격하리라 짐작하고 그곳을 엄하게 지킬 것이오. 그러하니 우리는 방향을 바꾸어 음평(陰平), 무도(武都)의 두 고을을 급습해야 하오."

음평과 무도를 점령해 적의 방어력을 두 갈래로 갈라놓으려는 공명의 작전이었다. 그러나 적의 세력을 분산시키기 위해서는 이쪽도 병력을 두 패로 나누는 수밖에 없었다. 공명은 강유와 왕평에게 각각 일만 군을 주어 음평과 무도를 치게 했다.

한편, 장합이 진창성에서 장안으로 쫓겨 돌아와 패전을 알리니, 곽회는 공명이 기산까지 진출했다는 소식을 듣고 크게 놀랐다.

"공명이 기산까지 점령했다면 반드시 옹주와 미주 두 고을로 진격해 올 것이오. 장합 장군은 장안을 지키고 있으오. 나는 지금부터 미성을 지키고, 손례 장군으로 옹성을 지키게 하겠소."

두 장수는 각기 군사를 이끌고 출진했다.

위주 조예는 그 소식을 듣고 크게 당황했다. 마침 그 무렵, 또 하나 놀라운 소식이 들려왔으니, 그것은 손권이 제위에 올라 촉국과 공수동맹을 맺고, 육손이 무창으로 쳐들어올지도 모른다는 소식이었다. 만약 오군과 촉군이 일시에 쳐들어온다면 위국은 패망을 면할 수 없는 터였다.

조예는 사마의를 급히 불러 물었다.

"오와 촉이 공수동맹을 맺고 일시에 쳐올 위험이 농후하니, 이를 어찌 했으면 좋겠소?"

사마의가 조용히 대답했다.

"신이 보건대, 오는 소문만 퍼뜨리고 거병은 하지 않을 것이옵니다."

"경은 어디에 근거를 두고 그런 판단을 내리오?"

"공명이 오를 부추겨 우리를 치게 할 것은 자명한 이치이옵니다. 그리고 오는 촉과 공수동맹을 맺고 있으니 거병을 할 듯이 보이는 것도 당연한 일입니다. 그러나 오에는 육손이라는 재사가 있어 결코 경솔하게 거병하지 않을 것입니다. 육손은 싸울 듯한 자세만 취해 가면서 어부지리를 얻을 기회만 노리고 있을 것입니다. 그러하니 오국은 걱정 마시고, 촉국을 막는 데만 전력을 기울이는 것이 옳을까 하나이다."

"음, 과연 경의 고견에는 오직 탄복이 있을 따름이오."

조예는 거듭 감탄하면서 말했다.

"경이 아니면 공명을 당해 낼 지장이 없을 것이오. 짐은 오늘로 경을 대도독에 봉할 터이니 총병장(總兵將)의 인수를 경이 맡아주도록 하오."

사마의는 매우 난처한 기색을 보였다. 왜냐하면 오늘날까지 최고 사령관은 조진이었기 때문이다.

"폐하! 조진 대도독의 자리를 어찌 신이 빼앗을 수 있으오리까?"

"그는 무능하고 경은 유능하니, 국가의 장래를 위해 어찌 개혁이 없을 수 있으리오. 그 점은 염려 마오."

"알겠나이다. 그러면 사람을 시켜 장인(將印)을 빼앗아 올 것이 아니라, 신이 직접 찾아가 뵙고 물려받겠나이다."

사마의는 그 길로 곧 조진이 머무르고 있는 장안으로 향했다.

때마침 조진은 병중이었다. 사마의는 정중하게 문병을 하고 나서 물었다.

"오의 육손과 촉의 공명이 공수동맹을 맺고 일시에 우리를 쳐올 계획을 세우고 있는데, 명공(明公)은 그 사실을 아시나이까?"

조진이 그 소리를 듣고 크게 놀랐다.

"그게 사실이오? 내가 몸이 불편하니 걱정할까봐 부하들이 일부러 알리지 않았나 보구려."

"적은 제가 알아서 물리칠 터이니, 명공께서는 그런 염려 마시고 건강에만 전념하소서."

"그러지 않아도 내가 몸이 쇠약해져 맡은 임무를 감당할 자신이 없었소. 이제 장인을 중달에게 넘길 터이니, 공이 이것을 맡아 국가를 보존케 해주오."

조진은 그렇게 말하며, 소중히 간직하고 있던 '총병장인'을 자기 손으로 내밀었다.

사마의는 재삼 사양하다가 마지못한 척하며 장인을 받았다. 이리하여 제갈공명과 사마중달의 정면결전이 벌어지게 된 셈이었다.

건흥 칠년 사월에 제갈공명과 사마중달은 기산에서 정면으로 대진했다. 사마의가 장합을 선봉으로 삼고 대릉(戴凌)을 부장으로 삼아 기산에 이르러 위수의 남쪽에 진을 치니, 곽회와 손례가 진중으로 달려와 인사를 올렸다.

사마의가 그들에게 물었다.

"그대들은 공명과 직접 싸워본 일이 있는가?"

"아직 공명과 직접 싸운 일은 없나이다."

"공명은 멀리서 왔기 때문에 속전속결을 원할 터인데, 그들이 그다지 서두르지 않는 것은 반드시 무슨 계책이 있기 때문일 것이다. 농서 제군에서는 무슨 정보가 없는가?"

"모두들 잘 지키고 있다는 소식입니다. 다만 무도와 음평으로 보낸 사람만은 아직 돌아오지 않아 그쪽 소식은 잘 모르겠나이다."

"음, 공명이 지금 노리고 있는 곳은 바로 무도와 음평이다. 그대들은 소로(小路)를 통해 가서 두 고을을 튼튼히 방어한 뒤에 기산 뒤로 나오라."

두 장수는 그날 밤으로 군사를 이끌고 떠났다. 그들은 밤길을 행군하면서 이런 말을 주고받았다.

"공명과 중달의 재주를 견주면 어느 편이 더 나을까?"

"글쎄, 그야말로 막상막하 난형난제겠지만, 그래도 공명이 낫지 않을까?"

"공명이 나을지 모르지만, 이번 계교만 보자면 중달에게 유리하게 전개되고 있구만. 촉군이 이군(二郡)을 치는데 우리가 뒤쪽에서 덮치면 꼼짝 못하고 쫓겨갈 수밖에 없지 않은가."

그렇게 말하며 행군을 계속하는데, 문득 급마가 달려와 말했다.

"음평이 이미 왕평에게 함락되었고, 무도 역시 강유에게 점령되었습니다."

곽회와 손례가 깜짝 놀라며 행군을 멈춘 바로 그때였다. 문득 저 멀리 숲속에서 웅성거리는 소리가 나더니, 일성 포향과 함께 일지군마가 급히 내달아오며 위군을 마구 무찌르기 시작했다.

곽회와 손례가 황급히 싸울 태세를 갖추며 바라보니, 저 멀리 펄럭이는 깃발에 '한승상 제갈량(漢丞相諸葛亮)'이라는 글자가 뚜렷하게 보였다.

"아, 공명이 여기에 나타났다."

다시 바라보니 사륜거에 높이 앉아 있는 사람은 제갈공명이 분명했고, 좌우에서 호위하고 있는 장수는 관흥과 장포였다.

곽회와 손례가 달아나려고 말머리를 돌리려니, 공명이 수레 위에서 사뭇 순순히 타일렀다.

"허허허, 곽회와 손례는 어디로 달아나려는가? 무도, 음평이 이미 함락되었으니 그대들은 무용한 살생을 삼가는 것이 좋으리로다."

곽회와 손례는 공명을 대하자 간담이 서늘해 와 얼른 부랴부랴 말머리를 돌려 달아나기 시작했다. 그러자 장수 하나가 고함을 크게 올리며 급히 추격해 왔다.

"이놈들아! 어디를 가느냐? 장포가 여기에 있다!"

장포가 고함을 지르며 따라오는 바람에, 두 장수는 목숨을 걸고 급히 쫓겼다. 그러자 쫓아오던 장포의 말이 바위에 걸려 말과 사람이 한꺼번에 산골짜기로 곤드라졌다.

장포는 그 통에 중상을 입고 성도로 돌아와 병을 다스리게 되었다.

곽회와 손례가 가까스로 죽음을 면하고 돌아와 사실대로 보고하니, 사마의는 오히려 그들을 위로하며 말했다.

"이번 패전은 그대들의 죄가 아니오. 이는 공명의 지략이 나보다 앞선 탓이오. 그러나 내게도 결코 승산이 없는 것은 아니니, 그대들도 곧 옹주와 미주 두 곳으로 가서 그곳을 지키오. 결코 싸우지 말고 지키고 있기만 하오."

그리고 나서 장합과 대릉을 불러 명했다.

"무도, 음평의 두 고을을 점령한 공명은 민심을 무마하기 위해 필시 기산을 비우고 일선에 나와 있을 것이다. 그러니 그대들은 각각 일만 기를 거느리고 가서 기산 본진을 엄습하라. 나는 나대로 먼저 포진하고 있다가 그대들과 힘을 합해 적을 공격하리라. 그리하면 우리는 반드시 승리를 얻게 될 것이다."

장합과 대릉은 명령대로 군사를 이끌고 밤을 도와 기산으로 행군했다. 그러나 얼마를 가다보니, 길이 통나무와 바위로 막혀 있어 행군이 몹시 더딜 수밖에 없었다.

"이것은 적이 우리의 행군을 방해하기 위해 일부러 만들어놓은 장애물이 분명하다. 만일을 생각해 군사를 약간 물리도록 하라."

장합의 명령이었다.

그리하여 군사를 막 후퇴시키고 있는데, 별안간 만산(滿山)에서 불길이 일어나더니, 수많은 복병들이 북을 치고 함성을 올리며 두 장수를 에워싸기 시작했다.

두 장수가 달아날 길을 잃고 당황해 하는데, 문득 저만치 수레 위에서 공명이 낭랑한 목소리로 꾸짖는 소리가 들렸다.

"장합과 대릉은 듣거라. 사마의는 내가 없을 줄 알고 너희들을 보내 기산을 치게 했을 것이다. 그러나 나는 무도, 음평에 나가지 않고 여기에 있었다. 내 이제 너희 같은 무명 하장들을 죽여 무엇 하겠는가. 어서 말에서 내려 항복하라!'

장합은 그 말을 듣고 크게 노하며 공명을 꾸짖었다.

"네 한낱 산야(山野)의 필부로 어찌 대국을 침범하느냐! 내 너를 잡기만 하면 난도질을 해서 살과 뼈를 온 땅에 뿌리리라."

장합은 그 말을 씹어뱉기 무섭게 말에 채찍을 가하며 공명을 잡으려고 급히 달려 나왔다. 그러나 촉진에서는 이미 그것을 예측하고 있었던지 별안간 시석(矢石)이 빗발치듯 날아왔다.

장합이 마지못해 겹겹이 둘러싸인 에움을 뚫고 달아나는데 아무도 그를 막지 못했다. 이때 대릉은 겹겹이 포위된 채 빠져나가지 못하여 형세가 자못 위태로웠다.

장합이 일단 에움을 벗어나서 보니, 대릉이 아직도 고전하고 있었다. 다시 에움을 뚫고 들어간 장합은 가까스로 대릉을 구해 달아났다. 그 광경을 본 공명은 장합의 용맹에 감탄을 금치 못했다.

"일찍이 장비와 장합이 당양격전(當陽激戰)에서 싸워 승부를 결하지 못하고 헤어졌다는 소리를 들었는데, 오늘날 보니 과연 무적 왕장이로구나. 그 사람을 그냥 두어서는 우리에게 큰 걱정거리가 될지니 내 마땅히 그를 없애버려야 하겠다."

한편, 사마의는 진을 치고 나서 공격의 기회가 오기를 기다리고 있다가, 장합과 대릉이 대패하고 돌아오는 바람에 크게 실망했다.

"과연 공명은 신인이로구나. 그를 상대로 싸우면 늘 패배만이 기다릴 뿐이니 일찌감치 물러감이 현명하겠다."

이리하여 위군은 공격을 단념하고 당분간 수비에만 힘을 기울이기로 했다. 두 차례의 승리에서 많은 전리품을 얻은 공명은 위연을 시켜 다시 위군에게 싸움을 걸었다. 그러나 아무리 싸움을 걸어도 위병은 일절 상대를 하지 않았다.

"우리는 빨리 싸울수록 유리하건만 적이 응해 주지 않으니 큰일이로다."

공명이 그런 걱정을 하고 있는데, 성도에서 시중 비위가 조칙을 받들고 찾아왔다. 기산대첩(祁山大捷)을 축하함과 아울러 일찍이 가정에서의 퇴전(退戰)에 책임을 지고 물러났던 승상 직에 다시 임명한다는 조칙이었다.

공명이 조칙을 읽어보고 비위에게 말했다.

"내 국사를 아직 이루지 못했는데, 어찌 승상의 직을 다시 받을 수 있으리오."

비위가 말했다.

"승상께서 만약 받지 아니하신다면 이는 곧 천자의 뜻을 어기는 것이 되옵니다. 부디 사양 마소서."

이야기가 그렇게 나오자 공명은 더는 사양하지 못하고 승상 직을 다시
받았다.

비위가 다녀간 뒤에, 공명은 군사를 거느리고 일단 한중으로 돌아올
계획을 세웠다. 그러나 대번에 철수하다가는 적이 추격해 올 것이 분명하
므로, 우선 삼십 리만 이동했다.

사마의는 그 소식을 듣고 장수들에게 말했다.

"공명이 또 무슨 계교를 쓰고 있는 모양이니, 일절 쫓아갈 생각도, 싸
울 생각도 말라!"

촉군은 그로부터 칠팔 일 후에 다시 삼십 리를 후퇴했다.

"공명이 암만해도 꽁무니를 빼는 것이 분명합니다. 차제에 우리가 적
극적으로 공격하는 것이 어떻겠습니까?"

장합의 말이었다.

"아니오. 저들은 지난번 싸움에서 식량도 많이 노획했고, 이제 곧 가을
철이라 군량에 걱정이 없는데, 왜 철수를 하겠소. 저들이 후퇴하는 것은
우리를 꾀로 끌어내리려는 술책이니 속아서는 아니 되오."

사마의는 어디까지나 신중론을 내세웠다. 그러나 그로부터 십여 일이
지난 뒤에 보니 공명은 그 사이에 또다시 삼십 리를 후퇴해 있었다.

"도독! 공명이 암만해도 한중으로 철수할 요량으로 야금야금 움직이는
것이 분명하니, 이번 기회에 꼭 쳐부수어야 합니다. 지금 공격하지 않으
면 언제 하겠습니까."

장합의 주장이었다.

"공명의 계교에 속지 말라는데도 그러는구려."

"도독은 염려 마십시오. 그처럼 걱정스러우시다면 제가 군령장을 두고
나가서 한번 공격해 보겠습니다. 쫓겨가는 군사를 곱게 보낼 수는 없는
일이 아니옵니까?"

"음, 장군이 정 그렇다면 정병 삼만을 데리고 나가보구려. 만약 싸우더라도 나가는 그날로 싸우지 말고, 하룻밤쯤 푹 쉬어 군사들의 예기를 돋우어놓은 후에 싸우도록 하오."

사마의는 장합의 고집에 못 이겨 출전을 허락했다.

다음날 장합은 정병 삼만을 거느리고 공명을 쫓아나오고, 사마의 자신도 오천 군을 거느리고 멀리서 뒤를 따랐다. 공명은 그와 같은 소식을 듣고 회심의 미소를 지었다. 적의 움직임이 자기가 원하는 대로 되어가고 있었기 때문이다.

이날 밤 공명은 모든 장수들을 한자리에 모아놓고 말했다.

"이번 싸움의 결과로 적과 우리의 운명이 결정된다고 해도 과언이 아니오. 그러하니 우리는 일당십의 결연한 각오로 힘써 싸워야 할 것이오. 우리가 승리하자면 우선 적의 후방을 끊어야 하는데, 그 임무는 여간 어려운 것이 아니오. 그 임무를 완수할 지용지장(智勇之將)은 없소?"

모든 장수가 한자리에 모여 있건만 아무도 감히 자진해 나서는 사람이 없었다.

공명의 시선이 위연에게 머물렀다. 그러나 위연은 고개를 수그린 채 말이 없었다. 이때 왕평이 앞으로 나서며 말했다.

"승상, 제가 가겠습니다."

"만약 실패하면 어떡하겠는가?"

"오로지 죽음으로 충성을 다하겠나이다."

"음, 왕평이 죽음으로 싸우겠다니 참으로 본받을 만한 충성이오. 적은 전군이 장합이요, 후군이 사마의니, 전후의 협공을 혼자서 어떻게 감당하리오. 아무래도 부장 한 명이 더 필요하겠는데, 누가 나가겠소?"

그러자 전군 도독 장익이 나서며 말했다.

"제가 가겠습니다."

공명은 장익을 잠시 바라보다가 말했다.

"장합은 이름난 명장이니, 그대는 당해 내기 어려울 것일세."

장익은 그 소리를 듣고 분연히 대답했다.

"만약 실패를 하면 저의 목을 바치겠나이다."

"음, 그대가 그처럼 자신이 있다면 나가 싸우라. 두 사람은 오늘밤으로 일만 군을 거느리고 적의 전군과 후군 사이에 잠복해 있으라. 그러다 장합이 나를 엄살해 오거든 왕평은 그를 후방에서 치고, 장익은 뒤에 남아 사마의가 거느리고 오는 군사의 선두를 쳐부수라."

두 장수가 영을 받고 나가자, 공명은 강유와 요화를 불러 명했다.

"내가 그대들에게 금낭(錦囊) 하나를 줄 터이니, 군사 삼천을 거느리고 앞산에 매복해 있다가 왕평과 장익이 적의 공격을 받아 위태로워지거든 그들을 구할 생각 말고 그 주머니를 열어보라. 위급을 구하는 계책이 그 주머니 속에 들어 있다."

두 장수가 떠나자, 이번에는 오의, 오반, 마충을 불러 명했다.

"그대들은 적이 공격해 오거든 정면으로 항전하라. 모름지기 적은 필살(必殺)의 기세로 덤벼올 테니, 너무 대항하지 말고 지연작전을 쓰다가 관흥이 나타나거든 그때에 비로소 전력을 기울여 반격하라. 그때에는 나 역시 군사를 거느리고 나가 접응하겠다."

이번에는 관흥을 불러 명했다.

"그대는 군사 오천을 거느리고 산곡간에 매복해 있다가 산 위에서 홍기(紅旗)가 펄럭이거든 적을 시살하라."

공명은 이와 같이 면밀한 장령을 내린 뒤, 자신도 출전할 채비를 차렸다.

공명과 중달의 대결

공명과 중달을 최고 사령관으로 하는 촉위 대회전의 기운은 시시각각 무르익어가고 있었다.

때는 한여름 유월이었다. 위의 장합과 대릉이 대군을 이끌고 촉진으로 휘몰아쳐 오는데, 그 기세가 자못 험악했다. 그러나 촉군도 결코 만만치 않았다. 마충, 오의, 오반, 장의가 번갈아 대전하니 장합이 대로하여 노도와 같이 추살해 왔다.

촉군은 싸우다가 달아나고, 달아나다가는 다시 싸우며 위군을 자꾸만 끌어들였다. 그런 식으로 오십 리를 쫓겨왔을 때, 돌연 산상에서 붉은 깃발이 나부끼기 시작했다. 그러자 산곡간에 매복해 있던 관흥이 별안간 뛰쳐나와 적에게 맹공을 퍼붓기 시작했다. 그와 때를 같이하여 마충 등의 네 장수도 일시에 총반격을 가해 왔다.

그러나 장합과 대릉은 쫓기지 않았다. 양군이 한데 어울려 서로 찌르고 죽이고 하는 처참한 전투가 계속되는 바람에, 피는 바다를 이루고 시체는 들판을 메웠다. 그래도 승부는 좀처럼 나지 않아 전투는 끝없이 계속되었다.

바로 그때 왕평과 장익이 후방에서 적을 들이치며 덤벼오는 바람에 위군은 금방 전멸할 듯했다. 왕평과 장익이 전후군을 차단하는 데에는 성공했다. 그러나 바로 그때 사마의가 주력부대를 이끌고 짓쳐들어왔다.

사마의는 몸소 대군을 이끌고 달려 나오기 무섭게 왕평과 장익을 겹겹이 둘러싸고 공격했다. 이제는 왕평과 장익이 그 에움을 돌파하고 달아날 수조차 없도록 형세가 위태롭게 되었다.

강유와 요화는 산중에 매복해 있다가 그 광경을 보고 급히 공명이 준 금낭을 열어보았다. 그 속에는 다음과 같은 장령이 들어 있었다.

사마의가 왕평과 장익을 급히 엄살하거든 그대들은 그 기회에 위군의 위수 본진을 들이치라. 그러면 사마의는 싸우기를 포기하고 급히 돌아가리라.

강유와 요화가 그 장령을 보고, 위의 본진을 급히 들이친 것은 말할 것도 없었다. 그 사실이 일선으로 급히 전해지자 사마의는 크게 놀랐다.

"뭐야? 촉군이 위수를 공격해 온다고? 아아, 내가 공명의 계교에 또 넘어갔구나! 어서 총퇴각하여 위수를 지키라."

사마의는 군사를 급히 돌렸다.

위군은 한창 승리하다가 별안간 후퇴하라는 명령이 떨어지는 바람에, 전후의 연락이 끊기며 태세가 매우 어지러워졌다. 촉군은 그 기회를 이용하여 적을 맹렬히 시살했다. 그 덕분에 촉군은 어렵잖게 대승을 거두었다.

사마의가 급히 돌아와보니 촉군은 본진을 한바탕 어지럽혀놓은 뒤에 깨끗이 물러가고 없었다. 사마의는 공명의 계교에 또다시 넘어간 것을 깨닫고 이렇게 탄식했다.

"아아, 공명의 신모(神謀)를 나로서는 도저히 당해 낼 수 없구나!"

그러나 승리가 있은 직후에 공명에게는 슬픈 소식이 하나 전해졌다. 전일에 중상을 입은 장포가 죽었다는 기별이었다.

"아아! 장포가 죽다니!"

공명은 슬픔을 견디지 못해 목을 놓아 울다가 그대로 혼절했다. 잠시 후에 간호를 받아 깨어나기는 했으나, 여러 날을 두고 건강이 좀처럼 회복되지 않았다.

그와 같은 병세가 십여 일이나 계속되자 공명은 동궐(董厥)과 번건(樊建)을 장중으로 불러 말했다.

"정신이 혼미해 내가 군사를 제대로 살필 수 없구나. 이래서는 아니 될 것 같아 일단 한중으로 돌아가 병을 다스리고 다시 좋은 계책을 세울 생각이니, 너희들은 이 사실을 누설치 마라. 사마의가 알면 반드시 공격해 올 것이다."

그로부터 며칠 사이에 공명은 암암리에 군사를 조금씩 철수시켜 한중으로 돌아왔다.

사마의는 그 사실을 며칠 후에야 알고 길이 탄식했다.

"아아, 내가 천재일우의 기회를 또다시 놓쳤구나. 공명은 과연 신출귀몰의 신인이로다."

공명은 한중으로 돌아오자 군사를 그곳에 그냥 주둔시킨 채 자신의 병을 치료하기 위해 성도로 돌아왔다.

후주 유선은 멀리 삼십 리 밖까지 나와 공명을 영접했다.

건흥 팔년 가을이 되자 대장군 조진은 건강이 완쾌되어, 오랜 동안의 병석을 떨치고 일어나게 되었다. 그러자 조진은 천자에게 이런 뜻으로 표를 올렸다.

마침 때가 가을이고 인마(人馬) 또한 사기충천한데 공명이 지금 병으로 누워 있다 하니, 이때에 촉을 치면 반드시 대승을 거두리라 믿사옵니다.

위제는 시중 유엽을 불러 물었다.
"이 일을 어찌했으면 좋겠소?"
유엽이 대답했다.
"신은 대장군의 말씀이 옳은 줄로 아옵니다. 촉을 지금 치지 않으면 반드시 후환이 클 것입니다."
"옳은 말씀이오. 그러면 그 방향으로 계책을 세워봅시다."
유엽이 집에 돌아오니, 많은 대신들이 찾아와 물었다.
"듣건대 천자께서는 공과 상의하여 촉을 치기로 하셨다는데, 그게 사실이오?"
유엽은 시치미를 떼고 고개를 좌우로 흔들었다.
"원 별말씀을 다 하시오. 나는 전연 모르는 일이오."
"그래도, 그런 소문이 널리 퍼져 있소이다."
"나는 모른다고 하지 않소. 촉의 힘이 얼마나 강한데 우리가 그들을 함부로 경멸하겠소."
근시(近侍) 양기가 다음날 조예에게 물었다.
"듣자니 유엽이 천자에게 촉을 치도록 권고했다는데, 본인을 직접 만나보면 강경히 부인할 따름이니 어찌 된 일이옵니까?"
천자는 고개를 기울였다.
"유엽이 그랬을 리가 있나? 그러하면 그 사람을 이 자리로 불러오라."
유엽이 입조하자 조예가 물었다.

"경은 짐에게 촉을 치기를 극력 권고해 놓고, 다른 사람들에게는 반대했노라 말하고 있으니 이 어찌 된 일이오?"

유엽은 시치미를 떼고 대답했다.

"황송하옵니다. 폐하께서 신의 말씀을 잘못 들으셨나 보옵니다. 신은 촉을 치기를 권고한 일이 없사옵니다."

"그럼 짐이 공의 말을 잘못 들었단 말이오?"

"아마 그러셨나 보옵니다."

이윽고 양기가 먼저 물러가자 유엽은 그제야 정색을 하고 조예에게 다시 아뢰었다.

"신이 어제 촉을 치기를 권고한 것은 나라의 기밀이옵니다. 폐하께서는 어찌 그런 기밀을 함부로 말씀하시나이까? 신은 기밀이 널리 누설될 것이 두려워 일부러 부인했나이다."

조예는 그제야 크게 깨닫고 나서 말했다.

"아아, 과연 경의 말이 옳도다."

그로부터 조예는 유엽을 더욱 신뢰하게 되었다.

그 무렵, 사마의가 형주에서 돌아왔다. 그도 역시 촉을 치자고 나섰다.

"동오는 지금 움직일 형세가 보이지 않으니, 이 기회에 촉을 쳐야 하옵니다."

이것이 사마의의 의견이었다.

이리하여 조예는 조진을 대사마 정서대도독(征西大都督)으로 삼고, 사마의로 대장군 정서부도독(征西副都督)을 삼고, 유엽을 군사로 삼아 사십만 대군을 거느리고 검각관(劍閣關)으로 짓쳐나왔다.

그 무렵, 공명은 병이 완쾌하여 날마다 군사조련에 열중하고 있었다. 그 역시 위를 정벌할 계획으로 여념이 없었던 것이다.

공명은 사십만 대적이 엄습해 온다는 소식을 듣자 곧 왕평과 장의를 불러 명했다.

"너희들은 각각 군사 일천씩을 거느리고 진창구(陳倉口)에서 적을 막아내라. 그러면 나도 뒤로 나가서 응접하리라."

그 군령을 듣고 두 장수는 아연실색했다.

"듣건대 위병은 사십만이나 된다는데, 불과 일천 명으로 어떻게 적을 막아내옵니까?"

그러나 공명은 태연히 대답했다.

"아무 걱정 말고 떠나기만 하라. 내 천운을 보니 이달 안으로 십 년 이래 가장 큰 비가 올 것 같구나. 비가 오면 위병이 몇 십만이 되기로 그 험난한 곳에 어찌 대군을 몰아넣을 수 있겠느냐. 이천 명이면 적을 충분히 막아낼 수 있으니 걱정 말아라. 그대들이 먼저 나가 막아내다가, 그들이 물러갈 때쯤 되면 내가 나가서 엄살하기로 하겠다."

두 장수는 그 말을 듣고서야 안도의 숨을 쉬면서 자신만만하게 장도에 올랐다.

"그럼 먼저 떠나겠습니다."

위의 조진과 사마의가 거느리는 사십만 대군은 그 위용이 당당하기 이를 데 없었다. 그런데 위군이 진창성에 이르러 보니, 그 넓은 성안에 집은 커녕 쌀 한 톨, 닭 한 마리 보이지 않았다.

조진과 사마의는 기가 막혀 토민을 불러 물었다.

"성안이 왜 이리도 황폐한가?"

"공명이 철수할 때 불을 질러버렸기 때문입니다."

"공명은 참으로 지독한 놈이로구나."

조진이 그렇게 말하고 다시 전진하려니 사마의가 말리고 나섰다.

"여기서 더 나아가서는 안 됩니다. 어젯밤 천문을 본즉, 머지않아 큰 비가 내릴 것입니다. 만일 깊이 들어갔다가 비를 만나게 되면 후퇴하기 어려우리다."

조진은 고집 부리지 않고, 사마의의 말대로 그곳에 진을 쳤다.

과연 사흘 후부터 날마다 비가 내리기 시작했다. 비는 놀랍게도 한 달을 두고 줄기차게 계속되었다. 산골짜기에 물이 불어 사람과 말이 떠내려가고, 식량과 짐이 떠내려갈 지경이었다. 도처가 물바다여서 위군은 몸을 담을 곳도 마련하지 못하고, 설상가상 식량까지 바닥나는 곤란에 봉착했다.

그 소식이 낙양에 전해지자, 조예는 크게 걱정하여 단을 모아놓고 제사를 지냈다. 처음부터 출병을 반대했던 황문시랑(黃門侍郞) 왕숙(王肅)을 비롯하여 태위 화흠, 성문교위(城門校尉) 양부 등은 즉시 회군을 명할 것을 천자에게 간했다.

천자는 드디어 회군령을 내렸다. 왕평은 그 정보를 곧 공명에게 알렸다. 그러자 공명은 왕평에게 사람을 보내 이렇게 지시했다.

"섣불리 추격하다가는 중달의 계교에 빠지기 쉬우니, 물러가는 대로 내버려두라. 내게 계책이 따로 있으니, 다음 지시를 기다리고 있으라!"

과연 공명이 위군을 격파하려는 비책은 어떤 것일까?

팔진법의 위력

위군이 비에 쫓겨 볼썽사나운 모양으로 회군하는데도 공명은 그들을 쫓지 말라는 엄령을 내리니, 모든 장수들이 머리를 기울이며 이상하게 여겼다.

"승상은 비를 견디다 못해 쫓겨가는 적을 왜 추격하지 말라 하시나이까?"

공명이 빙그레 웃으며 대답했다.

"사마의는 용법에 밝은 사람이다. 그는 군사를 물릴 때 반드시 복병을 둘 것이니, 섣불리 쫓다가는 이쪽에서 패를 보게 되어 있다. 그러니 여기서는 그냥 내버려두었다가 사곡으로 나아가 기산을 취해야 한다."

"승상께서는 언제나 기산을 몹시 중요히 여기시는데, 그 이유는 어디 있나이까?"

"기산은 장안의 인후나 다름없는 곳이다. 농서 제군에서 군사가 오는 데도 반드시 그곳을 통과해야 하지 않는가? 기산은 앞으로 위수를 바라보며, 뒤로는 사곡을 등지고 있어, 용무지지(用武之地)로는 그보다 중요한 곳이 없음을 알아야 한다."

장수들은 그제야 고개를 끄덕였다.

이리하여 위연, 장의, 두경(杜瓊), 진식(陳式) 등은 기곡으로 나아가게 하고 마대, 왕평, 장익, 마충 등은 사곡으로 나아가 기산에 모이게 했다. 그리고 공명 자신은 관흥, 요화만을 거느리고 진발했다.

이 무렵, 조진과 사마의는 적의 추격을 경계하면서 속속 회군하고 있었다. 칠팔 일이 지나도 이렇다 할 적정(敵情)이 없자 조진이 사마의를 보고 말했다.

"촉병들은 우리가 회군하는 것을 모르고 있는 모양이오."

사마의가 고개를 흔들었다.

"그럴 리 없소이다. 촉병은 머지않아 나타날 것입니다."

"언제 어디서 나타난다는 말이오?"

"아마 군사를 두 패로 나눈 적은 기곡과 사곡을 통과해 기산으로 갔을 것입니다."

조진은 그 소리를 듣고 소리 내어 웃으며 조롱했다.

"중달은 남의 속을 너무도 잘 알고 있구려, 하하하."

그러나 사마의의 표정은 어디까지나 엄숙했다.

"대도독! 결코 웃을 일이 아닙니다. 지금이라도 사곡과 기곡에 군사를 매복시켜놓으면 반드시 적을 물리칠 수 있을 것입니다."

조진은 또다시 웃었다.

"하하하! 공명이 우리를 공격하려거든 뒤에서 쫓아올 일이지 왜 돌고 돌아 기산으로 공격해 온단 말이오."

"그렇지 않습니다. 제 말을 못 믿으시겠거든 내기라도 하십시다. 우리들이 군사를 두 패로 나누어 사곡과 기곡을 지키고 있다가 촉병이 열흘

안에 나타나지 않는다면, 제 얼굴에 분을 바르고 여장을 하고 대도독에게
큰 절을 올리오리다."

"그것 참 재미있는 내기요. 그러면 그렇게 합시다."

"그 대신 열흘 안에 촉병이 나타나면 대도독께서는 저에게 무엇을 주
시겠나이까?"

"만약 내가 지면 천자께서 내려주신 옥대와 명마 한 필을 주리다."

이리하여 두 사람은 내기를 걸게 되었다. 그리하여 사마의의 군사는
기곡으로 가고, 조진의 군사는 기산 서쪽에 있는 사곡으로 향했다.

이때 위연을 비롯하여 장의, 진식, 두경은 이만 군을 거느리고 기산으
로 나아가고 있었다. 그들이 기곡을 얼마 앞두지 않았을 때, 참모 등지가
승상의 명령을 받고 급히 달려왔다.

"참모는 무슨 일로 이렇듯 급하게 오시오?"

등지가 숨을 가쁘게 쉬며 대답했다.

"승상의 영을 받고 오는 길이오."

"승상이 무슨 영을 내리셨소?"

"기곡에는 적의 복병이 있을 터이니 경솔하게 나가지 말라고 이르셨
소."

그 말을 듣고 진식은 코웃음을 쳤다.

"승상은 쓸데없는 걱정을 하시는가 보오. 장마에 쫓겨가는 군사가 무
슨 복병이란 말이오. 그런 걱정까지 하다가는 싸움을 어떻게 이기며 기산
은 언제 점령한단 말이오. 걱정일랑 그쯤하고 어서 빨리 나가야 하겠소."

그 말을 듣고 등지는 몹시 당황했다.

"무슨 말을 그렇게 하오. 승상은 계책을 세워 이루지 않은 적이 없거
늘, 장군은 어찌하여 영을 어기려 하오."

"승상이 조금만 더 과감한 계책을 썼으면 가정을 빼앗기지 않았을 것

이오."

진식이 거기까지 말하자 옆에 있던 위연이 맞장구를 쳤다.

"지난날 승상이 내 말대로 자오곡(子午谷)으로 빠져나갔으면 지금쯤은 장안뿐 아니라 낙양도 우리 손에 들어왔을 것이오. 더구나 한번 영을 내려놓고 이제 와서 또다시 나가지 못하게 하니, 도대체 무슨 일인지 모르겠구려."

진식은 위연의 말에 더욱 용기를 얻어 끝끝내 고집을 부렸다.

"내가 오천 명을 거느리고 기곡을 점령한 뒤에 기산으로 나아가 승상이 부끄러워하는 모습을 꼭 보도록 하겠소."

등지는 어쩔 수 없어 공명에게 그 소식을 알리려고 급히 돌아갔다.

진식은 마침내 승상의 영을 무시한 채 오천 군을 거느리고 기곡으로 나왔다. 그러나 기곡에 채 도착하기도 전에 돌연 일성 포향이 일어나며, 적의 복병들이 앞뒤에서 공격을 가해 왔다.

진식은 크게 당황했으나, 이미 겹겹이 둘러싸여 있어 달아날 수도 없었다. 그리하여 사력을 다해 좌충우돌로 싸웠으나, 적의 수효가 너무 많아 도저히 당해 낼 수가 없었다.

형세가 자못 위태로워 이제는 죽음조차 각오하고 있는데, 문득 저 멀리 등 뒤에서 소리를 크게 지르며 이리로 짓쳐오는 일표군이 있었다. 위연이 진식을 구하기 위해 화급히 달려온 것이었다. 뒤미처 장의와 두경도 군사를 거느리고 급히 달려와 진식은 그들의 도움으로 간신히 적진을 빠져나왔다. 진식과 위연은 그제야 공명의 선견지명에 감탄하며 자신들의 경솔을 깊이 뉘우쳤다.

한편, 등지는 공명에게 급히 달려와 자세한 경과를 보고하고 나서 말했다.

"마땅히 그들을 군율로 엄히 다스려야 할 줄로 아옵니다."

공명은 한숨을 쉬며 말했다.

"위연이 진작부터 내게 불만을 품고 있다는 것을 모르는 바 아니었으나 그의 용기를 사랑하여 그대로 눌러두었더니 결국 그런 실수를 저질렀구려. 그 옛날 선제께서 말씀하시기를 위연이 용장임에는 틀림없으나 반골 기질이 있어 언젠가는 반드시 환해(患害)를 끼치게 될 것이라고 하셨거늘."

두 사람이 그와 같은 이야기를 주고받는데, 주근이 급히 들어와 적정을 알려 왔다.

"어젯밤 기곡으로 나갔던 진식의 부대가 적의 복병을 만나 거의 전멸당하고 겨우 오백 명만 건졌다 하옵니다."

공명은 그 소식을 듣고 즉석에서 등지에게 명했다.

"등지는 다시 한번 기곡으로 달려가 진식을 좋은 말로 위로하여 마음에 변화를 일으키지 않도록 해주오."

등지가 명을 받고 떠나자 공명은 마대와 왕평, 마충과 장익을 두 사람씩 따로 불러 새로운 장령을 내렸다. 마대와 왕평은 기곡으로 나아가 기산을 공격하고, 마충은 장익과 사곡으로 나아가 조진의 총본부를 공격하라는 군령이었다.

공명은 다시 관흥과 요화를 불러 비밀장령을 내린 다음, 자신은 오반, 오의 등과 함께 군사를 거느리고 일선으로 나가다가 도중에서 두 장수를 앞서 나가게 하고 혼자 진군을 계속했다.

한편, 조진은 군사를 사곡에 매복시키고 적을 기다렸으나, 촉병은 이레가 넘도록 그림자도 보이지 않았다.

'그러면 그렇지, 촉병이 이런 험로에 무엇 하러 나타나겠는가. 사마의가 이번에 내기에서 지면 얼굴에 분을 발라 여자로 가장하고 나에게 큰

절을 할 것이니, 그 얼마나 통쾌한 일이겠는가. 하하하!

약속한 열흘이 다가옴에 따라 조진이 그런 생각을 하고 있는데, 문득 부장 진량(秦良)이 들어와 알렸다.

"곡중(谷中)에 촉병이 나타났다 하옵니다."

"뭐, 촉병이 나타났다고? 병력이 얼마나 된다고 하던가?"

"십여 명쯤 보이더니 이내 없어졌다고 합니다."

"그러면 누가 잘못 보고 하는 소리겠지. 촉병이라면 왜 그대로 돌아가 버렸겠는가. 어쨌든 그대가 나가보고 촉병이 왔거든 대번에 무찔러버리 게."

진량이 영을 받고 곡중으로 달려나가 보니, 어느 사이에 촉군이 흙먼 지를 일으키며 대거 진군해 오고 있었다.

"적군이 온다! 전투태세를 갖추라!"

그러나 때는 이미 늦은 뒤였다. 적은 사방에서 함성을 올리며 물밀 듯 밀려들었다. 오반과 오의는 앞으로 몰려오고, 관흥과 요화는 옆으로 쳐들 어오고 있었다. 결국 위병은 첩첩산중에 갇혀 달아날 길이 없었다.

"위병은 죽지 않으려거든 항복하라!"

촉병들은 노도와 같이 휘몰아쳐 오며 소리를 질러댔다.

그 바람에 위병들은 앞을 다투어 항복했고, 진량은 적을 맞아 싸우려 다가 요화의 칼에 무참히 쓰러지고 말았다.

이때 공명이 나타나 포로들을 모조리 후방으로 보내어 무장을 해제시 키고, 그들의 군복과 장비로 촉병들을 갈아입혔다. 이를테면 적에게서 노 획한 장비로 자군을 위장시킨 것이었다.

그런 실정을 알 길 없는 조진에게 문득 일선에서 진량의 전령이 왔다 는 보고가 들어왔다.

조진은 그들을 맞이하려고 진중으로 나왔다. 그리하여 십여 명의 군사들이 가까이 다가오는 것을 보니, 아뿔싸 그들은 저마다 창을 꼬나잡고 있는 적병들이었다.

"아! 저자가 바로 대도독 조진인가 보다. 저자를 잡아라!"

조진은 그제야 속은 것을 알고 급히 쫓기니, 호위군사가 몰려나와 적과 싸움이 붙었다.

바로 그때 영내에서 난데없는 불길이 일어나더니 앞으로는 관흥, 요화, 오반, 오의 등이 들이닥치고, 마대, 왕평, 마충, 장익 등은 진고를 높이 올리며 뒤로 엄살해 왔다.

조진이 포위 속에서 죽을힘을 다해 싸우고 있는데 홀연 난데없는 군사들이 측병을 좌우로 갈라헤치며 달려와 돕기 시작했다. 그제야 깨닫고 보니, 그를 구해 준 사람은 사마의와 그의 군사들이었다.

"앗, 사마 도독이 기곡에서 어이 이리로 오셨소?"

"대도독께서 너무도 안심하고 계시다가 이런 봉변을 당하실 것 같아 도우러 왔나이다."

조진은 고개를 수그리며 말했다.

"도독에게 부끄럽기 짝이 없소. 내기에는 내가 졌으니 옥대와 말을 도독에게 꼭 드리리다."

"대도독! 제갈량이 이미 기산 일대를 점령하고 말았으니, 우리는 이곳에 오래 머물러 있을 형편이 못 되옵니다. 위수로 후퇴했다가 다시 후일을 도모해야겠습니다."

마침내 위군은 위수로 철수하지 하지 않을 수 없게 되었다.

이때, 공명은 기산에 입성하여 모든 군사들에게 상을 주어 위로했다. 위연, 진식, 두경, 장의는 장전으로 나와 땅에 엎드려 죄를 청했다. 명령을 무시하고 진격하다가 적의 복병에게 크게 패한 죄를 청하는 것이었다.

공명은 정색을 하고 물었다.

"그대들 넷 중에 누가 먼저 장령을 무시하고 진군했는고?"

위연이 나서며 말했다.

"진식이 진격을 고집하기로 소장도 그를 따랐다가 패했나이다."

진식이 그 말을 듣고 위연을 노려보며 큰소리로 외쳤다.

"위연이 진격을 고집하기로 저는 따라갔을 뿐이옵니다."

공명은 그 말을 듣고 진식을 큰소리로 꾸짖었다.

"네 이놈! 내가 알기로 위연이 너를 위지에서 구해 냈거늘, 어이 그 은공을 모르고 죄를 뒤집어씌우느냐? 저놈을 당장 끌어내어 참형에 처하라."

공명은 진식을 참형에 처하고, 그의 수급을 장전에 높이 매달아 모든 장수들에게 훈계로 삼았다. 그러나 위연만은 벌하지 않았다. 그의 죄를 모르지 않았으나, 그를 살려두었다가 뒷날 크게 쓰기 위해서였다.

촉군은 기산에 주둔하고, 위군은 위수에 주둔하여, 피차간에 공격의 기회를 노린 지 몇 달이 지난 뒤였다. 하루는 세작이 공명에게 알려 왔다.

"위군 대도독 조진이 싸움에 지고 나서 병을 얻어 지금 영중(營中)에서 치료를 받고 있다 하옵니다."

공명은 그 소식을 듣고 크게 기뻐했다.

"조진이 영중에서 병 치료를 하고 있다고? 그러면 그의 병이 몹시 위중한가 보구나."

옆에 있던 장수들이 그 말을 듣고 물었다.

"승상은 조진의 병이 위중한 것을 무엇으로 판단하시나이까?"

"조진의 병이 가볍다면 장안으로 돌아가 치료를 받을 것이오. 그러나 영중에서 치료를 받고 있는 것은, 그의 병이 위중해 그가 장안으로 돌아가게 되면 사기에 영향을 미칠까 두렵기 때문일 것이오."

"과연 승상의 명찰에는 오직 경탄이 있을 뿐이옵니다."

"내 이제 조진에게 서신을 한 통 써보내도록 하겠다. 조진은 그 서신을 보기만 하면 영락없이 급살할 테니 두고 보라."

공명은 즉시 위군 포로병들을 불러내어 말했다.

"너희들은 비록 우리에게 와 있기는 하나, 부모처자가 위국에 있어서 누구나 돌아가고 싶은 생각이 간절할 것이다. 그리하여 너희들을 전부 집으로 돌려보내줄까 하노라. 너희들 생각은 어떠하냐?"

"와아!"

위병들은 저마다 환호를 올리며 감격의 눈물을 흘렸다.

공명이 다시 말했다.

"내가 조진과 약속한 바 있어 너희들이 돌아가는 편에 편지를 써주겠다. 너희들은 그 편지를 소중히 간직하고 가서 조진에게 꼭 전하도록 하라."

위군 포로들은 편지를 가지고 돌아와 곧 조진에게 전했다. 조진이 병석에서 공명의 편지를 받아보니, 그 사연은 대략 다음과 같았다.

한나라 승상 무향후 제갈량은 대사마 조진에게 글을 보내노라. 대저 장수되는 자는 천문을 알고 지리를 알고 음양을 알고 현기(玄機)를 알아야 하거늘 너처럼 어리석은 자가 찬국반적(簒國叛賊)을 돕기 위해 많은 군사를 사곡과 진창에 몰아넣어 애매한 창생을 수없이 희생시켰으니, 이는 천인이 공노할 일이로다. 더구나 부하 장병들이 낙엽처럼 쓰러져가는 마당에 도독이라는 자가 목숨을 이어가기 바빠 비굴하게 달아나기에만 급급했으니 후세의 사필(史筆)은 '중달은 적진만 보아도 두려워하고, 조진은 바람소리만 듣고도 어쩔 줄을 몰라 도망쳤노라'고 기록할 것이 분명하다. 우리 군사는 강하기 이를 데 없어, 이제 진천(秦川)을 휩쓸어 평지로 만들고 머지않아 위국을 소탕할지니, 미리 단단히 각오하고 있으라.

실로 가혹하기 짝이 없는 편지였다. 조진은 사연을 읽어 내려가는 동안 처음에는 손을 떨고, 나중에는 전신을 와들와들 떨었다. 분노가 머리 끝까지 치밀어오른 것이었다. 조진은 병중에 너무도 흥분한 나머지 가슴이 꽉 막혀 그날 밤으로 숨을 거두고 말았다.

사마의는 조진의 시신을 병거에 실어 아무도 모르게 낙양으로 보냈다. 위주 조예는 조진이 공명에게 필살(筆殺)되었다는 소식을 듣고 크게 분노하며, 곧 사마의에게 공명을 치라는 조서를 내렸다. 사마의가 조서를 받고 공명과 자웅을 결할 각오로 먼저 전서(戰書)를 보냈다. 말하자면 선전 포고인 셈이었다.

공명은 사마의의 전서를 받아보고 빙그레 웃으며 말했다.

"조진이 죽은 게 틀림없구나. 이제 적은 전력을 기울여 공격해 올 것이 분명하니, 우리도 각오를 단단히 하고 있어야 할 것이다."

이튿날 공명이 모든 군사를 이끌고 위수로 나아가니, 사마의는 맞은편 광야에 이미 진을 치고 대기 중에 있었다. 위진(魏陣)에서 둥둥둥 북소리가 울리더니 사마의가 여러 대장을 거느리고 마상에 높이 올라 호기롭게 나타났다.

공명은 사륜거 위에 단정히 앉아 손에 우선(羽扇)을 너울너울 부치며, 조용히 마주 나왔다. 사마의는 공명의 의연한 자세를 몹시 아니꼽게 여기며 소리를 가다듬어 꾸짖었다.

"남양 땅에서 밭이나 갈아먹던 촌부가 어찌 주제를 모르고 군사를 일으켜 세상을 시끄럽게 하는고? 아직도 잘못을 깨닫지 못했다면 그대의 시체는 머지않아 까막까치의 밥이 될 터이니 그리 알아라."

공명은 그 말을 듣고 나서 한바탕 웃으며 대답했다.

"철없는 사마중달은 내 말을 잘 듣거라. 그대가 쥐꼬리만한 지식이 있다 하여 함부로 혓바닥을 놀리고 있으니, 그런 가소로운 일이 어디 있느냐! 나는 선제의 탁고(託孤)하신 소임을 맡고 도적을 무찔러 한조의 광복을 도모하고 있노라. 네 조상이 모두 한나라의 녹을 먹었거늘, 너는 어찌하여 그 은공을 모르고 일신상의 영달만을 꾀하여 조적(曹賊)에게 충성을 기울이느냐? 네 그리고도 부끄러움을 모르니, 이는 사람의 가죽을 쓰고 있는 짐승과 무엇이 다르단 말이냐."

사마의가 분노하여 다시 외쳤다.

"남양의 촌부야, 입심은 그만 부리고 우리 실력으로 승부를 결하자꾸나!'

"그것 참 좋은 말이다. 싸움에는 세 가지 방법이 있나니 장수로 싸우겠느냐, 군사로 싸우겠느냐, 아니면 진법으로 싸우겠느냐?'

공명이 여유만만하게 나오자 사마의는 자못 의기가 위축되었다.

"진법으로 겨루어보자."

"진법으로 싸워 네가 지면 어떡할 텐가?'

"내가 지면 삼군의 지휘를 깨끗이 포기하겠다. 그 대신 네가 졌을 경우에는 남양으로 돌아가 다시는 세상에 나오지 않겠다는 약속을 보이라."

"그것은 어렵지 않은 일이다. 그러면 네가 먼저 진법을 써보라."

공명이 그렇게 말하자 사마의는 중군(中軍)으로 들어가 손에 황기(黃旗)를 들고 군사를 움직여 한 진을 늘어놓고 물었다.

"공명은 이 진법을 알겠느냐?'

공명이 웃으며 대답했다.

"우리 군사는 그런 진법일랑 졸병들까지 두루 꿰고 있느니라. 그것은 혼원일기진(混元一氣陣)이 아니냐?'

사마의는 얼굴을 붉히며 말했다.

"그러면 이번에는 네가 진을 쳐보라."

공명은 진으로 들어가 우선을 한 번 흔들고 나서 물었다.

"너는 이 진법을 알겠느냐?"

"그따위 팔괘진(八卦陣)을 누가 모를 줄 아느냐?"

"알기는 하나, 깨치지는 못할 것이다."

"진법을 알고 있는 내가 어찌 깨치지를 못하겠느냐. 내가 네 눈앞에서 깨쳐 보이마!"

사마의는 본진으로 돌아와 대릉, 장호, 악침을 불러 명했다.

"지금 공명이 펴놓은 진에는 휴(休), 생(生), 상(傷), 두(杜), 경(景), 사(死), 경(驚), 개(開)의 여덟 개 문이 있다. 그중에 개, 휴, 생의 세 문은 적을 깨치고 살아나오는 문이요, 나머지 다섯 개의 문은 죽고 살아나오지 못하는 흉문이니라. 그러하니 그대들은 정동편(正東便) 생문으로 쳐들어가 서남편(西南便) 휴문으로 쇄출(殺出)했다가 정북편(正北便)으로 쇄입(殺入)하라. 그러면 그 진을 쉽게 깨칠 수 있을 것이다."

이에 세 장수는 각각 기병 삼십 명씩을 거느리고 진고를 울리며 일제히 생문으로 쇄도했다. 그러나 진 안에 일단 들어와보니, 가는 곳마다 성벽을 이루어 도무지 빠져나갈 수 없었다. 위군은 크게 당황하여 무작정 좌충우돌로 덤볐으나, 촉병은 가는 곳마다 첩첩이 겨누고 서서 화살을 빗발치듯 쏘아 갈겼다.

세 장수는 미친 듯이 이리 치고 저리 치며 헤맸으나, 다만 눈앞에 보이는 것은 막막한 구름뿐이어서 동서남북이 어디인지 방향조차 헤아릴 길이 없었다. 그리하여 세 장수와 구십 명의 군사는 잠시 후 깡그리 촉병에게 사로잡히고 말았다.

공명이 웃으면서 말했다.

"내 너희들을 한 명도 남기지 아니하고 깡그리 사로잡았으니 이것은 조금도 놀랄 일이 아니다. 내 너희들을 다시 돌려보낼 테니, 돌아가거든 사마의에게 일러라. 그런 졸렬한 진법으로 어찌 나의 팔진법을 깨칠 수 있겠느냐고. 그래도 나와 싸우고 싶거든 병서 공부를 십 년만 더하고 나오라고 일러라."

사마의는 군사들한테서 그 말을 전해 듣고 화가 머리끝까지 치밀어올랐다.

'내 이런 모욕을 당하고 무슨 낯으로 삼군을 지휘할 수 있으랴!'

사마의는 분노를 참지 못해 드디어 칼을 뽑아 들고 모든 장수들과 함께 촉진을 향해 쳐들어갔다.

그리하여 일대격전이 전개되고 있는데, 홀연 후방으로부터 일진광풍을 일으키며 일표군이 위군을 사정없이 엄습해 왔다. 그들이야말로 촉장 중에서도 맹장으로 이름 높은 관흥과 강유였다.

사마의가 크게 당황하는 사이 위군은 전후협공으로 어지럽게 분산되었다. 결국 위병들은 열에 아홉까지 죽어갔고, 사마의 자신도 죽을힘을 다해 겨우 위수 남쪽으로 빠져나올 수 있었다.

어리석은 후주

공명은 사마의를 크게 깨뜨리고 기산으로 돌아와서 다시 군사를 조련하여 후일에 대비하고 있었다. 그때 영안성(永安城)에 있는 이엄이 도위(都尉) 구안(苟安)을 시켜 군량미를 보내왔는데, 날짜를 따져보니 열흘이나 걸렸다. 구안이라는 자가 술을 몹시 좋아하여 도중에 술추렴을 하느라고 날짜가 오래 걸린 것이었다.

공명은 그 사실을 알고 크게 노했다.

"네 이놈! 영안성에서 여기까지 군량을 날라오는데 웬 날짜가 이렇게도 오래 걸렸느냐?"

"위수에서 큰 싸움이 벌어졌다기에 군량을 적에게 빼앗길까 두려워 도중에 숨어 있었나이다."

그러나 공명은 그런 변명을 용납하지 않았다.

"군량을 나르는 것도 전쟁의 일부이거늘, 싸움이 두려워 도중에 숨어 있었다는 것이 말이 되는 소리냐! 이놈을 당장 끌어내어 참형에 처하라!"

구안은 군사들에게 끌려나갔다.

그러자 장사 양의가 급히 들어와 간했다.

"승상의 분부는 지당하시옵니다. 그러나 구안으로 말하면 이엄이 무척 아끼는 사람입니다. 지금 그자를 죽이면 이엄이 어떤 원심을 품을지 모르옵니다. 그러하니 이번만은 특별히 용서해 주시는 게 좋을 것 같나이다."

공명은 눈살을 찌푸리며 오랫동안 침묵에 잠겨 있었다. 그러다가 조용히 입을 열어 말했다.

"그러면 참형은 면하게 해주겠다. 그러나 그대로 방면할 수는 없으니, 곤장 팔십 대를 치라."

양의는 그제야 안도의 가슴을 내리쓸었다. 그러나 정작 태형 팔십 대를 맞은 구안은 죽음을 면하게 된 것을 고맙게 생각하기는커녕 공명에게 깊은 앙심을 품게 되었다. 그리하여 친구 오륙 명과 함께 그날 밤 위진으로 달려가 항복하고 말았다.

사마의는 구안을 즉시 불러들여 만나보았다. 구안은 홧김에 공명에 대한 욕을 마구 늘어놓았다. 그러나 사마의는 그것도 공명의 지모(智謀)가 아닌가 싶어 간단히 믿을 수 없었다.

"음, 내 너를 이대로 믿지는 못하겠다. 그러나 네가 우리를 위해 큰 공을 세운다면 천자께 품하여 너를 상장(上將)으로 삼겠다. 너는 그만한 각오가 되어 있느냐?"

"무엇이든 시키는 대로 따르겠나이다."

"정말로 네가 그만한 각오가 되어 있단 말이렷다?"

"공명을 죽이지 못해 도망쳐 온 제가 이제 무엇을 주저하겠나이까?"

"그러면 너는 성도로 들어가 공명이 머지않아 황제가 되리라는 유언비어를 퍼뜨려라. 만약 소문으로 인하여 축제가 공명을 성도로 불러들이기만 한다면 너는 그것으로 큰 공을 세우는 것이 되리라."

"그런 일이라면 조금도 어려울 것이 없사옵니다."

구안은 그날로 많은 돈을 받아 성도에 잠입했다. 그리하여 자기가 아는 관원들을 모두 찾아가 술을 사주면서 유언비어를 퍼뜨렸다.

"공명이 조만간 제위를 찬탈할 것이다."

그 소문이 후주의 귀에 들어가지 않을 리 없었다.

후주가 두려워 마지않자 환관들이 건의했다.

"폐하께서는 공명을 속히 성도로 불러들여 병권(兵權)을 삭탈하여 반역을 못하도록 방비하소서."

후주는 그 말을 옳게 여겨 공명에게 조서를 내렸다.

짐이 긴밀히 상의할 일이 있으니 승상은 즉시 반사회조(班師回朝)하라!

장완이 그 사실을 알고 후주에게 간했다.

"승상께서 출병하신 이래로 연이어 큰 공을 세우고 계시는데, 어찌하여 회군령을 내리시나이까?"

"짐이 기밀지사(機密之事)가 있어 승상을 부르는 것이오."

후주는 장완의 간언을 가볍게 일축하고 기어이 조서를 내리고야 말았다.

이윽고 칙사가 조서를 전하니, 공명은 조서를 받아보고 하늘을 우러러 탄식했다.

"주상께서 나이가 어리시어 좌우의 간신배에게 속임을 당하고 계시는구나. 지금 전국은 우리에게 유리하여 장안을 도모할 계획이 무르익은 이때에 회군령이 웬 말인가. 촉국의 천운은 정녕 여기까지였던가. 그렇다고 조칙을 무시하고 회군을 아니할 수도 없지 않은가. 지금 기산을 버리고 돌아가면 다시는 이곳을 얻지 못하게 되리라. 위국을 정벌할 기회는 영영 없어지게 되는 것이로다."

공명은 하늘을 우러러 탄식하며 하염없이 눈물을 흘렸다. 그러면서도 드디어 전군에 회군령을 내리고야 말았다.

강유가 물었다.

"우리가 회군할 때 사마의가 추격해 오면 어떡합니까?"

공명이 말했다.

"그것은 별로 걱정할 일이 아니다. 오로(五路)로 나누어 회군하되, 군사 일천씩을 후방에 남겨두도록 하라. 그리고 일천 명의 군사가 후퇴할 때, 첫날은 밥 짓는 구덩이를 이천 명 분을 파고, 다음날은 삼천 명의 구덩이를 파고, 그 다음날은 사천 명의 구덩이를 파게 하라. 그러면 사마의는 감히 추격을 못하리라."

양의가 그 말을 듣고 공명에게 물었다.

"옛날에 손빈(孫臏)이라는 장수가 방연(龐涓)을 쳐서 대승할 때에 군사를 늘릴 때마다 밥 짓는 구덩이를 줄여갔다는 말은 들었어도, 승상은 어찌하여 그 구덩이를 도리어 늘리라 하시나이까?"

공명이 웃으며 대답했다.

"나는 그의 계교를 거꾸로 이용하고 있을 뿐이오. 사마의는 용병이 익숙한 만큼 우리의 복병을 무척 두려워할 것이므로 적에게 심리적 혼란을 주기 위해 그리하는 것이오."

촉군은 그런 방법을 쓰며 회군하고 있었으나 사마의는 복병이 두려워 끝끝내 추격해 오지 않았다. 사마의는 밥 짓는 구덩이가 자꾸만 많아지는 것을 보고 숫제 추격을 단념했던 것이다.

그로부터 며칠 후, 사마의는 공명의 술책에 속은 것을 알았다. 그러나 그는 조금도 뉘우치지 않았다.

"상대가 공명이니 내가 속았기로 그 어찌 수치라 하랴. 공명의 지모는

나 따위가 따를 바가 못 되지 않는가."

공명은 성도로 회군하자 곧 후주를 배알하고 아뢰었다.

"신이 기산을 점령하고 바야흐로 장안을 도모하려 하옵는데, 폐하께서
는 무슨 일로 급히 회군하라는 조칙을 내리셨나이까?"

후주는 대답할 말이 없어 한동안 주저하다가 대답했다.

"짐이 오랫동안 승상을 만나지 못해 보고 싶어서 그리했소. 특별히 볼
일이 있어 그런 것은 아니었소."

공명이 정색하며 물었다.

"폐하의 말씀은 본심이 아니시옵니다. 간신배가 신이 딴마음을 품고
있다고 참소하여 부랴부랴 부르신 것이 아니옵니까?"

후주는 머리를 수그린 채 대답을 못했다.

공명이 다시 말했다.

"신이 선제로부터 두터운 은혜를 입었기에 죽음으로 그 은총을 보답코
자 했거늘, 딴뜻을 품었다 한다면 어찌 도적을 칠 수 있으오리까?"

후주는 고개를 수그린 채 말했다.

"짐이 어리석어 환관들의 말을 듣고 승상을 불렀으나, 이제 와서는 후
회막급이오."

공명은 한숨만 쉴 뿐, 더는 말이 없었다. 그는 어전을 물러나오자, 곧
진상을 조사하기 시작했다. 그리하여 소문의 출처를 더듬어가니, 결국은
구안이라는 이름이 나왔다.

"사람을 급히 보내 구안이란 놈을 당장 붙잡아오라!"

그러나 구안은 이미 위나라로 달아나고 없었다.

"아아, 이것도 천운인가 보구나!"

공명은 길이 탄식하며 장완과 비위까지 불러 매우 꾸짖었다.

"그대들까지 간사한 환관의 주둥아리에 놀아났으니, 내 다시 누구를

믿고 밖으로 나간단 말이오?'

장완과 비위는 고개를 숙인 채 대답을 못했다.

공명은 와야 할 길을 온 것이 아니었다. 그에게는 중원을 도모해야 할 무거운 사명이 아직 그대로 남아 있었다. 공명은 후주에게 작별을 고하고 다시 한중으로 돌아왔다.

공명이 군사를 다시 정돈하며, 이엄에게 양초를 보내주도록 부탁했다. 중원을 서서히 도모할 계획으로, 군사를 둘로 나누어 하나는 기산에 보내어 적에 대비했다. 군사들이 피로할 것을 염려하여 백일 교대제를 취한 것이었다.

촉의 건흥 구년은 위의 대화 삼년에 해당했다. 공명이 군사를 거느리고 기산에 다시 나타나자 위주 조예가 사마의를 불러 말했다.

"공명을 대적할 사람은 오직 경뿐이오. 짐은 경만을 믿으니 국가를 위해 신명을 다 바쳐주기 바라오."

사마의는 머리를 조아리며 아뢰었다.

"이미 대도독께서도 세상을 떠나셨으니, 신은 오직 신명을 다해 폐하의 은혜에 보답하겠나이다."

그로부터 이틀 후, 촉군이 다시 쳐들어온다는 급보가 날아들었다. 사마의는 전군에 총동원령을 내림과 동시에 장합을 대선봉장으로 삼고 곽회로 농서 제군을 통찰하게 하며, 자신은 중군을 거느리고 당당하게 위수로 적을 맞아나갔다.

장합이 사마의에게 물었다.

"공명이 급히 쳐들어오지 않는 까닭은 무엇이옵니까?"

"촉군이 항상 불안을 느끼는 것은 군량의 기근이오. 따라서 공명은 그 문제를 해결하려고 지금쯤 농서 지방에서 군사들에게 보리타작을 시키고 있을 것이오."

"농서는 본래 보리 곡창인지라, 그곳만 접수되면 군량 문제는 충분히 해결되리다."

"저들을 그대로 두어서는 아니 되오. 장군은 위수에 머물러 그대로 기산을 지키고 있으오. 나는 농서로 진군하여 공명의 목적을 분쇄하겠소."

사마의는 장합에게 사만 군사를 주고, 남은 군사는 자기가 이끌고 농서로 향했다.

사마의의 추측은 틀리지 않았다. 공명은 보리 곡창을 점령할 생각에 군사를 농서로 진주시켜놓고 있었다. 그러나 알고 보니 보리가 한창 무르익은 농서 지방은 이미 사마의의 군사가 점령한 터였다.

공명은 혀를 차며 탄식했다.

"중달은 내가 이리로 올 것을 이미 알고 있었구나. 그렇다면 우리도 따로 계교를 써야겠다."

이날 저녁 공명은 목욕을 깨끗이 하고 옷도 새로 갈아입었다. 그런 다음 수하에 일러 미리 마련해 두었던 사륜거 네 틀을 가져오라고 일렀다. 그는 똑같은 사륜거 네 틀을 마련해 두었던 것이다.

공명은 세 장수를 불러 각각 장령을 내렸다.

"강유는 군사 일천을 거느리고 수레를 호위하며 상규 뒤편에 매복해 있으라. 그리고 마대와 위연은 좌우편에 있되, 수레 하나에 이십사 인이 붙어 서서 각기 흰옷을 입고, 맨발을 벗고, 머리를 풀고, 칼을 차고, 손에 칠성조기(七星皂旗)를 든 채 수레를 밀고 나가라."

세 장수는 분부를 받고 각기 수레를 밀고 떠났다.

공명은 다시 삼만 대군에게 영을 내리기를, 기회를 보아 모든 군사가 보리를 베어 후방으로 나르게 했다. 그리고 자기 자신은 남아 있는 수레에 몸소 올라타고 관흥 등으로 끌고 나가게 하는데, 그 군사도 머리를 풀어헤치고 손에는 칠성조기를 들고 행군하게 했다.

촉군은 그와 같은 요장(妖裝)을 하고 상규 지방으로 접근해 갔다. 그야말로 귀신과 같은 행렬이었다. 위영(魏營)을 지키고 있던 파수병들이 그 광경을 보고, 허둥지둥 본부에 알렸다.

"일선에 귀신 부대가 나타났나이다."

"뭐, 귀신 부대라니? 그게 무슨 소리냐?"

사마의가 크게 놀라며, 일선으로 직접 나와보았다.

과연 수레 위에는 공명이 단정히 앉아 있었으나, 수레를 밀고 있는 군사들은 모두 한결같이 흰옷에 머리를 풀어헤치고 손에는 칠성조기를 들고 있었다.

때가 마침 야반삼경이어서 보기만 해도 등골이 오싹해지도록 요기로운 광경이었다. 사마의는 오랫동안 그 광경을 바라보다가 문득 소리 내어 웃으며 명을 내렸다.

"하하하, 공명이 별의별 장난을 다 하고 있구나. 여봐라! 누구 이천 명을 거느리고 나가 저놈들을 모조리 잡아오너라."

위병들은 분부를 받고 나는 듯이 짓쳐나왔다. 공명은 그를 보자 수레를 돌려 촉진으로 천천히 내달렸다. 위병들은 뛰는 말에 채찍질을 가하며 급히 뒤쫓았다. 그러나 아무리 뒤를 쫓아가도 천천히 달리는 수레를 도저히 당해 낼 수 없었다.

"이게 웬일인가! 저들이 정말 귀신이 아닌가?"

"정말 그런가 보다. 삼십 리를 달려도 천천히 걸어가는 놈들을 따를 수 없으니 귀신이 분명하구나!"

위병들은 겁이 나서 말을 멈추었다.

"귀신이다!"

"귀신이 틀림없다!"

위군은 저마다 오금이 저려 꼼짝하지 못했다. 그러자 그때 쫓겨가던 수레는 방향을 천천히 돌리더니, 이제는 이쪽을 향해 쫓아오기 시작했다. 혼비백산하고 놀란 위병들은 아우성을 치며 다시 덤벼들려 했다.

마침 그때 사마의가 뒤에서 달려오며 소리쳤다.

"공명이 팔진둔갑법(八陣遁甲法)을 쓰고 있으니 뒤쫓지 마라. 까딱 잘못하다가는 위지(危地)에 함몰되어 전멸하기 쉬우니, 모든 군사는 본진으로 돌아가라!"

위군이 회로에 오르려고 방향을 돌리니, 바로 그때였다.

별안간 산중에서 진고가 우렁차게 울리며 일표군이 질풍신뢰와 같이 엄습해 왔다. 사마의는 군사를 급히 수습하여 그들과 싸웠다. 그런데 스물넷의 장사가 머리를 풀어헤치고 칼을 번개 치듯 하며 덤벼 오는데, 문득 깨닫고 보니 그 뒤에는 사륜거가 있었다. 그 사륜거 위에 언제나처럼 공명이 단정히 앉아 있었다.

사마의는 크게 놀랐다.

'아니, 우리가 쫓아가던 수레 위에도 공명이 타고 있었는데, 저 수레 위에도 앉아 있으니 이게 웬일인가?'

사마의가 그렇게 생각하고 있는 차에 이번에는 좌우에서 또다시 일표군이 일어나며 수레가 접근해 오는데, 거기에도 역시 공명이 타고 있었다.

"저게 어디 사람일 수 있느냐? 이는 분명히 신병(神兵)이로다."

사마의가 그렇게 외칠 정도였으니, 다른 군사들의 간담이 서늘해지는 것은 더 말할 나위도 없었다.

위병들은 저마다 앞을 다투어 상규성으로 달아나기 시작했다. 사마의조차도 병사들과 마찬가지로 허둥지둥 성안으로 쫓겨들어와 성문을 굳게 닫아버렸다. 삼만 명의 촉병들은 그 틈을 타서 농서의 보리를 깨끗이 베어 노성(鹵城)으로 옮기기에 바빴다.

사마의는 그로부터 사흘 후에야 그 사실을 알고 또 한번 탄식해 마지 않았다.

공명은 보리를 거두어 노성으로 돌아오기는 했으나, 아직 마음은 놓이 지 않았다. 사마의가 옹주와 양주에 있는 손례의 군사를 검각으로 집결시 킨다는 정보가 날아들었기 때문이었다.

노성은 결코 오래 지키기에 유리한 성이 아니었다. 적이 만약 검각을 점령해 버리면 본국과의 연락이 끊어질 것이 큰 걱정거리였다.

"위군이 오랫동안 아무 동정도 없는 것이 오히려 수상하니, 강유와 위 연은 각각 일만 군을 거느리고 검각으로 진군하라. 검각은 경솔히 볼 수 없는 우리의 요처다."

두 장수가 명을 받고 떠나자 장사 양의가 공명에게 말했다.

"우리가 한중을 떠날 때, 승상께서는 군사들에게 백일 교대를 한다고 약속하셨습니다. 이미 교대 날짜가 가까워 오는데, 그 약속을 어떻게 처 리하시렵니까?"

"일단 약속한 이상 하루도 지연시킬 수 없는 일이오. 여기 있는 군사를 한중에 있는 군사와 빨리 교대시키도록 하오."

"여기 있는 군사가 팔만이나 되는데, 어떤 방법으로 교대하면 좋겠습 니까?"

"사만씩 두 차례에 나누어 교체하오."

모든 군사들은 그 소식을 듣고 크게 기뻐했다.

마침 그때 검각에서 급보가 날아들었다. 옹주에 있는 손례가 삼십만 대군을 이끌고 곽회와 함께 검각으로 진군해 오고 있다는 정보였다. 그뿐 이랴. 사마의도 그와 때를 같이하여 총공격태세를 갖추고 노성으로 급거 내습한다는 것이었다.

양의가 그 정보를 입수하고 공명에게 말했다.

"사태가 이처럼 위급하니, 교대는 불가능하겠습니다."

그러나 공명은 그 자리에서 머리를 흔들었다.

"그건 안 될 말이오. 내가 군사를 쓰고 장수에게 명하는 데 언제나 신의를 근본으로 삼아왔소. 이제 그 신의를 배반하면 금후로는 무엇을 근본으로 명령을 내릴 수 있겠소. 그들의 부모처자들이 문에 기대어 노심초사 기다리고 있을 테니 돌아간다는 사람은 반드시 돌려보내줘야 하오."

군사들은 공명의 말을 전해 듣고, 눈물을 흘리며 감격했다.

적의 내습을 목전에 바라보면서도 자신의 고초를 돌보지 않고 부하를 사랑하는 공명의 마음에 저마다 가슴이 미어졌다.

"승상께서 우리를 그처럼 사랑해 주시니, 우리도 승상을 버리고 떠날 수는 없는 일이 아닌가!"

누군가가 그렇게 말하자 모든 군사들이 저마다 소리쳤다.

"나는 가지 않겠소."

"나도 남아 승상을 돕겠소."

공명이 군사들 앞에 몸소 나타나 말했다.

"너희들은 부모처자가 기다리고 있으니 마땅히 돌아가야 한다."

그러자 군사들은 일제히 큰소리로 외쳤다.

"저희들은 이곳에 남아 승상과 함께 싸우겠나이다."

공명은 그들의 성의에 눈물을 지으며 말했다.

"그대들의 정성에 나는 오직 감격만이 있을 뿐이로다. 그러면 모두들 성 밖에 진을 치고 있다가 적이 오거든 일거에 섬멸시켜버리라. 그것만이 우리가 승리할 수 있는 길이다."

군사들이 성외에 매복했을 때, 손례가 많은 군사를 이끌고 내습해 왔다. 그러나 충성심에 불타는 촉군은 적을 파죽지세로 쳐부숴버렸다. 그리하여 위군은 또다시 촉군에게 뼈아픈 패배를 당하고 말았다.

〈제 5권 끝〉

삼국지 5

1판 1쇄 1985년 2월 5일
1판 37쇄 1993년 7월 20일
2판 1쇄 1993년 10월 20일
3판 1쇄 1995년 7월 1일
4판 1쇄 1996년 5월 1일
5판 1쇄 1997년 4월 10일
6판 1쇄 2004년 6월 24일
6판 12쇄 2024년 6월 21일

옮긴이 · 정비석
펴낸이 · 주연선

(주)은행나무

04035 서울특별시 마포구 양화로11길 54
전화 · 02)3143-0651~3 ｜ 팩스 · 02)3143-0654
신고번호 · 제 1997—000168호(1997. 12. 12)
www.ehbook.co.kr
ehbook@ehbook.co.kr
ehbook@ehbook.co.kr

값 9,000원
ISBN 978-89-5660-065-9 04810
        978-89-5660-067-3 (세트)